Paul Herron

Am Limit

Autor

Paul Herron ist gebürtiger Schotte, der seit einigen Jahren in der Hitze und Feuchtigkeit Südafrikas zu überleben versucht (und an manchen Tagen scheitert). Er ist Autor diverser Computerspiele und Comics und hat an mehreren Fernsehsendungen mitgewirkt, von denen eine sogar für den renommierten Emmy Award nominiert wurde. »Am Limit« ist Paul Herrons Thriller-Debüt.

PAUL HERRON

AM LIMIT

THRILLER

Aus dem Englischen
von René Stein

blanvalet

Die Originalausgabe erschien 2021 unter dem Titel »Break Out«
bei Headline Publishing Group, London.

FSC www.fsc.org MIX Papier aus verantwortungsvollen Quellen FSC® C014496

Klimaneutral* Druckprodukt ClimatePartner.com/14044-1912-1001

Penguin Random House Verlagsgruppe FSC® N001967

1. Auflage

Redaktion: Peter Thannisch
Umschlaggestaltung und -motiv:
© Johannes Wiebel | punchdesign,
unter Verwendung von Motiven von stock.adobe.com
(MiaStendal, New Africa, railwayfx, shocky, Foto.Touch,
Дима Карабинов, apithana, lindama) und
© Colin Thomas www.colinthomas.com
DK · Herstellung: sam
Satz: KCFG – Medienagentur Neuss
Druck und Einband: GGP Media GmbH, Pößneck
Printed in Germany
ISBN 978-3-7341-0987-4

www.blanvalet.de

Für Jo

Wir haben überlebt, und es gibt keinen Zweifel,
dass wir stärker aus all dem hervorgegangen sind,
was wir durchgemacht haben. Und dennoch
spenden mir nach all den gemeinsamen Jahren
die Worte eines großen Philosophen des
20. Jahrhunderts immer noch Trost:
Things can only get better.

Und für Bella und Caeleb sowie das neue Mitglied
unserer Familie, Callum. Dank euch wachsen mir
buchstäblich graue Haare, aber ich liebe euch trotz
alledem.

Wenn sich zwei Hurrikane immer weiter annähern, können die Wirbel miteinander verschmelzen und sich zu einem viel größeren Supersturm vereinigen. Dieses Phänomen nennt man den Fujiwhara-Effekt.

Prolog

Drei Jahre zuvor

Drei Namen. Drei Kugeln.

Ich hab sie selbst angefertigt. Hab die Patronen aus Blei und Amys eingeschmolzenem Ehering gegossen.

Es gibt noch eine vierte Kugel, eine spezielle, für mich. Sie liegt auf dem Kaffeetisch, glänzend in der Nachmittagssonne, erst golden, dann rot, während das Tageslicht allmählich schwächer wird, wobei kleine Einkerbungen und Unebenheiten auf dem Geschossmantel zu erkennen sind.

Ich starre den ganzen Nachmittag darauf, wie ein Alkoholiker auf Entzug, der die Flaschen in einer Hotel-Minibar anstiert. Schließlich entscheide ich mich dazu, sie dort zu belassen, wo sie ist. Mir Amys Reaktion vorzustellen gibt den Ausschlag – sie hätte mir schon allein dafür, dass ich es überhaupt in Erwägung ziehe, in die Eier getreten.

Also lass ich die letzte Kugel in dem Haus zurück, in dem wir einst zusammengewohnt haben, in jenem Haus, in dem wir unsere Tochter großziehen wollten.

Das Haus, in dem Amy ermordet wurde.

Etwas weckt dich auf. Etwas … anderes. Etwas, das da nicht hingehört.

Du liegst im Bett, lauschst angestrengt. Es ist wahrscheinlich nichts. Ein Auto draußen, ein Waschbär bei den Mülltonnen.

Du wirfst einen Blick auf die Uhr auf dem Nachttisch: 3 Uhr 46. Jesus, du wirst niemals wieder einschlafen können.

Du lehnst dich rüber zu Amy …

Sie ist nicht da.

Du berührst das zerwühlte Laken. Immer noch warm, noch etwas feucht von ihrem Nachtschweiß. Das Geräusch muss von ihr gekommen sein, als sie zum Badezimmer gegangen ist.

Du rollst dich herum. Aus dieser Position kannst du direkt ins Bad schauen. Die Tür steht weit offen. Das Badezimmer ist leer.

Es gibt ganz bestimmte Regeln, wie man einen Hinterhalt stellt. Das habe ich damals in Afghanistan gelernt. Tatsächlich gibt es einen Scheißwust an Regeln, zusammengefasst unter *Mission Analysis*, die Auftragsanalyse, und *Course of Action Development*, also die Planung der genauen Vorgehensweise. Ich hab nicht die Zeit, nicht das Back-up und auch nicht die Leute dafür, aber all die Regeln kann man auf vier simple Grundprinzipien herunterbrechen:

Planung, Infiltration, Aktion durchführen, Rückzug.

Die Planung ist am wichtigsten. Du musst den Hinterhalt komplett durchdenken. Jedes kleinste Detail einbeziehen. Sichergehen, dass der Plan keine Lücken hat.

Keine Fehler.

Du sitzt aufrecht im Bett. Das Mondlicht scheint durchs Fenster und durch die Gardine, die in der mittsommerlichen Brise weht.

»Amy?«

Keine Antwort. Du stehst auf, gehst zur Tür und betrittst den Flur, lehnst dich über das Geländer. Unten brennt Licht. Die Küche.

»Amy?«

Nichts.

Du zögerst, und ein unangenehmes Gefühl macht sich in deiner Magengrube breit. Du kannst es nicht erklären, aber du spürst plötzlich, dass etwas nicht stimmt. Dass etwas Schlimmes passiert ist.

Die erste Aufgabe besteht darin, eine passende »Kill-Zone« zu finden, also den Ort, wo der Hinterhalt stattfinden soll. Ideal dafür ist eine Stelle, an der das Ziel langsamer werden muss, etwa eine scharfe Kurve oder ein steiler Hügel.

Welche Stelle auch immer du wählst, es ist wichtig, dass du selbst genügend Deckung hast. Du willst nicht gesehen werden, bis du für den tödlichen Schuss bereit bist.

Du schlüpfst zurück ins Schlafzimmer und greifst deine Dienstwaffe, eine Beretta. Du lädst sie durch, entsicherst sie und gehst die Treppe hinunter. Ein kurzer Flur zu deiner Linken führt zum Gäste-WC, zu einem Gästezimmer und zur Küche. Das Wohnzimmer liegt zu deiner Rechten.

Du hältst inne und fragst dich, wohin du gehen sollst. Dann hörst du einen Laut. Ein Stöhnen? Du bist nicht sicher, aber es kommt aus dem Wohnzimmer.

Generell eignet sich ein erhöhter Punkt am besten für einen Hinterhalt. Wenn es ein paar Hindernisse gibt, die den Feind aufhalten, umso besser. Aus diesem Grund habe ich immer eine städtische Umgebung bevorzugt, aber das ist hier keine Option. Ein M249 in Downtown Miami abzufeuern würde zu viel Aufmerksamkeit auf sich ziehen.

Aber das ist Miami, wendest du ein. Wer zum Teufel nimmt dort Notiz davon, wenn irgendwo geschossen wird? Natürlich weiß ich das auch. Aber ich will das Risiko nicht eingehen. Womöglich kann ich dann den Job nicht zu Ende bringen.

Du musst auch festlegen, welche Art von Hinterhalt du planst. Ungestüme Angriffe kann man vom Ablauf her nicht exakt vorherbestimmen, man ist gezwungen zu reagieren, als wäre man auf Patrouille und zufällig über gegnerische Truppen gestolpert. Wollte ich so vorgehen, müsste ich den Bastarden lediglich nach Hause folgen und sie abknallen, wenn sie aus ihren Autos steigen. Aber ich will, dass sie leiden. Ich will ihnen in die Augen schauen.

Ich entscheide mich für einen durchdachten Hinterhalt. Einen, den ich durchplanen kann. Einen, den ich kontrollieren kann.

Ich habe bereits alle Infos gesammelt, die ich brauche. Ihr Bewegungsprofil, ihre Gewohnheiten, ihre bevorzugten Bars, den Namen ihres Dealers …

Du schleichst weiter, die Waffe bereit. Das Mondlicht fällt durch das Vorderfenster. Die Kommode ist durchwühlt, Schubladen sind herausgezogen, der Inhalt ist auf dem Teppich verstreut.

Dein Blick fällt auf das Chaos. Spielkarten, Münzen, alte USB-Sticks, Krimskrams …

Du gefrierst innerlich. Da hebt sich eine größere Gestalt vom Boden ab.

Etwas in dir zwingt dich dazu wegzusehen, ein Schutzinstinkt. Stattdessen starrst du auf eine Fotografie von dir und Amy, die auf dem Teppich liegt. Es ist das Foto, das du aufgenommen hast, als sie dir eröffnet hat, dass sie schwanger ist. Sie lacht. Du umarmst sie von hinten, das Smartphone in der Hand, als du das Foto im Schlafzimmerspiegel machst.

Schließlich zwingst du dich dazu, die formlose

Gestalt anzusehen. Dein Herz pocht überlaut in deinen Ohren.

Also, was ich kontrollieren kann: wo der Hinterhalt stattfinden soll, wo ich selbst mich aufhalten werde und das Missionsziel, Foltern und Töten, langsam und qualvoll, mit *extremer* Voreingenommenheit.

Was ich nicht kontrollieren kann: So ein Trupp als Angriffsziel erfordert immer einen Überraschungsangriff, und man sollte sein Team aufteilen; eine Gruppe führt den Angriff aus, die andere gibt Feuerschutz. Wird's diesmal nicht geben, denn ich hab weder Unterstützung noch jemanden, der mir Rückendeckung gibt. Ich bin auf mich allein gestellt.

Aber das ist in Ordnung, denn ich will die Sache ganz allein durchziehen, ich will nicht, dass irgendwer anders involviert ist.

Du streckst deinen Arm aus und legst den Lichtschalter um.

Dein Gehirn rebelliert.

Dein Sehvermögen nimmt alles stroboskopartig wahr, Bilder, die sich in dein Gehirn ätzen, Bilder, die du nie mehr vergessen wirst.

Amy, mit dem Gesicht nach unten auf dem Teppich liegend. Das T-Shirt, in dem sie schläft, ist hochgeschoben, sodass ihr Slip und das kleine Tattoo über der Niere zu sehen sind.

Ihren eingesunkenen Schädel, das Haar in Blut getränkt und verfilzt.

Der Baseballschläger aus Aluminium neben ihr.

Der dunkle Fleck, der sich auf dem Teppich ausgebreitet hat.

Die Wölbung über ihrem Schwangerschaftsbauch.

Du sackst gegen die Wand. Die Waffe fällt dir aus der Hand, als du dich auf den Teppich fallen lässt und deine Frau anstarrst.

Die wichtigste Regel bei einem Hinterhalt, nach den Vorbereitungen, all der Arbeit, ist *Geschwindigkeit*. Du musst den Feind kalt erwischen, ihm eine Scheißangst machen. Unnachgiebig rein, auf jeden schießen, dann zur Hölle weg mit dir. Der Feindkontakt darf nicht länger als sechzig Sekunden dauern.

Aber heute Abend wird das nicht passieren. Ich sorge dafür, dass es so lange dauert wie möglich.

Du händigst den ermittelnden Detectives nicht die Bilder deiner Überwachungskamera aus. Du sagst ihnen, dass du die Speicherkarte herausgenommen und nicht ersetzt hast. Die Blicke. Was ist das für ein Cop, der so schlampig ist, dass die eigene Überwachungskamera nicht funktioniert?

Dir ist es egal, was sie denken. Du behältst die Aufzeichnungen für dich. Schaust dir an, wie drei Männer in dein Haus einbrechen, und bearbeitest die einzelnen Bilder zu einer Schleife, die du immer wieder abspielst, bis sich ihre Gesichter in dein Gehirn gebrannt haben.

Nachdem du eine Weile auf die Endlosschleife

gestarrt hast, bekommst du das überaus seltsame Gefühl, dass du sie kennst. Jeder Zug und jede Linie ihrer Gesichter sind dir so vertraut, als würdest du alte Freunde betrachten.

Anschließend benutzt du das Polizeiregister, um die Killer zu identifizieren. Dauert nicht lange. Jeder von denen hat ein Vorstrafenregister länger als dein Arm.

Marcus Tully, Barry Novak und Luther Wright.

Drei Namen.

Du notierst ihre Adressen, daneben Bekannte, soweit sie aufgeführt sind.

Dann startest du die erste Phase der Operation – Informationsbeschaffung.

Marcus Tully ist der Erste. Er lebt immer noch bei seiner Mutter in einem Ein-Zimmer-Apartment in Overtown.

Barry Novak ist ein Veteran, was dich überrascht. Und dich enttäuscht. Er hat fünf Jahre vor dir in Afghanistan gedient. Nicht in Mardscha, sondern woanders. Er lebt allein. Besucht eine Gruppe, die ehemalige Armeeangehörige unterstützt. Er geht zu einem Psychologen, trinkt jeden Abend eine Flasche Wodka. Der Typ ist eine wandelnde posttraumatische Belastungsstörung, sieht man aus einer Meile Entfernung.

Übler Scheiß.

Luther Wright ist der Außenseiter und nur Mitglied dieser Truppe, weil er hofft, dass etwas von ihrem verwegenen Ruf auf ihn abfärbt. Er ist ein

Jasager, ein Befehlsempfänger, tut das, was immer man ihm sagt.

Phase eins ist abgeschlossen. Im nächsten Schritt werden die Bekannten unter die Lupe genommen.

Sobald du feststellst, dass ein Drogendealer dazugehört, schält sich ein grober Plan in deinem Kopf heraus.

Ich nehme das M249 Paratrooper für den Hinterhalt, kurz Para, eine kompaktere Version des M249-SAW-Maschinengewehrs. Es hat einen kürzeren Lauf und einen ausziehbaren Schaft aus Aluminium, sodass man sich einfacher damit bewegen kann.

Ich musste von einem alten Kumpel aus der Armee eine Menge Gefallen einfordern. Er wollte mir ein M27 verkaufen, aber das hab ich nie gemocht. Magazine mit dreißig Schuss sind nichts im Vergleich zu Munitionsgurten, die beim M249 Anwendung finden. Zwar ist das Para älter als das M27, aber ich mag das. Fühlt sich vertrauter an, ich hab damit trainiert. Ich *kenne* es.

Ich hab mich ganz oben auf einem Anstieg positioniert, der außerhalb von Overtown über einem verlassenen Sägewerk liegt. Perfekt für meine Bedürfnisse. Weit genug von der Stadt entfernt, sodass niemand das Gewehrfeuer hören wird, und es gibt nur eine Straße rein und raus, sodass ich nicht mehrere Fluchtrouten im Auge behalten muss.

Ich schaue durch das Zielfernrohr und lasse den

Blick langsam über das verlassene Fabrikgelände schweifen. Es ist aus den Dreißigern, eine Reihe alter Holzgebäude mit portablen Bürocontainern, die im hinteren Bereich beisammenstehen. Die Fabrik wurde vor drei Jahren dichtgemacht, als drei Mitarbeiter starben. Ich war damals in die Ermittlung involviert. Es war die Schuld des Eigentümers, es gab keinerlei Sicherheitsvorkehrungen. Keine Wartung der Sägen oder der Ausrüstung. Bei einer Säge war die Kette derart verschlissen, dass sie absprang, einen Typen köpfte, dem nächsten auf Höhe des Bauchs die Eingeweide bis zur Wirbelsäule zerteilte und beim letzten im Hals stecken blieb.

Das Gelände selbst und die Straße durch die Bäume liegen unter mir in einem schattigen Tal. Am Trauf der gegenüberliegenden Talseite befindet sich eine offene Baracke mit Stapeln aufgehäufter Baumstämme, die dort offenbar vor der Weiterverarbeitung in der Fabrik gelagert wurden. Ich hab vorhin zwei Propangasflaschen bei den Baumstämmen platziert, eine an jedem Ende der Stämme, direkt da, wo die Ketten sie zusammenhalten. Ich habe das Holz überprüft, als ich die Gasflaschen platziert hab. Ein Großteil ist verfault und modrig, aber für meine Zwecke ist das okay. Vielleicht brauch ich die Gasflaschen gar nicht, aber Vorbereitung ist der Schlüssel.

Die Stunde, bevor die Morgendämmerung einsetzt, eignet sich perfekt für eine überfallartige Attacke.

Das Ziel schläft für gewöhnlich tief, der Körper ist total heruntergefahren. Das Opfer weiß überhaupt nicht, was zum Teufel da vor sich geht.

Du weißt bereits, dass der Dealer – Elias Finch – allein lebt. Du gehst kompromisslos vor, strahlst ihm mit einer grellen Taschenlampe ins Gesicht, packst ihn und schleuderst ihn auf den Boden. Finch gibt ein ängstliches Stöhnen von sich, das klingt, als wäre es nicht von dieser Welt. Du kennst es schon von früheren Überfällen, neun von zehn Leuten, die derart angegangen werden, geben diesen Laut von sich: animalisch, verängstigt, urzeitlich.

Du ziehst ihm eins mit dem Gewehrkolben über, schlägst ihn bewusstlos. Du wartest, lauschst, kontrollierst seine Atmung. Ein Hund bellt in der Ferne. Du hörst ein Auto, das an dem heruntergekommenen Haus vorbeifährt. Die Scheinwerferlichter fallen durch die Vorhänge und ziehen dann weiter.

Zufrieden schleifst du Finch ins Wohnzimmer. Wenn man es überhaupt so nennen kann. Du hast so einen Raum schon Hunderte Male zuvor gesehen: normalerweise nackter Dielenboden, manchmal verdeckt von einem schmuddeligen Teppich, ein Sofa mit Löchern von Zigaretten und Flecken von verschütteten Drinks und Körperflüssigkeiten, ein alter Tisch bedeckt mit gebrauchten Spritzen, überquellenden Aschenbechern, leeren Bierflaschen. In diesem Fall aber kommen überraschenderweise einige Romane hinzu. Das ist mal was Neues. Du kannst dich nicht erinnern, jemals in der Bude eines Dea-

lers Bücher gesehen zu haben. Ein Fernseher, sicher, eine Spielekonsole, definitiv. Etwas, um sich stumpfsinnig abzulenken, während man darauf wartet, dass die Droge kickt und man high wird. Aber Bücher? Nein.

In der Küche stehen ein klappriger Tisch und Stühle. Du ziehst einen davon ins Wohnzimmer, wuchtest Finch darauf und fesselst ihn mit dem mitgebrachten Seil, damit er nicht gleich wieder runterfällt.

Dann wartest du.

Er wacht eine halbe Stunde später auf. Sieht dich auf der Couch sitzen, mit der Waffe auf deinem Schoß. Er öffnet den Mund, will schreien, doch du führst einen Finger vor deine Lippen.

Er ist nicht so dumm, wie er aussieht, und klappt den Mund zu. Er starrt dich mit weit aufgerissenen, ängstlichen Augen an.

Du hast für heute alles geplant. Es ist Freitag, und du weißt, dass Finch an diesem Tag für gewöhnlich von Tully angerufen wird, der Stoff für sich, Wright und Novak bestellt.

»Wenn Tully anruft«, sagst du zu Finch, »sag ihm, dass er nicht herkommen soll. Sag ihm, dass du glaubst, die Cops beobachten dich. Sag ihm, dass du heute Abend um sieben den Stoff zur Holzfabrik bringst, zu dem verlassenen Sägewerk ungefähr zwei Meilen außerhalb der Stadt. Nicke, wenn du mich verstanden hast.«

Finch nickt.

»Wenn du versuchst, sie zu warnen, schieß ich dir ins Auge. Verstanden?«

Finch nickt erneut, verzweifelter diesmal.

Du sitzt für den größten Teil des Tages dort, bis Tully endlich auf Finchs Smartphone anruft.

Du hältst den Lauf der Waffe vor Finchs Auge und das Handy an sein Ohr. Er sagt Tully alles genau so, wie du es von ihm verlangt hast.

Tully ist nicht glücklich darüber. Er ist es gewohnt, seinen Stoff sofort zu bekommen, wenn er anruft. Dann nimmt er ihn mit zu Novak, wo sie sich das Zeug reinziehen, bevor sie zu einer Spelunke am Rand von Overtown fahren, der Double Down Tavern. *Du bist ihnen schon einige Male dorthin gefolgt, als du dir deinen Plan zurechtgelegt hast. Der Laden hat verdunkelte Scheiben und Plastikstühle vor der Tür, wenn es drinnen zu voll ist. Eine Neonreklame hängt über dem Eingang – ein lila Billardqueue, der eigentlich vor- und zurückfahren soll; aber die Reklame ist kaputt, sie blinkt nur noch und summt laut vor sich hin.*

Finch sagt ihnen, dass sie keine Wahl haben. Entweder sie treffen sich am Sägewerk, oder es gibt keinen Stoff. Tully willigt murrend ein.

Du beendest das Gespräch. Dann setzt du dich hin und starrst Finch an, überlegst dir, was du mit ihm machen sollst. Du könntest ihn einfach umbringen, du würdest jedem anständigen Menschen damit einen Gefallen tun. Du willst es. Du willst alles bis auf den Grund niederbrennen. Alles und jeden vernichten, der etwas mit den Männern zu tun hat, die deine Familie ausgelöscht haben.

Du starrst ihn an. Er sagt nichts. Er weiß, was du denkst, ist sich bewusst, dass die kleinste Regung von ihm dich reizen könnte, auf die eine oder andere Art.

Es ist drei Uhr nachmittags. Vier Stunden bis zum Treffen. Du willst nicht riskieren, ihn so hierzulassen. Er könnte sich befreien. Könnte Tully und die anderen warnen.

Du überprüfst sein Schlafzimmer und findest starke Schlaftabletten. Eine würde einen gesunden Erwachsenen umhauen, du zerteilst sieben und löst sie in Wasser auf. Du tust es vor Finchs Augen, lässt ihn sehen, was du gerade machst.

»Du wirst das trinken«, sagst du. Er schüttelt den Kopf. »Du trinkst das, oder ich töte dich. So oder so, ich will dich außer Gefecht haben. Deine Entscheidung.«

Er zögert, dann nickt er.

Du hältst ihm das Glas an die Lippen, und er trinkt hastig. Du wartest ungefähr vierzig Minuten, bis die Wirkung einsetzt. Du dachtest, die Tabletten würden schneller wirken, aber der Kerl ist harten Stoff gewöhnt. Du hoffst nur, dass du ihm genug verabreicht hast.

Er schließt die Augen, und der Kopf kippt nach vorn. Du knallst ihm eine, aber er rührt sich nicht.

Vier Uhr. Drei Stunden übrig.

Zeit, den Hinterhalt zu legen.

Und hier bin ich, oben auf dem Hügel, und beobachte das Sägewerk durch das Zielfernrohr meines Maschinengewehrs.

Wartend.

Meine Uhr trage ich so, dass ich das Ziffernblatt auf der Unterseite meines Handgelenks sehe. Alte Gewohnheit aus dem Krieg – du willst nicht, dass irgendein Lichtreflex dem Feind deine Position verrät. Außerdem lässt sich so leichter die Uhrzeit prüfen, wenn du auf dem Boden liegst und wartest.

Es ist sieben Uhr. Sie sollten jede Minute hier sein.

Eigentlich …

Ich kann sehen, wie sich Lichter nähern, ein geisterhafter Schein, der so wirkt, als würde er durch die Bäume fließen. Dann höre ich den Motor eines Pick-ups, der dringend mal gewartet werden müsste.

Ich strecke den Nacken, lockere die Muskulatur und schaue wieder durchs Zielfernrohr. Atme ein – eins, zwei, drei, vier –, dann aus – eins, zwei, drei. Ein, dann aus. Ich verlangsame die Atmung.

Der Pick-up kommt schließlich hüpfend und ruckelnd in Sicht. Mit seiner veralteten Federung ist er kaum in der Lage, auf der Schlaglochpiste die Spur zu halten.

Für einen Moment denke ich, dass sie mir die Arbeit abnehmen. Mein eigenes Auto hab ich quer auf der Straße abgestellt, die direkt vor dem Sägewerk vorbeiführt, exakt an der Stelle, wo sie anhalten sollen. Aber sie gehen nicht mal vom Gas, als sie näher kommen.

Ich verfolge den Pick-up durch das Fernrohr und fokussiere den Fahrer. Es ist Tully. Er hat den Kopf zur Seite geneigt, als würde er mit jemandem sprechen, aber dann schaut er wieder nach vorn und bremst gerade noch rechtzeitig.

Die Reifen blockieren, und der Wagen schlittert über den schmutzigen Asphalt, bevor er sich seitlich dreht.

Ich nutze die Gelegenheit, verlagere mein Gewehr, langsam, sodass der Lauf dem Pick-up folgt.

Krawumm!

Eine Kugel schlägt im Vorderreifen ein. Ich verlagere erneut mein Gewehr …

Krawumm!

Eine weitere Kugel macht den anderen Vorderreifen unbrauchbar. Der Wagen schlittert immer noch, dreht sich weiter. Sie müssen die Schüsse gehört haben, gespürt, wie die Luft aus den Reifen gewichen ist.

Ich bewege mein Zielfernrohr nicht, um ihre Gesichter zu sehen, sondern warte, bis der Wagen sich vollständig gedreht hat, sodass er mit dem Heck zu mir steht.

Krawumm!

Krawumm!

Zwei weitere Schüsse, zwei weitere Reifen. Ich hätte es nicht besser planen können.

Der Wagen kommt in einer Staubwolke ungefähr eineinhalb Meter neben meinem zum Stehen. Ich schaue weiter durchs Fernrohr, warte.

Die Tür auf der Beifahrerseite wird geöffnet. Jemand steigt aus, es ist Wright. Er will davonlaufen. Ich betätige den Abzug, höre das scharfe Krachen des Gewehrs. Den Bruchteil einer Sekunde später explodiert eine kleine Wolke dunklen Sprühnebels rund um sein Knie, und er stürzt zu Boden.

Jetzt werden sie in Panik geraten. Ich frage mich, was sie tun werden. Ich wette mit mir selbst, dass sie versuchen zu flüchten, auch wenn sie nicht wissen, wo der Schütze sitzt.

Ich liege richtig. Tully hastet aus dem Pick-up und sucht sein Heil mit einem Sprint in Richtung der Bäume. Ich lasse ihn Hoffnung schöpfen – dann schieße ich ihm von hinten die Kniescheibe weg, und auch er geht zu Boden.

Novak startet den Wagen. Er will mit vier platten Reifen türmen.

Ich ziele auf die Baracke, schieße auf die Propangasflaschen. Dann blicke ich über das Zielfernrohr und sehe, wie sich Feuerbälle in den Himmel erheben, gefolgt von einer gewaltigen Explosion, die den Boden erbeben lässt.

Die Erschütterungen hören nicht auf, denn nun rollen und poltern die zahlreichen Holzstämme den Hügel hinunter auf die Straße, sodass sie Novaks Fluchtweg versperren.

Er fährt weiter. Glaubt er, dass er über die Baumstämme fahren kann? Idiot. Das kann er nicht, aber ich visiere die Motorhaube des Wagens an, feuere Salven in den Kühler sowie den Motorblock.

Der Pick-up rutscht und schlittert, dreht sich wild um die eigene Achse. Ich feuere weiter. Einen Moment später hustet der Motor noch mal und stirbt schließlich, während Rauch aufsteigt.

Ich warte. Ein Teil von mir will das Feuer eröffnen, das ganze Gelände mit Kugeln eindecken, die Kerle in Fetzen ballern. Aber ein anderer Teil von mir, jener Teil, der in dem Wohnzimmer damals gestorben ist, gewinnt. Sie müssen leiden für das, was sie getan haben. Kein schneller Tod.

Novak bewegt sich schließlich. Die Tür schwingt auf, und er gleitet nach draußen. Er ist auf der anderen Seite des Pick-ups, sodass ich keinen sauberen Schuss anbringen kann.

Ich werfe einen Blick auf den Munitionsgürtel. Es sind noch fünfzig Schuss übrig. Ich warte, aber Novak bleibt, wo er ist. Er ist panisch, hat keine Ahnung, wohin er soll, hat keine Ahnung, wo ich bin.

Okay. Dann will ich es ihm zeigen.

Ich stehe mit meinem Gewehr auf, der Munitionsgürtel schlägt gegen meine Knie, und ich beginne meinen Abstieg den Hang hinunter. Ich hab das Gewehr erhoben, immer schussbereit. Ich weiß, dass keine Hindernisse auf dem Pfad warten, ich hab es selbst überprüft, indem ich mehrere Male hoch- und runtergegangen bin, um ein Gefühl für den Weg zu bekommen. Ich muss nicht einmal hinschauen, wohin ich trete.

Ich erreiche den Talgrund, und Novak hat sich

nicht einmal bewegt. Ich bleib stehen, lege mich in den Dreck, das Gewehr seitlich von mir, spicke unter dem Pick-up hindurch. Novak ist immer noch da.

Ich lass das Para liegen und nehme die Glock (nicht die Waffe, mit der ich sie erledigen werde, eine andere). Wright stöhnt vor Schmerzen und windet sich an der Stelle, an der er zu Boden gegangen ist. Ich registriere genau den Moment, an dem er meiner gewahr wird. Sein Stöhnen hört auf.

Ich ziehe den Schlitten der Waffe durch. Das Geräusch könnte genauso gut ein Schuss sein, denn es zieht alle Aufmerksamkeit auf mich. Ich warte, bis Tully über seine Schulter blickt. Ich kann auch Novak sehen, der am Pick-up vorbei herüberschielt.

Ich halte weiter auf Wright zu, der sich umdreht und auf seinen Bauch plumpst wie ein gestrandeter Fisch. Doch es gelingt ihm irgendwie hochzukommen, und er zieht ein Bein hinter sich her, als er versucht davonzuhumpeln. Ich bleibe stehen und warte, bis er sich erneut umdreht – und schieße ihm in die andere Kniescheibe.

Er fällt und brüllt wie am Spieß. Ich gehe zu ihm, packe ihn am Shirt und drehe ihn um, sodass er auf dem Rücken liegt.

»Was willst du?«, schreit er.

Meine Stimme ist tonlos. So tot, wie ich mich innen drin fühle. »Vor fünf Wochen seid ihr in mein Haus eingebrochen. Ihr habt meine Frau getötet. Sie war schwanger. Was verflucht noch mal denkst du, was ich will?«

Wrights Augen öffnen sich. »Das … das war ein Versehen. Ich schwör's. Wir wollten nur etwas Bargeld … Deine Frau, sie ist quasi in uns reingelaufen. Wir haben's mit der Panik zu tun bekommen …«

Er hört auf zu reden.

Da ist ein Geräusch. Wir hören es beide.

Es ist ein Auto.

Nein, *Autos*. Schnell näher kommend.

Ich drehe mich zur Straße und sehe rote und blaue Lichter in der Ferne zucken, die die Dunkelheit zwischen den Bäumen erhellen.

Cops?

Was zum Teufel haben Cops hier zu suchen?

Wie …?

Wright versucht wegzukrabbeln. Ich trete auf sein Bein und versuche verzweifelt, einen klaren Gedanken zu fassen. Wright schreit, während zwei Autos aus dem Wald hervorschießen und auf der anderen Seite der herabgestürzten Stämme zum Stillstand kommen.

Die Türen fliegen auf. Ich ziehe die andere Glock aus dem Hosenbund meiner Jeans, diejenige mit den Spezialkugeln, und ziele auf Wright, bereit, ihm in den Kopf zu schießen.

»Constantine!«

Ich erstarre und schaue zurück. Mason, meine Dienstpartnerin, umrundet die Enden der Stämme.

»Constantine, wag es nicht!«, schreit sie.

»Das sind die Arschlöcher, die Amy getötet haben!«

»Interessiert mich ’n Scheiß!«

Weitere Polizisten sind aus ihren Wagen gestiegen. Sie stehen hinter den Türen, die Waffen auf mich gerichtet. Mason schaut zurück und hebt beide Hände. »Wartet! Lasst mich mit ihm reden.«

»Da gibt’s nichts zu reden!«, rufe ich.

»Constantine, bitte, du kannst immer noch aufhören.«

Ich blicke auf Wright hinunter. Hinüber zu Tully. Ich lache laut auf und kann mich kaum beruhigen, während ich die Hysterie in meiner Stimme höre.

»Jack. Bitte …«

Ich sehe Mason an. Ihr Gesicht zeigt einen unendlich traurigen Ausdruck. Wir kennen uns seit zehn Jahren, ich bin der Pate ihres Kindes.

»Nicht …«, beginnt sie.

Novak nutzt die Gelegenheit und läuft los, weg vom Pick-up und hin zu den Polizeiwagen. Ich handle instinktiv, drehe mich um und schieße.

Die Kugel erwischt ihn im Nacken. Mason schreit auf, als Novak zusammenbricht.

Ich habe kaum Zeit, es zu registrieren, weil ich einen heftigen Schmerz in meinem Arm spüre. Ich taumle zurück, die Waffe fällt mir aus der Hand.

Mason steht da, die Waffe auf mich gerichtet, die Augen vor Schreck weit aufgerissen, als könne sie nicht glauben, was sie getan hat.

Die Cops schreien wild durcheinander, doch ich kann durch das Rauschen in meinen Ohren kaum etwas verstehen.

Ich drehe mich um. Sehe, wie Tully wegkrabbelt. Wright auch. Er ist bereits sechs, sieben Meter von mir entfernt. Ich bücke mich, um die Glock aufzuheben.

Da trifft mich etwas an der Seite, und ich werde zu Boden geworfen.

»Sei verdammt noch mal nicht so dumm, Jack«, sagt Mason direkt an meinem Ohr.

Ich versuche, sie wegzuschieben, doch sie packt meinen verwundeten Arm und zwingt ihn mir auf den Rücken. Ich schreie auf vor Schmerz.

Dann spüre ich mehr Gewicht auf mir. Spüre Hände auf meinem Kopf, die mein Gesicht in den Staub drücken.

Das Letzte, was ich sehe, sind die Polizisten, die auf Wright und Tully zugehen.

WARNLAGEBERICHT

Amtliche Mitteilung Nr. 5 des NWS National Hurricane Center Miami FL

Betreff: Hurrikan Josephine

Freitag, 27. August 2021, 17:00 Uhr

ENTWICKLUNG DER WETTER- UND WARNLAGE

Während der vergangenen Stunden hat Josephine ständig an Stärke zugenommen. Josephines Route wird den Sturm diesen Nachmittag über die Turks- und Caicos-Inseln führen, mit Windgeschwindigkeiten von bis zu 120 Meilen pro Stunde (193 Stundenkilometer). Das Zentrum des Hurrikans wird Miami in 12 Stunden erreichen. Der Zyklon wird laut Prognosen am Samstag, den 28. August, von Kategorie 4 auf Kategorie 5 hochgestuft.

WARNUNG

Evakuierung ist zwingend erforderlich. Wiederhole: Evakuierung zwingend erforderlich.

Eins

Freitag, 27. August
06:00 Uhr

Im Gefängnis dreht sich alles darum, dein Strafmaß in Zeiteinheiten zu unterteilen. Das ist der einzige Weg zu überleben. Ein Jahr, das ist zu viel. Ein halbes Jahr ist deprimierend. Verdammt, selbst ein Monat fühlt sich an wie eine Ewigkeit.

Eine Woche hingegen – eine Woche ist gerade so zu managen, zumindest dann, wenn du etwas hast, womit du die Zeit füllen kannst. Ein Besuch der Familie zum Beispiel, dann hast du einen Countdown. Einen Grund, um weiterzumachen.

Ich habe nichts dergleichen. Meine Eltern sind beide tot. Keine Kinder, keine Brüder oder Schwestern. Eine ermordete Ehefrau. Also nicht viel, worauf ich mich hier freuen könnte.

Aber du treibst dich weiter an, du pusht dich, bis du nicht mehr kannst. Denn so ist das Leben, wie mein Alter immer zu sagen pflegte. Du lebst, du stirbst. Alles dazwischen ist lediglich ein dampfender Haufen Scheiße, aber du versuchst, das Möglichste draus zu machen.

Sein Möglichstes bestand in Drogen und Nutten, und es endete damit, als er sich um drei Uhr nachts von einer dreißig Meter hohen Brücke in einen reißenden Fluss stürzte, mit Koks voll bis oben hin und mit nichts weiter bekleidet als seinen Superman-Boxershorts. Die Hure, die aus dem Auto sprang, kurz bevor es von der Brücke fuhr, sagte später, er hätte sich über Lydia – meine Mutter – ausgeheult. Sie würde ihn in einen Käfig sperren, ihn davon abhalten, frei zu sein, doch er würde ihr beweisen, dass ihr das nicht gelänge.

Spoileralarm: Er schaffte den Gegenbeweis nicht.

Aber mit einer Sache hatte er recht. Du machst weiter, oder du steigst aus. Ich komme weder an Koks noch an Nutten ran und ich kann mich auch nicht in einen reißenden Fluss stürzen, also besteht die einzige Alternative darin, sich mit einer von den Gangs anzulegen, sodass sie mich unter der Dusche abstechen (hoffentlich mit was Nichtorganischem, wenn du verstehst, was ich meine), oder die Wächter anzugreifen und ihnen derart übel mitzuspielen, dass sie tödliche Gewalt anwenden müssen.

Vielen Dank auch, da mach ich lieber weiter!

Felix sagt, es wird einfacher, je länger man drinnen ist, aber ich glaub nicht viel von dem, was Felix so von sich gibt. Er ist ein notorischer Lügner. Oder, wie er es gern nennt, ein Geschichtenerzähler. Ich bin jetzt seit drei Jahren hier drin, wie viel länger wird's noch dauern?

Ich runzle die Stirn, als ich durch das kleine, zerkratzte Fenster gucke, das in die Zellentür eingelassen ist. Warum zum Teufel denke ich daran, wie die Zeit vergeht? Das ist ein ganz schlechter Weg, in den Tag zu starten. Führt nur zu Depressionen.

Oh yeah, Felix.

»Ich meine, der Bengel hat schon wieder geweint«, sagt Felix von seiner Pritsche. »Er ist hier wie lange? Seit drei Wochen nun? Ich hab's ihm *gesagt*. Ich hab ihm gesagt, der einzige Weg, im Gefängnis zu überleben, ist, nicht dagegen anzukämpfen.«

»Ist das so?«, frage ich abwesend.

Unsere Zelle liegt auf der oberen Ebene von Block B. Alles, was ich durchs Fenster sehen kann, ist das Geländer auf dem Gang und die Zellen auf der gegenüberliegenden Seite unseres Traktes. Sieht aus, als hätte Stevens mal wieder seinen Kopf gegen das Glas gehämmert. Sein Fenster ist blutrot verschmiert.

»'türlich ist das so. Akzeptier, dass du hier drin bist, Mann. In der Zukunft existiert für uns kein Haus mit drei Schlafzimmern. Kein kleiner Umweg an einem Freitagnachmittag nach der Arbeit, um der Geliebten 'nen Besuch abzustatten – du weißt schon, die, die die Dinge macht, die deine Frau ekelhaft findet. All das ist vorbei, *denk* nicht mal daran. Das ist jetzt dein Leben. Umarme es. Gesteh dir die Scheiße ein.«

»Ich dachte, das hätte ich.«

Hatte ich das tatsächlich? Ich war da nicht so sicher. Es ist ziemlich schwer, seinen eigenen Geisteszustand im Gefängnis zu beurteilen. Zu viele Gedanken schießen dir durch den Kopf, die Dinge erscheinen einem verwirrend, konfus.

»Was zum Teufel, Mann?«, blafft Felix. »Du glaubst nicht ein Wort von dem, was ich sage?«

Jessas. Fräulein Temperamentvoll da drüben. Bei Felix muss man vorsichtig sein. Normalerweise ist er ziemlich gechillt, aber die abwegigste Sache kann ihn rasend machen. Ich war bisher noch nie derjenige, der das dann ausbaden musste, aber andere Häftlinge hatten weniger Glück und verbrachten dann die nächsten Tage auf der Krankenstation.

»Ich glaub dir«, sage ich. Mache eine Pause. »Frischst du meine Erinnerung noch mal auf?«

»Ich *sage*, wir müssen akzeptieren, dass wir hier drin festsitzen. Sieh mal … du hast Leo gesehen, richtig? Der alte Kerl. Sitzt immer ganz hinten in der Kantine. Hält immer Messer und Gabel so, als würde er sie sich gleich in den Schädel rammen.«

»Yeah.«

»Weißt du, warum er so ist?«

»Lass mich mal eine verwegene Vermutung anstellen … weil er nicht akzeptiert hat, hier zu sein?«

»Bingo! Er denkt immer über einen Weg nach, der nach draußen führt. Immerzu Ausschau halten, planen. Der Typ sieht aus wie ’n Achtzigjähriger. War sein ganzes Leben hier drin, und er denkt *immer noch*, dass er irgendwann wieder das Draußen sehen wird. Immerzu redet er darüber, Tunnel zu graben oder sich durch die Kanalisation rauszuschleichen. Was hat's ihm gebracht? Magengeschwüre und Wahnvorstellungen. Das hab ich dem neuen Bengel gesagt. Pauly.«

»Was hat er gemacht?«

»Wieder angefangen zu heulen.«

Ich werfe einen Blick über die Schulter rüber zu Felix. Er ist ein großer Kerl, eins neunzig, ziemlich muskulös. Schwarze Haut und intensiv blickende Augen. Mag kitschige Romane aus der Gefängnisbibliothek. Gerade liegt er auf seiner Pritsche und hält ein rosa-oranges Buch in der Hand, ich kann aber nur die nackte Brust eines Typen, der einem Piraten ähnelt, auf dem Cover erkennen.

»Nur damit ich's richtig verstehe: Du glaubst, dass sich Leo mit seiner fehlenden Akzeptanz Magengeschwüre und Wahnvorstellungen eingehandelt hat?«

»Sicher. Du musst im Strom mitschwimmen, Mann. Das Leben leben wie ein Zenmönch, die Wichser machen sich keinen Stress über nix. So bricht dich der Knast. Du behältst die Hoffnung, das killt dich am Ende. Du musst kapieren, dass das von nun an dein Leben ist. Du musst den Scheiß in deiner *Seele* akzeptieren. Dann ist alles in Butter.«

»Niemand sagt mehr alles in Butter, Felix«, murmele ich und drehe mich wieder zur Zellentür.

»Ich schon.«

Fakt ist, ich gebe ihm tatsächlich recht. Auch

wenn ich von Zeit zu Zeit strauchle, hauptsächlich wegen der Langeweile von all dem Ganzen, hab ich mich doch vor Langem damit abgefunden, dass es das ist. Dass mein Leben vorbei ist.

Nicht dass es mir was ausmacht. Mein Leben war vorbei, bevor ich geschnappt wurde.

Aber was Felix über die Hoffnung sagt, ist wahr. Selbst diejenigen, die einen Grund zum Leben mitbringen, verlieren am Ende. Vielleicht pinnen sie ein Foto von ihrer Freundin an die Wand oder Zeichnungen von den Kindern. Geburtstagskarten, solche Sachen, alles erst mal Zeichen der Hoffnung. Hoffnung, dass sie immer noch ein Leben da draußen haben, dass sie eines Tages rauskommen. Aber wenn die Monate voranschreiten, gewinnt die Verzweiflung die Oberhand. Du kannst die Hoffnung nicht am Leben erhalten, ohne etwas dafür zurückzuzahlen. Du kannst deinem Verstand nur eine Weile lang etwas vorgaukeln, dann wendet er sich gegen dich.

Am besten ist einem alles einerlei. Oder *irgendwer*. Hat man nichts zu verlieren.

»Durchzählen!«

Ich lehne mich zurück, als ein heftiges Kurbelgeräusch durch den Trakt hallt, gefolgt von dem metallischen Knallen, als sich zweiundvierzig Türen öffnen.

Ich trete aus der Zelle und schaue dabei nach rechts und links. Ein Reflex. Es ist die perfekte Gelegenheit für einen Angriff, weil niemand es erwartet.

Alles safe, nur gähnende Häftlinge, die sich am Sack kratzen, als sie auf den metallenen Gitterrost treten, während Teil eins des täglichen Ablaufs beginnt. Das erste Zeitsegment in der niemals endenden Spirale, die in den Wahnsinn führt oder zum Tod – was immer auch zuerst kommt.

»Du hast die letzte Nacht geschnarcht«, sagt Felix, als er mir auf den Gang folgt.

»Ich schnarche nicht.«

»Verflucht, und ob du schnarchst! Wie ein Güterzug. Ernsthaft. Du musst zu 'nem Arzt oder irgendwas, denn sonst werd ich dich höchstwahrscheinlich irgendwann erwürgen, wenn du so weitermachst.«

»Was auch immer.« Ich unterdrücke ein Gähnen. Ich bin erschöpft, das ist jeder. Der Sturm, der seit zwei Tagen auf Florida einprügelt, hört sich an, als würde er stärker werden. Der tosende Wind sorgt für ein konstantes Heulen und Kreischen, das man selbst durch die dicken Gefängnismauern hört. Es treibt alle in den Wahnsinn, hält jeden nachts wach.

Heute habe ich deshalb verschlafen, normalerweise bin ich vor fünf auf den Beinen. Das ist die ruhigste Zeit im Knast. Selbst die Verrückten, die die ganze Zeit wach bleiben und rumschreien und weinen, dämmern in der Regel nach vier weg. Dann genieße ich die wenigen Momente der Entspannung, bevor mich die Gefängnisroutine dazu zwingt, den Tag in immer kleinere Zeitbröckchen einzuteilen.

Das erste Bröckchen startet mit dem Appell um Viertel nach sechs. Jeder Häftling muss sich aus seiner Zelle bequemen und davor warten, während die Vollzugsbeamten – die Correction Officers oder kurz COs – die vollständige Anwesenheit überprüfen. Wenn jemand verschläft oder zu spät zum Appell erscheint, beginnt der ganze Prozess von vorn, schön bei Nummer eins. Und du willst *wirklich* nicht der Typ sein, der den Zählappell verzögert. Denn das bedeutet ein verspätetes und hektisches Frühstück, und einige Häftlinge schätzen diese Art von Veränderung in ihrem Tagesablauf überhaupt nicht.

Nicht dass das Frühstück etwas wäre, worauf man sich freuen könnte. Für gewöhnlich gibt's Haferflocken, manchmal mit Erdnussbutter oder vielleicht auch mal Honig, dann fühle ich mich schon wie im Paradies. Aber das war's. Von den Eiern werde ich krank, und alles andere schmeckt wie Pappe.

Arbeit beginnt um acht, aber nicht jeder hat 'nen Job. Du musst beweisen, dass du's wert bist, musst ein Vorzeigegefangener sein, etwas, was ich die meiste Zeit bin, indem ich mich einzig um meinen Kram kümmere. Und glaub mir, das ist nicht leicht, wenn du 'n Ex-Bulle bist. Jeder Mitknacki will ein Stück von dir. Jeder CO will dir das Leben zur Hölle machen.

Ich arbeite mit Henry in der Wartungshalle. Er ist einer der älteren Typen, die noch alles reparieren können, und es ist seine Aufgabe, dafür zu sorgen, dass alle Gerätschaften und Maschinen im Gefängnis laufen. Ein Fulltime-Job in einem Drecksloch wie diesem hier.

Ich verdiene siebzig Dollar im Monat, fast das Doppelte des durchschnittlichen Einkommens der anderen Häftlinge. So kann ich mich meinen Lastern hingeben, Schokolade und Kaffee, was ich beides im Gefängnisladen kaufen kann. Der Kaffee ist allerdings scheiße, Instantmist, nicht mal Granulat, sondern nur ein fein gemahlenes Pulver. Ich glaub, da ist nicht mal Koffein drin. Man könnte das Zeug mit heißem Wasser verrühren und sich direkt in die Augäpfel injizieren, selbst dann täte sich nichts.

Nach dem Mittagessen hänge ich im Gefängnishof ab, nur um die Sonne auf dem Gesicht zu spüren. Früher habe ich es geliebt, an den Strand zu gehen, bin dort jedes Wochenende mit Amy hin. Wir wohnten nicht weit entfernt und konnten sogar das Salz in der Luft schmecken, wenn der Wind aus der richtigen Richtung wehte.

Hier jedoch nicht. Wenn ich auf dem Hof bin, ist das Einzige, was ich riechen kann, der üble Chemiegestank aus der Wäscherei. Der Dampf aus den Lüftungsschächten heizt die Feuchtigkeit noch weiter auf, die auf der Haut klebt wie 'ne Ölschicht.

Danach geht's bis fünf Uhr zurück zur Arbeit, Abendessen in der Messe, dann Freizeit, *recreation time*, in der wir Pool spielen, fernsehen, quatschen, Karten spielen oder im Gemeinschaftsareal unter dem Zellenbereich telefonieren dürfen.

Um acht Uhr steht der letzte Zählappell an, dann Bettruhe.

Ich lehne mich übers Geländer und entdecke zwei Wärter, die Wischmopps und Eimer an einige Typen aus den tiefer gelegenen Zellen ausgeben.

»Die Krankenstation ist überflutet«, erzählt Nick, der Typ aus der Zelle gegenüber. »Steht alles dreißig Zentimeter unter Wasser.«

»Und sie versuchen es mit 'n paar Wischmopps?«, frage ich. »Wird ziemlich viel bringen.«

Nick zuckt mit den Schultern. »Hab gehört, der Sturm wird richtig übel.«

»Ja?«

»Hab gestern Nachrichten geguckt.«

»Und was sagten sie?«

»Dass der Sturm richtig übel wird«, antwortet Nick.

Ich warte, aber er scheint nicht vorzuhaben, dem noch was hinzuzufügen. »Und?«

»Und nichts. Ein CO hat den Fernseher ausgestellt, bevor der Bericht zu Ende war.«

»War Freizeit zu Ende?«, fragt Felix.

»Nope.« Nick tippt sich an die Nase. »Kontrollier den Informationsfluss. Verstehst du, was ich sage?«

Ich versuche nicht mal, ein Seufzen zu unterdrücken. Nick ist davon überzeugt, dass jeder Angehörige der staatlichen Autoritäten in eine Art Verschwörung involviert ist, die sich insbesondere direkt gegen ihn richtet.

»Da brauch ich nicht die Nachrichten für, um zu sagen, dass der Sturm übel wird«, sagt Felix. »Hast du's letzte Nacht gehört? Diesen Wind? Jesus, ich dachte, das ganze Gebäude stürzt über unseren Köpfen zusammen.«

Ein lauter Knall hallt durch den Flügel. Ich sehe nach rechts, wo Evans oben an den Metallstufen steht, den Schlagstock erhoben, um damit ein zweites Mal auf das Geländer einzudreschen.

Typisch, war klar, dass er Schicht haben musste, genau dann, wenn ich müde bin und nicht in der Stimmung für seinen Scheiß. Ich hasse Evans, ernsthaft, und damit meine ich nicht, dass er mich reizt oder ärgert. Es geht tiefer. Ich verachte alles an ihm. Sein Gesicht, wie er atmet, das kleine Zucken in seinem Augenlid, wenn er versucht, Gefangene einzuschüchtern. Er ist ein tyrannischer Rüpel, so einfach ist das. Ein Rüpel, der es in eine Position geschafft hat, die ihm Macht verleiht.

Wäre ich ihm jemals draußen begegnet, hätte ich's zu meiner Mission gemacht, ihn ins Gefängnis zu stecken. Vielleicht hätte ich ihn rausgewunken und etwas Kokain in seinem Auto »gefunden«, so viel, dass man ihn für Drogenhandel eingebuchtet hätte, nicht nur für Drogenbesitz.

Die meisten anderen Wärter sind okay. Sie kommen zur Arbeit, machen ihren Job, fahren nach Hause. Aber Evans ... schon vom ersten Augenblick an wusste ich, dass er auf der anderen Seite der Gitterstäbe sitzen sollte. Ich habe Mörder gesehen. Ich habe Vergewaltiger gesehen. Da ist immer etwas in ihrem Blick. Evans hat diesen Blick.

Und er mag mich nicht, weil … Nun, ich bin mir nicht sicher. Ich vermute, weil ich nicht klein beigebe und seine Spielchen nicht mitspiele. Wieso sollte ich? Ich bin kein Krimineller mit typischer Karriere, sehe mich nicht als Mörder. Okay, ich hab jemanden getötet, aber jemanden zu töten, der deine Frau getötet hat, das ist kein Mord, sondern Vergeltung. *Gerechtigkeit.* Abgesehen davon bin ich ein ganz normaler Typ, der zwei Jahre verheiratet war, eine Familie gründen wollte. Meine Frau war Krankenschwester, ich war ein Cop, der zur Armee ging und dann wieder als Cop gearbeitet hat, als die Militärzeit um war. Das war's. Nichts Interessantes, nichts Spektakuläres.

Bis zu jener Nacht.

Evans kann mich nicht einschätzen, und das nervt ihn. Er setzt mich unter Druck und versucht, eine Reaktion zu provozieren. Ich glaube, das lässt ihn morgens aufstehen, der Wunsch, mich zu brechen.

Ich beobachte ihn, wie er den Gang entlanggeht. Er bewegt sich langsam, mit schaukelndem Schritt, der von einer alten Beinverletzung herrühren könnte. Er passt den Appell gern einem gewissen Rhythmus an. Linkes Bein nach vorn, klick, rechtes Bein, klick. Er hasst es, wenn irgendwer diesen Rhythmus unterbricht.

Niemand spricht, als er durchzählt. Auf dem

Gang gegenüber tut Martinez es ihm gleich. Sie ist stets vor Evans fertig, der jeden Häftling anstarrt, bis der wegguckt. Manchmal geht das schnell, manchmal auch nicht.

Ich schaue stur geradeaus. Evans Gesicht kommt in mein Blickfeld, seine glasigen Augen starren direkt in meine. Ein Schweißfilm bedeckt sein Gesicht. Klar, hier ist es so feucht wie in Satans Arschritze, aber Evans schwitzt unabhängig vom Wetter. Er wirkt immer speckig, so wie altes Speiseöl.

Er wartet darauf, dass ich wegschaue. Oder besser noch nach unten, als Zeichen der totalen Unterwerfung. Träum weiter, Fickfresse! Ich schau weiter exakt geradeaus, ich zwinkere nicht ein einziges Mal.

Wir stehen so für einen sehr langen Moment, keiner von uns dazu bereit nachzugeben. Nick erkennt, wohin das führen wird, und versucht es abzuwenden.

»Hey, Evans«, fragt er, »hat irgendwer draußen ein Wort über den Sturm verloren?«

Evans nutzt die Gelegenheit zum ehrenvollen Rückzug und widmet seine Aufmerksamkeit Nick. »Das Wort lautet: Kümmer dich um deinen Kram!«

Er geht weiter, klickend.

»Das ist kein Wort«, erwidert Nick. »Das sind sechs … nein, warte, fünf Wörter! Das sind fünf Wörter, Evans! Fünf!«

Nach dem Appell dürfen wir in den Aufenthaltsraum, ein extravaganter – und völlig unpassender –

Begriff für das ungleichmäßig geformte Eckchen an freier Fläche außerhalb der Zellen. Das wäre in etwa so, ein schabiges Motel in irgendeinem Kaff Alabamas als Fünf-Sterne-Luxusresort zu bezeichnen.

Wie immer hetzt alles wie verrückt zu den Telefonen. Sie sind jedermanns Lebensader, die Verbindung zu der Welt da draußen. Ich weiß nicht, warum sie sich die Mühe machen – sieben von zehn Telefonaten enden damit, dass der Häftling den Hörer völlig frustriert auf die Gabel knallt.

Tja, so sieht die Sache aus. Im Knast zu sein sorgt dafür, dass sich jeder wieder mental auf das Niveau eines Teenagers zurückentwickelt. Nichts steht mehr im Verhältnis. Deine ganze Welt – dein ganzes *Universum* – verkleinert sich auf die Größe einer Highschool, nur mit Mördern und Gangs statt Cliquen von Cheerleadern und Sportskanonen. Eine empfundene Kränkung wird zu einer tödlichen Beleidigung. Einmal schief gucken ist Grund genug, dass jemand dich angreift. So verändert sich deine Sichtweise, wenn du drinnen bist.

Aber diese Veränderung wirkt sich auch auf deine Verbindungen zu der Welt da draußen aus. Du wirst paranoid, und die kleinste Pause am anderen Ende der Leitung, das leichteste Zögern macht dich wütend. Denn jeder einzelne Häftling, der immer noch in einer Beziehung ist, hat nur zwei Sachen im Kopf: Wann wird sie mich verlassen? Und: Mit wem betrügt sie mich? Es kann die stärkste, liebevollste Beziehung da draußen gewesen sein, Verliebte seit Kindheitstagen, die erste, mit der du Sex hattest, was auch immer. Das alles zerbröselt zu Angst und Unsicherheit, und zwar in dem Moment, in dem sich die Gefängnistore hinter dir schließen.

Es gibt sechs am Boden verschraubte, sechseckige Tische, die bereits besetzt sind. Kartenspiele werden gezückt, Lebensmittel aus dem Gefängnisladen wechseln den Besitzer, um Schulden zu begleichen. Wie bei allem im Knast gibt es eine Hackordnung. Niemand wagt es, sich irgendwo hinzufläzen, bis Leon, der Traktboss, sich entschieden hat, wo er Platz zu nehmen wünscht. Dann pflanzen sich seine Leutnants und Leibwächter um ihn, und erst danach werden die restlichen Tische belegt. Diejenigen, die gegenwärtig in Leons Gunst stehen, nehmen die ihm nächstgelegenen und überlassen die unpopulären Tische nahe der Tür den übrigen Insassen.

Mich kümmert dieser Scheiß nicht. Ich schreite den Block ab, Runde für Runde. Das hat zwei Vorteile. Es hält mich fit und gesund, und die anderen bleiben mir gegenüber misstrauisch. Alles, was vom Gewöhnlichen abweicht, sticht hervor, was man entweder zu seinem Vorteil nutzen kann oder vermieden werden muss. Runde um Runde zu marschieren, manchmal sogar zu joggen, je nachdem, wie viel nervöse Energie sich angestaut hat, dabei mit niemandem reden – aus irgendeinem Grund stempelt mich das als jemand ab, der nicht zu lesen ist. Unvorhersagbar.

Einige Häftlinge haben versucht, irgendeinen Scheiß mit mir anzufangen. Als ich neu hier war und sie spitzgekriegt haben, dass ich Cop war. Ich musste sie auf die Krankenstation schicken, einer von ihnen wäre fast an einer inneren Blutung krepiert. Einem anderen hab ich den Kiefer gebrochen, das Handgelenk und drei Rippen. Ich hatte allerdings keine Wahl, ich musste an ihnen ein Exempel statuieren. Wenn du das nicht machst, wenn du dich einfach nur rumschubsen lässt, läufst du hier mit einer großen Zielscheibe auf dem Rücken herum. Und die Zielscheibe auf dem Rücken eines Cops wiederum ist verdammt groß, das kann ich dir sagen.

Ich hab noch nicht mal eine Runde im Trakt beendet, als mein Name über den Lautsprecher ausgerufen wird.

»Constantine, Manuel, Perez, Stevens, Deacon, Murphy, MacLeod, Felix und Nunes: aufstellen!«

Das erregt jedermanns Aufmerksamkeit. Jede Abweichung von der Routine ist interessant.

Wir stellen uns vor der Tür auf, die aus dem Block führt. Ein lautes Summen ertönt, und Evans tritt ein, stellt sich auf die Seite und hält die Tür halb offen. Ich frage nicht mal, was los ist, er würde sowieso nicht antworten.

Deacon ist derjenige, der das Wort ergreift. »Hey,

Evans, was is los? Wir hatten noch nicht mal Frühstück.«

Evans starrt nur auf sein Clipboard.

»Komm schon, Mann«, sagt Deacon. »Ich hab niedrigen Blutzucker. Ich brauch was zu essen.«

Evans wirft ihm schließlich einen gelangweilten Blick zu. »Du wirst später gefüttert. Du hast Arbeit vor dir.«

»Was für Arbeit?«, fragt Nunes.

»Das alte Gefängnis saubermachen.«

»Das Glashaus? Zum Teufel, wozu?«

Das ist eine sehr gute Frage. Das Glashaus wurde vor dreißig Jahren eingemottet, ist total veraltet, ungefähr siebzig Jahre alt, schätze ich. Keine elektrischen Schließvorrichtungen, alle Zellen müssen mit Schlüssel geöffnet werden. Kaum Licht. Eng. Klaustrophobisch. Mehr Irrenhaus als Gefängnis.

»Warum werden wir bestraft?«, fragt Manuel.

»Du weißt schon, wo du bist?«, fragt Evans zurück. »Du stellst keine Fragen. Du tust, was dir verdammt noch mal gesagt wird.« Er zögert. »Aber ich erzähl dir, warum, aber nur, weil ich es dir erzählen *will*, verstehst du?« Er wartet, bis Manuel zum Zeichen des Einverständnisses nickt. »Einige der anderen Gefängnisse werden evakuiert wegen dem Hurrikan. Wir werden das Glashaus zur vorübergehenden Verbringung nutzen.«

Er dreht sich um und wendet sich den übrigen Häftlingen zu, die uns von ihren Stühlen aus beobachten. »Macht es euch nicht zu bequem. Ich werd die meisten von euch nach und nach rüberbringen. Arbeitsreicher Tag heute.«

Er wedelt mit dem Clipboard, und wir marschieren langsam aus dem Trakt.

WARNLAGEBERICHT

Amtliche Mitteilung Nr. 6 des NWS National Hurricane Center Miami FL

Betreff: Hurrikan Hannah

Samstag, 28. August 2021, 02:00 Uhr

ENTWICKLUNG DER WETTER- UND WARNLAGE

Tropensturm Hannah schwankt seit einigen Tagen zwischen der Kategorie 2 und 3, da sich die Eyewall am Auge ständig neu formiert. Der Hurrikan ist durch den Golf von Mexiko gezogen und in Johnson Bayou, Louisiana, auf Land getroffen. Sein Weg führt ihn weiter durch Alabama, mit Windgeschwindigkeiten von 190 Meilen pro Stunde (305 Stundenkilometer) beim Übertritt nach Georgia. Laut Prognose wird Hannah im Verlauf des 28. August von Kategorie 3 auf Kategorie 4 hochgestuft. Hannah wird zu Behinderungen bei den anlässlich Hurrikan Josephine eingeleiteten Evakuierungsmaßnahmen in den östlichen und südlichen Bundesstaaten führen, darunter auch Florida. Es wird empfohlen abzuwarten, bis Hannah auf den Atlantik trifft, bevor neuerlich der Versuch einer Evakuierung unternommen wird.

WARNUNG

Falls Evakuierung noch nicht abgeschlossen, bitte umgehend Schutz suchen.

Zwei

Freitag, 27. August
07:00 Uhr

Keira Sawyer sitzt auf einem harten Plastikstuhl und knetet nervös die Hände im Schoß, während sie dem Wüten des Sturms vor dem Bürofenster lauscht. Die Jalousien sind heruntergelassen. Sie weiß nicht, ob derjenige, wem auch immer das Büro gehört, lieber nichts vom Wetter draußen sehen möchte, oder ob er einfach noch nicht startklar für den Tag ist.

Es war ein Fehler herzukommen, das weiß sie nun. Teufel, sie wusste es bereits an diesem Morgen, als sie durch überflutete Straßen gefahren ist, vorbei an Verkehrslawinen, die alle in die entgegengesetzte Richtung unterwegs waren. Dumm. Gefährlich. Verrückt.

Aber was sonst hätte sie tun sollen?

Die Tür wird abrupt geöffnet, und eine kleine Frau in Wärteruniform tritt ein. Sie hält ein Clipboard in der Hand und wirkt sowohl gestresst als auch genervt. Ein Eindruck, der sich noch verstärkt, als sie Sawyer im Büro sitzen sieht.

»Ich hab gedacht, er veräppelt mich.«

Sawyer zögert. »Wer?«

»Wilson. Er hat gemeint, die Neue wäre da. Ich hab gesagt, sein Sie doch nicht irre, niemand ist dumm genug, an seinem ersten Tag während eines Hurrikans zu kommen. Und dennoch bist du hier.«

Sawyer lässt die Beleidigung an sich abprallen, die Frau hat ja auch nicht ganz unrecht. »Ich ... dachte nicht, dass ich die Wahl hätte. Ich meine, es hat mir niemand gesagt, dass ich *nicht* erscheinen soll.«

»Du musst den Job wirklich brauchen.«

Sawyer nickt. »Das tue ich.«

Die Vollzugsbeamtin seufzt. »Schön, ich bin Martinez. Sieht so aus, als wäre ich heute deine Fremdenführerin. Los geht's.«

Als Sawyer aufsteht, wird sie von Martinez von oben bis unten gemustert. Etwas, das sie an »der Neuen« sieht, macht Martinez scheinbar noch unglücklicher. »Was wiegst du, fünfundfünfzig Kilo?«

»Knapp achtundfünfzig. Warum?«

»Größe?«

»Eins siebzig.«

»Jesus, die werden dich bei lebendigem Leib fressen.«

Sawyer reckt sich, und es wirkt ein klein wenig, als wollte sie sich verteidigen. »Ich bin taffer, als ich aussehe.« Sofort bereut sie, dass sie das gesagt hat. Selbst in ihren eigenen Ohren klingt es kindisch.

»Um deinetwegen, *Honey*, wünsche ich's mir, ehrlich. Los, gehen wir.«

Sie folgt Martinez aus dem Büro in den dahinterliegenden Korridor. Er ist leer, erhellt von grellen Leuchtern, die in die Decke eingelassen sind.

»Bleib dicht bei mir«, sagt Martinez. »Und vor allem, gerate niemals in die Griffweite einer der Gefangenen. Du bist neu. Du bist süß. Verflucht, die werden einen Mordsspaß mit dir haben. Und zeig niemals, unter gar keinen Umständen, Angst. Verstanden? Wirke niemals verunsichert oder gar panisch, und lächle nicht. Versuch nicht, ihre Freundin zu sein. Wenn du irgendwas davon machst, spricht sich das rum, und sie *werden* es gegen dich verwenden.«

Sawyer beeilt sich, mit ihr Schritt zu halten. »Wie soll ich dann dreinschauen?«

»Was?«

»Du hast gesagt, zeig keine Angst. Lächle nicht. Was soll ich dann tun?«

»Ich wette, du wirst des Öfteren in Bars angemacht, richtig?«

»Könnte sein.«

»Das Gesicht, das du aufsetzt, wenn du zeigen willst, dass du nicht interessiert bist … *so* sollst du dreinschauen.«

»Du meinst, ich soll mich ihnen gegenüber gleichgültig zeigen, mein Resting-Bitch-Face aufsetzen?«

»Ich meine, du sollst dein *permanentes* Bitch-Face aufsetzen.«

Martinez führt sie durch den Korridor und dann durch eine Tür in eine Art Großraumbüro. Teile der Belegschaft sind hier, einige sitzen, einige passieren es lediglich auf dem Weg zu Korridoren, die zu anderen Teilen des Gefängniskomplexes führen. Martinez hält direkt auf eine Doppeltür auf der anderen Seite zu und drückt die Verriegelung nach unten, um die Türen zu öffnen. Sawyer folgt ihr und lässt die Türen hinter sich zuknallen. Der Korridor dahinter erstreckt sich derart lang vor ihnen, dass sie nicht mal dessen Ende ausmachen kann.

»Okay, die Justizvollzugsanstalt Ravenhill ist ungefähr vier Quadratkilometer groß, also riesig«, erklärt Martinez. »Hier sind wir im Verwaltungsgebäude, dem Drehkreuz des Gefängnisses. Es ist viel größer, als man es normalerweise von modernen Gefängnissen kennt, was hauptsächlich daran liegt, dass es noch aus der Armeezeit stammt.«

»Armeezeit?«, fragt Sawyer verwirrt.

»Darauf komm ich noch. Hier, in der Administration – oder kurz Admin –, haben wir ein paar Rückzugsmöglichkeiten, darunter Räume für Gläubige, ein Fitnessstudio für die Belegschaft, Lager für den Gefängnisshop und anderweitige Versorgung, eine Verladerampe, die Waffenkammer, eine Halle mit Schießstand, das Büro des Sheriffs, Belegschaftsbüros und so weiter.«

»Aber …«

Martinez dreht sich halb herum und hebt die Hand. »Fragen später. Spar dir deinen Atem.« Sie dreht sich wieder um und schreitet mit großen Schritten voran. »Das hier ist der Belegschaftskorridor. Er reicht vom Admin den ganzen Weg zum Belegschaftsbereich auf der Nordseite des Gefängnisses. Nordseite, so nennen wir das Gebäude dort, schlicht und einfach. Das Gleiche haben wir auf der Südseite. Je nachdem, wo du eingesetzt wirst, parkst du deinen Wagen an der Nordseite oder hier.«

»Du hast gesagt, das wäre der Belegschaftskorridor?«

»Ja, hier sind keine Häftlinge erlaubt.«

»Und wenn ihr die irgendwo hinbringen müsst?«

»Es gibt einen Insassenkorridor auf der anderen Seite des Gefängnisses, eine exakte Kopie von dem hier, der ebenfalls vom Admin bis zur Nordseite führt. Immer sicherstellen, dass sie innerhalb der roten Linie bleiben, wenn du als Eskorte eingeteilt bist.«

Der Korridor, durch den sie gehen, scheint kein Ende nehmen zu wollen und scheint immer enger zu werden, je weiter er verläuft.

Martinez bemerkt ihren Blick. »Ja, hier hast du keine großen Probleme damit, auf deine zehntausend Schritte zu kommen. Nicht hier. Ich hab mal vierzig auf einer Schicht gemacht.«

»Vierzig?«

»Tausend.«

»Schritte? Aber das ist ja wie …« Sawyer rechnet

es kurz im Kopf durch. Nein, das kann nicht stimmen, oder? Sie schaut Martinez schockiert an.

»Fünfunddreißig, vierzig Kilometer? Yeah.«

»Jesus.«

»Wem sagst du das! Okay, hör zu: Ich erklär dir den Lageplan. Nördlich vom Admin haben wir sieben separate Wohneinheiten.« Sie zeigt auf die Wand zu ihrer Linken. »Sie befinden sich alle dort.«

»Einheiten? Nicht Blocks?«

»Nein. Einige der älteren Häftlinge nennen sie noch so, aber sonst niemand mehr. Die ersten vier Komplexe sind *General Population,* also die Normalos, und wir nennen diesen Bereich Gen Pop. Dort sitzen die durchschnittlichen Kriminellen ihre Zeit ab. Nicht unbedingt nette Zeitgenossen, aber sie machen uns nicht allzu viel Ärger. Und falls sie's machen, dann wissen sie, wann sie die Reißleine ziehen müssen, denn keiner von denen will in Einzelhaft landen. Einige von ihnen, ich würde sagen, um die vierzig Prozent, arbeiten auf ihr GED hin.« Sie wirft einen Blick über die Schulter. »Das ist das *General Education Diploma.*«

Sawyer lächelt fast. »Ja, ich weiß. Ein Schulabschluss, den man eigentlich haben sollte. Ich bin nicht so grün hinter den Ohren, wie ich vielleicht aussehe.«

»'tschuldigung. Also, das Gen Pop beherbergt sowohl die Typen, die an den GED-Programmen teilnehmen, als auch die, die in den Industriekolonnen arbeiten.«

»Was machen die?«

»Nummernschilder. Waffen fürs Militär. Fast-Food-Uniformen. Und auch die Reizwäsche, auf die dein Freund so steht, wurde wahrscheinlich genau hier angefertigt.«

Sawyer muss lachen. »Hör auf!«

»Ich mein's ernst. Und die meisten von ihnen bekommen etwas um die fünfzig Cent pro Stunde. Privatgefängnis, Sawyer. Legalisierte Sklavenarbeit.«

Ein paar COs passieren Martinez, und als sie das hören, werfen sie ihr einen bösen Blick zu, gehen aber kommentarlos weiter.

»Niemand redet gern darüber«, sagt sie und nickt in Richtung der Wärter. »Weil sie alle wissen, dass es nicht richtig ist. Wie auch immer, das Gen Pop ist die Einheit eins bis vier. Separate Gebäude, verbunden in ihrer Mitte durch Korridore und Sicherheitsschleusen mit ihren eigenen *Security Pods.* Nach den vier kommen wir zu den Einheiten für die Speziellen.«

»Die Speziellen?«

»Die erste ist die *Transitional Care Unit*, die TCU. Dort findest du die Insassen, die pflegebedürftig sind. Nicht einfach nur verletzt, ich spreche von postoperativer Nachsorge, vielleicht auch Sterbebegleitung.«

»Okay.«

»Die nächste Einheit ist die *Mental Health Unit*, und glaub mir, du willst nicht in der MHU arbeiten. Ernsthaft. Wenn du auf dem Dienstplan dort eingetragen wirst, dann sieh zu, dass du da wieder wegkommst. Wir haben hier die ganz besondere Sorte von Verrückten. Wenn es Hannibal Lecter wirklich gäbe, er säße hier. Ich hasse diesen Ort, verflucht noch mal.«

Sie gehen schweigend weiter, und Martinez scheint in Gedanken verloren.

»Und die letzte Einheit?«, fragt Sawyer.

Martinez sieht sie überrascht an, als hätte sie vergessen, dass Sawyer überhaupt da ist. »Die ACU, die *Administrative Control Unit.* Aber die Häftlinge nennen es Super-Seg – für dich und mich Administrative Segregation. Dort verwahren wir die gewaltbereitesten Täter, die schon Mitgefangene oder einen von der Belegschaft angegriffen haben, jene, die eine Bedrohung für Leib und Leben eines jeden Insassen und eines jeden COs hier drin sind. Sie sind dort dreiundzwanzig Stunden am Tag eingeschlossen, bekommen eine Stunde für die Leibesertüchtigung, und das war's. Die ACU ist so eingerichtet, dass die Belegschaft niemals direkten körperlichen Kontakt mit den Tätern eingehen muss. Die Zellen kann man nur durch zwei Türen betreten, es gibt also für jede Zelle eine Sicherheitsschleuse. Maximale Sicherheit.«

»Was machen die dreiundzwanzig Stunden da in ihren Zellen?«

»Die meisten werden verrückt und enden in der MHU. Manche marschieren im Kreis, einige hämmern gegen die Wand. Ein paar lesen. Ich will nicht lügen, das ist kein Leben. Ich glaube, ich wäre lieber tot, als dort weggesperrt zu sein.«

»Das … klingt wie die Hölle.«

»Sieh an, das ist das wirklich Klügste, was du gesagt hast, seit wir uns begegnet sind. Dieser Ort *ist* die Hölle, und das Admin ist so eine Art … nun ja, die Vorhölle, das Fegefeuer. Wir sind die verlorenen Seelen, die hier ihre Zeit absitzen und Buße tun oder zu was auch immer wir verdonnert worden sind. Dann, je tiefer du ins Gefängnis vordringst, je tiefer du in den verschiedenen Ebenen hinabsteigst, gelangst du schließlich zur ACU.« Martinez bedenkt Sawyer mit einem ernsten Blick. »In der ACU hätte Satan seinen Thron.«

Sie verfallen in ein unangenehmes Schweigen. In Sawyers Bauch macht sich Angst breit, und sie fragt sich, ob sie einen wirklich großen Fehler gemacht hat. Sicher, sie braucht diesen Job. Aber das … Sie ist nicht sicher, ob sie das hinbekommt.

Sie erreichen eine Tür in der linken Wand, und Sawyer hält inne, linst durch das Sicherheitsglas, nur um in einen weiteren schmucklosen Korridor zu starren. »Wo sind wir jetzt?«

»Einheit vier.«

Sie schaut Martinez überrascht an. »Wir haben erst vier Einheiten passiert?«

»Sind noch nicht mal aus dem Gen Pop raus. Weiter.«

Martinez geht los und wartet nicht ab, ob Sawyer ihr folgt.

»Ich kapier's nicht. Warum ist es so groß?«

»Das passiert, wenn du etwas umfunktionierst, statt es von der Pike auf zu planen. Das war mal ein Armeestützpunkt. Und das alte Gefängnis, das Glashaus, das war ein Militärgefängnis, und der Name ist anscheinend ein britischer Slangausdruck. Frag mich nicht, warum er sich gehalten hat.«

Tatsächlich stammt der Ausdruck »Glasshouse« aus der letzten Hälfte des 19. Jahrhunderts. So nannte man aufgrund seines Glasdaches das Aldershot Military Prison in Hampshire, England, eine Bezeichnung, die sich in der britischen Armee für Militärgefängnisse im Allgemeinen etablierte. Doch das wissen weder Sawyer noch Martinez.

»Scheint selbst für einen Militärstützpunkt ein ziemlich seltsamer Ort zu sein«, meint Sawyer.

»Du hast Glück, dass du mich hast, um dich aufzuklären. Sheriff Montoya hätte dich mit einer PowerPoint-Präsentation gelangweilt. Irgendwann früher einmal gab es Pläne für die Errichtung von etwas namens Cross-Florida Barge Canal, so ungefähr 1935. Die Regierung wollte ein Kanalsystem, das sich komplett durch Florida erstreckt, von Jacksonville bis ganz zum Golf von Mexiko.«

»Warum?«

»Um Güter durch Florida zu transportieren. Die Kanäle sollten vom Ingenieurscorps der U.S. Army ausgehoben werden. Die Pläne waren geradezu irre teuer, und die Finanzierung ging den Bach runter. Nichts wurde fertiggestellt.«

»Und der Komplex hier?«

»Hier hatte das Ingenieurcorps seine Basis. Aber als das Geld ausging, entschied sich die Armee, das Beste aus dem zu machen, was sie bereits gebaut hatten, und wandelten es um in ein Militärgefängnis. Deshalb ist der Aufbau so komisch, es war niemals als Zivilgefängnis gedacht. Es war mal eine Armeebasis, eine Baustelle, ein Trainingsgelände, ein Auffangbecken für Sturm- und Überschwemmungskatastrophen …«

Sawyer wird immer verwirrter. »Ein was?«

»Yeah. Das ganze Kanalprojekt wurde 1964 wiederbelebt, aber diesmal erhielt die Armee den Auftrag, riesige Sturmschächte unterhalb des Glashauses zu bauen. Der Komplex liegt nah am Ozean, und all die anderen Dämme und Kanäle, die sie errichten wollten, hätten hier durchgeführt. Die Schächte sollten Überflutungen eindämmen. Aber Nixon hat das Projekt 1971 wieder gecancelt. Einige Umweltschützer waren dagegen, schlechte Publicity. Und er hatte andere Sorgen, also hat er die ganze Sache abgeblasen.«

»Und das Hochwassersystem?«

»Wurde nie fertiggestellt. Es gibt kilometerlange Tunnel ungefähr dreißig Meter unter uns. Riesige Flutkammern, zehn, zwölf Meter hoch. Muss ein verdammtes Vermögen gekostet haben. Die Army hat das ganze Areal an eine Firma verkauft, die einem gewissen Typen namens Ravenhill gehörte, und es wurde in ein Zivilgefängnis umgewandelt.

Das Glashaus wird seit den späten Achtzigern nicht mehr benutzt, es war irgendwann veraltet. Keine Elektronik, alles lief dort noch von Hand. Du weißt, was ich meine: schwerfällige Riegel, um die Zellentüren zu öffnen, solche Sachen. So verflucht klaustrophobisch. Damals war es ein Initiationsritus, dass ein neuer CO 'ne Nacht dort verbringen musste.«

»Hast du?«

»Jep.« Martinez schüttelt sich. »Fühlt sich an, als ob die Wände auf dich zukommen. Du hörst all diese Geräusche ...«

Sawyer hat die Türen gezählt, seit sie losgegangen sind. Jetzt kommt Nummer sieben, und der Belegschaftskorridor endet gut einhundert Meter vor ihnen.

Martinez bleibt stehen. »Das ist die ACU zu unserer Linken.« Sie zeigt auf die Doppeltür geradeaus vor ihnen. »Durch sie kommt man zur Nordseite. Belegschaft und Admin. Umkleideräume, Küche, solche Sachen.« Sie übergibt Sawyer zwei elektronische Schlüsselkarten. »Die sind zeitlich begrenzt gültig. Mit der einen kommst du durch jede Tür am Ende dieses Korridors, mit der anderen über den Belegschaftsraum auf der Nordseite nach draußen. Mein Rat? Benutz sie und hau ab. Komm wieder, wenn der Hurrikan weg ist und ich zurück bin.« Sie dreht sich um und geht auf demselben Weg wieder zurück.

»Warte!«, ruft Sawyer, als sie plötzlich realisiert, was Martinez gesagt hat. »Was meinst du damit? Du bleibst nicht?«

Martinez bleibt erneut stehen und dreht sich um. »Verflucht, nein. Wir werden heute im Verlauf des Tages von der Nationalgarde abgelöst. Die COs verlassen schichtweise das Gefängnis, die Evakuierung läuft bereits. Ernsthaft, du solltest zurück zu deinem Auto und verschwinden, nach Norden. Dieser Sturm wird erst einmal so richtig wüten, bevor er sich abschwächt.« Sie sieht sich um. »Ich hoffe, all das steht noch, wenn es vorbei ist. Ich brauch diesen Job. Muss Rechnungen bezahlen.«

Sie geht wieder los und lässt Sawyer allein in dem riesigen Korridor zurück, die ein merkwürdiges Geräusch bemerkt, das von hinter der Tür zur ACU kommt. Sie schreitet zögerlich darauf zu und lauscht.

Es ist kein Geräusch, es sind schreiende Häftlinge.

Drei

07:30 Uhr

Alle Häftlinge, die Evans aufgerufen hat, stellen sich in dem engen Korridor außerhalb unseres Blocks auf, dessen Wände in den typischen gelbgrünen Farben gestrichen sind, die Krankenhäuser, psychische Einrichtungen und auch Gefängnisse gemein haben. Meine Theorie lautet, dass jemand in der Regierung in den frühen Achtzigern einen Großauftrag an Land gezogen hat, als jedem bewusst wurde, dass die vorherige Dekade mit Häusern in Senf- und Avocadofarben nicht wirklich eine gute Idee gewesen war. Lösung? Verscherble die Farben an die Regierung.

Der Korridor endet an einer schweren Tür. Rechts ist ein mit Drähten gesichertes Fenster, durch das man in den Sicherheitsraum sehen kann. Wir stehen an der Wand aufgereiht, während Evans unsere Namen auf dem Clipboard durchgeht. Ein jüngerer Beamter, ein Typ namens Gonzalez, steht direkt vor uns, einen dreckigen Sack zu seinen Füßen.

Gonzalez ist neu, erst seit etwa einem Jahr im Dienst und immer noch ziemlich anständig gegenüber den Insassen. Scheint ein guter Kerl zu sein, aber der Job zeigt bereit Auswirkungen auf ihn. Obligatorische Überstunden bedeuten, dass die COs Vierzehn-Stunden-Schichten schieben müssen, und die dunklen Ringe unter seinen Augen sind der Beweis dafür, wie sehr ihn das belastet. Es wird nicht mehr lange dauern, dann wird er genau so werden wie die anderen, nur noch minimalen Einsatz zeigen und darauf warten, dass die Uhr runtertickt und er endlich nach Hause kann.

Evans ist mit dem Durchzählen fertig, greift sich den Sack und leert dessen Inhalt auf dem Boden aus. Bauchketten kullern heraus, die sich zu seinen Füßen winden wie eiserne Schlangen. Großartig. Niemand mag Bauchketten. Sie schränken die Bewegungsfreiheit so weit ein, dass man sich nicht mal an der Nase kratzen kann.

Gonzalez und Evans arbeiten die Reihe ab und legen die Fesseln an, Evans bei mir, wobei er sie so fest anzieht, dass sie mir in den Bauch drücken. Ein Anfängerfehler von mir. Man muss den Bauch rausdrücken, wenn sie die Bauchketten anlegen. Wenn man sich dann wieder entspannt, sitzen sie nicht so eng, dass sie dir das Atmen erschweren.

»Sie könnten sie ein bisschen lockern«, sage ich zu Evans.

»Könnte ich das?«

»Ja. Sitzt ein wenig straff.«

»Sicher. Entschuldigen Sie.«

Er lockert die Kette, und ich versuche, meinen Bauch rauszudrücken, doch er verpasst mir mit dem Ellbogen einen kräftigen Haken in die Seite. Ich zucke zusammen und krümme mich, und er nutzt die Gelegenheit, um die Bauchkette noch straffer zu ziehen, mit einem Grinsen im Gesicht. Dann greift er die Handschellen, die an der Bauchkette befestigt sind, und legt sie so eng wie möglich um meine Handgelenke.

»Wie ist das, Sir? Ganz nach Ihren Wünschen?«

Er gluckst und geht die Reihe ab, um den Sitz der Handschellen zu prüfen und die Bauchketten nachzuziehen, die Gonzalez seiner Meinung nach nicht fest genug angelegt hat. Dann schlägt er gegen die Metalltür, die aus dem Korridor führt.

»Öffne B.«

»Öffne B«, ertönt die gedämpfte Stimme aus dem Sicherheitsraum.

Der Sicherheitsraum fungiert als zentrales Drehkreuz, während die Blöcke A, B und C wie klobige Speichen davon abgehen. Mit den Computern im Raum lassen sich die Schlösser im Flügel aktivieren, er ist mit kugelsicherem Glas geschützt sowie mit einer robusten, neun Zentimeter dicken Tür. Er verfügt zudem über einen Waffenschrank, falls die Häftlinge mal außer Kontrolle geraten, mit Gewehren sowie scharfer Munition, Gummigeschossen und Mannstoppmunition – alles, was die COs brauchen, um einen Aufruhr niederzuschlagen.

Ein lautes Summen ertönt, und die Tür öffnet sich. Evans führt uns in den Korridor auf der anderen Seite. Auch der ist gelb-grün gestrichen, doch auf dem Boden ist eine rote Linie angebracht, gut sechzig Zentimeter von der Wand entfernt.

»Innerhalb der Linie bleiben!«, schreit Evans.

»Schön, mal rauszukommen«, meint Felix im Plauderton, als jeder zur roten Linie schlurft und rechts davon bleibt. »Mal die Routine durchbrechen. Wie ein Familienurlaub.«

Ich schaue mich im Korridor um. Lampen sind in der Decke eingelassen, deren Licht vom dicken Sicherheitsglas gedämmt wird. Freiliegende Rohre, deren obere Hälfte schwarz vom Staub der Jahre ist, schlängeln sich die Wände direkt unterhalb der Decke entlang. Es gibt einen alten rostfarbenen Blutfleck an der Wand.

»Wohin zum Teufel bist du in den Urlaub gefahren?«, frage ich.

Gonzalez hält vor der Tür am Ende des Gangs an. Wir warten, während uns die Wachen in einer Kabine auf der anderen Seite über eine Kamera checken.

»Macht schon!«, schreit Gonzalez. »Reinigungstrupp für das Glashaus.«

Die Tür summt, Gonzalez zieht sie auf, und wir marschieren hindurch. Wachbeamte starren uns an, ihre Gesichter kalt und teilnahmslos.

»Was glotzt ihr so?«, ruft jemand aus dem hinteren Teil der Reihe.

Ich blicke über die Schulter. Nunes zeigt den

Wachen den Mittelfinger, als er an der Kabine vorbeikommt. »Yeah, fickt euch, Leute. Kommt da raus und guckt mich hier draußen einmal so an.«

Felix, sonst ja immer derjenige, der unvorhersagbar reagiert, dreht sich um, packt Nunes trotz der Handschellen und drückt ihn gegen die Wand. »Willst du wohl verdammt noch mal die Fresse halten? Willst du, dass sie uns zurück in unsere Zellen schicken?«

»N-nein, Mann. Ich hab nur …«

Felix zieht ihn zurück und knallt ihn noch mal hart gegen die Wand. »Mach den Kopf dicht, sonst mach ich dich ’nen Kopf kürzer.«

Evans kommt hinzu. »Lass ihn los.«

Wenn es irgendein anderer Gefangener gewesen wäre, hätte Evans ihn mit dem Schlagstock bearbeitet. Aber weil es Felix ist, gibt er ihm die Chance, selbst den Rückzug anzutreten. Jeder weiß, dass Felix etwas … impulsiv sein kann.

Felix stellt sich wieder in die Reihe, und Evans nimmt seinen Platz ein, um Nunes seinen Schlagstock mit beiden Händen gegen den Kehlkopf zu drücken. »Und, willst du das noch mal wiederholen?«

Evans drückt noch fester zu, sodass Nunes nicht sprechen kann. Verflucht, er kann kaum atmen.

»Kann dich nicht hören, Klugscheißer. Ich hab dich gefragt, ob du das noch mal wiederholen willst.«

Nunes schüttelt den Kopf. Evans starrt ihn noch

einen Moment länger an, dann macht er einen Schritt zurück. Nunes klappt zusammen, hustend und nach Luft japsend.

Evans zieht ihn am Kragen hoch. »Keine Verzögerungen!«, schreit er. »Bewegt euch!«

Wir gehen weiter, niemand redet mehr.

Unser Weg führt uns durch den restlichen Flügel. Wir passieren die Erholungsräume für die Belegschaft, Büros, die Gefängniskantine, den Korridor zum Belegschaftsgym, bevor wir schließlich an einer gesicherten Tür stehen bleiben, die in den Hauptverwaltungsbereich von Ravenhill führt, der – welch schillernder Kreativitätsbeweis – Admin genannt wird.

Hier befinden sich die Büros und die Verwaltung, die mit dem A-Flügel betraut sind. Flügel A ist ein neuerer Teil des Gefängniskomplexes, errichtet in den Neunzigern, als die vier Gen-Pop-Einheiten von Ravenhill nicht mehr ausgereicht haben. Das einzige Problem ist, dass das tatsächliche Gefängnis, genau wie das Glashaus, den ganzen bebaubaren flachen Bereich auf der Kuppel des Hügels ausfüllt. Für Flügel A musste daher ein Teil des Hügels abgebaggert werden, sodass er ungefähr dreißig Meter tiefer liegt als der Rest des Gefängnisses.

Evans öffnet die Türen mit seinem Schlüssel, und wir erklimmen den aufwärts führenden Korridor. Oben öffnet er eine weitere Tür, und wir betreten den Rezeptionsbereich vom Admin, und wo man auch hinsieht, erkennt man das Alter. Die »Empfangshalle« ist ein riesiger Raum, deren Decke mit Ornamenten versehen ist – er gehört tatsächlich eher in ein Hotel als in ein Gefängnis. Die Wände sind mit dunklem Holz getäfelt, und an der Wand gegenüber steht ein antiker Holztresen, auf dem fünf Computermonitore installiert sind, doch nur drei von ihnen werden zu dieser Stunde von der Belegschaft benutzt.

Rechts stehen zwei Metalldetektoren, die in den Wartebereich am Vordereingang des Gefängnisses führen. Noch sind keine Zivilisten hier, die Besuchszeit beginnt erst am Nachmittag.

Evans führt uns durch den Empfangsbereich, dann durch einen Korridor an der Frontseite des Gefängnisses entlang und nach links in eine lange Passage, die schließlich im *Receiving and Releasing* mündet, den Aufnahme- und Entlassungsbereich.

Im R&R kommen die Gefangenen an, und wenn sie ihre Zeit abgesessen haben, werden sie hier entlassen. In einigen Gefängnissen liegt dieser Bereich unter freiem Himmel, nichts weiter als eine gerade Straße vom äußeren Tor zu einem umzäunten Bereich, über den die Insassen entlassen werden. Doch Ravenhills R & R ist tatsächlich ein Magazin, ein überdachter Raum mit automatischen Stahltüren, die von innen kontrolliert werden.

Wir verlassen das Gefängnis, und ein Gefangenentransporter wartet auf uns, ein Blue Bird All American, vielleicht zwanzig Jahre alt. Nicht schlecht. Der Bus, mit dem ich hergebracht wurde, war ein umgebauter Schulbus aus den Fünfzigern mit versiegelten Fenstern ohne Klimaanlage. Im Vergleich dazu ist das schon Luxus.

Der Fahrer sitzt bereits hinterm Steuer, seine Hände umklammern das Lenkrad. Er wirkt nervös. Wir steigen die Stufen zum Gang hinauf. Eine metallene Tür schützt die Fahrerkabine vor den Gefangenen. Ich nehme einen Platz am Fenster im hinteren Drittel. Felix setzt sich neben mich und rutscht auf dem zerrissenen Leder hin und her, um es sich bequem zu machen.

»Einmal bin ich schon mit so einem Bus wie dem hier gefahren. Er fuhr über die Grenze, nach Süden, weißt du?«

Ich höre nicht weiter zu und schließe sein Geschnatter aus. Manchmal ist es für mich das Beste, was ich bei Felix machen kann, dann wird sein Gelaber zu weißem Rauschen. Ich bin darauf konditioniert, Phrasen aufzugreifen, die er oft wiederholt, wie »Kapierst du?« oder »Hörst du mich?«. Dann nicke ich und murmle was wie »Yeah«. Felix achtet niemals wirklich darauf, oder falls doch, dann ist es ihm egal. Nicht dass du denkst, dass ich irgendwas gegen Felix hätte, er redet nur sehr viel.

Gonzalez arbeitet sich den Gang hindurch an den Reihen vorbei. »Gut festhalten«, mahnt er, »ist ziemlich rau da draußen.« Dann betritt er den Käfig für die Wachen am Ende des Busses, Evans schlägt die Tür zu und schließt sie ab. Er und Gonzalez setzen sich und legen den Gurt an.

»Hey!«, bellt MacLeod. »Wieso habt ihr Gurte und wir nicht?«

»Weil dein Leben einen Scheiß wert ist, MacLeod!«, schreit Evans. »Ich sag's dir jeden Tag, und nie hörst du zu.«

»Sei froh, dass du in dem Käfig bist, Evans. Ich würd die Scheiße aus dir herausprügeln, wenn nicht!«

»Und das gibt eine Meldung, Arschloch. Androhung von Gewalt gegen einen CO.«

»Könnt ihr dahinten mal die Klappe halten?«, schreit der Fahrer. »Wir fahren raus.«

Der Motor springt mit einem dumpfen Grollen an, die Sitze vibrieren. Der Fahrer spricht ins Funkgerät, das am Armaturenbrett angebracht ist. Ein lautes Summen ertönt, dann öffnen sich langsam die Metalltüren am anderen Ende des Magazins.

Es fühlt sich an, als würden sich die Tore zur Hölle öffnen.

Der Wind erfasst den Bus und schüttelt ihn durch. Regen prasselt ins Magazin und strömt hinein, als wäre ein Wassertank gerissen. Die Häftlinge kreischen schockiert auf und klammern sich an die Lehnen vor sich. Blätter und Schmutz fliegen durch die Luft, eine alte Zeitungsseite klatscht gegen die Windschutzscheibe.

Ich linse durchs Fenster und sehe, wie sich das Tor nun ganz öffnet. Das morgendliche Licht an diesem Tag ist gelb, eine apokalyptische Koloratur, die ich so noch nie gesehen habe.

Der Bus setzt sich in Bewegung.

»Was zum Teufel, Mann?«, schreit jemand. »Ihr könnt uns nicht da rausbringen.«

»Sei nicht so 'ne Pussy!«, bellt Evans, der schreien muss, um gegen den brüllenden Wind anzukommen. »Du wirst dem Arbeitstrupp nicht entkommen, du kleine Schlampe!«

Die Scheinwerfer beleuchten den sintflutartigen Regen, als wir aus dem Magazin fahren, der fast waagerecht im Wind hin und her wogt. Der Fahrer lehnt sich in seinem Sitz nach vorn, um besser durch die Windschutzscheibe sehen zu können.

»Fahr schneller!«, schreit Evans.

Der Fahrer würdigt ihn nicht mal eines Blickes, sondern starrt weiterhin geradeaus nach vorn.

Dann biegt der Bus nach rechts auf eine kleine Straße ab. Ich kann die Scheinwerferstrahlen, die nachts über das Gefängnisgelände schweifen, nur etwa alle drei Meter ausmachen. Sie sind nur noch ein schwaches Leuchten, das den Regen wie geschmolzenes Metall glühen lässt.

Ich hab noch niemals so etwas erlebt wie diesen Sturm. Die Wolken wirken, als würden sie kochen, schwellen an zu leberfarbenen Knoten, bevor sie wieder auseinandergerissen werden, nur um sich erneut zusammenzuballen. Es ist gleichzeitig faszinierend und angsteinflößend.

Nach einigen Minuten rollt der Bus auf die Straße, die hinunter zum Zaun führt, der das Gefängnis umgibt. Es geht den Hügel hinab und zum vorderen

Tor des Gefängnisses. Doch bevor wir es erreichen, biegt der Bus nach links ab, auf eine kleinere Straße, die wieder den Hügel hinaufführt, zu einem zweiten Zaun, der das Glashaus von dem Rest von Ravenhill trennt.

Die Fahrt wird noch ruckeliger, als sich die Straße von glattem Asphalt zu einer geflickten Schlaglochpiste wandelt. Warum sollte man die Straße auch ausbessern? Das alte Gefängnis wurde vor Jahren aufgegeben, und der einzige Grund, warum es noch steht, ist die Forderung einer Aktivistengruppe, es als denkmalgeschütztes Gebäude eintragen zu lassen, weil es eine interessante, erhaltenswerte Stätte sei. Gott weiß, welcher Teufel ihnen das eingeflüstert hat, denn der Knast ist eine Bruchbude, ein Schandfleck und sieht aus, als würde er der Viktorianischen Zeit entstammen. Zerbröselnde Fassade aus rotem Backstein, schwere Stahlgitter mit abblätternder Emaillefarbe in den Fenstern. Er ragt vor dem stürmischen Himmel auf, als befänden wir uns in der ersten Szene eines Horrorfilms.

Der Bus hält schließlich vor einer Reihe veralteter Eisentore, gesichert von einer massiven Kette mit verrostetem Vorhängeschloss.

»Wer hat den Schlüssel?«, ruft der Fahrer.

»Gonzalez!«, schreit Evans.

Der Angesprochene schaut nervös aus dem Fenster. »Warum muss ich das machen?«

»Weil du der Neue bist und ich nicht«, entgegnet Evans schroff. »Beweg deinen Arsch!«

Gonzalez seufzt und löst den Gurt. Dann schließt er den Käfig auf, geht nach vorn zum Bus, und der Fahrer drückt den Knopf, um die Bustüren zu öffnen.

Sintflutartiger Regen und Wind brausen herein. Gonzalez taumelt zurück, wobei er eine Hand schützend vors Gesicht hält. Er schielt in den Sturm und hält sich mit der anderen Hand am Einstiegsgriff fest.

»Raus mit dir!«, schreit der Fahrer.

Gonzalez torkelt durch den Wind, das Gesicht zur Seite gewandt.

»Hey, Gonzalez«, ruft Felix. »Nimm lieber 'nen Schirm mit. Sieht aus, als würd's regnen!«

Die Häftlinge brüllen vor Lachen.

Ich presse den Kopf gegen das Fenster und beobachte Gonzalez, der Probleme hat, das Tor zu erreichen. Die Straße ist ein matschiger Fluss, und die braune Brühe zerrt an seinen Beinen, während er vorwärtswatet. Er kämpft darum, seinen Stand zu halten, aber eine kräftige Böe erwischt ihn seitlich, und er fällt, schlägt hart auf und rollt dann über den Boden, weil der Wind ihn schiebt und beutelt, bis er beide Hände gegen den schlammigen Asphalt stemmt und darum kämpft, um wieder zu Atem zu kommen.

Die Häftlinge lachen, selbst Evans muss grinsen. Ich persönlich hätte es lieber gesehen, wenn Evans da draußen auf seinem Hintern gelandet wäre, aber der macht sich nicht die Hände schmutzig, wenn er einen anderen dazu verdonnern kann.

Gonzalez kommt wieder auf die Beine und taumelt zum Tor. Er braucht eine Weile, bis er den Schlüssel im Schloss gedreht hat, aber schließlich kann er die Kette abnehmen. Er lässt sie an der Seite liegen und zieht das Tor auf, dann hält er wieder auf den Bus zu, doch das rechte Tor fällt wieder zu.

Der Fahrer hupt und gestikuliert. Es ist deutlich zu sehen, wie Gonzalez flucht, bevor er zurückwatet und das Tor festhält, während der Bus hindurchfährt.

Der Fahrer wartet auf der anderen Seite, und Gonzalez steigt zurück in den Bus, nachdem er das Tor wieder verschlossen hat.

»Hey, Gonzalez!«, schreit Perez. »Warst du im Urlaub? Siehst aus, als hättest du ’n bisschen Sonne abbekommen.«

Der Rest vom Bus dreht völlig durch, während Gonzalez zurück zum Käfig eilt und dabei Perez den Stinkefinger zeigt.

Wir fahren weiter und müssen vor einem robusten Metalltor erneut anhalten. Es ist in die Begrenzungsmauer vom Glashaus eingelassen und sieht wie der Eingang zu einer mittelalterlichen Festung aus.

Evans wendet sich an Gonzalez. »Du bist schon nass.«

»Verdammte Scheiße.« Gonzalez tapst wieder nach draußen und geht zu einer Tür, die sich seitlich vom Tor befindet. Sie ist unverschlossen, er schlüpft hinein und knallt die Tür hinter sich zu.

Wir warten einige Sekunden, dann teilt sich das Tor in der Mitte und schwingt nach innen. Der Bus schiebt sich unter der Gefängnismauer hinein in einen kurzen Tunnel, der von orange flackernden Lampen erleuchtet wird, die von der Backsteindecke hängen. Das Tor hinter uns schließt sich, ein identisches Tor vor uns öffnet sich und gibt den Blick auf einen betonierten Hof frei, der von Scheinwerfern erhellt wird.

Gonzalez klettert wieder in den Bus, und der macht einen Satz nach vorn; offensichtlich ist der Fahrer darauf erpicht, die Sache schnell hinter sich zu bringen. Die Türme vom Glashaus ragen über uns auf.

Der Fahrer hält nicht direkt auf den Haupteingang zu, sondern biegt links ab und steuert den Bus schließlich in einen Tunnel, der schräg nach unten führt. Wir halten in einer Ladebucht.

Evans schließt den Käfig auf und gibt uns mit Gesten zu verstehen, dass wir aufstehen sollen. »Bewegt euch. Ich hab nicht den ganzen Tag Zeit.«

Wir klettern widerwillig aus dem Bus. Als wir alle draußen sind, fährt er mit Gonzalez an Bord sofort wieder die Rampe hinauf.

»Die lassen uns mit Ihnen allein, Evans?«, fragt Murphy erstaunt.

»Nicht frech werden, die kommen zurück. Oder wollt ihr die Zellen allein saubermachen? Ich mein, ich wär darüber ganz glücklich. Würd euch allen guttun, euch mal die richtige Arbeitseinstellung beizubringen. Hab nur gedacht, ihr wolltet etwas Gesellschaft, während ihr alle rummeckert und jammert.«

Er starrt uns an, dann dreht er sich um und zieht eine verrostete Metalltür auf. Er hält sie offen, und wir marschieren hindurch.

Wir folgen Evans in einen Versorgungsgang, der nach verfaultem Kohl stinkt und mich an meine Kindheit erinnert, als ich sonntagnachmittags immer meine Großmutter besucht habe – der gleiche stechende Geruch nach alten klammen Socken und Feuchtigkeit. Wir kommen schnell voran und treten über Fragmente der Vergangenheit: kaputte Glühbirnen, verfaulte Zeitschriften, zerbrochene Kacheln.

Wenigstens einige Lampen funktionieren noch. Irgendjemand muss hier zuvor gewesen sein und den Sicherungsschalter umgelegt haben, damit hier wieder Strom fließt. Damals haben sie solche Gemäuer für die Ewigkeit gebaut.

Ungefähr fünf Minuten schreiten wir durch verschiedene Korridore, dann gelangen wir in die ehemalige Wäscherei. Riesige antike Waschmaschinen stehen an einer Wand, Industrietrockner nehmen die andere Seite ein. Ein Metalltisch, der mit schwarzen Laken verhüllt ist, bildet das Zentrum des lang gestreckten Raums. Erst als wir daran vorbeigehen, merke ich, dass die Laken ursprünglich eine andere Farbe hatten. Sie sind schwarz vor Schimmel, faulen in all der Feuchtigkeit.

Wir gelangen durch den Raum in einen engen

Gang. Terrakottafliesen bedecken den Boden, die Hälfte von ihnen zerbrochen, viele unsichtbar unter Schlamm und Schmutz. Die Wände sind mit rechteckigen Kacheln bedeckt, die einst geglänzt haben mögen, nun aber im Verlauf der Jahre stumpf geworden sind. Zudem sind sie voller Dreck und Schmiere.

Der Gang endet an einem schweren Metalltor. Evans holt einen Schlüsselring hervor und steckt schimpfend und fluchend einen Schlüssel nach dem anderen ins Schloss, bis er den richtigen gefunden hat.

»Fühlt sich so auch deine Frau, Evans?«, ruft jemand.

Er ignoriert den Kommentar, dreht den Schlüssel und öffnet das Tor. Es lässt sich nur widerwillig bewegen und quietscht zum Zeichen des Protests.

»Und so hört sie sich an, wenn sie morgens aufwacht und dich erblickt!«, ruft Perez.

Er erntet einige Gluckser mehr, aber Evans reagiert nicht, sondern geht durch das Tor. Wir rücken tiefer in das Glashaus vor, durch enge, sich windende Korridore, einige nur schwach von Glühbirnen erleuchtet, die von der Decke hängen, andere gar nicht erhellt. Kaputte Fliesen, flackerndes Licht, abgeblätterte Emaillefarbe, verlassene Büros und Räume mit verschimmelten Büchern und alten verfaulten Akten.

Wir verlassen die Versorgungsgänge und passieren den Frontbereich des Gefängnisses, wo sich einst die Besucher eintragen mussten. Es ist ähnlich gehalten wie der Empfang im Admin, ich vermute, dass es dafür Modell gestanden hat. Der einzige Unterschied besteht in dem massiven kreisrunden Tisch, der aussieht, als wäre er aus Mahagoni gefertigt, und an dem leicht zwanzig Personen Platz finden.

Der riesige Raum ist von Gitterstäben in zwei Hälften geteilt, mit zwei verschlossenen Toren, jeweils eines auf einer Seite des kreisrunden Tisches. Metalldetektoren gibt es nicht. Die Besucher mussten einzeln durch die Tore gehen, bevor sie von Wärtern durchsucht und in die Warteräume zur rechten Seite weitergeschickt wurden.

Wir gehen durch den Empfang in den Besuchsbereich. Metalltische sind am Boden verschraubt, ein alter, kaputter Warenautomat liegt auf der Seite, umgekippt und zerstört. Jemand hat Graffiti an die Wand gesprayt, was schon merkwürdig ist, denn eigentlich haben doch nur die Wärter Zugang zu Spraydosen. Ich versuche, die Buchstaben zu entziffern, aber Jahre aus Staub und Schimmel haben sie unleserlich gemacht.

Mehr verwinkelte, kaum beleuchtete Gänge folgen, bis wir schließlich durch einen breiten Bogen den einzigen Gefängnisblock des Glashauses betreten.

Die Rotunde.

Ich hab so etwas niemals zuvor gesehen. Die Rotunde ist ein turmhoher Zylinder, der locker vierzig Meter hoch ist. Die Zellen begrenzen den Innenraum, erheben sich in die Höhe, und von dort aus blickt man auf den hohlen Schaft. Die Etagen scheinen miteinander zu verschmelzen, je höher ich schaue. Ich versuche, die Etagen zu zählen, aber bei zwanzig gebe ich auf.

Zutritt zu jeder Ebene erlangt man über Metalltreppen mit verschließbaren Türen. Daneben gibt es einen altertümlichen Aufzug, einer von diesen alten Dingern aus Messing und Holz mit Metallgitter, das man zuziehen muss.

Ein knapp sieben Meter hoher Turm mit einer Wachkabine steht in der Mitte. Die Kabine mit Sicherheitsglas gewährt eine Rundumsicht, sodass die COs alles ansehen können, was vor sich geht. Muss ziemlich beschissen gewesen sein, hier auf Posten zu sein, den Blicken von Hunderten Insassen ausgesetzt, die nichts lieber täten, als einem die Kehle durchzuschneiden.

Reinigungsutensilien stehen neben der Aufzugtür: Besen und Plastikmüllsäcke, Mopps und Eimer.

»Ich glaub nicht, dass ich es euch groß erklären muss«, sagt Evans laut. »Ihr übernehmt die erste Etage. Macht sauber. Wenn ihr schnell fertig werdet, seid ihr pünktlich zum Mittagessen zurück.«

»Wir machen nicht alle Etagen sauber, oder?«, fragt Deacon.

»Bist du nicht nur dumm, sondern auch taub? Ich sagte: erste Etage. Weitere Häftlinge kommen nach und helfen euch.«

Ich schnapp mir einen Besen, während Evans die Tür zur ersten Etage aufschließt. Dann beginnen wir mit der Arbeit und kehren Jahre aus Staub und Schmutz zusammen.

Ungefähr zehn Minuten später folgt eine weitere Gruppe, die sich die zweite Etage vornimmt. Nach weiteren zehn Minuten kommt die nächste Gruppe, die widmet sich der dritten Etage. Das geht so weiter, bis die ersten zehn Etagen mit murrenden und fluchenden Häftlingen gefüllt sind, die widerwillig Zellen reinigen, um die sich seit Jahren niemand mehr gekümmert hat.

»Yo!«, schreit jemand über uns. »Wie zum Teufel kommt ein gebrauchtes Kondom hierher? Der Ort hier ist doch verlassen.«

Evans sitzt auf dem Boden, die Augen geschlossen, sein Rücken gegen den zentral aufragenden Pfeiler gerichtet. Er hält sein Gewehr an die Schulter gelehnt. »Heb's schon auf!«, brüllt er, ohne die Augen zu öffnen.

»Ich rühr das nicht an! Da ist schwarzes Zeug drin!«

Wir arbeiten jetzt seit zwei Stunden, die Blödeleien und das Geschrei sind abgeebbt. Jeder will nur noch fertig werden und zurück in seine Zelle.

Felix und ich haben ein gutes System: Ich wische die Scheiße raus auf den Gang, Felix holt einen Eimer Wasser, kippt ihn aus und schrubbt den Boden, während ich all den Müll in die Plastikmüllsäcke stopfe, bevor wir uns die nächste Zelle vornehmen. Allerdings macht mein Rücken Zicken. Als Felix das nächste Mal loszieht, um den Eimer zu befüllen, lehne ich den Besen gegen die Wand und strecke mich durch, wobei es im Rücken knackt und knirscht.

»Hallöchen, Jack«, ertönt eine Stimme hinter mir. »Lange nicht gesehen.«

Ich drehe mich herum.

Malcolm Kincaid steht in der Zellentür.

Der verfluchte Malcolm Kincaid.

Scheiße …

Vier

Vier Jahre zuvor

An dem Tag, an dem Malcolm Kincaids Fall vor Gericht verhandelt wird, nieselt ein warmer Regen vom Himmel und macht die Hitze des Tages noch unerträglicher. Miami scheint unter einer dampfenden Glocke gestülpt zu ein, die Stadt gleicht dem Schwitzraum eines Hinterhof-Fitnessstudios.

Mason und ich sitzen im Wagen vor dem Gerichtsgebäude und warten auf Neuigkeiten von Captain Mendes. Die Klimaanlage funktioniert nicht, und ich schwitze so stark, dass mein Shirt an dem verratzten Kunstledersitz klebt.

»Wie viel er wohl kriegen wird?«, fragt Mason.

»Weiß der Teufel.« Ich kaue nervös auf einem Nagel. »Nicht lange, gibt zu viele Leute, die ihm einen Gefallen schulden. Aber zumindest ein paar Jahre.«

»Zu wenig.«

Es ist *definitiv* zu wenig. Malcolm Kincaid verdient es, für den Rest seines Lebens weggesperrt zu werden. Er gehört zu den übelsten Gestalten, die mir je über den Weg gelaufen sind, und ich beziehe da auch meinen Einsatz in Afghanistan mit ein.

Es ist vor allem die eher beiläufige Art seiner Niedertracht, die mich regelrecht erschüttert. Ziemlich altmodisches Wort, Niedertracht, doch es passt perfekt. Kincaid ist nicht der typische Hollywoodbösewicht, bei dem alles Show ist, Gekläffe, die Art von Kriminellen, die alles dafür tun, dass auch ja jeder mitkriegt, wie gemein sie sind.

Nein. Kincaid lässt seinen Ruf, den er sich über die Jahrzehnte aufgebaut hat, für sich selbst sprechen. Er steht an der Spitze der kriminellen Nahrungskette in Miami, und er führt ein Leben, das seine Position widerspiegelt: Villen am Strand, seine Griffel im Grundstücksmarkt – alles legal natürlich, sodass er den gottesfürchtigen, ehrlichen Geschäftsmann hervorkehren kann.

Aber das ist alles Fassade. Der Typ ist ein wahrhafter Psycho. Keiner, der rumtobt und ’nen Amoklauf hinlegt, sondern ein »Ich warte drei Jahre auf Rache und schlitze dir dann die Kehle beim Ballettauftritt deines Kindes auf«-Psycho.

Das einzige Problem, wenn man so ein Platzhirsch ist: Jeder legt’s drauf an, dich herauszufordern, vor allem die jüngere Generation, die gerade das Spielfeld betreten hat. Sie alle denken, dass sie besser als Kincaid sind. Sie sehen, was er besitzt, und das wollen sie auch, aber ohne die Zeit dafür zu investieren. Doch wenn sie sich mit ihm anlegen – und das machen sie immer –, ist es Kincaid ein Vergnügen, ihnen persönlich zu zeigen, wie dämlich diese Idee ist.

Und genau damit hab ich ihn erwischt. Seine Arroganz, sein Ego, das sind seine Schwachpunkte, und ich wusste immer, das würde ihn zu Fall bringen.

»Was zum Teufel …?«, fragt Mason.

Ich schaue auf. Malcolm Kincaid steht oben an den Treppenstufen zum Gerichtsgebäude und schüttelt seinen Anwälten die Hand.

Es ist, als hätte ich einen Fausthieb in die Magengrube erhalten. Ich beobachte sie, wie sie herumwitzeln und Kincaid lachend einem der Anwälte auf die Schulter klopft.

Wieder einmal ist der verfluchte Malcolm Kincaid seiner gerechten Strafe entgangen.

Diesmal war ich so sicher. Ein Zeuge hat ihn zweifelsfrei am Ort des Verbrechens identifiziert. Bei der Halskrausenmethode – ich habe darüber mal was in Büchern über die südafrikanische Geschichte gelesen – wird ein mit Benzin überschütteter Reifen um den Hals des Opfers gelegt und angezündet. Das Ergebnis war mit das Entsetzlichste, was ich je gesehen habe. Haut und Sehnengewebe weggebrannt, Gummi vermischt mit verkohlten Wirbeln, mäandernde rote Verbrennungen, die sich über das Gesicht des Opfers heraufzogen wie blutiges Efeu an einer Wand.

Ich wusste immer um Kincaids Macht, aber ich dachte, diesmal würde es anders kommen. Die Beweise, die Mason und ich zusammengetragen hatten, waren wasserdicht. Ich war überzeugt, dass wir ihn zu Fall bringen würden.

Ich lag falsch.

Er steigt die Treppen hinab und geht auf einen schwarzen Mercedes zu. Seine Frau wartet auf ihn, gegen das Fahrzeug gelehnt. Sie ist genauso alt wie Kincaid, in den späten Fünfzigern, aber sie sieht dafür noch sehr gut aus. Schwarzes Haar, braune Haut, schlanke Figur. Sie lächelt, als Kincaid ihr einen Kuss auf die Wange gibt.

Ich öffne die Autotür, aber Mason hält mich am Arm fest.

»Nicht«, sagt sie.

Ich zögere kurz, dann sinke ich zurück in den Sitz und knalle die Tür zu, lauter als notwendig.

Kincaid hört es, schaut zu uns hin, sagt etwas zu seiner Frau und nähert sich dann unserem Wagen.

»Bleib cool«, warnt mich Mason.

»Ich bin immer cool«, murre ich.

Das Seitenfenster ist bereits heruntergelassen. Kincaid geht in die Hocke und nickt Mason zu. »Detective.«

Sie ignoriert ihn, also wendet er sich an mich, einen sympathischen Ausdruck im Gesicht. »Jackie, alter Junge. Wie fühlst du dich?«

Ich antworte nicht.

»Ich glaub, nicht allzu gut. Ich wette, du dachtest, diesmal hättest du mich, hmm?«

»Fick dich!«

»Du musst dich nicht schlecht fühlen. Haben schon bessere Cops als du versucht, mich dranzukriegen. Letzten Endes haben sie alle aufgegeben.« Er lehnt sich vor und senkt die Stimme, sodass nur ich ihn hören kann. »Entweder das, oder sie endeten als Leiche.« Er tätschelt meinen Arm, dann streckt er sich und trollt sich zu seinem Wagen.

Ich stoße die Tür auf und bin draußen, noch bevor Mason mich stoppen kann. Kincaid hört mich kommen und dreht sich um.

Zu spät. Ich packe ihn am Hemd und ramme ihm die Faust ins Gesicht. Wir beide landen auf dem Boden. Er kriegt mich am Nacken zu packen und dreht mich um, sodass ich auf dem feuchten Asphalt liege, seine grinsende Fratze über mir, während Blut von seiner Lippe auf mein Hemd tropft.

Mason erscheint hinter ihm, zieht ihn hoch. Er lässt alles mit sich machen und geht ein paar Schritte zurück, ohne Widerstand zu leisten.

»Diesmal lass ich's gut sein, Detective«, sagt er. »Ich kann's verstehen. Ziemlich hart, so zu versagen.« Er wischt sich mit dem Ärmel über den Mund und schüttelt den Kopf. »War sowieso 'n ziemlich pussymäßiger Punch.«

Er steigt zusammen mit seiner Frau in sein Auto und fährt davon.

Ich sehe ihm hinterher und realisiere in einem Augenblick eisiger Klarheit, dass er niemals ins Gefängnis gehen wird. Nie und nimmer. Er hat zu viele städtische Beamte in seiner Tasche.

Exakt in dem Moment beschließe ich, ihm was anzuhängen.

Wie auch immer ich es anstelle, es muss absolut wasserdicht sein. Das hab ich auch von den Beweisen gedacht, die wir gegen ihn gesammelt hatten, drum muss es diesmal zehnmal so sicher sein, so sicher, dass ihn selbst der korrupteste Richter nicht davonkommen lassen kann.

Das Wichtigste zuerst. Ich nehme das Hemd, auf das Kincaids Blut getropft ist, und verstecke es in der Garage. Nach ein paar Tagen kratze ich die getrockneten Blutreste vorsichtig in einen Beweismittelbeutel. Es ist nicht viel, nur ein paar Krümel. Aber das ist alles, was ich brauche. Ich hab jetzt seine DNA, und ich bin verflucht noch mal sicher, dass sie einem guten Zweck dienen wird.

Der eigentliche Plan aber, also wie ich ihm was anhängen werde, da bin ich mir noch nicht sicher. Ich darf's nicht überstürzen, nicht wenn es funktionieren soll. Das heißt abwarten. Aber in der Zwischenzeit plane ich, denke nach, halte Ausschau nach einer passenden Gelegenheit.

In den nächsten Monaten knöpfe ich mir jeden Dealer vor, den ich zu fassen kriege, und beschlagnahme die Ware. Ich verhafte sie nicht. Ich reiß mir ihren Stoff unter den Nagel und sage ihnen, sie können sich glücklich schätzen, dass ich sie nicht festnehme. Es spielt keine Rolle, was sie verticken – Meth, Ecstasy, Koks, PCP, LSD, Fentanyl,

Methamphetamin, Heroin, Oxy. Es spielt auch keine Rolle, wie viel sie haben – ein Tütchen, zehn Pillen, einen einzelnen Rock –, mir egal, ich kann alles brauchen. Einem von ihnen nehm ich auch seine Waffe ab, eine alte Beretta, nicht zurückzuverfolgen. Obendrein kaufe ich mir ein Wegwerfhandy.

Nach vier Monaten hab ich genug Stoff, um damit einen Rucksack zu füllen. Er wiegt etwa vier Kilo. Mehr als genug, um jemanden wegen Drogenhandels dranzukriegen.

Die Strafen auf Bundesebene sehen zehn Jahre bis lebenslänglich für ein Kilo Heroin vor, ich hab 1,2. Daneben sind es noch 2,8 Kilo Kokain, ergibt mindestens fünf Jahre. Das bedeutet, dass der Inhalt meines Rucksacks ausreicht, jemanden für fünfzehn Jahre hinter Gitter zu bringen. Das Gras, das Molly, das Oxy, das ist das eher harmlosere Zeug. Das Sahnehäubchen auf der Torte. Das Koks und das Heroin sind entscheidend.

Zumindest wenn Kincaid jemand anders wäre. Doch wie es aussieht, glaube ich nicht, dass ich damit an ihn rankomme. Ständig verschwinden im Revier Beweismittel, selbst ein prall gefüllter Rucksack voller Drogen.

Doch die Drogen sind nicht mein ganzer Plan. All das – die Waffe, das Handy, der Rucksack – ist nur die Grundlage. Ich bin noch immer nicht sicher, wie ich Kincaid festnagle. Ich warte noch auf Inspiration, um zuzuschlagen.

Die kommt an einem Wintertag.

Nicht dass man das hier in Miami wirklich Winter nennen kann. Dreiundzwanzig Grad, und ich hab den ganzen Tag die Ärmel hochgekrempelt. Es ist ungefähr sechs Uhr abends, die Sonne steht tief und scheint mir in die Augen, als ich von einem Einsatz mit mutwilliger Sachbeschädigung nach Hause fahre. Ein verärgerter Mitarbeiter hat einen Betrieb in den Lagerhallen bei Hialeah auseinandergenommen.

Als ich an einer roten Ampel warte, blicke ich zufällig nach links in eine enge Gasse, die zwischen zwei verlassenen Gebäuden liegt. Dort fallen mir zwei Typen auf. Einer trägt ein Footballtrikot, Baggypants und Sneaker mit hohem Schaft, die aussehen, als kämen sie gerade aus der Schuhschachtel; der andere hat eine dreckige Jeans und ein fleckiges T-Shirt an. Ich erkenne den Typen in den nagelneuen Sneaker, er ist ein Dealer, den ich schon einmal gefilzt hab. Devon, so heißt er, glaub ich.

Der Typ mit den dreckigen Jeans schmeißt Devon gegen die Wand und zieht ein Messer hervor, das er Devon wieder und wieder in die Brust sticht.

Es ist vorbei, bevor ich überhaupt registriert hab, was vor sich geht. Devon geht zu Boden, und der andere Typ durchwühlt seine Klamotten, krallt sich das Geld und kleine Tütchen mit Drogen, bevor er zur gegenüberliegenden Seite der Gasse rennt.

Ich schaue mich um. Alles ziemlich verlassen. Ein alter Cadillac parkt ungefähr sieben oder acht Meter von der Gasse entfernt, aber das war's.

Als die Ampel grün wird, wende ich und parke direkt vor der Gasse. Ich umklammere das Lenkrad, grüble. Ist es das? Ist es das letzte Puzzleteil, auf das ich gewartet habe?

Ich nehme mir ein Paar Latexhandschuhe aus dem Ablagefach, gehe in die Gasse, streife sie mir über und geh vor Devon in die Hocke, um nach seinem Puls zu tasten.

Nichts.

Ich durchsuche ihn und finde einen Schlüsselbund. Den Leichnam lasse ich, wie er ist, zusammengesackt zwischen aufgeweichten Kartons und verschimmelten Verpackungen, und verlasse die Gasse. Ich probier die Schlüssel beim Cadillac, und sie passen. Ich stelle sicher, dass die Türen verschlossen sind, dann gehe ich zu meinem eigenen Wagen zurück und fahre nach Hause.

So wie ich es sehe, ist die Sache einen Versuch wert, wenn der Tote in den nächsten paar Stunden nicht gemeldet wird. Wenn jemand den Leichenfund meldet, soll's eben nicht sein.

Aber ich hab so ein Gefühl, dass es diesmal so weit ist. Darauf habe ich nur gewartet.

Ich mache einen Anruf. Das gehört zu meinem Plan. Ich habe über jeden Nachforschungen angestellt, der an den Computern der Alarmanlagenfirma arbeitet, die auch für Kincaid tätig ist. Eine überraschend hohe Anzahl an Angestellten hat irgendeine Art von Eintrag im Vorstrafenregister, aber da ist ein Typ, der ganz besonders mein Interesse erregt hat. Ich hab ihn nämlich selbst schon einige Male geschnappt, doch ausgerechnet sein Vorstrafenregister hat keinen Eintrag, was bedeutet, er kennt jemanden, der es für ihn bereinigt.

»Simon?«, frage ich.

»Wer ist da?«

»Bist du noch auf der Arbeit?«

»Was? Ja, wer ist da?«

»Tut nichts zur Sache. Was aber etwas zur Sache *tut*, ist, dass ich über deine Vergangenheit Bescheid weiß. Ich weiß, dass du jemanden dafür bezahlst, damit dein Vorstrafenregister blütenweiß ist.«

Ich höre, wie sein Atem schneller geht.

»Simon?«

»Was wollen Sie?«

»Keine große Sache. Nur den Grundriss und den Zugangscode zu einem eurer Gebäude.«

»Kann ich nicht machen.«

»Bist du sicher? Ich meine, die wirtschaftliche Situation, in der sich unser Land gerade befindet … ziemlich schwer, einen Job zu bekommen, oder? Besonders wenn man vorbestraft ist.«

»Wofür brauchen Sie die Infos?«

»Geht dich nichts an. Und entspann dich, niemand wird verletzt. Alles, was du dich fragen musst, ist: Wie sehr brauche ich meinen Job? Ich ruf dich in einer Minute wieder an. So lange kannst du darüber nachdenken.«

Ich beende das Gespräch und tigere eine Minute in der Garage umher, bevor ich ihn wieder anrufe.

»Ich mach's«, grollt er.

»Kluger Junge.«

Ich gebe ihm eine anonyme E-Mail-Adresse, an die er den Grundriss und die Codes sendet, während ich ihn an der Strippe habe. Ich prüfe alles, es ist genau das, was ich brauche.

»Ich hab eine E-Mail an deine Arbeitgeber geschrieben«, sage ich, »mit Details zu deinen Festnahmen. Sie geht morgen früh raus, wenn du irgendjemandem was von mir erzählst, wenn mir irgendwas passiert. Kapiert?«

»Yeah, Mann. Hab's verstanden.«

Ich lege auf, mir ist schlecht. Das bin nicht ich, und es fühlt sich nicht gut an. Ich kenne genügend Cops, die mal 'ne Abkürzung genommen haben. Nichts Großes, zumindest nicht zu Beginn. Aber ich hab gesehen, wie es sich auf sie auswirkt. Wenn man die Linie einmal überschritten hat, ist es leichter, es noch mal zu tun. Danach ist es nur noch ein kleiner Schritt, bis man Beweismittel unterschlägt oder in die andere Richtung sieht, wenn man gewissen Leuten einen Gefallen schuldet.

So war ich nie.

Bis jetzt.

Später am Abend packe ich alles zusammen, was ich vorbereitet habe, und fahre zurück zur Gasse. Ich parke dreißig Meter weiter die Straße hinunter und mache einen Spaziergang, um die anliegenden Gebäude zu checken. Es gibt einige Überwachungskameras, aber keine davon erfasst den Bereich vor der schmalen Gasse, wo Devon abgestochen wurde.

Ich werfe einen Blick in die Gasse, als ich daran vorbeikomme. Die Leiche liegt immer noch da, ich kann allerdings nur Devons Fuß sehen.

Niemand hat etwas gemeldet.

Soll ich es machen? Noch kann ich zurück. Ich habe noch nichts getan, was ich nicht ungeschehen machen kann. Die Drogen kann ich im Klo runterspülen, die E-Mail löschen.

Und Kincaid kann munter weitertöten. Wie viele Existenzen wird er noch vernichten? Wie viele Familien mehr zerstören?

Nein, ich werde jetzt nicht aussteigen.

Ich nehme Devons Schlüssel und gleite auf den Fahrersitz seines Cadillacs. Zur Sicherheit warte ich noch zehn Minuten. In dieser Zeit passieren mich drei Autos, aber keiner der Fahrer zeigt irgendein Interesse an mir.

Nachdem die zehn Minuten um sind, starte ich den Wagen und setze zurück bis zur Gasse. Ich entriegele die Kofferraumklappe und steige aus.

Der Rigor mortis, die Leichenstarre, setzt ein, Devons Nacken und seine Arme sind schon steif. Ich nehme die neu gekaufte Zahnbürste und stecke sie in die Beweismitteltüte mit Kincaids Blut. Vorsichtig schrubbe ich einige Blutteilchen unter Devons Fingernägel, wobei ich darauf achte, dass sie schön tief sitzen.

Dann stecke ich Zahnbürste und Beweismitteltütchen ein. Ich halte inne, immer noch in der Hocke. Warum lasse ich ihn nicht einfach hier so liegen? Gebe einen anonymen Hinweis? Sowohl Kincaids Blut als auch seine DNA befinden sich jetzt am Opfer.

Nein, das würde nicht ausreichen, seine Anwälte würden nur irgendeine Geschichte erfinden, in der Devon ihn auf der Straße angegriffen hat.

Ich packe Devon bei den Füßen und ziehe ihn über den Asphalt, bevor ich ihn mit dem Kopf zuerst in den Kofferraum wuchte.

Dann klettere ich wieder auf den Fahrersitz und starte den Motor.

Ich parke etwas unterhalb von Kincaids Villa. Überall ist Licht, Halogenfluter vertreiben die Schatten, was die Sache ziemlich tricky macht. Nicht unmöglich, nur … tricky. Ich kann das Haus sogar von meiner Warte aus sehen. Das Gelände ist zu groß. Kincaid hat fünf Grundstücke rund um seines gekauft und die Häuser darauf abgerissen, nur um sein Areal zu vergrößern.

Irgendwas geht da vor sich. Teure Autos fahren einzeln oder paarweise vor, halten am Tor, bevor die Fahrer den Wachleuten irgendwas vorzeigen und sie durchgelassen werden. Einige der Gesichter kenne ich, es sind Schwergewichte aus Miamis Unterwelt.

Scheiße. Gibt er eine Party oder so was? Was soll ich tun? Abbrechen?

Nein, das wäre dumm. Ich fahre mit einer Leiche im Kofferraum durch die Gegend. Was zum Teufel sollte ich dann mit ihr tun? Sie wieder zurückbringen?

Vielleicht kann das hier tatsächlich nützlich sein. Eine Ablenkung. Womöglich brauch ich nicht mal die Codes für die Alarmanlage. Sie ist bestimmt ausgeschaltet, wo doch die ganze Zeit Leute kommen und gehen.

Ich fahre zur Rückseite des Hauses. Das Grundstück grenzt an einen Park. Ich fahre langsam über das Gras und halte direkt an Kincaids Grundstücksmauer, ziehe die Sturmhaube über, die ich mitgebracht habe, steige aus, öffne den Kofferraum und ziehe Devons Leiche heraus. Ich packe sie bei den Beinen, blicke hinauf … und realisiere, dass es ein Problem gibt.

Die Mauer ist etwas über drei Meter hoch. Wie zum Teufel soll ich Devon da rüberbekommen?

Ich lasse ihn im Gras liegen und fahre das Auto so nah an die Mauer wie möglich. Dann packe ich den Toten erneut bei den Füßen und klettere über die Stoßstange auf den Kofferraum. Ich versuche, Devon mit mir hochzuziehen, doch das klappt nicht, dafür ist er zu schwer.

So eine verfickte Scheiße!

Ich halte weiterhin die Fußgelenke umklammert und kraxle die Heckscheibe hinauf, um mich aufs Dach zu setzen, dann zieh ich wieder, und es sieht aus, als würde Devon einen Handstand gegen das Auto machen. Ich rutsche bis nach vorn zur Windschutzscheibe, knie mich hin und zieh ihn hoch, zunächst an den Beinen, dann an der Hüfte, bis er lang gestreckt neben mir auf dem Dach liegt.

Ich tätschle ihm den Kopf. »Du hast ein paar Pfunde zu viel auf den Rippen, Kumpel.«

Ich stehe auf und schätze die Distanz zwischen Mauer und Wagen – es sind ungefähr dreißig Zentimeter. Dann kontrolliere ich Kincaids Garten. Ich sehe niemanden auf dieser Seite des Hauses. Viele Lichter, aber keine Leute.

Ich schiebe Devons Beine über die Mauer, sie rutschen auf der anderen Seite hinunter und ziehen so stark, dass ich ihn beinahe fallen lasse. Ich krieg ihn noch irgendwie gehalten, dann frage ich mich, was zum Teufel ich da eigentlich tue, und lasse ihn los. Der Körper schlittert geräuschvoll über die Mauer und landet auf der anderen Seite mit einem kräftigen Plumps.

Ich springe vom Wagen, greife mir den Rucksack mit den Drogen aus dem Cadillac und streif ihn mir über. Dann kraxle ich wieder aufs Wagendach und klettere über die Mauer in den Garten von Kincaid.

Ich ziehe Devon über das feuchte Gras und lege ihn an einer Gartenlaube ab, die sich nahe an der Rückseite des Hauses befindet. Das ist Phase eins.

Als Nächstes: die Drogen, und das ist der Teil, bei dem ich bei meinem Plan hängen geblieben bin. Es gibt zu viele Variablen, als dass ich sie alle im Voraus hätte berücksichtigen können. Aber jetzt, da ich einmal hier bin, muss ich mich entscheiden und die Sache durchziehen.

Also, was hab ich? Ich hab den Code für die Alarmanlage und den Grundriss. Für ordentlich Ablenkung ist gesorgt mit der Party oder dem Treffen der Bosse oder was immer es auch ist, was Kincaid da veranstaltet. Und ich hab eine Menge Drogen, die ich irgendwo platzieren muss.

Ich könnte den Rucksack einfach neben Kincaids Wagen abladen oder vielleicht hinter einem Busch verstecken. Aber das bringt die Drogen nicht direkt mit ihm in Verbindung. Er könnte einfach behaupten, sie würden einem seiner Gäste gehören. Ich will etwas Endgültiges.

Was bedeutet, dass ich in das Haus muss.

Ich schleiche zu einer Steinterrasse mit etwa fünf Metern Glastüren und entdecke einen kleinen Schlitz in den Jalousien, die vom Boden bis zur Decke reichen. Dahinter liegt ein dunkles Esszimmer, und dank des Grundrisses weiß ich, dass ein Flur direkt vom Esszimmer wegführt. Nach links geht es zur Vorderseite des Hauses, wo ich Kincaid vermute. Rechts befindet sich eine Treppe zur ersten Etage, und dahin will ich.

Ich brauche dennoch ein Ablenkungsmanöver, unabhängig davon, was bereits innerhalb des Hauses abgeht, etwas, das das Geräusch von splitterndem Glas übertönt.

Ich gehe an der Mauer entlang, linse um die Ecke und prüfe die Vorderseite des Hauses. Zehn teure Wagen parken auf der Schottereinfahrt, und zwei Wachmänner lungern bei einem kleinen Gebäude abseits vom Haupthaus herum. Sie wirken nicht besonders aufmerksam, und warum sollten sie auch? Kincaid hat die ganze Stadt unter seiner Fuchtel, und offenbar sind die meisten Bosse jetzt hier versammelt. Nach wem sollten die Wachen also Ausschau halten?

Ich streife den Rucksack von den Schultern und öffne den Reißverschluss der Tasche an der Vorderseite, nehme eine Dose Feuerzeugbenzin heraus und schleiche gebeugt auf das nächstgelegene Auto zu. Ich sprühe die Flüssigkeit über das ganze Fahrzeug, über das Dach, die Reifen, die Windschutzscheibe. Als die Dose leer ist, stecke ich sie wieder ein und nehme eine Schachtel Streichhölzer heraus. Ich zünde eins an und schnippe es in Richtung Wagen, dann schleiche ich um das Haus herum und bleibe erst wieder stehen, als ich bei den Glastüren ankomme.

Ich warte, bis das Geschrei losgeht, dann ramme ich meinen Ellbogen in das Glas. Ich breche die noch im Rahmen steckenden Splitter raus und öffne die unverschlossene Tür, ziehe sie auf und betrete das Esszimmer.

Ich halte inne, all meine Sinne geschärft. Ich kann kein Gebimmel eines Alarmsystems hören, das ich deaktivieren müsste. Sehr gut. Ich war mir nicht sicher, aber ich glaube nicht, dass sie die Alarmanlage angesichts all der Leute hier angestellt haben.

Ich eile durch das Esszimmer in den Flur. Niemand zu sehen. Ich bewege mich schnell vorwärts, zu den Treppen im hinteren Teil des Hauses. Über die Stufen gelange ich in einen weiteren Korridor. Gästezimmer, Badezimmer und dann das Schlafzimmer. Ich gehe direkt in den begehbaren Kleiderschrank – der ist riesig, so groß wie mein Wohnzimmer –, streife den Rucksack ab und schiebe ihn ganz oben in eins der Regale.

Ich atme tief durch. Das war's. Mein Plan ist beinahe vollbracht. Ich kehre zurück ins Schlafzimmer, aber bleib wie vom Donner gerührt stehen, bevor ich die Tür erreiche.

Eine brandneue Rolex Daytona liegt auf dem Nachtkästchen direkt neben dem Bett. Ich starre darauf. Das Teil ist sicher fünfundvierzig Riesen wert, etwa so viel, wie ich im Jahr verdiene. Es wäre so leicht, sie einfach in meine Tasche verschwinden zu lassen …

Aber ich mach es nicht. Das ist die besagte Linie. Niemand würde es je erfahren, besonders dann nicht, wenn mein Plan aufgeht. Aber … ich bin kein Dieb. Ich bin kein Krimineller. Ich bin Cop, und was ich gerade tue, ist Gerechtigkeit schaffen und das Leben Unschuldiger schützen.

Ich reiß den Blick von der Uhr los und schlüpfe aus dem Schlafzimmer. Das Geschrei ist mehr geworden, lauter, hektischer. Mein Herz pocht heftig in meiner Brust, als ich die Treppen nehme und wieder zum Flur gehe. Beinahe da. Beinahe draußen.

Ich biege ab zum Esszimmer …

… und finde mich von Angesicht zu Angesicht einem erschrockenen Mann gegenüber!

Er ist jung, gerade aus dem Teenageralter raus. Südländischer Look, die Augen vor Angst weit offen.

Er hebt die Hände. »Ich will keinen Ärger.«

»Bisschen spät dafür.«

»Ernsthaft, ich will nur raus.«

»Das kann ich nicht zulassen. Ich …«

Er lässt mich den Satz nicht beenden, sondern stürzt sich auf mich, aber ziemlich tollpatschig. Ich mach einen Schritt zur Seite, greife seinen Arm, wobei ich seinen Schwung nutze, um ihn mit dem Schädel voraus gegen die Wand zu rammen.

Er rutscht zu Boden und rührt sich nicht mehr. Ich berühre seine Halsschlagader, sein Puls geht kräftig. Er wird mit mordsmäßigen Kopfschmerzen aufwachen, aber das war's dann auch.

Ich greif unter meine Jacke, als ich aus dem Haus trete, und hole die Beretta hervor, die ich dem Drogendealer abgeknöpft hab. Damit schieße ich in die Luft und leere das Magazin, während ich auf die Grundstücksmauer zulaufe. Danach schleudere ich die Waffe von mir, ziehe das Wegwerfhandy hervor und wähle den Notruf.

»Hallo? Ich kann Schüsse hören! 147 Plantation Boulevard. Beeilen Sie sich, da schreien Leute!«

Ich beende das Gespräch, stopf das Handy in meine Tasche, spring an der Mauer hoch und wuchte mich hinüber. Sekunden später sitze ich hinter dem Steuer des Cadillacs, starte den Wagen, fahre zurück zu der Gasse. Die Straße liegt immer noch verlassen da. Ich greife mir den Benzinkanister, den ich auf dem Rücksitz platziert habe, und schütte den Inhalt über dem Wagen aus. Dann zünde ich ein weiteres Streichholz an.

Der Cadillac geht in Flammen auf, und ich renne zu meinem Wagen. Ich streife die Handschuhe und die Sturmhaube ab und stopf beides unter den Sitz. Dann stell ich den Polizeifunk an.

»... wiederhole: Brauchen Verstärkung, Adresse 147 Plantation Boulevard. Mehrere Verdächtige, die sich der Verhaftung widersetzen.«

Die Dinge nehmen ihren natürlichen Lauf. Als ich noch einmal bei Kincaid vorbeifahre, stehen überall Polizeifahrzeuge, Blaulicht zuckt durch die Nacht.

Es dauert nicht lange, bis die Leiche und die Drogen gefunden werden. Ich beobachte, wie Kincaid in Handschellen von Mason aus dem Haus geführt wird. Seine Frau steht im Haupteingang, an jeder Seite ein Kind. Kincaid sagt etwas zu Mason, doch sie schüttelt den Kopf.

Er reißt sich los und rennt zu seiner Frau, küsst sie, dann geht er in die Hocke und lehnt seine Stirn gegen die des Mädchens, dann die des Jungen.

Ich schaue weg, ich will das nicht sehen. Kincaid ist kein Vater, er ist kein Ehemann.

Er ist ein Killer.

Und dieses Mal wandert er ins Gefängnis.

Fünf

08:15 Uhr

Das liegt nun vier Jahre zurück.

Kincaid wurde wegen Mordes verurteilt, das Blut unter Devons Fingernägeln wurde ihm zum Verhängnis. Die Drogen wurden nachrangig behandelt, nicht wert, dem wirklich nachzugehen. Etwas Zeitverschwendung meinerseits, aber kein Grund für mich, deswegen zu klagen.

Ich hab gewusst, dass er seine Zeit in Ravenhill absitzt, aber unsere Wege haben sich niemals gekreuzt. Ich war in Flügel A, und er saß in Einheit 4 vom Gen Pop. Frag mich nicht, wie er das gedeichselt hat – er hätte gleich von Beginn an in die ACU gehört. Aber Geld stinkt nicht, auch nicht hier drin.

Er hat sich nicht allzu sehr verändert. Immer noch das dichte graue Haar, das er sich nach hinten kämmt.

Ich zwinge mich zu einem Lächeln, als er die Zelle betritt. »Wie geht's dir so, Malcolm? Siehst gut aus. Hast etwas abgenommen. Bist du auf Diät?«

Yup. Verwegen und dreist, meine instinktive Reaktion auf alles. Es ist ein Verteidigungsmechanismus, die meisten Cops haben ihn, auch die meisten Veteranen. Selbst auf der Beerdigung von Amy hab ich ’nen derben Witz gerissen, als ich die Trauerrede gehalten habe, irgendwas in der Art, dass sie sich wenigstens jetzt nicht mehr selbst umbringen müsste, wären wir immer älter geworden, gefangen im alltäglichen Trott, und sie den Anblick meiner Visage allmählich sattgehabt hätte.

Jeder hat gedacht, ich wäre übergeschnappt, aber Amy hätte es lustig gefunden, was für mich den Ausschlag gegeben hat.

Zwei von Kincaids Leuten betreten die Zelle und lehnen sich rechts und links von ihm an die Wand. »Das sind Veitch und Cassidy«, sagte er mit freundlicher Stimme.

Zwei weitere kommen herein und packen mich an den Armen. Sie schieben mich nach hinten und auf die Betonplatte, die hier damals als Bett gedient hat.

Kincaid nickt nach links. »Das ist Abler.« Dann nach rechts. »Das Sullivan.«

Ein Typ wartet draußen und bezieht Position, um dafür zu sorgen, dass wir nicht gestört werden. Kincaid macht eine vage Geste nach hinten. »Das ist West.«

Es ist jetzt wirklich eng in der Zelle, und mir wird klar, dass ich tief in der Scheiße sitze. Evans schläft wahrscheinlich, und niemand wird irgendwas tun.

Wo zum Teufel ist Felix? Ich weiß nicht, ob er einschreiten würde, aber vielleicht würde es sich Kincaid zweimal überlegen, würde Felix jetzt aufkreuzen.

»Geht's hier darum, dass ich dir eine verpasst hab?«, frage ich. »Weil …«

»Sei nicht blöd, du weißt, dass es nicht darum geht.«

Scheiße, Scheiße, Scheiße! »Du weißt es also?«

»Dass du mich gelinkt hast? Ja, weiß ich.«

»Wie?«

»War nicht schwer, hab mit jemandem von der Alarmanlagenfirma gesprochen, der mir 'ne interessante Geschichte erzählt hat. Hab nicht lange dafür gebraucht, um draufzukommen, wer mich so unbedingt weggeschlossen haben wollte, dass er dafür das Gesetz bricht.«

Verfickt, Simon. Was für 'n Arsch.

Kincaid schlendert zu mir hin. »Hab mich immer gefragt, ob ich dich mir irgendwann krallen kann.«

»Muss dein Glückstag sein.«

»Muss wohl«, stimmt er gedankenvoll zu. »Weißt du, das Leben war in letzter Zeit ziemlich trist, Jack. Mir macht es nichts aus, das zuzugeben, und der Arzt hat mir Pillen gegeben, Antidepressiva. Ich glaub nicht, dass der Scheiß wirkt, aber dich zu sehen hat mir einen richtigen Schub gegeben.« Er atmet tief durch. »Fakt ist, seit Jahren hab ich mich nicht mehr so gut gefühlt wie jetzt.«

»Bin froh, dass ich helfen konnte.«

Er starrt mich ziemlich lange an. »Wenn du mich ansiehst, was siehst du dann?«

»'nen Killer«, antworte ich ohne Zögern. »Einen Drogendealer. Jemand, der alles tun würde, um zu bekommen, was er will.«

Er nickt, als hätte ich nur bestätigt, wie er sich selbst sieht. »Weißt du, was ich sehe, wenn ich *dich* anschaue?«

»Ich bin sicher, dass du es mir sagen wirst.«

»Einen Feigling. Einen korrupten Bullen, der es nicht geschafft hat, seinen Job richtig zu machen, und das Gesetz brechen musste. Einen Mann, der nicht mal seine eigene Frau und das eigene Kind beschützen konnte.«

Ich will mich auf ihn stürzen, aber Abler und Sullivan halten mich fest umklammert. »Wag es verflucht noch mal nicht, über sie zu sprechen.«

Kincaid lächelt. »Hab ich wohl einen Riss in der Rüstung gefunden, was? Genau darüber spreche ich aber gerade. Die Wahrnehmung der Realität. Ich sehe mich nicht als Kriminellen, so wie du dich nicht als korrupten Bullen siehst. Oder als Feigling. Und weißt du auch, warum? Weil du in deinem Kopf drinnen dein Bestes gegeben hast. Du hast nur das gemacht, von dem du gedacht hast, dass es das Richtige wäre.«

Ich starre ihn an und warte auf die Pointe, doch die kommt nicht. »Also… was? Willst du damit sagen, wir sind gleich?«

»Ja, genau das will ich damit sagen. Alles, was

ich getan habe, hab ich aus den richtigen Gründen getan. Für meine Familie.«

»Bullshit.«

»Du kennst mich nicht, Jungchen. Du glaubst es vielleicht, aber du tust es nicht. Ich bin in Armut aufgewachsen, in den Slums. Mein Vater starb, und meine Mutter – Gott hab sie selig – hat dafür gesorgt, dass ich weiter zur Schule gehen konnte. Alles, was sie für mich wollte, war ein Abschluss und dass ich mir ehrlich den Lebensunterhalt verdiene. Sie starb, als ich vierzehn war. Und ich saß da, mit ihrer Leiche in dieser … *Bruchbude*, in der ich aufgewachsen bin, und ich dachte: Warum? Was hat es mir gebracht, ehrlich zu sein? Was meiner Mutter? Sie starb, weil sie sich die nötigen Medikamente nicht leisten konnte, weil sie alles Geld brauchte, um mich zu ernähren und damit ich weiter zur Schule gehen kann. Also hab ich mir gedacht, scheiß drauf, und ich fing damit an, mir zu nehmen, was ich wollte. Ich verließ die Schule und hab herausgefunden, wie ich mir mein Leben lebenswert machen kann, denn ich würde *nicht* so enden wie meine Mutter.«

»Psst«, sage ich. »Hör mal.«

Kincaid dreht den Kopf zur Seite. »Was?«

»Ach, schon okay. Ich dachte, ich hätt ’ne Geige gehört.«

Er kichert. »Du bist ja ein lustiger Vogel. Ist er nicht witzig?« Er schaut seine Schläger an, die alle nicken und grinsen.

Kincaid wendet sich wieder mir zu. »Aber die Sache ist die: Als ich damals in diesem Elend gelebt habe, traf ich jemanden. Ein Mädchen. Wir waren beide siebzehn damals, und sie war der Grund dafür, dass ich besser achtgab. Weißt du, bevor ich sie kennenlernte, da hab ich 'nen Scheiß drauf gegeben, was ich gemacht hab und von wem ich Zeugs geklaut habe. Aber als ich sie traf, hab ich mich geändert. *Alles* hat sich geändert. Ich begann, alles nur noch für sie zu tun. Alles, was ich gestohlen habe, jeder Plan, den ich ausgetüftelt habe, diente dazu, dass ich mich ihrer würdig erwies und sie eines Tages aus dem Ghetto holen konnte. Und weißt du, was? Ich hab's geschafft, ich hab uns da rausgeholt. Ich hab uns ein Zuhause geschaffen, mein Imperium aufgebaut, wir hatten zwei Kinder. Und diese beiden Kinder... Mann, bist du Vater? O Scheiße, nein, natürlich bist du das nicht.«

Dieses Mal schaffe ich's, mich von Abler und Sullivan loszureißen. Kincaid macht einen Schritt zurück, genau in dem Moment, als sie mich wieder zu fassen bekommen. Ich hol aus und treffe Sullivan im Gesicht. Abler ballt die Faust und verpasst mir einen harten Schlag in die Rippen, direkt auf die Lunge. Ich klappe zusammen und schnappe nach Luft, während sie mich wieder auf das Betonbett verfrachten. Ich versuche, wieder zu Atem zu kommen, und Kincaid fährt fort, als wäre nichts passiert.

»Ich sag's dir, wenn Kinder in dein Leben treten,

gibt's nichts, was du nicht tun würdest, um sie zu beschützen. Um deine Familie zu beschützen. Es wird ... zu einem urzeitlichen Bedürfnis. Ein *Instinkt.* Da ist dein Stamm, und für den tust du alles. Alles. Aber das weißt du schon. Dein Kind war noch nicht mal geboren, und du hast getan, was du tun musstest, um es zu rächen.« Er hält einen Augenblick inne. »Du hast deine Frau geliebt, oder?«

Ich antworte ihm nicht.

»Natürlich hast du das. Weißt du, etwas muss ich dir schon anrechnen. Ich glaub nicht, dass du ein wirklich böser Bulle bist, einer, der zuerst schießt und erst danach Fragen stellt. Ich glaube tatsächlich, dass du mit deiner Frau etwas Ähnliches hattest wie ich mit meiner. Wenn du die eine triffst ... ich meine, ich rede nicht von diesem ›Erst durch dich werde ich ganz‹-Bullshit. Aber wenn du die eine findest, dann macht sie – und der Scheiß ist mal sicher – das Leben lebenswert.«

Er lehnt sich vor, seine Miene wird düster wie der Tod. »Du hast mir das genommen. Du hast mich von meiner Familie getrennt. Meiner Frau. Meinen Kindern.« Er starrt mich an, seine Kiefer mahlen. Dann dreht er sich um, geht zur Zellentür, wendet sich aber noch einmal zu mir um. Als er spricht, zittert seine Stimme. »Das ist noch nicht mal das Schlimmste. Ich war dreißig Jahre mit meiner Frau zusammen, hier drin bin ich seit vier Jahren.« Er hält inne, atmet tief durch. »Sie starb vor drei Jahren, Constantine. Krebs. Und ich hab sie nicht mehr gesehen.

Ich konnte mich nicht von ihr verabschieden. Ich war nicht *bei* ihr. Alles. Nur. Wegen. *Dir.*«

O Scheiße …

Kincaid macht eine Geste, und der Schläger draußen vor der Zelle – West, glaube ich – zieht etwas aus seinem orangefarbenen Overall und gibt es ihm. Es ist eine Zahnbürste, in die Rasierklingen eingeschmolzen sind.

Kincaid nickt Abler und Sullivan zu. Bevor ich irgendwas machen kann, halten sie mich derart fest und drücken mich runter, dass ich mich nicht mehr bewegen kann.

Doch ich gebe nicht auf, versuche mich rauszuwinden. Ich werde nicht kampflos draufgehen.

Abler schlägt mir mit der Faust ins Gesicht, und ich ächze vor Schmerz. Lichtblitze explodieren vor meinem Auge. Ich blinzele und schüttle den Kopf. Dann schau ich auf, und Kincaid steht direkt vor mir.

»Haltet ihn gut fest.« Finger bohren sich in meine Schultern und Arme. Kincaid lächelt. »Keine Sorge, ich werde dich nicht gleich auf der Stelle töten. Das ist nur der Anfang.« Er klopft mir mit der Bürste gegen das Kinn. »Kennst du diese Ventilatoren mit den Flatterbändchen, die davor angebracht sind? Wenn sie ausgeschaltet sind und die Bändchen irgendwie … so runterhängen? So wird dein Gesicht in fünf Minuten aussehen.« Er beugt sich noch näher zu mir herunter, sodass sein Mund nur noch zwei Zentimeter von meinem Ohr entfernt ist. »Danach«, sagt er sanft, »werd ich noch was ganz anderes mit dir machen, und ich werde dir so wehtun, dass du mich darum anflehst, dir die Kehle durchzuschneiden.«

»Boss!« West kommt schnell herein und streckt die Hand aus. Kincaid reicht ihm die Zahnbürste, und jeder richtet sich auf, als genau in dem Moment Evans erscheint und sie alle durch die Gitterstäbe ins Visier nimmt.

»Was zum Teufel ist hier los?«

»Gebetsrunde«, erklärt Kincaid. »Wir diskutieren über den Herrn, unseren Erlöser, und wie wir Jacks Seele retten können. Ist es nicht so, Jack?«

»Yeah«, murmle ich. »Halleluja.« Egal, was auch passiert im Knast, verpfiffen wird keiner.

»Betet in eurer Freizeit, ihr Schwachköpfe. Wir sind hier fertig! In einer Reihe die Treppe runter und aufstellen!«

Keiner rührt sich. Sie sehen alle zu Kincaid, und erst als der fast unmerklich nickt, marschieren sie aus der Zelle.

Als er selbst geht, sieht er mich an. »Wir machen später an dieser Stelle weiter.«

Ungefähr um ein Uhr versammeln wir uns alle auf Ebene null. Ich achte darauf, dass ich mich so weit von Kincaid und seinen Gorillas fernhalte wie nur möglich.

»Müssen wir noch mal zurück?«, fragt Nunes.

»Nein«, antwortet Evans. »Wir sind fertig. Die Evakuierten sind auf dem Weg.«

»Christus sei Dank«, sagt Perez.

Evans führt uns durch die Gänge zurück zum Empfangsbereich. Aber statt uns zu den hinteren Fluren und zur Wäscherei zu führen, öffnet er eine Tür zu einem neuen Korridor, der viel sauberer ist als diejenigen, die wir auf dem Weg zur Rotunde durchschritten haben.

Während wir gehen, kann ich nicht anders, als ständig über Kincaids Worte nachzudenken. Kann nicht anders, als mich zu fragen, ob das, was ich getan habe, falsch war. Ich hab einem Ehemann und seiner Frau die letzten Momente hier auf Erden genommen. Kincaid hat jedes Recht, stinkig auf mich zu sein.

Aber … jetzt komm schon. Nein. Nicht mein Problem. Kincaid ist ein Stück Scheiße, ein Mörder. Wieso zum Teufel tut er mir leid?

Weil du weißt, was es bedeutet, jemanden zu verlieren, den du liebst, ohne sich verabschieden zu können.

Ich schiebe den Gedanken beiseite. Ich werd kein Mitgefühl auf ihn verschwenden.

Der Sturm ist viel lauter geworden. Der Wind heult und jault durch das alte Gebäude, pfeift durch jedes Loch im Mauerwerk. Ich blicke durch die Fenster nach draußen, aber kann nichts erkennen. Der Regen klatscht und strömt in Rinnsalen die Fensterscheiben runter.

»Welche Kategorie hat er?«, ruft jemand.

Evans antwortet nicht.

»Hat er schon ’nen Namen bekommen?«, fragt Felix.

»Josephine«, sagt Evans schließlich. Er zögert. »Kategorie vier.«

Die Fragen prasseln augenblicklich auf ihn ein, die Stimmen in Furcht und Panik erhoben.

»Vier?«, schreit Murphy. »Ist das Ihr verdammter Ernst? Sollte man die Leute nicht evakuieren?«

»Ganz Florida wurde mittlerweile evakuiert.«

»Und was ist mit uns?«, will Felix wissen.

»Der Staat geht davon aus, dass Ravenhill gute Chancen hat, den Hurrikan zu überstehen. Dieses Gefängnis wurde massiv gebaut und liegt außerdem hoch genug überm Meeresspiegel, sodass es nicht zu ’ner Überflutung kommt.«

Niemand scheint überzeugt, was ich verstehe. Kategorie vier ist weit oben auf der Saffir-Simpson-Hurrikanskala, mit Windgeschwindigkeiten bis zu zweihunderteinundfünfzig Stundenkilometern. Kategorie fünf ist alles über zweihunderteinundfünfzig. Das weiß man, wenn man in Florida lebt.

»Was für ’ne Kategorie hatte Irma?«, frage ich Felix, der neben mir geht.

»Fünf«, antworte ich. »Zweihundertneunzig Stundenkilometer. Katrina hatte noch knapp zweihundertachtzig.«

Ein paar der Häftlinge haben es zufällig mit angehört und tauschen besorgte Blicke.

Evans spürt die veränderte Stimmung und legt einen Schritt zu. Er schiebt sich durch eine Flügeltür und führt uns in einen großen gefliesten Raum, der aussieht wie der Aufnahme- und Entlassungsbereich vom Glashaus, auch wenn er nicht dem R & R von Ravenhill ähnelt. Es gibt kein geschütztes Magazin hier, sondern nur eine Tür nach draußen zu einem Areal, das einmal mit einem Zaun eingefasst gewesen sein muss. Ich spinkse durch die Fenster. Es stehen eine Reihe Busse da draußen, aber ich nehme sie kaum zur Kenntnis, sondern starre auf den Himmel darüber. Die Wolken haben sich derart zusammengezogen und dunkel verfärbt, als wäre es mitten in der Nacht.

Plötzlich fliegt die Außentür auf und knallt mit voller Wucht gegen die Wand. Wind strömt ein und holt sowohl Perez als auch Deacon von den Füßen. Sie schieben sich schnell wieder hoch, als eine dunkle Gestalt auftaucht und über die Schwelle springt, gefolgt von einer Reihe durchnässter Häftlinge in orangefarbenen Overalls, alle aneinandergekettet.

»Tür zu!«, schreit Evans.

Aber es geht nicht. Weitere Insassen folgen, zehn, zwanzig, dreißig, dann sogar noch mehr, die alle ins R & R stürzen, bis sie Schulter an Schulter stehen.

Für einen CO ist das der schlimmste Albtraum. Gefangene so nah beieinander bedeutet für gewöhnlich Ärger. Es ist der perfekte Zeitpunkt, um alte Rechnungen zu begleichen.

Ich halte nervös nach Kincaid Ausschau, während weitere Beamte Häftlinge in den Raum schieben, bis sie die Tür hinter sich schließen können.

Überall Chaos. Insassen und Wärter fluchen und blaffen sich gegenseitig an. Auch Evans brüllt immer noch herum und befiehlt den Gefangenen, sich an den Wänden aufzustellen, damit die Wachen mehr Bewegungsfreiraum haben.

Und in dem Augenblick sehe ich sie!

Zwei Gesichter.

Zwei Gesichter, die mich in meinen Träumen verfolgen. Jede. Einzelne. Nacht.

Marcus Tully und Luther Wright.

Zwei von den drei Männern, die meine Frau umgebracht haben.

Ich kann es nicht glauben!

Ein Hurrikan fräst sich seinen Weg über die Ostküste. Die Menschen verlieren ihr Zuhause, ihr Leben. Städte und Gemeinden wurden evakuiert. Jeder, der mit dem Hurrikan in Berührung kommt, zollt ihm Tribut. Aber mir schenkt er etwas, das nicht jedem vergönnt ist.

Eine zweite Chance. Einen einzigen Augenblick, an dem ich meine Gerechtigkeit bekommen kann.

Sie sind fünf Meter entfernt, zu weit für mich. Ich fühle, wie mir das Herz bis zum Hals schlägt. Das Blut rauscht in meinen Ohren, als ich die beiden Gesichter anstarre, das Letzte, was meine Frau jemals zu sehen bekommen sollte. Hass, tief und rein, macht sich in meinem Inneren breit. Dieselbe Wut, die mich die Wochen nach Amys Tod haben durchstehen lassen.

Die COs schreien, dass wir Ruhe geben sollen.

Einige haben ihre Schlagstöcke gezogen und zwingen einige der lauteren Häftlinge zurück in Reih und Glied, damit sie zu den Zellen gebracht werden können.

Meine ganze Aufmerksamkeit gilt Tully und Wright. Drei Jahre Knast haben sie altern lassen. Tully ist dünner, die Falten in seinem Gesicht sind tiefer geworden, eine Landkarte für seine Zeit hinter Gittern. Wright hingegen hat ziemlich zugenommen.

Ich muss vorsichtig sein, so eine Chance wie die hier bekomme ich nie wieder. Ich muss nur die Ruhe bewahren. Auf sie warten, bis sie an mir vorbeikommen.

Evans zwingt mich und die anderen an den Rand, damit sich die Evakuierten durch den Raum bewegen können. Ich stehe bei der Tür. Sie werden genau an mir vorbeikommen.

Ich muss sie mir gleichzeitig vorknöpfen. Nicht einer darf davonkommen. Nicht noch einmal.

»Okay, bewegt euch!«, schreit einer der neuen COs, »Eine Reihe. Schön langsam.«

Die Insassen marschieren an mir ins Glashaus vorbei. Tully und Wright sind noch etwa drei Meter entfernt. Felix redet mit mir und brabbelt irgendwas von unmenschlichen Bedingungen. Ich ignoriere ihn, und er stupst mir in den Rücken. »Hey, hörst du mir zu?«

Ich antworte nicht. Tully ist der Erste, ich starre auf seinen hageren Hals. Wie von einem Vogel. Ich könnte ihm mit wenigen Handgriffen das Genick brechen und mich dann um Wright kümmern.

Zwei Meter …

Tully guckt in meine Richtung. Ich wende schnell den Kopf, aber ich weiß, es ist zu spät. Ich schaue wieder auf. Seine Augen sind weit geöffnet, ebenso der Mund, als wollte er gleich etwas sagen.

Ich mache einen Satz nach vorn zwischen die anderen Häftlinge. Rufe und Schreie des Protests werden laut, ich ignorier sie und greife Tully am Handgelenk. Er versucht, die Hand zurückzuziehen, und ich merke, wie er sich meinem Griff entwindet. Ich wuchte mein Knie in seinen Unterleib, er kippt vornüber, sodass er in Reichweite meiner gefesselten Hände kommt. Ich pack ihn am Kragen, um an seine Kehle zu kommen. Überall Geschrei um mich herum. Ich hol ihn von den Beinen, er knallt zu Boden, und ich lass mich auf seine Brust fallen, die Hände um seinen Hals. Er schreit mir etwas zu, aber wegen dem Gebrüll um mich herum verstehe ich ihn nicht.

Jemand greift mich bei den Schultern, zieht mich zurück. Ich hole mit dem Ellbogen aus und ernte wütendes Geheul. Ich erkenne die Stimme. Evans. Dann umklammere ich wieder Tullys Kehle.

Als fünfzigtausend Volt meinen Körper durchströmen, wird alles in mir heruntergefahren. Ich zucke zurück, während sich jeder Muskel in mir verkrampft. Überall in mir explodiert alles vor Schmerz, als würden Glassplitter durch meine Adern schneiden.

Ich sehe alles nur noch schwarz-weiß, bis die Farben langsam zurückkehren.

Ein neuer Todeskampf, als Evans seine Elektroschockpistole gegen meinen Hals drückt.

Der Boden kommt mir entgegen.

Dann nichts mehr.

WARNLAGEBERICHT

Amtliche Mitteilung Nr. 1 des NWS National Hurricane Center Miami FL

Betreff: Hurrikan Hannah und Hurrikan Josephine

Samstag, 28. August 2021, 12:00 Uhr

ENTWICKLUNG DER WETTER- UND WARNLAGE

Die Tropenstürme Hannah und Josephine haben ihre Richtung geändert, ihre Verläufe werden sich voraussichtlich um 6 Uhr morgens überschneiden. Es ist davon auszugehen, dass sich die Stürme der Kategorie 5 vereinen und beide Wirbel einen seltenen und gefährlichen Supersturm bilden, auch bekannt als Fujiwhara-Phänomen.

In dieser Phase ist mit dauerhaften Windgeschwindigkeiten von bis zu 200 Meilen pro Stunde (312 Stundenkilometern) zu rechnen, möglicherweise auch mehr.

GEFAHRENLAGE FÜR DAS FESTLAND

Es ist davon auszugehen, dass die vereinten Hurrikans bisher beispiellose Verwüstungen sowohl an der Ostküste als auch in Florida, Georgia, Alabama, Mississippi, Louisiana und Texas anrichten.

WARNUNG

Sofortige Evakuierung aller Einwohner.

Sechs

Freitag, 27. August
15:30 Uhr

Sheriff Montoya nimmt nun schon zum dritten Mal innerhalb von zehn Minuten den Hörer ab.

Die Leitung ist immer noch tot.

Er hat nun seit zwei Stunden keinen Kontakt mehr zur Außenwelt. Er hat mit Jefferson gesprochen, um zu erfahren, wie es weitergeht angesichts des Hurrikans.

Falsch, *der* Hurrikans.

Einer ist ja nicht genug, nein, sie bekommen es mit zweien zu tun, Hannah und Josephine, die sich zu einem Monstersturm formieren – irgendwas, was sich wohl Fujiwhara-Effekt nennt –, der sie mit voller Wucht in den nächsten Stunden treffen wird. Und *natürlich* Kategorie fünf. Weil es genau die Art von Glück ist, mit dem Montoya gesegnet ist.

Miami wurde evakuiert und gleicht einer Geisterstadt. Niemand durfte zurückbleiben. Ähnliches gilt für den größten Teil von Florida, Alabama und Georgia. Gebäude wurden regelrecht zerfetzt, es gibt eine massive Überschwemmung, Brände. Einhundertachtundsiebzig Menschen sind bereits gestorben.

Das Letzte, was Jefferson erwähnt hat, bevor die Leitung zusammenbrach, war eine Planänderung. Das Glashaus sollte als sicherer Hafen für die evakuierten Gefangenen dienen, aber angesichts eines Hurrikans mit diesen Ausmaßen hätten sie *jeden* verlegen müssen. Es war sogar die Rede von Sturmfluten, die sich zu kleinen Tsunamis wandeln können. Jefferson hat gesagt, er würde die Nationalgarde schicken, um ihnen bei der Evakuierung zu helfen. Und dass sie um zwei hier wäre.

Montoya schaut auf die Uhr, halb vier. Allmählich dämmert ihm, dass die Nationalgarde vielleicht überhaupt nicht auftauchen wird.

Er kann ja noch nicht mal rausfinden, was da draußen überhaupt abgeht. Sie sind komplett abgeschnitten, kein Fernsehempfang, kein Handyempfang, kein Festnetz, nichts. Die einzigen Informationen sind die Ausdrucke über den Verlauf der Hurrikans, die Jefferson ihm vom National Hurricane Center weitergeleitet hat. Wann sie eintreffen, wann das Auge des Sturms über sie hinwegzieht, wann der Wind sich abschwächen wird, solche Sachen.

Nichts von alledem macht viel Hoffnung. Und im Verlauf der nächsten achtzehn Stunden wird es nur noch schlimmer werden.

Er sitzt an seinem Schreibtisch und lauscht dem Toben des Sturms. Es ist unerbittlich, ein Crescendo aus Heulen und Kreischen. Regen trommelt aufs Dach. Das Mauerwerk des Gebäudes ächzt, als würde es jeden Moment einstürzen.

Er steht auf und schaut durch das kleine Fenster. Es sieht aus, als wäre es mitten in der Nacht. Weiter draußen sprüht irgendwas Funken und schlägt Blitze. Eine gerissene Stromleitung? Fuck. Das können sie gerade noch gebrauchen, so einen Stromausfall. Sie haben Generatoren, die würden alles am Laufen halten, zumindest für … wie lange? Vielleicht für zwölf Stunden, wenn sie Glück haben. Die Notfallbeleuchtung würde arbeiten, auch die Frischluftregulation, solche Sachen. Aber danach? Dann wären sie alle im Arsch.

Was zum Teufel soll er machen? Einfach warten? Auf Hilfe, die nicht kommt? Wurden sie zurückgelassen, im Chaos vergessen? Es wäre möglich. Doch was soll dann aus ihnen werden? Fuck.

Montoya hat sein Leben gemeistert, indem er schwerwiegende Entscheidungen tunlichst vermieden hat. Große Entscheidungen bringen große Risiken mit sich, und große Risiken bedeuten eine Menge Häme, wenn etwas schiefgeht.

Was soll er machen? Keine Chance, jeden hier zu evakuieren, verflucht, sie haben ja gerade mal einen Bus! Die übrigen wurden dazu benutzt, die Insassen aus anderen Gefängnissen herzutransportieren. Sie werden sich schon ziemlich quetschen müssen, um nur die Notfallbelegschaft reinzubekommen, die immer noch hier Dienst schiebt.

Er wandert weiter in seinen Gedanken, aber ist nicht begeistert darüber, welchen Weg sie einschlagen. Doch länger lässt es sich nicht mehr vermeiden.

Er starrt auf seinen Schreibtisch. Kein Blinzeln, keine Regung. Er hat Angst davor, dass die Vorstellung real wird, wenn er sich rührt. Dass es bedeutet anzuerkennen, dass er zu solchen Überlegungen fähig ist.

Aber er ist da. Lauernd. Ein hinterlistiger Gedanke, der sich seinen Weg durch sein Bewusstsein bahnt und immer weiter vorwärtsdrängt.

Er kann die Häftlinge zurücklassen.

Sie einfach ihrem Schicksal überlassen.

Er ist seinen Vollzugsbeamten verpflichtet, die haben sich keiner Verbrechen schuldig gemacht. Die Häftlinge hingegen … Killer, Vergewaltiger, Kindermörder, Drogendealer.

Warum sollte er sein Leben für sie riskieren? Und er überlässt sie ja nicht den Fängen des Todes. Natürlich nicht. Er wird die Belegschaft evakuieren, und wenn sie erst aus der Hurrikanschneise heraus sind, informiert er die Nationalgarde, dass die Häftlinge immer noch Hilfe benötigen. Verflucht, vielleicht bekommt er sogar einen Orden. Wenn er nicht genug Mumm hat, um die nötigen Schritte zu unternehmen, wenn er nicht das Gefängnis verlässt und sich den tobenden Elementen aussetzt, um Meldung machen zu können, könnte jeder hier sterben. Er macht genau das Richtige.

Er drückt den Knopf der Sprechanlage. »Hier spricht Sheriff Montoya. Die gesamte Belegschaft soll sich in die Kantine begeben. Ich wiederhole: Die gesamte Belegschaft kommt unverzüglich in der Kabine zusammen.«

Er nimmt seine Autoschlüssel, doch dann hält er inne. Alte Gewohnheit. Niemand kann hier einfach mit den eigenen Autos wegfahren, man käme keine zehn Meter weit. Der Bus ist ihre einzige Hoffnung.

Er legt die Schlüssel zurück auf den Tisch und verlässt sein Büro.

Die Kantine ist bereits voll, als er dort eintrifft. Viele genervte und besorgte Uniformen, die alle durcheinanderreden. Er hebt die Hand, damit Ruhe einkehrt, doch damit erreicht er rein gar nichts.

»Beruhigt euch!«, schreit er und wartet, bis er ihre volle Aufmerksamkeit hat. »Die Situation ist wie folgt: Ihr wisst alle über den Hurrikan Bescheid. Nun, es ist schlimmer geworden. Hannah und Josephine haben sich vereinigt und so eine Art Mutanten-Supersturm gebildet, Kategorie fünf. Es heißt, er soll schlimmer als Irma werden, was bedeutet, dass wir evakuieren müssen.«

»Wie zum Teufel sollen wir das machen?«, fragt Bright, eine junge Beamtin aus New Orleans. »Wir haben hier achthundert Gefangene.«

»Ich rede nicht von den Häftlingen.« Bleib cool, denkt er. Mach es ihnen schmackhaft, als hinge dein Leben davon ab. »Die Belegschaft, die noch hier ist, wird jetzt mit dem Bus evakuiert. Jefferson sagt, dass der Katastrophenschutz mit der Nationalgarde zusammenarbeitet, um die Gefangenen so bald wie möglich hier rauszuholen.«

»Wer bleibt zurück, um ein Auge auf sie zu haben?«, fragt jemand.

»Keiner.«

»Aber es sind noch welche auf der Krankenstation.«

»Ich verstehe eure Bedenken. Aber wir haben keine Wahl. Jeder bleibt in seiner Zelle eingesperrt, bis Hilfe kommt.« Er sieht sich um. »Noch irgendwelche Fragen?«

Niemand meldet sich. Er hat erwartet, dass sich *irgendeine* Art von Widerstand regt, aber alle bleiben ruhig. Er ist sich nicht sicher, ob er froh darüber sein soll, weil es die Sache für ihn einfacher macht, oder ob er enttäuscht ist über ihre mangelnde Berufseinstellung.

»Wohin fahren wir?«, fragt Bright.

»Wir fahren auf die I-95 und dann weiter nach Norden, bis wir Dade City erreichen.«

»Das sind fast fünfhundert Kilometer!«

»Ja, fünfhundert Kilometer vom Hurrikan entfernt.«

»Es sei denn, er zieht auch nach Norden.«

»Das wollen wir mal nicht hoffen«, sagt Montoya. »Wie auch immer, das Letzte, was ich gehört habe, ist, dass er sich weiter nach Westen bewegt und sich in ein paar Tagen über dem Golf von Mexiko auflöst. Konzentrieren wir uns einfach darauf, so viele

Kilometer wie möglich zwischen uns und das Gefängnis zu bringen. Okay?«

Einige Mitarbeiter nicken. Nicht jeder sieht aus, als wäre ihm ganz wohl bei der Sache, aber niemand beschwert sich.

»Okay … Sorgen Sie dafür, dass alle in ihren Zellen sind, und dann treffen wir uns in zwanzig Minuten im R & R. Los!«

Die COs setzen sich in Bewegung, marschieren aus der Kantine, um sicherzugehen, dass auch alle Gefangenen weggeschlossen sind.

Sobald er allein ist, lässt sich Montoya auf einen Stuhl fallen und wischt sich den Schweiß aus dem Gesicht.

Der Bus steht vor dem R & R in dem überdachten Magazin, seit mit ihm die Häftlinge nach der Putzaktion aus dem alten Gefängnis zurückgebracht worden sind. Jesus! Wie zum Teufel soll der Kasten den kommenden Sturm überstehen?

Denk nicht drüber nach, nicht dein Problem.

Er hat sich nicht freiwillig gemeldet und das Gefängnis als Zufluchtsstätte angeboten. Das geht auf Jefferson. Tatsächlich muss er diese Info sofort streuen, sobald sie in Sicherheit sind. Jefferson hat all das geplant.

Er wartet, bis die Belegschaft ins Foyer tritt. Sie kommen einzeln oder zu zweit, und er streicht die Namen von seinem Clipboard, als sie nach draußen ins Magazin gehen. Der Bus füllt sich langsam, die nervöse Belegschaft nimmt ihre Plätze ein. Sie quetschen sich zusammen, wobei einige stehen und sich an den Rücklehnen der Sitze festklammern müssen. Nach zehn Minuten schließlich scheinen sie vollzählig zu sein.

Er muss es dennoch prüfen.

Montoya taucht noch einmal in das Gefängnis ein, geht durch leere Korridore, schaut in verlassene Büros. Es ist … unheimlich, anders kann man es nicht beschreiben. All die Jahre, die er nun schon hier verbracht hat, war das Gefängnis niemals so leer. Da war immer etwas in Bewegung, da war Leben plus das überwältigende Gefühl von Verzweiflung, das er immer bei den Einsitzenden gespürt hat. Dass das Gefühl nicht mehr da ist, muss eigentlich bedeuten, dass es von der Belegschaft ausgegangen ist.

Alles liegt verlassen da.

Er geht zurück zum Bus und steigt ein. Der Fahrer wirft ihm einen düsteren Blick zu. Es ist Hicks, und Montoya mag sein Äußeres nicht, hat es nie gemocht. Jung, dünn, fettige Haut und ein Tattoo auf dem Unterarm, das nun unter dem aufgekrempelten Ärmel sichtbar ist.

»Wir müssen los«, sagt Hicks.

»Worauf zum Teufel wartest du dann?«, grummelt Montoya. Er wirft einen Blick in den Bus, der zum Bersten gefüllt ist.

Jeder sieht besorgt aus, verängstigt.

»Das Tor«, sagt Hicks.

»Was?«

»Jemand muss das Tor öffnen.«

»Jesus! Louis, öffne das Tor!«

Louis schaut von seinem Sitz auf. Ein weiterer Grünschnabel, kaum zwanzig Jahre alt. »Warum ich?«

»Weil du jung bist. Du kannst schneller rennen. Beweg dich!«

Louis beeilt sich, von seinem Sitz hochzukommen, und quetscht sich an Montoya vorbei.

»Warte!«

Louis hält inne, und Montoya löst den riesigen Schlüsselbund von seinem Gürtel. An ihm sind alle Generalschlüssel, die man braucht, um sich überall im Gefängnis bewegen zu können. Sie sind ein Symbol für seine Position, seine Macht. Er händigt sie nur widerwillig aus. »Du wirst sie brauchen, um in den Sicherheitsraum zu kommen.«

Louis schnappt sich die Schlüssel und rennt zurück ins Gefängnis. Montoya blickt ihm hinterher und kommt sich auf einmal klein und unwichtig vor.

Louis bewegt sich schnell durchs R & R, wobei er Montoyas Schlüssel benutzt, um die Türen zu öffnen. Er hält direkt auf den nächstgelegenen Sicherheitsraum zu, der hinter dem Empfang liegt. Von dort aus wird die Sicherheitsschleuse zu Einheit 1 vom Gen Pop bewacht.

Er schließt die Tür auf, zieht sich einen Stuhl

heran und setzt sich an den Computer. Dann greift er sich die Maus und fährt mit dem Cursor zum Tor, das aus dem Magazin führt.

Er zögert. Sein Blick wird von den fünf Monitoren angezogen, die eine schematische Darstellung der Zellen zeigen, und darauf sind alle Türen rot markiert, als Zeichen dafür, dass sie verschlossen sind.

Lieber Gott! Er starrt schuldbewusst auf die Monitore. Sie hauen ab, handeln absolut verantwortungslos, um ihre eigene Haut zu retten.

Wenn sie die Häftlinge einfach so zurücklassen, werden sie alle sterben. Ersaufen, gefangen in ihren Zellen, während das Wasser langsam steigt.

Aber ist das, was ihm durch den Sinn geht, besser?

Ja, das ist es.

Wenn er ein Häftling wäre, er wüsste, was er wollte. Er wollte eine Chance, wie klein sie auch sein mag.

Er zögert noch ein letztes Mal, aber dann denkt er sich: Scheiß drauf! Und öffnet mit der Maus alle Zellentüren im Gefängnis, öffnet auch die Türen und Sicherheitsschleusen zwischen den einzelnen Einheiten!

Die Tore nach draußen lässt er natürlich geschlossen, er will ja nicht, dass irgendeinem die Flucht gelingt. So können die Häftlinge wenigstens eine Überflutung überleben, bis Hilfe eintrifft.

Als Letztes öffnet er das Tor, dann sprintet er zurück zum Bus. Er hat sicher das Richtige getan, oder? Die Häftlinge auf Flügel A wären definitiv ertrunken, wenn er sie in den Zellen gelassen hätte. Der ganze Trakt sitzt am Fuß des Hügels, und das Gefängnis wird bereits nach und nach geflutet.

Yeah, er hat die richtige Entscheidung getroffen.

Ungefähr fünf Minuten nachdem der Bengel den Bus verlassen hat, öffnet sich das Tor zum Magazin, und sofort setzt ein Jaulen und Pfeifen ein.

Als Montoya noch ein Kind war, hat er oft Zeit im Haus seiner Großmutter verbracht. Sie hatte einen offenen Kamin, den sie nie benutzt hat, aber wenn ein Sturm aufzog, heulte und pfiff der Wind durch den Schornstein. Dieses Geräusch klingt genauso, allerdings um das Tausendfache, nein *Hunderttausendfache* verstärkt.

Der Wind pfeift durch die langsam größer werdende Öffnung. Dann donnert er gegen das Tor und rüttelt es in seiner Verankerung vor und zurück. Regen und Schmutz wird in den Hangar gefegt und klatscht auf die Windschutzscheibe des Busses. Irgendetwas knallt heftig gegen das Glas, sodass es knarzt. Einige der Wärter schreien auf. Jeder hält sich am Sitz fest.

Louis kommt in den Bus gerannt, sein Gesicht bleich, die Augen vor Angst weit aufgerissen.

»Schlüssel?«, blafft Montoya.

Louis sieht erst verwirrt aus, dann erschrocken, geradezu entsetzt.

Jesus Christus, der Idiot hat die Schlüssel verloren!

»Wollen Sie, dass ich sie …«

»Setz dich verdammt noch mal hin und halt die Klappe!« Die Schlüssel sind sowieso nicht mehr wichtig. Was zählt, ist, am Leben zu bleiben.

Als sich das Tor weiter öffnet, verändert sich die Tonhöhe des heulenden Windes zu einem Kreischen, dann zu einem lang gezogenen donnernden Brüllen.

Der Bus wird durchgeschüttelt, und Hicks sitzt einfach nur da und starrt durch die Windschutzscheibe. Seine Finger umklammern das Lenkrad, lösen sich wieder, umklammern es.

»Hicks.«

Er bewegt sich nicht, sondern starrt nur stur geradeaus.

»Hicks!«

Er zuckt zusammen und blickt Montoya panisch an.

»Wir fahren los und entfernen uns vom Hurrikan. Wir bleiben hier, dann kommt der Hurrikan zu uns. Kapiert?«

Hicks leckt sich die Lippen, dann nickt er. Er legt den Gang ein, und der Bus setzt sich langsam in Bewegung, hinaus in den Nachmittag, der so dunkel ist wie die Nacht.

Als sie den Hangar verlassen, drückt der Wind seitlich gegen den Bus – und hebt ihn an, sodass er auf zwei Rädern steht. Diesmal schreit jeder auf, einschließlich Montoya. Er fällt gegen die Bustür und schlägt sich schmerzhaft den Kopf an.

Das war's!, denkt er. *Der Bus kippt auf die Seite. Wir werden alle sterben!*

Aber dann sackt das Gefährt langsam wieder auf alle vier Reifen.

Hicks ist wieder in Schockstarre, umkrallt das Lenkrad so fest, dass seine Knöchel weiß hervortreten.

»Beweg dich!«, schreit Montoya. »Steh auf!«

Hicks blinzelt zu ihm. »Was?«

»Du bist keine große Hilfe. Ich werde fahren.«

»Aber ... dazu sind Sie nicht berechtigt. Ich könnte meinen Job verlieren.«

»Komm aus dem verdammten Sitz raus!«, schreit Evans, der plötzlich hinter Hicks steht und ihn am Kragen packt.

Hicks kommt auf die Beine, und Evans zieht ihn zu den Bänken für die Passagiere.

Montoya nimmt seinen Platz ein, führt den Gurt über seinen dicken Bauch, schnallt sich an und blickt auf die Armaturen. Ist 'ne Weile her, seit er einen Bus gefahren hat, aber er kann das.

Er drückt aufs Gaspedal, und das Fahrzeug schiebt sich vorwärts. Er will raus, auf die Straße und ab nach Norden, so schnell es eben geht.

Er beschleunigt, fährt den Bus den Hügel hinunter zu den Gefängnistoren. Das Glashaus liegt irgendwo zu ihrer Linken, aber er kann nicht mal die Beleuchtung sehen. Es fühlt sich an, als würde er durch einen Tunnel fahren, der sich nach und nach immer mehr verjüngt. Er kann überhaupt nichts sehen, nur Vorhänge aus Regen im Scheinwerferlicht des Busses.

Wenn der Zaun nicht elektrisch gesichert wäre, er würde einfach durchfahren. Aber das kann er nicht riskieren, er weiß nicht, ob er noch unter Strom steht. Er muss das Tor auf gewöhnliche Art öffnen.

Er schaut über die Schulter, niemand sieht ihn an, alle gucken weg, vermeiden Blickkontakt. Sie wissen, worum er einen von ihnen gleich bitten wird.

»Evans?«, fragt er hoffnungsvoll.

Evans blickt auf, schüttelt aber den Kopf.

Feiglinge. Gut, macht er es eben selbst. Er löst den Gurt und zieht den Hebel, um die Türen zu öffnen. Sofort ist er klitschnass, seine Kleidung saugt sich voll. Regen strömt ein und verpasst ihm eine nasse Ohrfeige, sodass er zurückgeworfen wird.

Er schwankt nach draußen, und augenblicklich erfassen ihn Böen, als er seine Füße auf den Asphalt setzt. Einmal, zweimal, immer und immer wieder schlägt es von allen Seiten auf ihn ein. Er rutscht aus und fällt auf die Knie. Jetzt kommt der Wind von hinten und versucht, ihn gänzlich zu Boden zu drücken, doch irgendwie schafft er es wieder auf die Beine und weiter hin zum Pförtnerhaus. Der Regen fühlt sich auf seiner Haut an wie Metallsplitter, und das Brüllen des Windes macht ihn taub für alle anderen Geräusche.

Montoya zieht die Tür des Pförtnerhauses auf und stürzt hinein, fängt sich am Tisch ab, zieht sich hoch. Dann atmet er einige Male tief durch, bevor er in seiner Tasche die Schlüsselkarte herausfischt und vor den Scanner hält, um den Computer freizuschalten. Er scrollt zu den Bedienelementen für das vordere Tor und klickt auf *Entriegeln*.

Er blinzelt durch das Fenster, kann aber nicht sehen, ob sich das Tor tatsächlich öffnet. Er wankt wieder nach draußen und arbeitet sich zum Bus vor. Jemand wartet drinnen direkt bei den Türen, um sie zu öffnen, und er taumelt die Treppen hinauf und lässt sich auf den verschlissenen Ledersitz fallen.

Wieder atmet er tief durch, wischt sich das Wasser aus dem Gesicht. Die Scheibenwischer sind angeschaltet, aber der Effekt ist gleich null. Er kann noch immer nicht sehen, ob das Tor offen ist.

Er legt den Rückwärtsgang ein, kurbelt das Lenkrad nach rechts. Ja, das Tor steht weit offen, und er seufzt vor Erleichterung. Dann tritt er aufs Gas, und der Bus macht einen Satz nach vorn. Montoya beugt sich nah an die Windschutzscheibe und versucht, etwas zu erkennen, während sich der Bus ruckelnd und schlitternd über den Asphalt schiebt.

Schließlich stoppt er am Fuße der Straße, die zum Gefängniskomplex führt. Zwei Möglichkeiten. Die 95 führt direkt nach Norden, aber auch nah an der Küste entlang. Die 75 würde sie erst mal hundertsechzig Kilometer westlich leiten, bevor sie nach Norden abbiegt, aber das würde sie zwei weitere Stunden kosten. Links geht's zur 75, rechts auf die 95.

Er zögert. Dann biegt er nach rechts ab.

Schnell kommt er nicht voran, auch wenn er will. Es juckt ihn, das Gaspedal ans Bodenblech zu nageln, aber es ist zu viel Unrat auf der Straße. Umgestürzte Palmen kreuzen den Weg. Autos liegen auf den Dächern oder sind einfach auf der Straße zurückgelassen worden. Einige stehen verkehrt herum, andere sind ineinander gekracht. Der Asphalt selbst ist nicht zu sehen, das Wasser steht gut dreißig Zentimeter hoch. Er muss vorsichtig sein. Wenn er zu viel Gas gibt, droht Aquaplaning.

Dieser Trip wird länger dauern, als er gedacht hat. Zum Glück hat er sich nicht für die 75 entschieden.

Er braucht zwanzig Minuten für die knapp sieben Kilometer bis zur 95. Als er auf die Interstate abbiegt, kommt Erleichterung in ihm auf. Erleichterung, unter die sich Nervosität mischt, weil das Wasser hier noch höher steht, zwischen einem halben und einem Meter hoch. Und das Meer liegt direkt zu seiner Rechten. Er kann es nicht sehen, aber er kann es durch den Sturm hören, das Brüllen der Wellen, die gegen die Flutbarriere schlagen und daran brechen. Wenn er das hier drinnen im Bus hören kann, muss es draußen geradezu ohrenbetäubend sein.

Er sagt sich erneut, dass alles okay ist, dass noch Zeit ist, dass der Hurrikan noch nicht einmal eingetroffen ist. Jefferson hat ihm gesagt, dass er gegen sechs oder sieben Uhr auf Land treffen wird. Wenn sie bis dahin weit genug nach Norden gelangt sind …

Plötzlich gleitet der Bus weg, schlittert seitlich von der Interstate. Montoya hört Geschrei hinter sich, aber seine Aufmerksamkeit ist nach draußen durch die Windschutzscheibe gerichtet. Alles, was er erkennen kann, ist schäumendes Meerwasser. Eine riesige Welle ist über die Barriere gebrochen und schiebt den Bus von der Straße.

Das Wasser geht langsam zurück, und die Reifen berühren wieder Boden. Montoya zwingt sich, die Hände vom Lenkrad zu nehmen. Sie zittern, und er ballt sie zu Fäusten, damit das Zittern aufhört, doch ohne Erfolg.

Louis spricht mit irgendwem über das Funkgerät. Montoya glaubt, etwas über die Nationalgarde aufgeschnappt zu haben, aber er kann sich darauf nicht konzentrieren.

Der Motor ist aus. Er versucht, ihn wieder zu starten, doch alles, was er zu hören bekommt, ist ein kehliges Grollen, ohne dass das Scheißding anspringt. Er wird mit Fragen bombardiert, doch er ignoriert sie und konzentriert sich auf den Motor.

Los, mach schon! Spring an, du Stück Scheiße!

Der Motor röchelt sich schließlich ins Leben zurück, und die Forderungen und Fragen hinter Montoya lösen sich auf in einem Aufschrei der Erleichterung.

Er drückt das Pedal durch, und der Bus schiebt sich vorwärts.

In diesem Moment bricht die Betonbarriere auseinander, tonnenschwere Brocken werden ins Meer gespült, und der Bus wird mit voller Wucht von einer massiven Welle getroffen, auf die Seite geworfen und gegen den Trennstreifen gedrückt. Wasser strömt durch die Bruchstelle in der Flutbarriere und verschlingt das Gefährt schließlich völlig.

Dann wird der Bus von der Strömung mitgerissen, ins Meer, wo er sich mit Wasser füllt und langsam untergeht.

Sieben

15:45 Uhr

»Hier spricht Sheriff Montoya. Die gesamte Belegschaft soll sich in die Kantine begeben. Ich wiederhole: Die gesamte Belegschaft kommt unverzüglich in der Kabine zusammen.«

Die Stimme klingt kratzig und blechern aus dem Lautsprecher. Sawyer hört kaum hin. Sie sitzt im Belegschaftsraum des Nordflügels, einen Klumpen im Magen, und beobachtet den Sturm durch das verstärkte Glas.

Alles ist dunkel, alle paar Sekunden zucken Blitze und erleuchten die aufgewühlten Wolken sowie den sintflutartigen Regen. Trümmer werden aufgewirbelt, eine Stoßstange, ein Straßenschild und irgendwelche Holzstücke hat sie schon herumfliegen sehen. Sie verfolgt all das umherfliegende Holz und die Balken mit ihrem Blick und versucht, im Kopf das Rätsel zu lösen, woher sie kommen mögen. Wahrscheinlich von einem Schuppen oder einer Hütte, vom Sturm auseinandergerissen.

Was zum Teufel tut sie hier eigentlich? Sie muss verrückt gewesen sein, dass sie sich heute Morgen hierhin durchgeschlagen hat. Niemand hat wirklich davon Notiz genommen, dass sie erschienen ist. Sie hätte ganz einfach ihren ersten Tag verschieben können, die Stadt mit den anderen verlassen und erst zurückkommen, wenn wieder Normalität eingekehrt ist.

Aber nein, sie musste ja an ihrem Plan festhalten. Ihrer *Zeitleiste*. Nur das zählt für sie. Immer sichergehen, dass alles ordnungsgemäß abläuft. Es war dumm, das erkennt sie jetzt. Ihre Borniertheit hat dazu geführt, dass sie diesen Tag womöglich nicht überleben wird.

Aber sie musste es tun. Für ihren Bruder.

Sie blinzelt und wendet den Blick vom Fenster ab. Was hat der Sheriff gesagt? Sie sollen sich in der Kantine treffen? Alles klar.

Sie steht auf und benutzt eine der Schlüsselkarten, die Martinez ihr gegeben hat, um den Raum zu verlassen. Sie war noch nicht bei der Kantine und ist sich nicht sicher, wo genau die liegt. Sie geht durch die verlassenen Korridore und schielt durch die Türen, an denen sie vorbeikommt. Viele Büros, daneben einige leerstehende Räume sowie Abstellkammern, ein kleines Gym, in das man Spinning-Räder und Laufbänder gequetscht hat, aber keine Kantine.

Die findet sie schließlich nah bei der Tür, hinter der der lange Belegschaftskorridor zum Admin führt. Aber der Raum ist leer bis auf einige Tische und zwei Verkaufsautomaten, einer mit Getränken, der andere mit Snacks.

In dem Augenblick wird ihr klar, was für eine Idiotin sie ist. Martinez hat ihr gesagt, dass es eine Belegschaftskantine im Admin gibt. Dort werden sie alle sein, dort liegen all die Büros.

Unter Fluchen öffnet sie mit der Schlüsselkarte die Tür zum Belegschaftskorridor. Sie hält kurz inne, denn der Gedanke daran, was sich vor ihr erstreckt, ist beängstigend. Sie weiß jetzt schon, dass sie diesen Korridor hassen wird. Eigentlich hasst sie ihn bereits, obwohl sie ihn nur einmal durchschritten hat.

Sie seufzt und geht schnellen Schrittes los.

Als sie endlich das Admin erreicht, liegt es komplett verlassen da. Alle Schreibtische in dem weitläufigen Büro sind leer.

Sanfte Musik ertönt von irgendwoher, aus einem Radio, das Hits der Siebziger spielt. *»Well I don't know why I came here tonight ...«*

Ja, geht mir genauso, denkt sie. Beim Blick ins leere, mit Holz getäfelte Großraumbüro erschaudert sie. Es fühlt sich komisch an, als würde sie Hausfriedensbruch begehen und wäre illegal hier. Als sollte sie nicht hier sein.

Sie entscheidet sich für einen der Korridore, die fort von den Büros führen. Sie hat keine Ahnung, wohin sie geht, da ist der eine Korridor so gut wie der andere. Dieser führt tiefer in das große Gebäude, das Martinez als Admin bezeichnet hat. Sawyer bewegt sich lautlos, die Ohren gespitzt, doch sie vernimmt keine anderen Geräusche als diejenigen, die der Sturm verursacht.

Sie ist kurz davor, umzukehren und einen der anderen Durchgänge zu nehmen, als ihr Blick auf einen Evakuierungsplan an der Wand fällt. Sie eilt hin und inspiziert den Plan, entdeckt die »Sie sind hier«-Markierung und sucht dann nach der Kantine.

Da, zurück durchs Admin und dann einen Korridor links. Sie nimmt den Plan aus dem Plexiglasrahmen, faltet ihn zusammen und steckt ihn in die Gesäßtasche. Sie wird ihn vielleicht noch mal brauchen, falls sie sich wieder verirrt.

Dem Plan folgend, macht sie sich auf den Weg, und tatsächlich braucht sie nicht lange, bis sie die Kantine findet. Sie besteht aus einem riesigen Raum, mit Tischen und Bänken, die am Boden verschraubt sind, und einer langen Essensausgabetheke an der gegenüberliegenden Seite. Links gibt es einen offenen Durchgang, der wohl zur Küche führt.

Die Kantine ist leer.

In Sawyer schrillen die Alarmglocken.

»Hallo?«

Sie wartet, erhält aber keine Antwort.

»Hallo?« Dieses Mal schreit sie, aber da ist nichts.

Sie zieht den Plan heraus, faltet ihn auseinander und findet, wonach sie sucht – das Büro von Sheriff Montoya. Sie muss mit ihm sprechen. Herausbekommen, was hier vor sich geht.

Sie geht durch die Kantine in die Küche, wo sich

riesige Öfen und Gasherde die Wände entlangreihen, betritt einen engen Korridor, biegt nach rechts und geht weiter durch den Gang, bis sie eine der Hauptpassagen vom Admin erreicht. Die ist viel breiter als die anderen Gänge, bestimmt drei Meter, und führt laut Plan von der einen Seite des Gebäudes zur anderen.

Sie zählt beim Gehen die Türen, bis sie an Montoyas Büro anlangt. Sie klopft, erhält aber keine Antwort.

Sie schiebt die Tür auf und lugt hinein. Leer.

Sie will die Tür schon wieder schließen, da fällt ihr Blick auf den Schreibtisch, der mit Tabellen und Ausdrucken übersät ist. Sie kommt näher und schaut sich die verschiedenen Papiere an, die alle vom National Hurricane Center stammen. Das erste Blatt datiert drei Tage zurück, und jedes weitere ist ein Update hinsichtlich Verlauf und Schweregrad des Hurrikans, der an Stärke zunimmt und sich aufs Land zubewegt.

Nein … *der* Hurrikans. Entsetzt liest sie die Berichte – Josephine und Hannah, die sich vereinen und als Supersturm hierherkommen werden.

Sie nimmt noch mal das erste Blatt, auf dem sich ein Zeitplan mit dem voraussichtlichen Verlauf des Supersturms befindet, wenn er sich seinen Weg durch Florida bahnt. Die Ausläufer werden sie erst morgen Mittag passieren, aber alle Vorhersagen gehen davon aus, dass Florida dann vollständig überflutet sein wird.

Ein bestimmter Satz sticht ihr ins Auge, er enthält den voraussichtlichen Zeitpunkt, wenn das Auge des Hurrikans die Küste von Miami erreicht: 05:05 Uhr.

Und daneben gekritzelt mit rotem Kuli: 05:40 – 06:20 Uhr.

Das muss der Zeitraum sein, wenn das Auge über das Gefängnis hinwegfegt. Das Auge des Hurrikans – eine sehr ruhige Zone, für gewöhnlich eineinhalb Kilometer breit.

Sie hört, wie etwas weiter eine Tür im Korridor zuknallt. Sie verlässt das Büro und sucht nach dem Ursprung des Geräuschs. Allmählich gerät sie in Panik, in ihr keimt eine ungute Vorstellung davon, was passiert ist, aber sie will es sich selbst nicht eingestehen. Denn wenn das stimmt, steckt sie ernsthaft in Schwierigkeiten.

Sie erblickt etwas, das sofort ihre Aufmerksamkeit fesselt.

Eine Tür steht weit offen, ein Schlüssel an einem großen Schlüsselbund steckt im Schloss.

Sie nähert sich vorsichtig und spinkst in den Korridor dahinter. Dem Plan nach ist dieser Korridor eine Sicherheitsschleuse, die zu der ersten Gefängniseinheit führt, Einheit 1 vom Gen Pop. Niemand zu sehen.

Sie zieht den Schlüssel ab und betritt den Korridor.

»Hallo?«

Sie gelangt zu einer weiteren Tür zu ihrer Linken,

die in den Kontroll- und Sicherheitsraum führt, und betritt ihn. Er ist leer, aber vollgestopft mit Computern und Monitoren, die diverse Ansichten der einzelnen Blöcke zeigen.

Sawyer hält in der Bewegung inne, die Augen vor Schreck geweitet, als sie begreift, was sich da auf den Bildschirmen abspielt.

In Einheit 1 findet ein Aufstand statt. Alle Zellentüren stehen sperrangelweit offen, jede einzelne.

Die Häftlinge sind frei!

Sawyers Blick springt von Monitor zu Monitor. Da … sie töten sich gegenseitig: kämpfende Häftlinge, die einander abstechen und sich gegenseitig das Genick brechen. Ganze Horden, die Jagd auf Einzelne machen, sie zu Boden schleudern und ihnen das Leben aus dem Leib prügeln, ihnen dabei ins Gesicht und gegen den Kopf treten.

Sie versucht wegzuschauen, aber jeder Monitor zeigt ihr solche Gräuelszenen.

Über drei Bildschirme flimmert eine Außenansicht. Entsetzt verfolgt sie, wie ein Bus an der Kamera vorbeifährt. Ihre Augen weiten sich – es scheint, als wäre der Bus voll besetzt mit COs.

Sie hauen ab, lassen die Häftlinge im Stich.

Lassen *sie* im Stich!

Sie dreht sich zum Schreibtisch. Auf fünf Monitoren sind schematische Darstellungen des Gefängnisses zu sehen. Alle Zellentüren, die eigentlich geschlossen sein und rot leuchten sollten, blinken gegenwärtig grün.

Sie zieht einen Stuhl unter einem der Tische hervor und setzt sich, schnappt sich die Computermaus, beginnt zu scrollen – es ist nicht nur Einheit 1, sondern das gesamte Gefängnis, selbst die Einheiten der Mental Health und Administrative Control, wo die Psychopathen verwahrt werden.

Sie sind alle frei.

Achthundert Insassen.

Und sie haben das Gefängnis unter ihrer Kontrolle.

Sawyer fühlt erneut Panik in sich aufwallen. Es kitzelt sie im Nacken, als würde jemand hinter ihr stehen und sie anpusten. Sie wird ganz starr, sie will sich nicht umdrehen.

Doch sie kämpft sich hoch auf die Beine, schiebt den Stuhl zurück und wirbelt herum.

Da ist niemand. Sie atmet tief durch, die Augen auf die offene Tür gerichtet, die hinaus auf den Korridor führt. Jesus, wenn man sie hier entdeckte …

Sie schnellt nach vorn und knallt die Tür zu.

Sie muss hier raus. *Jetzt.* Ihre Gedanken rasen. Aber wie? Was kann sie tun?

Der Bus. Sie haben offensichtlich nicht gewusst, dass sie noch hier ist, als sie losgefahren sind. Sie steht noch nicht auf der Liste mit den Angestellten, weshalb Martinez ihr die zeitlich begrenzt gültigen Schlüsselkarten gegeben hat. Sie werden doch sicher noch mal zurückkommen, um sie zu holen? Sie muss ihnen nur irgendwie stecken, dass sie immer noch hier drin ist.

Vor den Monitoren steht ein kleiner Kasten mit LCD-Bildschirm und einem Mikrofon an der Seite. Sie nimmt das Mikro und drückt den Knopf. »Hallo?«

Nichts.

Sie kontrolliert den Kasten, der Screen leuchtet noch nicht einmal auf. Schließlich findet sie den Einschaltknopf.

Statisches Rauschen ertönt aus dem Lautsprecher. Sie drückt den Knopf erneut. »Hallo, irgendjemand da?« Sie lässt den Knopf los. Immer noch keine Antwort.

Das wird nicht funktionieren, schließlich weiß sie nicht, welcher Kanal im Bus eingestellt ist.

Sie sucht den Raum ab, bis sie ein Ringbuch mit laminierten Seiten darin entdeckt. Sie beginnt es durchzublättern, als sie außerhalb des Raums einen Schrei hört.

Sie duckt sich, dann krabbelt sie zur Tür, lugt durch das dicke Sicherheitsglas und sieht, wie ein Häftling den Korridor entlangsprintet und von zwei anderen verfolgt wird. Keiner von ihnen versucht, in den Sicherheitsraum zu gelangen, aber mit den Schlüsseln, die sie gefunden hat, verriegelt sie vorsorglich die Tür.

Sie bleibt unten, krabbelt zurück zum Ringbuch und blättert so lange darin, bis sie die Seite mit den Kanälen für die Gefängnisbusse gefunden hat. Es gibt nur vier, und sie tippt den ersten Kanal ein.

»Sheriff Montoya? Hören Sie mich?«

Nichts. Nur statisches Rauschen.

Sie versucht den nächsten Kanal, den übernächsten und schließlich den letzten, bevor sie wieder mit dem ersten beginnt und einen nach dem anderen durchprobiert, bis endlich jemand antwortet.

»H-hallo?«

»Wer spricht da?«

»Uh … Louis.«

Ein lautes Kratzen ertönt über den Lautsprecher, dann schreit jemand.

»Louis? Bist du noch da?«

»Wer ist da? Ist da die Nationalgarde? Wir brauchen Hilfe!«

Sie will gerade antworten, als sie plötzlich ein Krachen hört, begleitet von einem ängstlichen Aufschrei. »Pass auf! Pass …«

Dann statisches Rauschen.

»Louis? Hey, Louis, rede mit mir.«

Keine Antwort.

Sie drückt erneut den Knopf. »Louis, bist du da?«

Rauschen.

Jesus! Sawyer lässt sich auf den Boden gleiten. War es wirklich das, wonach es geklungen hat? Sie kann dem Gedanken nicht entrinnen.

Der Gefängnisbus hatte einen Unfall!

Wütend pfeffert sie das Mikro auf den Tisch zurück. Was zum Teufel haben sie sich nur gedacht! Ihre Pflichten derart zu vernachlässigen! Die Gefangenen sich selbst zu überlassen, während sie davonlaufen! Warum sollten sie so etwas tun?

Ihre Gedanken rasen. Der einzig mögliche Grund –

die einzige Sache, die wenigstens ein bisschen Sinn ergibt – ist, dass Montoya nicht davon ausgegangen ist, dass das Gefängnis den kommenden Sturm überstehen wird.

Es sieht nicht gut aus für die Justizvollzugsanstalt Ravenhill.

Und für die Häftlinge.

Und für sie selbst.

Sie kann die Häftlinge jetzt kreischen und schreien hören. Die Lautstärke ist in den letzten Minuten stetig angeschwollen, aber sie hat, so gut es geht, versucht, es zu ignorieren. Doch das kann sie nicht mehr.

Sawyer blinzelt und blickt sich um, als nähme sie die Umgebung zum ersten Mal wahr. Was soll sie tun? Sich verstecken und abwarten? Die Häftlinge sind offenbar auf dem Weg hierher, und wenn sie Sawyer finden, werden sie sie *»bei lebendigem Leib fressen«*, wie Martinez sich heute Morgen ausgedrückt hat!

Martinez ... Sawyer fällt ein, was die ihr über das Glashaus erzählt hat. Es würde seit den Achtzigern nicht mehr benutzt. Dort wäre sie vielleicht in Sicherheit.

Ja, das Glashaus ist ihre einzige Chance, am Leben zu bleiben. Vielleicht hält es sogar dem Sturm stand, nach allem, was Martinez darüber erzählt hat. Sie muss nur irgendwie dorthin gelangen.

Aber da ist noch etwas. Etwas, das sie unbedingt wissen muss.

Sie tippt auf der Computertastatur herum. Von hier aus kann sie auf den Hauptrechner des Gefängnisses zugreifen. Sie ruft ein Suchfenster auf … und wird fündig!

Dann steht sie auf. Zögerlich geht sie zur Tür, atmet tief durch, schließt die Tür auf und klippt den Schlüsselring an ihrem Gürtel fest.

Sie tritt auf den Korridor … und läuft los!

Sofort überkommt sie eine Welle der Panik. Sie stockt und kehrt beinahe wieder um. Das ist dumm. Selbstmörderisch. Sie wird sterben, sie werden sie schnappen und weiß der Teufel was mit ihr anstellen.

Aber was bleibt ihr übrig? Sich unter dem Schreibtisch verstecken für … wie lange? Stunden? Tage? Bis der Hurrikan das Dach vom Gefängnis fegt und sie mit sich reißt? Nein. Es gibt nur einen Weg: vorwärts. Stillstand, innehalten, bedeutet ihren sicheren Tod.

Sie schiebt sich vorwärts und zwingt einen Fuß vor den anderen. Aus den Einheiten hinter ihr hört sie Gekreische, Geschrei, schrilles Gelächter. Gott weiß, was in den sieben Komplexen, aus denen sich Ravenhill zusammensetzt, gerade vor sich geht. All die ganzen herumstreifenden Häftlinge, die tun und lassen können, was immer sie wollen, endlich alte Rechnungen begleichen. Das ist ein Blutbad, ein Massaker.

Wieder denkt sie daran, was mit ihr passieren wird, wenn die Häftlinge sie erwischen. Sie kann nicht anders und blickt noch mal über die Schulter zurück. Niemand da. Aber sie wird das Gefühl nicht los, dass sie gleich jemand packt, sie zurückreißt und sie in einen Raum zerrt.

Und dann …

»Hey!«

Sie wirft erneut einen Blick über die Schulter. Da stehen zwei Typen am anderen Ende des Korridors, mit dem Rücken zum Sicherheitsraum.

Sie schauen sich gegenseitig an, dann laufen sie los, auf Sawyer zu!

Sie unterdrückt einen Schluchzer und sprintet den Korridor entlang, bis sie beim Großraumbüro ankommt. Sie rennt einfach weiter, entscheidet sich wahllos für eine Passage und läuft, bis sie sich im Eingangs- und Empfangsbereich von Ravenhill befindet.

Da ist eine Tür auf der gegenüberliegenden Seite. Sie rennt hin, reißt sie auf, flitzt hindurch – und legt sich beinahe der Länge nach hin, als sie sich plötzlich in einem abfallenden Korridor wiederfindet.

Sie erlangt ihr Gleichgewicht zurück, blickt hinter sich und glaubt für einen Augenblick, sie hat genug Zeit, die Tür abzuschließen. Falsch gedacht, die Männer sind bereits zu nah.

»Wo rennst du denn hin?«, schreit einer von ihnen. »Komm schon, wir wollen nur etwas Spaß haben!«

Sawyer nimmt den Kopf zwischen die Schultern

und holt jeden Funken Energie aus ihrem Körper, wobei sie das Gefälle nutzt, um noch mehr Geschwindigkeit aufzunehmen. Sie knallt gegen die Tür am anderen Ende und drückt gleichzeitig den Türgriff nach unten, wirft sie auf und jagt hindurch, knallt die Tür hinter sich zu, greift sich die Schlüssel und schluchzt vor Frustration, als sie einen nach dem anderen erfolglos ausprobiert. Keiner passt.

Einer der Häftlinge donnert gegen die Tür. Der Griff geht nach unten, und die Tür öffnet sich etwas. Sawyer drückt mit ihrem ganzen Gewicht dagegen und versucht sie mit der Schulter zuzustemmen.

Ein blitzartiger Schmerz durchzuckt ihren Arm. Sie schreit auf, schafft es aber, die Tür zuzudrücken, und sieht noch, wie eine Klinge durch den Spalt zurückgezogen wird. Sie versucht, den Schmerz zu ignorieren, hält den Türgriff nach oben gedrückt und fummelt einen weiteren Schlüssel ins Schloss.

Dieser passt. Sie dreht ihn herum und schluchzt vor Erleichterung auf, als sie hört, wie das Schloss einrastet.

Zitternd atmet sie aus und dreht sich um, lässt sich an der Tür zu Boden gleiten, während die Häftlinge auf der anderen Seite dagegen wummern. Sie kann deutlich spüren, wie die Tür erzittert.

Sie untersucht ihre Schulter, an der eine Wunde klafft, sechs Zentimeter lang und etwas über einen Zentimeter tief. Blut quillt daraus hervor und tränkt ihr Hemd. Sie presst den Stoff gegen die Wunde und hofft, so die Blutung stoppen zu können. Das wird nicht reichen, sie muss die Krankenstation finden, vielleicht haben sie dort Wundkleber oder -klammern.

Sie kommt wieder auf die Füße und zieht den Plan aus der Gesäßtasche, verfolgt den Weg, den sie genommen hat. Derzeit befindet sie sich in Flügel A, dem neuen Gebäudeteil des Gefängnisses, das weiter unterhalb des Hügels errichtet wurde. Sie überfliegt den Evakuierungsplan, bis sie die Krankenstation entdeckt. Sie liegt in diesem Flügel, nicht weit entfernt von dort, wo sie sich gerade befindet.

Sie setzt sich in Bewegung. Zwar ist niemand in der Nähe, aber sie kann entferntes Gekreische und Geschrei hören. Sie hält am Ende des Gangs inne und lugt um die Ecke.

Und gefriert zu Eis!

Da sind drei Häftlinge, die sich von ihr wegbewegen. Einer von ihnen springt hoch und zerschmettert das Oberlicht mit einer Metallstange. Sie lachen, dann verschwinden sie hinter der nächsten Ecke.

Sawyer atmet tief durch und schlüpft in die Passage zur Krankenstation. Jeder Schritt, den sie macht, fühlt sich an, als würde sie durch Morast waten. Ihr ganzes Sein brüllt sie an, sich zu verstecken und sich so klein wie irgend möglich zu machen. Sie spürt, wie die Panik wieder in ihr aufsteigt, ein Drang – ein *unbedingtes Bedürfnis* –, einfach zu fliehen. Sie kann es kaum im Zaum halten, jede Faser ihres Körpers schreit, dass sie geradewegs in ihren Tod geht.

Aber sie sitzt ohnehin in der Falle, und wenn sie sich irgendwo verkriechen muss, warum nicht auf der Krankenstation?

Und da ist auch noch ein anderer Gedanke, der sie dorthin zieht …

Sie versucht, die Schmerzensschreie auszublenden, das Triumphgeheul, die Namen der einzelnen Gangs, die sich die Häftlinge zurufen.

»Woods!«

»Chicanos!«

»East Bloods, Wichser!«

Sie weiß nicht, was da abgeht. Stehen sich die Gangs gegenüber und kämpfen um die Kontrolle des Flügels? Oder um Waffen? Was? Sie fühlt, wie Tränen in ihr aufsteigen, doch sie drängt sie zurück. *Nein. Fick dich! Ich werde* nicht *heulen.*

Sie geht weiter. Es ist das Härteste, was sie je in ihrem Leben tun musste, aber sie schafft es bis zur Krankenstation und findet sogar den richtigen Schlüssel.

Sie hat gerade die Tür geöffnet, als sie etwas am Hinterkopf trifft.

Sie schreit auf vor Schmerz, ihre Sicht verschwimmt. Sie taumelt und hält sich an der Tür fest. Das Schwesternzimmer der Krankenstation taucht in ihrem Sichtfeld auf, verschwindet wieder, während sie versucht, sich hineinzuziehen. Ihre Hände arbeiten nicht richtig, sie stolpert über die eigenen Füße und fällt auf die Knie.

Das ist ein lautes Bimmeln in ihren Ohren. Hallendes Geschrei im Gang hinter ihr. Sie bekommt die Tür zu fassen, wirft einen Blick in den Korridor.

Ein Häftling rennt auf sie zu. Sie lässt den Kopf hängen und betrachtet den Estrichboden. Etwas macht sie stutzig, es ergibt keinen Sinn. Eine Billardkugel, die Sieben, mit Blut beschmiert.

Die Glückszahl Sieben, denkt sie benommen.

Sie richtet den Blick auf den Häftling. Er ist nur noch wenige Meter entfernt. Er wird sie erwischen.

Aber dann hält er schlitternd inne und starrt den Korridor entlang zu ihrer Rechten.

Jemand schreit. Der Häftling rennt los, läuft davon, doch vier Gestalten sprinten an der Tür zur Krankenstation vorbei, erwischen ihn, packen ihn. Kreischend geht er zu Boden, und die vier Männer bearbeiten ihn mit Metallrohren und Messern.

Sawyer gelingt es, den Schlüssel herauszuziehen und die Tür zu schließen. Dann versucht sie, den Schlüssel auf der anderen Seite wieder ins Schloss zu stecken, um die Tür zu verriegeln. Sie spürt noch, wie sie wegdämmert. Alles um sie herum wird trüb und grau.

Das Letzte, was sie hört, bevor sie bewusstlos wird und zu Boden geht, ist das Einrasten des Schlosses.

Acht

23:00 Uhr

Ich bin in einem klebrigen Netz gefangen, ersticke in Dunkelheit. Ich kämpfe dagegen an und versuche, mich zu dem kleinen Licht hochzuziehen, das weit über mir glimmt. Ich werde panisch. Jesus! Ich werde sterben. Ich muss hier weg. Ich muss …

Ich reiße die Augen auf.

Mein ganzer Körper ächzt, meine Glieder sind steif und verspannt, als hätte ich im Schlaf einen Marathon gelaufen.

Ich versuche mich aufzusetzen, vernehme ein metallenes Klirren, und mein Arm wird zurückgehalten. Im trüben Licht blinzele ich an mir herunter, versuche mit meinen Augen verzweifelt etwas zu fokussieren. Mit Augen, die sich anfühlen, als wären sie zu groß für meinen Kopf.

Mein linkes Handgelenk ist mit Handschellen an ein Bett gekettet.

Ich schaue mich verwirrt um bei dem Versuch herauszufinden, was hier abgeht. Da ist etwas rechts von mir. Ich sehe genauer hin. Es ist ein altes EKG. Ausgestöpselt. Tot.

Ich bin in der Krankenstation.

Was …?

Dann kehrt die Erinnerung zurück. Wright. Tully. Der Kampf, meine Finger um Tullys Hals. Die COs, die mich zurückzerren wollen, Evans, der seinen Elektroschocker benutzt …

Ich kneife die Augen zusammen und schreie vor Frustration und Wut. Ich hatte ihn. Ich hatte Tully quasi buchstäblich in der Hand und hab ihn davonkommen lassen.

Ich winde mich, ziehe an den Handschellen und zerre daran, um freizukommen. Meine Sicht verschwimmt. Mein Kopf pulsiert vor Anstrengung, pocht gegen meinen Schädel.

Ich lasse mich zurück aufs Bett fallen und kämpfe einen Anfall von Übelkeit nieder. Ich mache langsame, tiefe Atemzüge …

Bleib ruhig, nicht durchdrehen jetzt …

Ich schließe die Augen, dämmere für eine Weile weg, bin mal ohnmächtig, mal bei Bewusstsein. Ich träume, dass ich in einem Fluss stehe und das Wasser an meinen Beinen vorbeiströmt …

Ich öffne die Augen wieder. Starre hoch zu der alten weißen Deckenverkleidung. Ich träume nicht. Ich kann es wirklich plätschern hören.

Ich lehne mich aus dem Bett.

Der Boden steht gut sechzig Zentimeter unter Wasser.

Der Raum läuft voll. Für einen Moment bin ich verwirrt und frage mich, ob vielleicht die Toiletten oder Duschen verstopft sind. Aber dann wird es mir bewusst … der Hurrikan.

»Hey!«, schreie ich.

Keine Antwort.

Ich zerre erneut an den Handschellen in der Hoffnung, dass das Metallgestell, um das die andere Schelle gelegt ist, bricht. Ich drücke mit den Füßen gegen das Bettende und zerre mit aller Kraft, die in mir steckt. Mir wird schwarz vor Augen, eine Welle aus Schwindel ergreift mich, und ich sinke wieder auf die dünne Matratze.

Ich schließe erneut die Augen … nur für eine Minute.

Nur damit sich nicht mehr alles dreht …

… und dann werde ich von etwas Kaltem geweckt. Etwas … Nassem?

Ich blicke nach unten. Das Wasser schwappt nun sanft über das Bettende und berührt meine Beine an den Waden.

Ich spanne die Muskeln an und zerre erneut an den Handschellen. Mein Handgelenk durchzuckt ein stechender Schmerz, als sich das Metall in mein Fleisch gräbt. Das Bettgestell knarzt, und ich beiße die Zähne zusammen und hole das letzte bisschen Kraft aus mir heraus.

Das Gestell bricht schließlich an der Stelle, an der es nach unten führt und seine Verlängerungen die Beine des Bettes bilden. Ich halte kurz inne, um wieder zu Atem zu kommen, dann schiebe ich die Schelle über das Ende der Bettgestellstange und plumpse ins Wasser.

Es ist erstaunlich warm, fast wie Pisse. Ich wate zur Tür und versuche, sie zu öffnen.

Sie bewegt sich keinen Millimeter.

Ich blinzle durch das Drahtglasfenster. Da ist ein Licht, das von irgendwo aus den Tiefen des Korridors kommt, aber es erhellt lediglich einen leeren, gefluteten Gang.

Schnell überprüfe ich den Raum. Da steht ein Infusionsständer in der Ecke, den ich mir schnappe, um ihn als Keil zwischen Tür und Rahmen zu stemmen. Das funktioniert nicht, der Spalt ist noch nicht mal breit genug für eine Messerklinge.

Ich ramme den Ständerfuß gegen das kleine Fenster, doch das Glas ist viel zu dick.

Ich mach 'ne Pause, um wieder zu Atem zu kommen und den Schwindel zu bekämpfen, der mich in Wellen überfällt. Dann realisiere ich, dass es nicht nur die Nachwirkungen von dem Stromstoß sind – ich hab wirklich Probleme damit, genug Luft zu bekommen. Ich sehe hoch zur Belüftungsanlage – der Strom ist ausgefallen, was bedeutet, dass auch das Belüftungssystem nicht mehr funktioniert. Ich atme nur noch die von mir verbrauchte Luft.

Ich trete wieder und wieder gegen die Tür, aber es ist hoffnungslos. Es ist ja nicht so, dass derjenige, der das Gefängnis entworfen hat, *gewollt* hätte, dass die Insassen nach draußen kommen.

Ich lasse mich gegen die Wand fallen. War's das? Wird es so enden? Ertrunken im Gefängnis? Oder qualvoll erstickt?

Plötzlich rasselt und klackert etwas. Überrascht sehe ich, wie sich die Tür langsam gegen das Wasser nach innen öffnet.

Eine Frau kommt zögerlich um die Tür herum, mit einer roten Feuerwehraxt in der Hand. In dem matten Licht aus dem Flur kann ich sehen, dass sie jung ist, noch in den Zwanzigern. Gebräunte Gesichtszüge, südländischer Typ. Ein zartes Gesicht, mandelbraune Augen mit Fältchen, die sie aussehen lassen, als würde sie gleich in Gelächter ausbrechen.

Amy hatte das auch. Es war das Erste, was mich zu ihr hingezogen hat.

Wir starren uns einen langen Moment an.

»Hey«, sagt sie. Es klingt fast wie eine Kampfansage.

»Uh … hey.«

Eine weitere ausgedehnte Stille.

»Oh … okay«, sagt sie dann. »Ähm, ernst gemeinte Frage: Du bist kein … Psycho, oder? Ich meine, du bist kein Massenmörder oder Vergewaltiger oder so was?«

»Nein.«

»Dann … wirst du mir nicht die Kehle durchschneiden? Oder mir den Schädel einschlagen?«

»Der Tag ist noch jung.«

Ihre Augen verengen sich.

»Sorry«, sage ich. »Mieser Witz.«

»Stimmt. Perfektes Timing.« Dann fragt sie zögerlich: »Kann ich dir … vertrauen?«

»Ich bin ehemaliger Cop.«

»Ein Cop? Also … ein Ex-Cop? Im Knast?« Sie mustert mich wieder misstrauisch.

»Drei Typen haben meine Frau umgebracht. Und mein Kind. Sie … war schwanger. Einen von den dreien hab ich kaltgemacht, die anderen beiden sind mir entkommen.«

Ihre Finger umklammern abwechselnd den Schaft der Axt und greifen ihn dann wieder entspannter. Sie wirkt immer noch, als würde sie überlegen, ob sie mir mit dem Ding den Schädel aufhacken oder davonrennen soll.

»Ich bin Jack Constantine.«

»Keira Sawyer.« Sie hält inne. »Ich bin neu hier. Erster Tag.«

»Das ist … unglücklich. Macht es … dir was aus, mir zu sagen, was hier los ist, Keira?«

»Niemand nennt mich Keira, sondern einfach nur Sawyer.«

»Okay. Sawyer. Seit zwei Uhr war ich bewusstlos. Kannst du meine Lücken füllen?«

Sie atmet tief durch. »Okay, schnall dich an. Es ist ungefähr Mitternacht, und die Hurrikans Hannah und Josephine haben sich zu 'ner Art Supersturm zusammengeschlossen. Du wirst vielleicht bemerkt haben, dass die Krankenstation geflutet ist, und der Hurrikan ist noch nicht mal zu voller Stärke angewachsen …«

»Jesus!«

»Yeah, behalt ihn im Kopf. Es wird noch schlimmer. Alle Zellentüren wurden geöffnet, jede einzelne im Gefängnis. Was bedeutet, dass alle Häftlinge frei sind. Ich bezweifle ernsthaft, dass das gut ausgehen wird. Also, um es zusammenzufassen: Häftlinge laufen herum und bringen sich gegenseitig um. Gefängnis wird überflutet. Ein Kategorie-fünf-Supersturm wird uns treffen … Was noch? Ach so, ja, die COs sind alle auf und davon, und ich glaub nicht, dass irgendwer außerhalb dieser Mauern über uns Bescheid weiß. Hilfe können wir nicht erwarten.«

»Warte, spul noch mal 'n Stück zurück. Was? Wovon zum Teufel redest du?«

»Eigentlich sollte die Nationalgarde kommen und die Belegschaft ablösen. Auf euch Typen aufpassen, bis der Hurrikan vorübergezogen ist. Aber sie ist nicht aufgetaucht, ich vermute, die Nationalgardisten sind tot. Montoya hat sich dafür entschieden, dass die Belegschaft das Gefängnis verlassen soll, als die Nationalgarde ausblieb … nun sind sie auch tot.«

Ich öffne den Mund, um etwas zu sagen, doch sie kommt mir zuvor.

»Ich hab's über Funk mitbekommen. Vertrau mir, sie sind tot. Also …« Sie zuckt mit den Schultern. »Wir sind wohl oder übel auf uns allein gestellt. Oder, ums realistischer auszudrücken – wir sind im Arsch.«

»Und warum bist *du* dann immer noch hier?

»Ich … ich hab mich verlaufen«, sagt Sawyer ziemlich verlegen. »Sie sind ohne mich losgefahren.« Sie fährt sich mit der Hand über den Kopf. Das Haar ist etwas dunkler an der Hinterseite, sieht aus wie Blut. »Einer der Häftlinge hat mich erwischt. Ich hab's bis zur Krankenstation geschafft und hab die Tür mit meinen Schlüsseln verriegelt. Dann wurde ich bewusstlos. Bin gerade erst zu mir gekommen.«

»Also … warst du gar nicht mehr im Gefangenentrakt?«

»Zumindest nicht in den letzten Stunden.«

»Und woher wissen wir, ob überhaupt noch jemand lebt?«

»Wissen wir nicht.«

Ich schaue weg, meine Gedanken rasen. Denk mal logisch drüber nach, sage ich zu mir selbst. Schritt für Schritt. Als Erstes muss ich … müssen *wir* aus der Krankenstation raus, denn die wird innerhalb einer Stunde total absaufen.

»Nun …«, sage ich schließlich. »Wir müssen hier weg.«

Sie sieht mich an, als hätte ich gerade das Dümmste gesagt, was sie jemals gehört hat. »Gute Idee. Ich wünschte, mir wär das eingefallen.« Dann dreht sie sich um und watet durch das Wasser.

Ich folge ihr und lasse sie durch die Krankenstation vorangehen.

Als wir uns von den Zellen wegbewegen, näher zu

den Außenmauern des Gefängnisses, nimmt der Lautstärkepegel des Hurrikans ständig zu, bis er schließlich alles übertönt. Das Donnern des Windes wird so stark, als würde er jeden Moment durch die Wände brechen.

Und der Regen ... Er prasselt und hämmert gegen das Dach und klingt, als würden Millionen von Steinen gegen Metall geschleudert.

Wie zum Teufel sollen wir das überleben? Das Wasser ist schon höher als meine Gürtellinie, und wenn es weiter so schnell steigt, wird ganz Ravenhill wahrscheinlich bei Sonnenaufgang bis oben hin unter Wasser stehen.

Wir müssen eine Erhöhung finden, irgendwo, wo wir uns verkriechen können, bis der Hurrikan vorübergezogen ist.

Während wir durchs Wasser waten, kehren meine Gedanken wieder und wieder zum Glashaus zurück. Ich bin mir nicht sicher, ob deshalb, weil Wright und Tully dort eingeschlossen sind oder weil's den höchsten Punkt des gesamten Areals bildet. Wie auch immer, ich bin überzeugt, dass es unsere beste Chance ist.

Ich erzähle Sawyer von meinem Plan, ins Glashaus zu gelangen. »An einer Seite ist es teilweise durch einen Uferhügel etwas geschützt. Es ist alt. Solide gebaut. Und die Behörden gehen offensichtlich davon aus, dass es robust genug ist, dem Sturm zu widerstehen, sonst hätten sie nicht die anderen Häftlinge dorthin verlegt.«

Sie bleibt stehen und starrt mich an. »Was für andere Häftlinge?«

Ich erzähle ihr von der Evakuierung der anderen Gefängnisse. »Die müssen dort noch eingesperrt sein, denn dort gibt es keine elektronischen Schlösser. Dort wären wir sicher, vor allem vor dem Sturm.«

Nur … wie sollen wir die Freiflächen überwinden, um überhaupt dorthin zu gelangen? Wenn der Hurrikan so schlimm ist, wie diese Frau behauptet, werden wir in Fetzen gerissen, wenn wir uns nach draußen wagen.

Doch das sage ich Sawyer erst einmal nicht.

Sie erzählt mir, dass sie auch vorgehabt hat, sich im Glashaus zu verkriechen. Prima, dann sind wir ja einer Meinung.

Wir verlassen den Korridor und betreten eine offene Station. Krankenhausbetten reihen sich entlang der Wände auf und sind unter dem Wasser gerade noch auszumachen. In der Mitte des Raums steht eine Reihe EKG- und EEG-Geräte.

Sawyer hält inne und schaut nach links. Ich folge ihrem Blick. Da ist ein großes Etwas, das sanft auf dem Wasser treibt. Eine Leiche. Ein Arm des armen Kerls ist zur Seite ausgestreckt und immer noch an das Bett gekettet, das am Boden festgeschraubt ist. Er schwimmt mit dem Gesicht nach unten, der geöffnete Krankenhauskittel am Rücken ist geradezu obszön.

Sawyer zögert, dann wendet sie den Blick ab. Für

den armen Bastard können wir nichts mehr tun, also setzen wir uns wieder in Bewegung, durch den Flur in den dahinterliegenden Korridor. Bandagen und Wundverbände, immer noch in ihrer sterilen Verpackung, treiben an uns vorbei. Sawyer greift sich eine und stopft sie unter ihr Hemd. Ich frage nicht, warum sie das macht.

Durchweichte Laken schweben wie Gespenster unter der Wasseroberfläche, diverse Geräte stehen entlang des Korridors, deren Kabel und Zubehör herumtreiben wie die Tentakel einer Qualle. Defibrillatorpads, Blutdruckmessgeräte, Sauerstoffmasken.

Als wir uns dem Ende des Gangs nähern, wird der Hurrikan noch lauter, ein entsetzliches Brüllen und Kreischen, das nicht nachlässt. Es trommelt derart auf meine Sinne ein, dass ich kaum klar denken kann. Jetzt kann ich den Wind *tatsächlich* spüren. Er schiebt sich durch den Korridor und erzeugt auf dem Flutwasser kleine weiße Schaumkronen. Wir kämpfen dagegen an, ziehen uns an der Wand entlang, wobei wir mit unseren Fingern versuchen, uns an Geräte oder Türrahmen festzuklammern.

Es wird schlimmer, je näher wir dem Schwesternzimmer kommen, bis wir schließlich aus dem Korridor heraus eine Szene unbeschreiblichen Chaos erblicken.

Die Fenster sind weg. Leer, klaffende Schlünde, die Flutwasser in die Krankenstation spucken. Der kreischende Wind peitscht das Wasser zu einem stechenden Regen auf, der sich auf meiner Haut wie winzige Nadelstiche anfühlt. Eine Böe trifft uns und drückt uns seitlich gegen die Wand. Es ist überwältigend und raubt einem jeden klaren Gedanken.

Unbewusst fassen wir den anderen am Arm und waten dem Sturm entgegen, hin zu der verschlossenen Tür, die von der Krankenstation zum Gefängnis führt.

Sawyer trägt einen großen Schlüsselbund am Gürtel, den sie nun löst und dessen Schlüssel sie an der Tür durchprobiert. Die Axt hat sie sich in den Gürtel gesteckt, um beide Hände frei zu haben. Als sie schließlich den richtigen Schlüssel gefunden hat, ziehen wir beide mit unserem ganzen Gewicht am Griff, denn das Wasser übt mächtig Druck auf die Tür aus. Es strömt zwischen unseren Beinen hindurch und daran vorbei durch den größer werdenden Spalt und ergießt sich in den erleuchteten Korridor dahinter.

Sawyer schlüpft hindurch, und ich folge ihr, bevor ich es dem Wasserdruck überlasse, die Tür hinter uns zuzuschlagen.

Der Hurrikan ist hier etwas leiser zu vernehmen, nicht viel, aber immerhin so, dass ich wieder denken kann. Und es gibt Strom hier, Licht.

Ich weiß, dass wir in »meiner« Einheit sind, in Flügel A, aber alles sieht anders aus. Ich betrachte meine Umgebung, und alles erscheint gleichzeitig vertraut und doch fremd. Die Wände sind blutverschmiert. Einige Lampen baumeln lose von der Decke, an blauen und roten Kabeln.

Ein paar Meter vor uns liegt eine Leiche im Wasser, die Arme über dem Kopf treibend. Ich blicke nach links, dann nach rechts, aber da ist niemand.

Ich gehe in die Knie und drehe den Leichnam um. Der Typ ist Puerto-Ricaner, ein Mitglied der Ñetas, hab ihn ein paarmal zuvor gesehen. Sein Bauch ist mit Stichwunden übersät, und mit einem Messer hat man ihm die Zahlen 0 3 1 – das Erkennungszeichen der Bloods – in die Brust geritzt.

Ich klopfe den Körper ab, durchsuche ihn nach einer Waffe. Wunschdenken. Irgendwo in der Ferne hallt ein Schrei. Ich erhebe mich und blinzle durch das Glas einer Tür. Dahinter ist ein kurzer Korridor und an dessen Ende ein Ausgang.

»Gib mir die Schlüssel«, sage ich.

»Warum?«

»Gib sie mir einfach!«

»Nein!«

Ich nehm sie ihr vom Gürtel, ihre Proteste ignorierend, und drehe mich zur Tür um. Einen Schlüssel nach dem anderen stecke ich ins Schloss, bis ich den richtigen gefunden habe. Dann schiebe ich die Tür auf und eile zum Ausgang am Ende des Flurs.

»Was zum Teufel machst du?«, fragt Sawyer, während sie mir folgt. »Diese Schlüssel sind nur für die Türen im Innenbereich. Um nach draußen zu gelangen, brauchst du eine Schlüsselkarte.«

Ich blicke durch das Sichtfenster der Tür, wobei ich mit den Händen meine Augen beschirme. Zunächst kann ich überhaupt nichts erkennen, da ist nur allumfassende Dunkelheit. Dann blitzt es, ein Lichterbogen überstrahlt die Wolken und erhellt die Außenmauern des Gefängnisses.

Es ist, als würde man in die Hölle blicken.

Ich dachte, dass es schon heute Morgen schlimm gewesen ist, als wir noch im Bus gesessen haben. Aber als ich hinausschaue, weiß ich augenblicklich, dass es keine fünf Sekunden dauern würde, bis der Sturm uns wegpflückt.

Wieder ein Blitz, und diesmal kann ich sehen, dass der Telefonmast wie ein Speer in den Boden gerammt ist. Er hat sich durch den Asphalt gebohrt und ungefähr drei Meter tief eingegraben.

»Sie sagen, dass der Wind mit dreihundert Stundenkilometern blasen wird«, sagt Sawyer ruhig. »Vielleicht auch dreihundertzwanzig.«

»Herrgott, Scheiße …«

»Kann ich meine Schlüssel wiederhaben?«

Ich gebe sie ihr und sage: »Wenn wir einen Schritt nach draußen machen, sind wir tot. Keine Chance, dass wir es bis zum Glashaus schaffen.«

Sie schweigt ein, zwei Sekunden, dann sagt sie: »Aber in fünf Stunden ginge es.«

Ich schaue sie verwirrt an.

»Ich war im Büro des Sheriffs. Hab die Sturmwarnungen vom National Hurricane Center gelesen. Das Auge des Hurrikans wird das Gefängnis ungefähr um Viertel vor sechs morgens erreichen.«

»Das …« Ich starre angestrengt aus dem Fenster. Das Auge des Hurrikans. Natürlich, dann wird es draußen völlig ruhig sein. Mit einem Wirbelsturm dieser Größe wird das Auge sicher eine halbe Stunde andauern, vielleicht sogar länger. »Scheiße … daran hab ich nicht gedacht.«

»Nun, ich auch nicht. Bis ich die Warnungen gelesen hab.« Sie fischt aus einer ihrer Jeanstaschen eine Schlüsselkarte. »Außerdem kann ich uns aus dem Belegschaftseingang an der Nordseite bringen.«

Ich strecke meine Hand nach der Karte aus, aber sie zieht ihre zurück und steckt die Karte wieder in ihre Tasche. »Nix da. Wir halten zusammen: Du passt auf mich auf, ich auf dich. Denk drüber nach. Ich bin eine Frau, die in einem reinen Männergefängnis festsitzt. Du bist ein Ex-Bulle, der in … nun ja, im Gefängnis festsitzt. Wir brauchen uns gegenseitig, wenn wir das alles durchstehen wollen.«

Ich überlege kurz, ob ich mir die Schlüssel und die Karte einfach nehmen soll. Sie zurück- und damit sich selbst überlassen.

Aber der Gedanke verschwindet fast so schnell, wie er gekommen ist. Das könnte ich nicht tun, und tatsächlich bin ich einigermaßen überrascht, als mir das klar wird. Ich dachte, dieser Ort hier hätte jedes Mitgefühl in mir abgetötet, das ich noch in mir hatte. Ich meine, viel war da nicht mehr, nicht nach Amys Tod, und dennoch … es ist schön, dass da noch etwas Menschliches in mir steckt.

»Die Schlüsselkarte«, sage ich, »lassen sich damit auch andere Ausgänge öffnen?«

»Glaub ich nicht. Martinez hat mir gesagt, dass

sie für die Belegschaftstür an der Nordseite ist. Da hab ich meinen Spind.«

Sie bemerkt wohl die Enttäuschung auf meinem Gesicht.

»Was?«

»Nun … es sieht wie folgt aus: Du hast gesagt, alle Häftlinge können sich frei bewegen, und alle Zellentüren stehen offen.«

»Yeah.«

»Tja, es gibt nun einen Weg, in den Belegschaftsraum der Nordseite zu gelangen, und der führt an sieben Gefängniseinheiten vorbei, voll mit achthundert angepissten, blutrünstigen Häftlingen. Ich spreche von Psychopathen, Vergewaltigern, Pädophilen, Killern, Kinds- und Frauenmördern, Sodomiten, Kannibalen und Serienkillern.« Ich lächle humorlos. »Willkommen in der Justizvollzugsanstalt Ravenhill. Lasst alle Hoffnung fahren, die ihr hier eintretet. Kost und Logis inbegriffen.«

»Oh«, sagt Sawyer nur. Dann: »Scheiße.«

»In der Tat, Scheiße.«

Neun

23:30 Uhr

Das Wasser in Flügel A steht mir bis knapp unter den Waden, aber von der kurzzeitig geöffneten Tür zur Krankenstation kann es definitiv nicht stammen. Es strömt woanders ein, und das bedeutet, dass es weiter ansteigen wird. Es ist nicht so schlimm wie in der Krankenstation, aber das wäre, als würde man behaupten, drei Reifenplatzer am Auto wären weniger tragisch als vier.

Ich wate durch eine Tür und linse durch den dahinterliegenden Korridor. Die meisten Lampen sind zerstört, die dicke Plexiglasabdeckung ist abgerissen, die Glühlampen sind zerschmettert oder herausgenommen. Einige der Halterungen sind komplett aus der Decke gebrochen, sodass Drähte aus kreisrunden Öffnungen baumeln. Papier und zerfledderte Bücher treiben auf der Wasseroberfläche wie Laub auf einem See. An der Wand sind weitere Blutspritzer.

Mein Magen zieht sich zusammen. Das erinnert

mich alles ein wenig zu sehr an Afghanistan. Mein ganzer Körper schreit mich an, nicht weiterzugehen, sondern einen Ort zu finden, an dem man sich verstecken kann, alles, aber bitte nicht weitergehen.

Aber genau wie damals bleibt mir keine Wahl. Ich muss aufhören nachzudenken. Einfach handeln.

Ich atme tief durch und ziehe die nächste Tür auf. Fast schon rechne ich damit, dass mir jemand ein Messer in den Leib rammt oder mit einer Eisenstange den Schädel zertrümmert.

Aber nichts dergleichen passiert.

Ich trete in den Flur. Das Licht über der Tür ist zerstört, der Bereich vor mir liegt in Schatten gehüllt. Sawyer folgt mir. Ich frage mich, wie *sie* sich fühlen muss. Wenn sie von den Häftlingen geschnappt wird …

Ich kann nicht anders, als kurz über die Schulter zu blicken. Jesus, wenn die sie in die Finger kriegen …

»Was?«, fragt sie matt.

Ich schüttle den Kopf. »Hör mal, ich will nicht den Macho und Beschützer hervorkehren, aber du musst unterm Radar bleiben, okay? Selbst wenn mich jemand angreift … du musst dich unbedingt verstecken.«

»Ein galanter Mörder. Wie süß.«

»Ich bin kein Mörder!«, blaffe ich sie an. »Nenn mich nicht so! Ich hab jemanden *bestraft*, der meine Frau und mein Kind getötet hat. Und ich würde es wieder tun. Ich *werde* es wieder tun. Sobald wir im Glashaus sind.«

Sie schaut mich an, überrascht. »Ich dachte, wir suchen im Glashaus Schutz. Sind dort die Männer, die deine Frau getötet haben?«

»Zurzeit schon. Und ich sehe keinen Grund, nicht beide Ziele miteinander zu vereinen.«

Sie sieht mich lange an, aber sie sagt nichts dazu. Es gibt nichts zu sagen.

Wir gehen weiter und waten langsam zu jenem Korridor, der Flügel A mit dem Admin und Ravenhill selbst verbindet.

Da ist ein schwaches Geräusch, ein Rumoren, das mich stört. Zunächst ist es kaum zu vernehmen, aber es scheint lauter zu werden. Es ist nicht der Wind, es klingt anders. Irgendwie … tiefer. Ich will schon Sawyer fragen, ob sie es auch hört, als ein wildes Plätschern von vorn kommt.

»Nein …!«, schreit irgendjemand, dann folgt lautes Kreischen.

Ich packe Sawyer und schiebe sie durch die nächstbeste Tür. Im Raum stehen Bücherregale, wir sind in der Gefängnisbibliothek gelandet. Ich schließe die Tür, doch nicht ganz, sodass ich noch durch den Spalt sehen kann.

Eine Gestalt läuft heran, das Gesicht vor Angst verzerrt. Ein wolfsgleiches Heulen ertönt aus der Passage hinter ihr und hallt mehrfach von den Wänden wider.

Der Flüchtling hat die Tür zur Bücherei entdeckt, springt darauf zu und versucht, sie aufzudrücken.

Ich lasse es nicht zu.

»Was zum Teufel machst du?«, flüstert Sawyer entsetzt. Sie versucht, die Tür aufzuziehen, doch ich halte sie fest geschlossen. »Lass ihn rein!«

»Sei nicht dumm.« Mit der Hüfte schiebe ich Sawyer zur Seite und stemme mich mit meinem gesamten Gewicht gegen die Tür.

Der Typ auf der anderen Seite drückt ziemlich stark, sodass der Spalt ein wenig größer wird. Ihm wird klar, dass da jemand die Tür zuhält, und er blinzelt hinein und schaut mir in die Augen.

»Lass mich rein!«

»Ich kann nicht.«

»Sie werden mich …«

Vier Gestalten tauchen im Korridor auf und hechten zu dem einzelnen Mann, einer packt ihn im Nacken und knallt ihm den Kopf gegen die Tür. Dann werfen sie ihn zu Boden, schlagen auf ihn ein, treten ihm ins Gesicht, in die Rippen, stampfen auf seinem Kopf herum. Er kreischt und stöhnt, aber das dauert nicht lange, dann ist er still.

Doch die Schläge und Tritte hören nicht auf. Einer der vier zieht ein langes Brotmesser heraus, das er in der Küche gestohlen haben muss, beugt sich vor und schlitzt dem Bewusstlosen die Kehle von einem Ohr zum anderen auf. Blut sprudelt hervor, verteilt sich im Wasser und färbt es dunkel.

Die vier Häftlinge sehen sich einen Augenblick um, dann ziehen sie lachend und witzelnd weiter.

Ich drehe mich um …

… direkt in eine Ohrfeige von Sawyer hinein.

Ich taumle zurück, die Augen vor Überraschung geweitet. »Was zum Geier …?«

»Was zum Geier? Was zum *Geier*? Du hast gerade den Mann sterben lassen!«

»Es gab nichts, was ich hätte tun können.«

»Du hättest ihn reinlassen können!« Sie trägt immer noch die Axt im Gürtel, und ich bin froh, dass sie mich nur mit der flachen Hand geschlagen hat.

»Dann wären wir jetzt *alle* tot!«, sage ich. »Ich habe uns *beschützt!«* Sie will widersprechen, doch ich komme ihr zuvor. »Spar's dir. Es tut mir leid, dass du dich scheiße fühlst, aber entweder er oder wir.«

»Du bist verantwortlich für seinen Tod!«

Ich runzle die Stirn, aber nicht wegen dem, was sie gesagt hat. Da ist etwas …

»Alles, was du hättest tun müss…«

Ich hebe die Hand. »Klappe halten!«

Sawyer macht einen Schritt zurück, um mich von oben bis unten anzusehen, als sei sie nicht sicher, ob sie richtig gehört hat. »Hast du gerade …?«

»… befohlen, dass du die Klappe hältst, ja. Und nun halt verdammt noch mal die Klappe. Hör mal!«

Sie hält inne. Wir stehen beide still, umgeben von Büchern und Wasser, das mir bis zu den Knien reicht, wie ich plötzlich feststellen muss.

»Was …?«, fragt sie.

»Sieh nur!« Ich zeige aufs Wasser. Wellen schwappen zur Mitte des Raums. Ich halte meine Hand an die Wand, ich kann es rumoren spüren, ein Vibrieren, das mit jeder Sekunde stärker wird.

Sawyer und ich sehen uns an, und beide hören wir ein tiefes Grollen, das sich über das konstante Hintergrundgekreische des Sturms erhebt. Es wummert wie die schweren Beats eines Basses gegen meine Brust.

Ich fühle eine Urangst in der Tiefe meines Seins, die Furcht, von der Gnade von etwas abhängig zu sein, über das ich keine Kontrolle habe.

»Was *ist* das?«, flüstert Sawyer.

Die Wellen im Wasser werden größer, schneller und plätschern gegen meine Beine. Ich kann die Vibration auch in meinen Füßen spüren. Das Grollen wird lauter und lauter.

Ich blicke mich verzweifelt um, aber es gibt keinen Ausweg, kein Versteck. Wir sitzen in der Falle.

Das Geräusch nimmt zu, ein Brüllen, das alles durchschüttelt. Bücher fallen von den Regalen und klatschen ins Wasser.

Ich ziehe die Tür zur Bibliothek auf. Das Wasser in dem Durchgang davor schwappt vor und zurück, weiße Schaumkronen brechen sich an den Wänden und spritzen in die Luft.

Ich glaube, ein Kreischen über das Grollen wahrzunehmen, lehne mich vor und schaue den Korridor entlang, als plötzlich …

Die Tür, die wir beim Betreten dieses Gefängnisteils benutzt haben, fliegt auf, wird aus den Angeln gerissen, wirbelt umher und knallt gegen die Wand.

Eine Wasserwalze dringt sintflutartig ein, die Wände geben nach, werden teilweise eingerissen,

Löcher brechen auf, aus denen noch mehr Wasser in Strömen fließt, bevor die Wände unter dem Druck ganz nachgeben und einstürzen.

Ich knalle die Bibliothekstür zu, und Sawyer und ich ziehen uns an die rückwärtige Wand zurück, aber wir sitzen wirklich in der Falle. Hier führt kein Weg raus.

Die Tür knallt auf, als wäre sie von einem Rammbock getroffen worden. Wasser stürzt herein, eine gurgelnde, alles verschlingende Flut, die uns sofort verschluckt.

Ich werde von den Beinen gerissen und von Strömungen hin und her geworfen wie ein Blatt in einem Orkan. Mein Kopf knallt gegen ein Regal.

Ich versuche mich aufzurichten und gegen die tosende Strömung anzukämpfen. Meine Lunge ächzt nach Sauerstoff. Ich muss nach oben, an die Wasseroberfläche, und versuche hochzuschwimmen, doch ich kann dem Wasser nicht entrinnen.

Ich höre auf, dagegen anzukämpfen, werde weiterhin umhergewirbelt, aber ich glaube, ich kann Lichter unter mir ausmachen, am Boden. Aber das kann nicht stimmen. Warum sollten da Lichter am Boden sein?

Mir wird klar, dass ich mich einmal gedreht habe und in die falsche Richtung geschwommen bin.

Ich kämpfte mich auf die Lichter zu, mit meinen Händen vorwärtskrallend, und versuche, gegen die vielen Strömungen anzukommen. Schließlich schaffe ich es an die Oberfläche und sauge die Luft ein. Die Zimmerdecke ist nur noch knapp einen Meter von mir entfernt, und immer noch strömt Wasser nach.

Fieberhaft drehe ich mich im Kreis und halte Ausschau nach Sawyer, kann sie jedoch nirgends entdecken.

Wasser strömt über meinen Kopf, ich bekomme etwas davon in Mund und Nase, huste und röchle und merke, wie sich meine Lunge zusammenzieht. Ich krieg Panik, hol noch mal tief Luft und schlucke noch mehr Wasser, als es mich nach unten zieht.

Trübe Lichtbündel flackern hinter meinen Augenlidern, während ich erneut versuche, an die Oberfläche zu gelangen. Aber es hat mich wieder umgedreht, und ich weiß nicht mehr, wo oben und unten ist. Ich versuche, das Wasser aus meiner Lunge zu bekommen, aber das endet nur damit, dass ich huste und noch mehr Wasser schlucke. Mein Hals wird eng. Ich würge, meine Lunge krampft. Panik droht mich zu übermannen.

Ich ziehe mich hektisch in irgendeine Richtung, in der Hoffnung, dass ich an die Oberfläche komme.

Etwas zieht mich an den Haaren. Instinktiv schlag ich um mich und versuche, dem Griff zu entkommen, doch dann wird mir klar, dass mich jemand nach oben ziehen will. Ich höre auf, dagegen anzukämpfen, und helfe mit Armen und Beinen nach, nun da ich weiß, wo oben ist.

Ich breche erneut durchs Wasser und knalle mit

dem Kopf gegen die Deckenplatte. Ich hole Luft und stemme beide Hände gegen die Decke, um nicht fortgerissen zu werden. Um mich herum brodelt das Wasser. Ich wische mir über die Augen und sehe Sawyer neben mir, die versucht, sich an der Wand und der Decke abzustützen.

Ich schaue mich verzweifelt um. Das Wasser schäumt an der Tür, obwohl die Türöffnung komplett unter Wasser steht. Gegen die Strömung anzukämpfen wäre völlig sinnlos. Und selbst wenn wir es könnten, was dann? Das Wasser ist überall. Dieser Flügel liegt ganz unten im Gefängniskomplex.

Da sticht mir etwas ins Auge. Dort, wo ich mit dem Kopf an der Deckenplatte angeschlagen bin, klafft ein kleiner Spalt. Natürlich, es ist die Bibliothek für die Belegschaft, darum ist die Decke auch nicht aus Beton.

Ich schiebe die Deckenplatte hoch. Dunkelheit empfängt mich. Ich gestikuliere nach oben. Sawyer klettert zuerst hinauf, dann ziehe ich mich hoch.

Das eigentliche Dach des Gefängnisses befindet sich etwa einen Meter über uns, sodass wir nur gebückt gehen können. Rohre und elektrische Leitungen verlaufen an den Wänden entlang. Ich balanciere auf den metallenen Stützstreben, damit ich nicht durch die Deckenplatten breche und zurück in die Bibliothek falle.

Der Lärm des Hurrikans ist hier oben ohrenbetäubend. Das Kreischen des Windes, das Klappern und Hämmern auf dem Dach selbst, das Tosen des

Wassers unten. Es ist schwer, überhaupt klar zu denken. Adrenalin flutet durch meinen Körper. Es fühlt sich genauso an wie damals in Mardscha. Der Drang zu handeln, das Bedürfnis, in Bewegung zu bleiben und zu kämpfen. Um jeden Preis zu überleben.

Es ist nicht völlig dunkel. Einige der Deckenleuchten funktionieren noch, ihr Licht strahlt bis hier oben in den Zwischenraum. Das wird nicht mehr lange so sein, schon bald wird das Wasser der Elektrik den Garaus machen.

Wir gehen gut eine Minute gebückt voran, bis Sawyer plötzlich stoppt. Ich rücke auf und schreie ihr ins Ohr: »Was machst du?«

»Hör mal!«, schreit sie zurück.

Ich neige den Kopf und versuche, etwas anderes aufzuschnappen als den Lärm, den der Wirbelsturm verursacht. Ich glaube, ein Kreischen von unten zu hören, das beinahe im donnerartigen Brausen des Wassers untergeht.

Sawyer kniet sich hin, zieht ihre Axt hervor und schlägt einige der Deckenplatten heraus, die dreißig Zentimeter weiter unten ins Wasser klatschen und davongespült werden. Durch das Loch kann ich sehen, wie einige Häftlinge darum kämpfen, sich über Wasser zu halten. Ich glaube, einen von ihnen wiederzuerkennen: Castillo, ein Leutnant der Latin Kings.

»Lass sie!«, schreie ich.

»Nein!«, kreischt sie. »Das können wir nicht!«

Sie lehnt sich weiter nach unten und streckt ihren Arm raus. »Hey!«

Castillo starrt sie an, und Sawyer gibt ihm zu verstehen, dass er zu ihr schwimmen soll. Er versucht es, aber das eindringende Wasser treibt ihn zurück. Schließlich hört er auf, gegen die Strömung anzukämpfen, und entspannt sich; er lässt sich von dem Wasser treiben, das ihn in Kreisen irgendwann direkt bis unter uns führt.

Er ergreift Sawyers Hand. Ich beuge mich über sie und packe ihn ebenfalls, und wir beide ziehen ihn hinauf.

Weitere Mitglieder der Kings haben es gesehen und versuchen ebenfalls, zu uns zu schwimmen. Aber ein Typ – ich glaube, er heißt Silas, einer der größten Kerle, die ich je gesehen habe – entscheidet sich für einen anderen Weg. Er ist etwa drei Meter entfernt und reißt ein Hackmesser nach oben, mit dem er eine Deckenplatte rausdrückt.

Ich richte mich auf. Castillo zögert, sein Blick ist auf Sawyer gerichtet. Dann dreht er sich um und bewegt sich rüber zu Silas, der es nicht schafft, sich selbst in den Hohlraum über der Decke zu ziehen.

Sawyer schlägt mit ihrer Axt weitere Deckenplatten heraus, lehnt sich vor und hilft jedem Mitglied der Kings nach oben, das sie aus ihrer Position erreichen kann. Ich zögere. Ich schulde Castillo nichts, an einem anderen Tag würde er mich sofort töten. Und Sawyer… Nun, es ist offensichtlich, dass sie völlig irre ist. Oder hoffnungslos naiv. Wie auch immer, wegen ihr werde ich womöglich auch getötet.

Aber ich seufze und helfe ihr. Je schneller wir hier fertig sind, desto schneller geht es weiter.

Als klar ist, dass sich unter uns keine weiteren Häftlinge mehr befinden, gebe ich Sawyer ein Zeichen, dass wir weitermüssen. Insgesamt konnten wir neun Insassen retten, ich bin aber nicht sicher, wie viele insgesamt da unten waren.

Wir setzen uns in Bewegung, ich springe von Strebe zu Strebe, immer ungefähr in die Richtung, wo sich der ansteigende Korridor befindet, der zum Admin führt.

Als uns eine Ziegelwand im Dach den Weg versperrt, weiß ich, dass wir ganz nahe sind. Wir haben uns für die richtige Richtung entschieden und sind aus dem Belegschaftsbereich raus in den Gefängnisteil gelangt.

Ich trete einige Deckenplatten unter mir weg. Das Wasser steht hier nicht so hoch. Vielleicht haben einige Türen die Flut aufgehalten, aber das wird nicht lange andauern.

Ich gleite hinab ins Wasser. Es reicht mir bis etwa über die Brust. Sawyer folgt mir, und Castillos Leute tun es ihr gleich, in der Hoffnung, dass wir irgendeinen Plan haben. Narren. Wahrscheinlich führe ich uns alle in den Tod.

Schwimmend und watend arbeite ich mich zu der Tür vor, die in den Korridor führt. Sawyer ist direkt neben mir, das Haar klebt ihr am Klopf. Ich sehe hinter mich. Castillo und seine Leute folgen noch immer, aber auch andere Häftlinge, die in Flügel A von der Flut überrascht worden sind – sie alle setzen uns nach in der Hoffnung, dass wir einen Ausweg wissen.

Das Wasser steigt schnell, es reicht mir inzwischen fast bis an die Schultern. Das Tosen wird auch wieder lauter, als würden wir unter einem gewaltigen Wasserfall stehen. Ich wische mir über die Augen, nachdem ich die Tür erreicht habe, und versuche sie zu öffnen.

Sie ist verriegelt.

Sawyer stellt sich vor mich und fummelt mit den Schlüsseln herum. Die Häftlinge haben sich hinter uns versammelt und drücken uns gegen die Tür, panisch Fragen schreiend.

Ich versuche, sie zurückzuschieben, doch sie stehen zu dicht gedrängt. Ich muss mich umdrehen und austeilen, schlage die, die uns am nächsten stehen, mit Fäusten ins Gesicht und ziehe sie an den Haaren weg, damit Sawyer genug Platz hat, den Schlüssel ins Schloss zu stecken.

Sie versucht, die Schlüssel unter Wasser nach Gefühl reinzuschieben. Ich höre ein ohrenbetäubendes Krachen von irgendwo hinter uns, gefolgt von Geschrei und dem plötzlich lauter werdenden Geräusch von eindringendem Wasser. Was zum Teufel war das? Hat wieder eine Wand nachgegeben? Stürzt das Dach ein?

Ich schaue Sawyer an. Sie ist blass und kommt

mit dem Schloss nicht weiter. Dann verändern sich ihre Gesichtszüge, und sie nickt mir zu. Sie versucht, die Tür aufzuziehen, aber sie gibt nicht nach. Auch ich ergreife den Hebel und ziehe – nichts. Andere Häftlinge kommen hinzu, um mit uns gegen den Wasserdruck anzukämpfen.

Schließlich bewegt sich die Tür, und das Wasser bahnt sich seinen Weg in den Korridor dahinter, während wir sie langsam aufziehen. Es ist das totale Chaos, weil jeder versucht hindurchzukommen, über andere hinwegklettert und darum kämpft, dem steigenden Wasserspiegel zu entkommen.

Sawyer und ich schaffen es durch die Tür und gelangen in den ansteigenden Korridor. Als ich zurück durch die offene Tür schaue, sehe ich, dass sich noch mehr Häftlinge dem »Exodus« angeschlossen haben. Jesus, das müssen jetzt mindestens achtzig sein.

Um in Sicherheit zu gelangen, zumindest vorläufig, müssen wir noch durch eine weitere Tür. Die befindet sich nur knapp sieben Meter entfernt vor uns, aber der Wasserspiegel steigt rasant. Das Flutwasser dringt weiter in den Korridor ein und schiebt sich den geneigten Gang hinauf. Die Häftlinge stehen Schulter an Schulter, langsam wird es schwierig, sich überhaupt zu bewegen, und das Wasser schwappt bereits über die Köpfe jener, die unten im Korridor stehen.

Panik erfasst die Häftlinge, sie beginnen in ihrer Verzweiflung, wild um sich zu schlagen, um aus

Flügel A rauszukommen. Wir werden von den hinteren nach vorn gedrängt, wobei einige stolpern, unter Wasser gedrückt und dort niedergetrampelt werden.

Ich werde gegen eines der kleinen Fenster geschoben. Es blitzt, und etwas zieht meine Aufmerksamkeit auf sich. Erst ist mir nicht klar, was ich da sehe. Der Blitz scheint von einer Wand reflektiert zu werden, die gut zehn Meter hoch aufragt.

Ein weiterer Blitz, und ich sehe, wie ein Auto vorbeipurzelt wie ein übers Wasser geworfener Stein, der über die Oberfläche hüpft.

Und dahinter, vom Blitz erhellt … eine Riesenwelle!

Eine Sturmflut, die wie ein Tsunami aussieht, zehn Meter hoch, sich aufbäumend, direkt auf das Gefängnis zuhaltend!

Andere sehen es auch. Panisches Kreischen bricht aus, Schreie, Fluchen. Die Leute kämpfen miteinander, um nach oben ans Ende des Durchgangs zu gelangen, weg von den Fenstern.

Ich sehe mich nach Sawyer um und entdecke sie zwei Meter entfernt von mir, zwänge mich durch die Häftlinge, bekomme sie zu fassen, und halb schiebend, halb ziehend bugsiere ich uns Richtung Tür.

»Aus dem Weg, verdammt!«, schreie ich. »Bewegt euch!«

Wir erreichen die Spitze des Pulks und schieben die Tür auf, die gottlob nicht verschlossen ist. Der

Ansturm von hinten walzt uns beinahe nieder, doch wir schaffen es durch die Tür.

Die Häftlinge strömen wie Sand durch ein Stundenglas in den Empfangsbereich des Admin. Hier steht das Wasser nur bis zu meinen Knöcheln. Überall Gekeuche und Geschrei. Menschen stolpern oder werden zu Boden gedrückt. Einige der Häftlinge eilen zu dem großen Schreibtisch, der an der gegenüberliegenden Wand steht, und klettern darauf aus Furcht, dass das Wasser weiter steigen wird.

Ich warte an der schweren Tür, während die anderen hindurchschlüpfen, spinkse durch eins der Außenfenster und sehe die Welle kommen. Immer noch kämpfen sich Häftlinge ihren Weg zum Admin vor, aber sie werden es in keinem Fall schaffen.

Die Sturmflut ist da, trifft Ravenhill!

Das ganze Gebäude erzittert. Die Beleuchtung flackert, wird schwächer, geht ganz aus und dann wieder an. Ich kann das malträtierte Mauerwerk ächzen hören und in der Ferne, wie etwas einstürzt.

Die Häftlinge, die sich noch im Korridor befinden, sind wie zu Salzsäulen erstarrt. Sie alle hoffen, dass die Welle vorüberzieht, wie die Gezeiten Felsen an einem Strand überspülen.

Aber dieses Glück ist ihnen nicht beschieden. Eines der Fenster im Korridor splittert, explodiert regelrecht nach innen. Die Wand wird aufgerissen, Wasser strömt durch die schnell größer werdenden Löcher und steigt an.

Die Häftlinge klettern übereinander, um die Tür

zu erreichen. Sie werden es nicht schaffen. Das Wasser steigt zu schnell.

Während ich all das beobachte, stürzt ein Teil der Wand weiter hinten im Korridor ein. Wasser und Wind dringen mit Urgewalt ein, und ein weiterer Teil der Wand bricht weg. Einige Nachzügler werden sofort vom Wind erfasst und in das brodelnde Wolkenmeer gesaugt.

Wir haben keine Wahl. Wir müssen die Tür schließen!

Ich versuche, sie zuzuschieben, doch eine kräftige Windböe fegt hindurch und wirft uns alle zurück, sodass wir mit dem Hosenboden im Wasser landen.

Das Jaulen des Windes und das Toben des Sturms sind ohrenbetäubend. Blitze zucken, und ich kann entfernte Explosionen hören. Metall bricht, Beton wird zermahlt.

Die Beleuchtung flackert wieder und geht dann erneut aus. Diesmal bleibt es dunkel, hier im Empfangsbereich und, so vermute ich zumindest, im gesamten Gefängnis.

Ich stehe auf und schiebe mich zur Tür vor. Andere schließen sich an, und wir versuchen gemeinsam, sie trotz des heftigen Windes zu schließen. Ich blicke direkt in den Sturm, direkt nach draußen. Flügel A ist komplett zerstört, einfach … weg.

Die Häftlinge, die es noch durch den Korridor geschafft haben, bevor der Hurrikan ihn dem Erdboden gleichgemacht hat, kommen wieder auf die Beine und drücken mit ihrem Gewicht gegen die

Tür. Wir pressen und schieben so lange, bis wir es endlich geschafft haben.

Das Geräusch des heulenden Windes wird etwas leiser. Sawyer gibt mir den Schlüsselbund, sie hat bereits einen Schlüssel herausgepickt. Ich ramme ihn ins Schloss und drehe ihn um.

Hinter mir Keuchen, Wasser plätschert.

»Fuck …«, sagt irgendjemand mit Ehrfurcht in der Stimme, der sich weiter hinten im Empfangsbereich befindet.

Ich lege den Kopf an die Tür. Alles, was sich noch zwischen uns und dem Hurrikan befindet, ist knapp acht Zentimeter dickes Metall.

Ich glaube nicht, dass das reichen wird. Und ich bezweifle, dass die Mauern hier drei Stunden halten werden, ganz zu schweigen von fünf.

Zehn

Samstag, 28. August
00:30 Uhr

Die Generatoren springen an, die Beleuchtung flackert, leuchtet wieder, wenn auch nur schwach. Der fahle, wässrige Lichtschimmer kann die Dunkelheit nicht ganz vertreiben. Die Generatoren sind mindestens dreißig Jahre alt, und die letzte Wartung fand vor etwa eineinhalb Jahren statt. Ich weiß das so genau, weil Henry und ich es waren, die diese Wartung durchgeführt haben. Das Gefängnis war zu knauserig, um richtige Handwerker zu bezahlen.

Es herrscht eine bedrückende Stille in der Rezeption, während wir alle dem Wüten des Hurrikans lauschen. Es überlagert alles, ein ständiges Donnern und Krachen. Der Regen wird von Böen gegen das Sicherheitsglas geworfen, irgendwelche Gegenstände prallen aufs Dach – wahrscheinlich Straßenschilder, Äste, Zäune, Teile von Häusern, alles, was nicht niet- und nagelfest ist.

Und jetzt müssen wir auch noch mit der Sturmflut fertigwerden. Ich bin mir nicht sicher, wie sie überhaupt entstanden ist. Wenn es denn eine Sturmflut ist. Vielleicht war es nur Flutwasser, das vom Wind zu einer riesigen Welle aufgetürmt worden ist. Ich hab keine Ahnung, und ich weiß auch nicht, ob weitere folgen werden. Aber auch so vibriert und knarrt das ganze Gebäude unter dem Druck, dem er ausgesetzt ist.

Einige der Häftlinge verlassen bereits den Empfangsbereich und dringen tiefer in das Gefängnis vor, um sich irgendwo in Sicherheit zu bringen. Andere sind immer noch wie paralysiert und starren durch die Fenster auf das Treiben des Sturms dort draußen. Doch ich bin mir sicher, sobald ihnen bewusst wird, dass sie nicht hier und jetzt sterben werden, wollen sie wieder alte Rechnungen begleichen.

»Ich muss zugeben«, sagt Sawyer, »ich fühle mich nicht hundertprozentig sicher.«

Jesus, Sawyer ist ja auch noch da …

Ich schaue mich um, doch keiner schenkt uns Beachtung. Oder *ihr*. Aber es wird nicht lange dauern, bis sich die Häftlinge an sie erinnern. Wahrscheinlich sollte auch ich mich besser bedeckt halten. Cops, ehemalig oder nicht, stehen im Knast nicht besonders hoch im Kurs.

Sawyer und ich bewegen uns die Wand entlang, halten uns im Schatten, abseits der Grüppchen, die sich gebildet haben. Meine Augen sind auf die Häftlinge gerichtet, während ich versuche, Sawyer von den Blicken der anderen mit meinem Körper abzuschirmen. Auch wenn sie noch immer diese Axt dabeihat, damit wird sie sich gegen diese Übermacht nicht lange halten können.

Ich entdecke Castillo. Er redet mit zwei riesigen Kerlen: Silas und ein anderer, der sicher zwei Meter groß ist und nur aus Muskeln zu bestehen scheint.

Sie hören auf zu reden und schauen alle zur Tür, durch die wir gerade gekommen sind. Dann besehen sie sich die Häftlinge, suchen nach irgendwas.

Nach irgend*jemandem.*

Scheiße ...

Ich leg einen Zahn zu. Mein Ziel ist die nächste Tür. Sawyer bleibt dicht bei mir, und wir verlassen den Empfangsbereich, treten in einen kurzen Flur, der nach fünf Metern nach links und rechts abzweigt.

»Wo gehen wir hin?«, fragt sie.

»Irgendwohin, wo wir uns verkriechen können. Wir müssen planen, wie wir weiter vorgehen.«

Wir bewegen uns so schnell, wie es geht, und versuchen, aus dem Sichtfeld der anderen Häftlinge zu bleiben. Ich kontrolliere die Türen, die wir passieren, öffne sie und werfe einen Blick in die Räume. Die meisten von ihnen sind Büros, mit Schreibtischen und Computern, während in anderen alte Rechner und kaputte Monitore gelagert werden. Keiner der Räume eignet sich als sicheres Versteck, da die Türen aus billigem Holz gefertigt sind und schon beim ersten Tritt nachgeben würden.

Schließlich entdecke ich einen Raum, der es tun könnte. Die Tür, die ich öffne, ist schwer und wurde verstärkt.

»Hier rein«, sage ich.

Sie folgt mir, die Axt wieder in beiden Händen.

Es ist ein Versorgungsraum, etwa zehn Meter lang und fünf Meter breit, von fünf Regalen durchtrennt, die bis zur Decke reichen. Toilettenpapier, Waschpulver und Handdesinfektion liegen verstreut auf dem Boden. Die Häftlinge haben den Raum schon geplündert und alles mitgenommen, was essbar ist oder sich als Waffe verwenden lässt.

»Schließ die Tür ab!«

Sawyer findet den richtigen Schlüssel, während ich schnell kontrolliere, ob es noch einen zweiten Eingang gibt.

Doch den gibt es nicht.

Ich seufze und lasse mich auf einen Achtzehner-Pack Klopapier plumpsen, lehne den Kopf gegen die Wand.

Jesus! Ich kann nicht glauben, dass erst eine Stunde vergangen ist, seit ich aufgewacht bin. Mein Körper fühlt sich an wie vom Traktor überfahren.

Sawyer setzt sich mir gegenüber hin. »Bist du okay?«

Ich öffne die Augen und schaue sie überrascht an. »Ich? Yeah«, lüge ich, »mir geht's gut, einhundertprozentig. Und dir?«

Sie zuckt mit den Schultern. »Ging schon mal besser.«

Die Untertreibung des Jahres. Ich schließe erschöpft die Augen, und wir bleiben einige Minuten still sitzen und lassen das Adrenalin durch unseren Körper strömen. Hinter meinen Augenlidern blitzen von Zeit zu Zeit Bilder auf, wie der Sturm die armen Bastarde nach draußen gerissen hat. Die Panik in ihren Augen, die Todesangst, als ihnen klar wird, dass sie sterben werden und es absolut nichts gibt, was sie tun können, um das zu verhindern.

Ich schüttle mich und öffne die Augen. Keine gute Idee, sich allzu lange damit zu beschäftigen.

»Kann ich dich was fragen?«, sage ich leise.

»Schieß los.«

»Was sollte das mit den Deckenplatten?«

Sie runzelt die Stirn. »Was meinst du?«

»Warum hast du das getan?«

Sie schaut mich an, als wenn ich geistig zurückgeblieben wäre. »Weil diese Männer sonst gestorben wären.«

»Nun … sicher, aber vielleicht haben sie es ja verdient.«

»Das verdient niemand.«

»Du weißt doch gar nicht, warum sie hier drin sitzen.«

»Und? Macht für mich keinen Unterschied.«

»Du bringst dich selbst in Gefahr. Und mich auch. Wir hätten sterben können.«

»Sind wir aber nicht. Das nennt man Anstand, Constantine. Du erinnerst dich bestimmt daran. Menschlichkeit.«

Jetzt zuck ich mit den Schultern. »Was passiert, passiert, wir können daran nichts ändern. Alles, was wir können, ist so lange zu kämpfen, wie es uns möglich ist, um am Leben zu bleiben. *Das* nenne ich menschlich.«

»Das glaubst du doch selbst nicht. Du warst immerhin mal Cop.«

»Mit Betonung auf *war*. Ich sag dir jetzt mal eins: Bring dich nicht noch mal so in Gefahr. Niemand hier drin ist es wert, gerettet zu werden.«

»Nicht mal du?«

»Besonders ich nicht.«

»Komm schon«, sagt sie. »Willst du mir wirklich weismachen, dass du nichts hast, wofür es sich zu leben lohnt?«

»Nicht mehr.«

»Nichts und niemanden? Keine Eltern? Kein Bruder oder eine Schwester?«

Ich schüttele den Kopf. »Nur ich ganz allein.«

»Freunde?«

Ich denke kurz darüber nach. »Ich glaube, Felix ist ein ziemlich guter Kerl. Er ist mein Zellengenosse.«

»Himmel, das ist echt mal ein beschissenes Leben, das du da führst.«

»Ich versuch mein Bestes.«

»Okay, so sieht's aus: Ich habe Menschen, für die es sich zu leben lohnt. Ich will ...«

»Wer?«, unterbreche ich sie.

Sie hält inne, ihr Gedankengang ist ins Stocken geraten. »Was?«

»Für wen musst du überleben? Einen Ehemann? Kinder?«

»Keine Kinder. Ich hab einen Ex-Mann, ihm geht's gut, denk ich mal. Aber ich habe Familie. Freunde. Leute, für die ich die Verantwortung trage.«

Ich spüre, dass sie nur widerwillig darüber spricht. Aber wenn sie über mich urteilt, dann hab ich jedes Recht zu fragen. »Wer?«

Sie zögert. »Mein Bruder Mike. Er … schaut zu mir auf, und … irgendwie hasst er mich auch.«

Ich runzle die Stirn. »Und für welche Seite an deinem Bruder willst du das hier überleben?«

»Beide, schätze ich. Seit ein paar Jahren redet er nicht mehr mit mir.«

»Warum?«

»Lange Geschichte. Unsere Mutter ist gestorben, da war er zehn, und ich war dreizehn. Krebs. Hat lange gedauert, hat sich hingezogen.«

»Tut mir leid.«

»Nicht deine Schuld, das geht auf Gott.«

»Du glaubst immer noch an Gott?«, frage ich überrascht. »Nachdem du deine Mutter so hast leiden sehen?«

Sawyer denkt darüber nach. »Manchmal.« Sie hält inne, und in Gedanken durchläuft sie noch einmal die Jahre. »Am Ende hat sie die Behandlung abgelehnt. Sie wusste, dass es nicht mehr helfen würde. Starb zu Hause, aber es hat noch einen Monat gedauert. Jeden Morgen ist Mike aufgewacht und hat am Fuß meines Bettes gewartet, allein hat er sich nicht getraut. Dann sind wir zum Zimmer meiner Mutter und haben geklopft. Wir sind niemals einfach so zu ihr rein. Wir hatten zu viel Angst, was wir vorfinden würden. Wir haben gewartet, bis sie uns gerufen hat. Oder sie hat ein Buch auf den Boden fallen lassen, irgendwas, sodass wir wussten, dass sie noch am Leben ist. Dann sind wir ins Zimmer, und sie hat uns dazu gebracht, mit ihr zu beten.«

»Sie hat ebenfalls noch geglaubt?«

»Bis zum Ende, da war sie hardcore. Hat uns meist irgendwas aus der Bibel als Gutenachtgeschichte vorgelesen. Wahrscheinlich könnte ich das ganze Buch aus dem Gedächtnis rezitieren. Sie hat stets gesagt: Was immer auch passiert, ist Gottes Plan.«

Ich schnaube vor Abscheu. »Zum Teufel mit dem Scheiß. Wenn das hier Gottes Plan ist, dann ist er 'n Riesenarsch.«

»Wenn ich dich recht verstehe, bist du noch nicht von unserem Herrn und Gebieter im Himmel erlöst worden?« Ihre Stimme ist sanft. Sie macht nur Spaß.

»Nope. Als Kind wurde ich dazu gezwungen, zur Sonntagsschule zu gehen. Der Lehrer ... Du würdest ihn traditionsbewusst nennen. Feuer und Schwefel. Jüngstes Gericht und ewige Verdammnis. Gekeife und Geschrei. Ich glaub, damals war ich sechs. Von dem Zeitpunkt an hab ich es persönlich genommen, wenn mir irgendwelche Leute sagen wollten, was ich zu tun habe.«

»Und deine Frau?«

»Was ist mit ihr?«

»War sie religiös?«

»Sie hat sich selbst als Wochenendchristin bezeichnet, aber sie war nicht mal das. Sie ging zur Christmette, vielleicht auch noch in den Ostergottesdienst. Das war's.«

»Bist du jemals mitgegangen, also zur Christmette?«

Ich muss lachen. »Nein, sie hätte es nicht erlaubt. Sie sagte, ich würde in Flammen aufgehen, sobald ich einen Fuß in die Kirche setze.«

Sawyer lächelt.

»Also … deine Mutter?«, hake ich nach.

Ihr Lächeln verschwindet. »Eines Morgens standen wir vor ihrer Tür und haben geklopft, doch diesmal hat sie nicht reagiert. Es war einfach nur … still. Wir wussten nicht, was wir tun sollen.«

»Wo war euer Vater?«

»Wir wussten es nicht sicher. Wir haben ihn gesucht, aber … schließlich haben wir die Tür aufgemacht …« Sie blickt weg, ihr Gesicht nimmt einen düsteren Ausdruck an. »Meinen Vater hab ich zuerst gesehen. Er lag auf dem Bett, neben meiner Mutter. Sie war tot, und mein Vater hat einfach nur … geweint. Lautlos. Ihre Hand lag auf seiner Wange. Ich weiß nicht, ob er sie da hingelegt hat oder ob es ihre letzte Handlung war. Ich weiß noch, wie ich gedacht habe, wie seltsam das aussieht. Das blass-weiße Gesicht meiner Mutter im Vergleich zu seinem Teint. Als er uns gesehen hat, ist er ausgeflippt. Schrie und brüllte, dass wir rausgehen sollten. Die Augen zumachen.«

»Er wollte nicht, dass ihr eure Mutter so seht.«

»Das hab ich zuerst auch gedacht. Aber als ich älter wurde, kam mir der Gedanke, dass er nicht wollte, dass wir *ihn* so sehen. Wie er Gefühle zeigt. Es war das erste Mal, dass ich ihn weinen gesehen hab. Er hatte es nicht so mit Umarmungen und Küssen, weißt du?«

Ich nicke.

»Danach war es nicht mehr dasselbe zwischen uns. Er hat uns nicht mehr in die Augen gesehen, als würde er sich schämen.«

»Der Alte von deinem Vater, dein Großvater, war der noch so einer von altem Schrot und Korn?«

»Ja. Wer mit der Rute geizt, verzieht sein Kind. Das war sein Motto. Er hat auch unsere Oma geschlagen. Das hab ich später erfahren, bei der Beerdigung meines Vaters. Seine Schwester hat es uns erzählt, was dafür gesorgt hat, dass ich meinen Vater ein bisschen besser verstanden hab.«

»Hat er dich jemals geschlagen?«

»Nein, er war nicht so einer.«

»So läuft's immer. Entweder wirst du so wie deine Eltern, oder du schiebst, wie sie waren, weit von dir und entwickelst dich zum genauen Gegenteil. Die meisten werden nur wie sie. Ist einfacher.«

Sawyer nickt.

»Was ist mit deinem Bruder? Was ist aus ihm geworden?«

Erneutes Zögern. »Ich … hab ihn mehr oder weniger allein erzogen. Unser Vater hatte nicht den tollsten Job, drum konnte er sich keinen Babysitter oder so leisten. Ich hab getan, was ich konnte, aber er ist an die falschen Leute geraten. Die haben ihn in kriminelle Machenschaften verwickelt. Er hat mit dem Rad Pakete ausgeliefert, dann mit Drogen gedealt.«

»Wo ist er jetzt?«

»Bellevue. Drogenbesitz und -handel.«

»Scheiße, tut mir leid.«

»Yeah.«

»Ist dennoch nicht deine Schuld. Du hast dein Bestes getan, richtig?«

»Yeah«, sagt sie, »ich hab mein Bestes getan.«

Eine unangenehme Stille macht sich zwischen uns breit. Sawyer verzieht das Gesicht und rollt mit der Schulter. Dann nimmt sie die verpackte Wundauflage hervor, die sie aus der Krankenstation mitgenommen hat.

»Kannst du mir damit helfen?«, fragt sie mich.

Sie reicht mir die Auflage und zieht ihr Hemd über ihre Schulter, in der ein tiefer Cut sichtbar wird.

»Versuch die Wunde zusammenzudrücken und pass auf, dass die Wundauflage eng aufliegt«, sagt sie.

Ich öffne die Verpackung und nehme das quadratische Wundpflaster heraus, ziehe die Schutzfolie ab, sodass die Klebestreifen an den Kanten freiliegen, und lege es ihr vorsichtig auf die Schulter, wobei ich darauf achte, dass es überall festsitzt.

Ich muss mich dazu zwingen, das Wundpflaster glattzustreichen. Es ist das erste Mal in drei Jahren, dass ich die Haut einer Frau berühre. Und das erste Mal in zehn Jahren, dass es nicht die von Amy ist. Es fühlt sich an, als würde ich sie betrügen, was natürlich dumm ist. Wie kann man einem Geist untreu sein?

Ich zerknülle die Verpackung und werfe sie ins Wasser. »Erledigt.«

»Danke.« Sie zieht ihr Hemd wieder hoch. »Wir müssen unser weiteres Vorgehen planen«, sagt sie und zieht etwas aus ihrer Gesäßtasche, entfaltet es auf ihrem Schoß, und ich erkenne einen Evakuierungsplan mit einem Grundriss vom Gefängnis.

Ich lehne mich nach vorn und bin froh, an etwas anderes als Amy denken zu können. Ich zeige auf einen rechteckigen Kasten am Fuß des Plans. »Wir sind irgendwo hier, im Verwaltungsgebäude.«

»Korrekt.« Sawyer zeigt auf einen Punkt ganz oben auf dem Plan. »Und hier ist der Belegschaftsraum auf der Nordseite. Da müssen wir hin, und ich denke, wir sollten es über den Belegschaftskorridor versuchen.«

Sie zeigt auf einen langen Korridor, der den ganzen Weg auf der rechten Seite des Plans verläuft und direkt zum Block am nördlichen Ende des Gefängnisses führt. Dort war ich nie, aber wie sie schon sagte, er ist nur fürs Personal.

»Es ist der direkte Weg, siehst du's?«

»Sicher, nur dass da an die achthundert Insassen irgendwo zwischen uns und dem Ausgang sind. Möglicherweise haben sie den Belegschaftsraum auch schon eingenommen.«

»Könnte sein ...«

»Die andere Option wäre der Korridor für die Häftlinge.« Sie zeigt auf den Verbindungsgang auf der anderen Seite des Plans. Er ist eine exakte Spiegelung des Belegschaftskorridors und verbindet die Einheiten eins bis vier sowie die TCU, die MHU und die ACU, die sich alle zwischen den beiden Korridoren befinden.

»Jeder der beiden Korridore könnte von den Häftlingen blockiert sein«, wende ich ein.

»Wissen wir nicht, solange wir es nicht überprüfen.«

Sie hat recht. Wir müssen zur Nordseite des Gefängnisses gelangen, und zwar so schnell wie möglich. Was bedeutet, dass wir es zuerst auf dem direkten Weg versuchen.

»Okay, dann der Belegschaftskorridor.«

Wir stehen auf. Die Schlüssel baumeln noch im Türschloss. »Was ist damit?«, frage ich und zeige darauf. »Gibt es je einen Schlüssel für jedes Schloss im Gefängnis?«

»Nee, das sind die Schlüssel vom Sheriff. Hier!« Sie zeigt mir das Namensschild, das vom Schlüsselring hängt. »Ich denke, er hat Generalschlüssel für die Lagerräume, die Belegschaftsräume und auch für die Türen zwischen den einzelnen Gefängniseinheiten.« Sie dreht den Schlüssel, dann zieht sie ihn heraus und klippt den Ring wieder an ihren Gürtel. »Würde es für jede Tür einen separaten Schlüssel geben, wöge das Ding hier einen Zentner.«

Sie öffnet die Tür einen Spalt weit, und wir warten, lauschen. Aus der Entfernung vernehme ich Schreien, Kreischen, Lachen. Hört sich an wie in einer Irrenanstalt. Aber aus dem Korridor direkt vor uns kommt kein Laut.

Sawyer öffnet die Tür noch ein Stück weiter, und ich luge hinaus und kontrolliere beide Richtungen.

»Die Luft ist rein.«

Wir schlüpfen aus der Bibliothek und bewegen uns schnell durch den Gang, in dem das Wasser knöcheltief steht.

Vor uns ist ein ziemlicher Radau. Ich bin jedes Mal nervös, wenn wir das Ende eines Korridors erreichen oder in einen neuen Gang einbiegen. Wir müssen jeder Konfrontation so weit wie möglich aus dem Weg gehen. Sicher, Sawyer hat ihre Axt, die sie wieder aus dem Gürtel gezogen hat, aber ich bin unbewaffnet.

Gegen Messer und Metallstangen oder was auch immer die Insassen sonst noch so zu Waffen gemacht haben, stehen meine Chancen gleich null.

Auf dem Weg zum Belegschaftskorridor müssen wir etwa zehnmal in Deckung gehen, an jeder Ecke innehalten, auf Geräusche achten, und wenn sich Gruppen von Häftlingen nähern, kehren wir um und verkriechen uns in Lagerräume und Büros, bis die Luft wieder rein ist.

Ich bin kein Feigling, aber auch kein Selbstmörder. Der Versuch, an den Häftlingen vorbeizukommen, die vom Blutrausch und Freiheitsgefühl angestachelt sind, wäre so, als wolle man vernünftig mit einem Kind reden, das einen Zuckerrausch durchlebt.

»Hier ist es«, sagt Sawyer schließlich und deutet mit einem Kopfnicken auf eine verstärkte Tür.

»Die führt in den Belegschaftskorridor?«, frage ich. »Bist du sicher?«

»Ich war erst vor ein paar Stunden hier.«

»Okay. Wir gehen rein, und dann laufen wir. Wir bleiben immer in Bewegung, richtig? Den ganzen Weg bis zum nördlichen Ende des Gefängnisses. Dann suchen wir uns einen Platz, an dem wir uns für einige Stunden ausruhen können.«

»Hältst du das durch?«, fragt sie. »Ist ein ziemlich langer Korridor.«

Ihre Stimme klingt auf gewisse Weise unbeschwert. Ich sehe sie an, und da ist ein zaghaftes Lächeln in ihrem Gesicht. Doch in ihren Augen ist die Nervosität zu sehen, und ich kann es nachvollziehen. Wir sind kurz davor, hier rauszukommen. Kurz davor, in Sicherheit zu sein. Wir müssen es nur bis zum anderen Ende dieses Korridors schaffen und dort abwarten, bis das Auge des Hurrikans über uns hinwegzieht. Einfach.

»Ich komm schon klar«, sage ich. »Mach dir um mich keine Sorgen.«

Sie atmet einmal tief durch und schließt die Tür auf, dann hängt sie den Bund wieder an den Gürtel und zieht die Tür etwas auf, nur so viel, dass wir in den Korridor dahinter sehen können. Die meisten Lampen sind zerstört. Nur ein oder zwei funktionieren noch und werfen kleine Lichtkegel in die Dunkelheit.

Das Brüllen des Hurrikans ist noch lauter hier drin. Die rechte Wand ist alles, was uns von der Welt da draußen trennt.

Das ist nicht das, was ich mir vorgestellt habe. Ich hab an einen leeren Korridor gedacht, hell erleuchtet und immer noch nicht für Häftlinge zugänglich.

Ich Idiot.

An der linken Seite befinden sich die Eingänge zu den jeweiligen Einheiten, und es sieht so aus, als wären sie alle geöffnet worden. Es waren definitiv Häftlinge hier drin. Überall treibt Müll auf und im knapp achtzig Zentimeter hohen Wasser, dazu Pflanzen aus den Büros der COs, Fotografien, Lebensmittelverpackungen, Toilettenrollen, die als matschige Inselchen langsam durch den Korridor gleiten.

»Also … ich glaube, wir laufen doch nicht«, sage ich. »Vielleicht ist die heimliche Tour besser.«

»Yeah. Ich denke, du hast recht.«

Wir betreten den langen Korridor und halten uns an der Wand zu unserer Linken. Ich kann aus den

Einheiten Schreie hören, die trotz der Sicherheitsschleusen bis zu uns vordringen. Die müssen also immer noch alle offen stehen. Wir würden nicht so viel von dem Gebrüll mitkriegen, wenn sie alle zu wären, so wie es sein sollte.

Wir erreichen die Tür, die zur Einheit 1 führt. Ich drücke sanft den Hebel, nur zur Sicherheit. Die Tür bewegt sich etwas, aber sie lässt sich nicht öffnen. Offenbar hat man sie auf der anderen Seite verbarrikadiert, zumal eine mit Plastik überzogene Matratze das Türfenster verdeckt.

Wir bewegen uns weiter. Vor uns ist ein dunkler Bereich, weil die nächste Lichtquelle ungefähr dreißig Meter weit entfernt ist, eine Neonröhre, die von der Decke baumelt. Danach folgt noch eine Lichtquelle, ungefähr dort, wo Einheit 3 ist, und dann eine weitere, sehr weit weg; sie beleuchtet die Tür, die zur Nordseite führt.

Als wir an der ersten Lampe ankommen, ertönt vor uns ein Schrei. Es ist nicht wie das übliche Geschrei, das aus den Einheiten bis zu uns dringt. Es ist viel näher.

Wir halten inne, als ein Mann aus dem Zugang zur Einheit 4 ins Licht stolpert. Er hält sich den Bauch und geht vornübergebeugt, darum bemüht, das Gleichgewicht zu halten. Dennoch fällt er auf die Knie.

Eine Gestalt taucht hinter ihm auf und watet durchs Wasser auf ihn zu.

Selbst aus dieser Entfernung und bei dem Scheißlicht kann ich die Züge von Malcolm Kincaid erkennen.

»Stillhalten!«, flüstere ich.

Wir stehen regungslos da. Wir sind direkt unter dem Licht, aber ich hoffe, wenn wir uns nicht bewegen, wird niemand auf uns aufmerksam.

Kincaid blickt über die Schulter. Abler und Sullivan, seine zwei Schläger, deren Bekanntschaft ich schon im Glashaus gemacht habe, nähern sich ihm, gefolgt von einem Typen, der etwa dreißig Zentimeter größer ist als sie. Sein Name ist Carter. Ich hab ihn ein paarmal im Gefängnis gesehen, mich aber immer von ihm ferngehalten. Sein mieser Ruf eilt ihm voraus.

Carter hält etwas Schweres in der Rechten. Einen Hammer? Nein, es ist ein Fleischklopfer.

Den schwingt er ohne Pause in einem großen Bogen. Selbst von hier können wir den matschig-fleischigen Klatscher hören, als er damit das Gesicht des knienden Mannes vor ihm trifft, der augenblicklich ins Wasser plumpst.

Sawyer versucht einen Aufschrei zu unterdrücken, aber erfolgreich ist sie nicht gerade.

Kincaid, Abler, Carter und Sullivan drehen sich zu uns um.

Kincaid lächelt kalt, als er mich erkennt, dann dreht er den Kopf, um den drei Männern neben sich etwas zu sagen.

Ich packe Sawyer am Arm. »*Jetzt* rennen wir los!«

Ich schaue noch einmal zurück und sehe, wie

Abler, Carter und Sullivan aus dem Lichtkegel ins Dunkel sprinten.

Sawyer und ich rennen, so schnell wir können, zurück zur Eingangstür zum Belegschaftskorridor und schießen förmlich ins Verwaltungsgebäude.

Sawyer stoppt und fummelt an den Schlüsseln herum, doch dafür ist keine Zeit. Ich packe sie und ziehe sie hinter mir her.

Elf

01:00 Uhr

Sawyer und ich rennen durchs Admin und suchen wieder einmal Schutz in Büros und leerstehenden Räumen, um ein Aufeinandertreffen mit herumstreunenden Häftlingen zu vermeiden. Jeder von ihnen ist mit irgendwas bewaffnet: Messer und angespitzte Holzstücke, Metallstangen aus den Fitnessstudios oder von Bürotischen, um die mit Tape oder dem orangefarbenen Stoff der Gefängnisbekleidung Scherben gewickelt sind.

Wir schleichen durch irgendwelche Gänge, um Abler, Carter und Sullivan abzuschütteln, und ich hoffe, dass die Häftlinge, denen wir ausweichen, Kincaids Leute wenigstens zeitweise aufhalten. Allerdings kennt man Kincaid, und womöglich will sich kein anderer der Häftlinge mit ihm anlegen.

»Glaubst du, sie sind noch hinter uns her?«, fragt Sawyer japsend.

»Kincaid will meinen Tod. Er hat mich gesehen, und wird nicht mehr aufhören, mich zu jagen.«

»Warum? Was hat er gegen dich?«

»Ich … hab ihn hier reingebracht. Als ich noch ein Cop war.«

»Ah … okay, hab's kapiert.«

Hat sie nicht wirklich.

Ich linse um die Ecke in den nächsten Korridor. Nichts zu sehen. Plätschernd bewegen wir uns weiter durch das Wasser. Ständig werfe ich einen Blick über die Schulter. Im Admin gibt es nicht allzu viele Winkel, in die man sich verirren kann, und Kincaids Schläger können nicht allzu weit hinter uns sein.

»Wohin gehen wir?«, fragt Sawyer.

»Wir sollten uns zum Insassenkorridor auf der Westseite durchschlagen. Hoffentlich ist der nicht genauso blockiert wie …«

Ich verstumme, als wir um eine weitere Ecke kommen, denn ich höre laute Stimmen, Gelächter und Gerede auf Spanisch.

Ich packe Sawyer am Arm und eile mit ihr zur nächsten Tür, hinter der sich die Belegschaftsduschen befinden. Ich lasse die Tür einen winzigen Spalt offen, um nach draußen zu blicken.

Sie gehen an unserem Versteck vorbei und reißen Witze. Zwei von ihnen tragen weiße T-Shirts zu den Hosen der Gefängniskleidung, die anderen laufen mit freiem Oberkörper herum. Neben all den anderen Tätowierungen haben sie sich alle eine fünfzackige Krone in die Haut stechen lassen. Es ist das Erkennungszeichen der Latin Kings.

Castillos Leute.

»Wer ist das?«, flüstert Sawyer.

Es macht keinen Sinn, es ihr zu verheimlichen. Ich habe im Empfangsbereich den Mund gehalten, damit sie nicht ausflippt, aber sie muss wissen, in welcher Gefahr wir uns befinden.

»Latin Kings«, flüstere ich. »Castillos Männer.«

»Castillo?«

»Der Typ, den wir aus dem Wasser gefischt haben.«

»Oh … und warum laufen wir vor ihm weg?«

»Was meinst du mit *warum*? Glaubst du, er ist jetzt unser Freund, nur weil wir ihn gerettet haben?«

»Ist er das nicht?«

»Herr im Himmel, bist du wirklich so naiv?«

»Nein!«, entgegnet sie scharf und angepisst.

»Pass auf, jeder Häftling in diesem Gefängnis wird hinter dir her sein, entweder wegen deiner Schlüssel oder … aus anderen Gründen.« Ich schaue sie an, um sicherzugehen, dass sie mich verstanden hat.

Sie hat, denn sie verschränkt die Arme in dem sinnlosen Versuch, ihre weiblichen Rundungen zu verbergen.

»Exakt. Du musst dich bedeckt halten. Wir beide.« Ich warte, bis Castillos Leute nicht mehr zu hören sind, dann schlüpfen wir aus dem Duschraum und halten uns weiterhin westlich. Das Verwaltungsgebäude ist nicht allzu groß, wir sollten also dem Häftlingskorridor schon ziemlich nahe sein.

Wir passieren einen Gang zu unserer Rechten, als

ich einen Schrei höre. Ich drehe mich um und sehe Carter in etwa dreißig Metern Entfernung.

Er blickt nach links und brüllt noch mal: »Hierher!«

Fuck. Ich gebe Sawyer einen Schubs, und wir laufen los, aber wir kommen nur ein paar Schritte weit, dann flackert das Licht und ist plötzlich ganz weg.

Absolute Dunkelheit umgibt uns, jedes Geräusch scheint überlaut. Sawyers Atem, Carter, wie er plötzlich langsamer durchs Wasser schreitet. Ich höre die Schreie, die durch andere Teile des Gefängnisses hallen.

Ich strecke die Hand aus und bekomme Sawyers Unterarm zu fassen. Sie versteift sich, fast reißt sie ihren Arm weg, aber ich verstärke den Griff und beuge mich dorthin, wo ich ihr Ohr vermute.

»Langsam weiter.«

Wir waten vorsichtig durchs Wasser, um möglichst wenig Geräusche zu verursachen. Ich kann mich daran erinnern, wie der Korridor weiter verläuft. Noch etwa zehn Meter, dann biegt er nach rechts ab. Wir ändern leicht die Richtung, bis wir mit der rechten Wand zusammenstoßen, um uns dann mit den Händen weiter bis zur Abzweigung vorzutasten.

Ich höre, wie Carter hinter uns nach Abler brüllt. Von irgendwoher tiefer aus dem Admin kommt die Antwort, aus dem Belegschaftskorridor. Ich bin mir nicht sicher, ob Carter auf Verstärkung wartet, aber je mehr Abstand wir zwischen ihn und uns bringen, umso besser.

Wir bewegen uns in eine Richtung, die wohl dem des Häftlingskorridors entspricht. Schwer zu sagen, weil wir schon ein paarmal abgebogen sind, einmal rechts, dann links, dann wieder rechts. Wir müssen irgendwie versuchen, die Orientierung zu bewahren, sonst landen wir noch da, wo wir gestartet sind.

»Glaubst du, dass dem Generator der Sprit ausgegangen ist?«, fragt Sawyer.

»Eigentlich nicht. Sollte für mindestens zwölf Stunden reichen.«

Kaum hab ich den Satz zu Ende gesprochen, da flackert die Beleuchtung wieder auf, auch wenn einige der Neonröhren sofort den Geist aufgeben, als wieder Strom fließt. Teile des Korridors bleiben also finster.

Wieder höre ich Carter schreien, und wieder folgt eine gebrüllte Antwort, wahrscheinlich von Abler und Sullivan. Die drei sind viel näher, als mir lieb ist, und ich höre das Geräusch von plätschernden Schritten, als sie wieder die Verfolgung aufnehmen.

Wir laufen. Links und rechts des Gangs befinden sich Türen, aber ich lasse die ersten aus, um es ihnen nicht zu leicht zu machen.

»Die nächste!«

Sawyer greift den Türgriff und schiebt sie auf. Ich folge ihr und schließe die Tür, bevor ich mich schnell herumdrehe, um zu sehen, wo wir sind.

Es ist eine Belegschaftskantine. Tische und Bänke

sind am Boden verschraubt. Auf der anderen Seite des Raums sind verschiedene Theken, und direkt links davon befindet sich die Tür zur Küche.

Und wir sind nicht allein!

Felix sitzt an einem der Tische und isst ganz ruhig einen riesigen Teller Pommes. Ich starre ihn überrascht an.

»Felix?«

»Constantine, Mann! Bin froh, dich lebend zu sehen! War nicht so sicher, ob du's schaffen würdest.« Er zeigt mit einer in Sauce getränkten Fritte auf mich. »Aber du bist 'n Überlebenskünstler. Hab ich immer gesagt.«

Felix' Overall ist zerschlissen und mit Blut besudelt. Sein Gesicht ist voller Schnittwunden und blauer Flecken, und sein Unterarm und sein Bizeps sind notdürftig bandagiert.

»Bist du okay?«

Er betrachtet seine Wunden und zuckt mit den Schultern. »Will dich nicht anlügen, es wurde 'n bisschen brenzlig. Musste ein paar Leute aus dem Weg räumen. Notwehr, du verstehst? Vor den Augen von 'n paar anderen, damit klar ist, dass ich mich nicht verarschen lasse. Einige von denen haben das wohl in all der Aufregung vergessen.« Er tunkt die Pommes in eine Nachtischschüssel voller Ketchup und steckt sie sich in den Mund, dann lehnt er sich zurück und beschaut sich Sawyer. »Wirst du mich deiner Freundin vorstellen?«

»Sawyer, das ist Felix.«

Sie starrt mich mit großen Augen an. »Das ist der Typ, von dem du behauptet hast, er wär dein einziger Freund?«

Felix bedenkt mich mit einem überraschten Blick. »Das hast du gesagt?«

»Äh … yeah. Aber ich wär fast gestorben, das kann man eigentlich nicht für voll nehmen.«

»Du verweichlichtes Muttersöhnchen.«

»Hör mal«, sage ich eindringlich, »wir wollen rüber ins Glashaus. Sawyer hat eine Schlüsselkarte, mit der man aus dem Belegschaftsraum auf der Nordseite kommt. Wir warten, bis das Auge des Wirbelsturms über uns ist, dann suchen wir uns Zuflucht im Glashaus. Bist du dabei? Denn ich glaub nicht, dass die Sache hier gut ausgeht.«

Er schaut mich nachdenklich an. »Wie sieht der Plan aus? Wie willst du zum Belegschaftsraum kommen?«

»Durch den Korridor für die Häftlinge«, antwortet Sawyer schnell.

Felix schüttelt den Kopf. »Keine Chance, der ist Geschichte.«

»Geschichte?«, hake ich nach. »Was meinst du damit?«

»Weg. Nicht mehr da. Verschwunden. Kaputt. Er hat aufgehört zu existieren.«

»Wie?«, fragt Sawyer.

»Was glaubt ihr wohl? Der Hurrikan hat ihn weggepustet. Hab einige Leute drüber reden hören. Sie sagten, er ist zur gleichen Zeit eingestürzt, als auch Flügel A weggeblasen wurde.«

Scheiße. Meine Gedanken rasen. Es muss einen anderen Weg geben.

»Constantine.«

Ich blicke Sawyer an.

»Kincaids Leute?«

Christus, ja. »Felix, wir müssen hier weg. Kincaid und seine Jungs sind hinter mir her.«

»Alles klar. Lass mich nur noch zu Ende essen.«

»Felix, verdammte Scheiße …«

»Behalt die Nerven, Mann. Ich komm ja schon.«

Er steht auf.

Aber in dem Moment fliegt die Tür auf, und Abler, Carter und Sullivan betreten die Kantine.

Ich tausche einen kurzen Blick mit Felix und Sawyer, dann wirbeln wir herum und sprinten Richtung Küche im hinteren Teil der Kantine. Ich springe über den nächstbesten Tisch, rutsche darüber, lande wieder im Wasser und laufe weiter.

Wir hetzen durch den geöffneten Durchgang. Die Küche ist ein großer, quadratischer Raum, der Boden mit roten Ziegeln sowie schwarz-weißen Fliesen ausgelegt. Die Arbeitsflächen sind aus rostfreiem Stahl, und riesige Öfen und Gasherde stehen rundherum an den Wänden.

Ich ziehe Sawyer die Axt aus dem Gürtel. Sie protestiert nicht, rennt einfach weiter. Ich mache einen Schritt zur Seite und schwinge die Axt in einem großen Bogen – und die Klinge fährt Abler in die Magengrube, als er in die Küche sprintet.

Ich kann fühlen, wie das Axtblatt durch seinen Overall schneidet, durch die Haut und tief in seinen Bauch dringt. Ich drehe die Axt und zieh sie wieder raus.

Abler gibt einen seltsamen Rülpser von sich, mit dem Luft und Schmerz gleichzeitig entweichen. Dann torkelt er zurück, beide Hände auf die Wunde gedrückt, um sich die eigenen Eingeweide im Leib zu halten.

Carter und Sullivan knallen gegen seinen Rücken und schubsen ihn nach vorn. Abler sackt auf die Knie, und ich schwinge die Axt über meinen Kopf und ziele auf Carter.

Doch er reagiert geistesgegenwärtig, reißt den Arm hoch und bekommt den Schaft zu fassen.

Ich geb nicht nach, wir stehen da wie erstarrt und ziehen beide, so fest wir können. Dann reißt er die andere Hand hoch und schlägt mir mit der Faust ins Gesicht. Dabei löst er etwas den Griff um die Axt, aber ich auch. Sie klatscht ins Wasser, als ich zurücktaumle, um Carters Schlägen auszuweichen.

Wir bewegen uns weiter in die Küche hinein. Ich habe meine Arme erhoben, um mein Gesicht zu schützen, aber er landet mehr und mehr Treffer. Ich stoße gegen die Küchentheke und versuche mich zu wehren, aber jedes Mal, wenn ich aushole, nutzt Carter die offene Deckung und landet einen Schwinger. Der Typ trainiert Boxen. Ich nicht.

Plötzlich versteift sich Carter, die Augen weit aufgerissen. Ich strecke mich und sehe Felix, der Carter gerade ein Messer in die Rippen gerammt hat. Ich hab keine Ahnung, ob er es schon die ganze Zeit hatte oder es gerade in der Küche gefunden hat.

Spielt auch keine Rolle. Carter brüllt und rammt Felix den Ellbogen ins Gesicht. Carter ist groß, sogar größer als Felix, und Felix geht zu Boden, klatscht ins Wasser und landet ziemlich hart auf den Fliesen.

Carter wendet sich ihm schwerfällig zu. Ich setze ihm nach, um ihm das Messer aus den Rippen zu ziehen, das immer noch dort steckt. Aber kurz bevor ich die Hand um den Griff legen kann, greift mich Sullivan am Kragen meiner Gefängniskluft und reißt mich zurück. Der Stoff schneidet mir ziemlich scharf in die Kehle, es fühlt sich an, als hätte mir jemand einen Handkantenschlag gegen den Kehlkopf verpasst. Es reißt mich von den Füßen, und ich lande auf dem Rücken, wobei mir die Luft aus der Lunge gepresst wird.

Sullivan ist ebenfalls zu Boden gegangen. Er liegt hinter mir und legt fast zärtlich seine Arme um meinen Hals.

Ich japse, aber ich krieg immer noch keine Luft. Ich lange nach hinten und greife Sullivans Kopf, zieh ihn an den Ohren näher. Er versucht, ihn zurückzureißen, doch ich halte ihn fest und grabble mit meinen Fingern so lange in seinem Gesicht herum, bis ich seine Augen gefunden habe.

Ich drücke meine Daumen hinein, so fest ich kann.

Sullivan schreit und lockert den Griff. Ich ramme ihm meinen Hinterkopf ins Gesicht, er schreit erneut auf und lässt los.

Ich stürz nach vorn und komm auf die Beine.

Sullivan ist auch aufgestanden und torkelt blind durch die Gegend. Ich pack ihn und knall ihm den Kopf, so fest ich kann, gegen die metallene Arbeitsfläche. Er geht sofort zu Boden.

Dann drehe ich mich um und sehe Sawyer, die gerade versucht, Carter von Felix wegzuziehen. Sie nimmt sich winzig neben ihm aus. Wie beiläufig dreht sich Carter ihr zu, packt sie an den Haaren und schleudert sie zur Seite hin weg, sodass sie in einen Ofen kracht.

Sie versucht, ruhig zu bleiben, doch dann schreit sie vor Schmerz auf und zieht ihre Hände weg. Der Gasherd brennt immer noch, und ein Kochtopf voller Frittieröl steht drauf. Felix und seine Fritten.

Sawyer greift sich den Kochtopf, dreht sich um und schleudert Carter dessen Inhalt ins Gesicht.

Carter brüllt vor Schmerz, als das siedende Öl seine Haut wegplatzen lässt. Sein Gesicht und sein Hals sind puterrot, seine Augen von einem grauweißen Film überzogen. Er schreit immer noch, die Arme ausgestreckt und wild um sich schlagend.

Sawyer presst sich gegen die Arbeitsfläche und versucht, seinen Armen zu entkommen.

Ich schieße nach vorn, zieh das Messer aus Carters Rippen, stoße es ihm in den Nacken. Er hört abrupt auf zu schreien und fällt ins Wasser.

Ich packe mir Sawyer. Felix ist in der Zwischenzeit aufgestanden, und wir beeilen uns, zurück in die Kantine zu gelangen.

An dem Durchgang zur Küche halten wir inne. Weitere Häftlinge sind in die Kantine gekommen. Es sind Latin Kings.

Fuck!

Ich drehe mich um, Felix und Sawyer folgen dichtauf, und wir halten auf die Tür zu, die aus der Küche führt.

Die Kings setzen uns nach. Ich lasse Felix und Sawyer vor, dann beuge ich mich hinter einen der Öfen und greif mir den Gasschlauch, reiße ihn aus der Gasflasche und höre das zischende Geräusch von entweichendem Gas.

Dann sprinte ich hinter Sawyer und Felix her, die schon durch den Durchgang in den dahinterliegenden Korridor verschwunden sind. Ich schlittere aus der Küche, pralle gegen die Wand, drehe mich um und knall die Tür zu.

»Lauft!«

Wir schaffen vielleicht zehn Schritte, bevor das ausströmende Gas die entzündete Kochplatte erreicht und alles explodiert.

Die Küchentür wird aus den Angeln gerissen und knallt in die Wand, bohrt sich in den Beton. Ein Feuerball entweicht dem Raum und arbeitet sich in den Gang zu beiden Seiten des Korridors bis kurz vor uns vor. Rauch wabert hinter den Flammen auf und sammelt sich in dicken Schwaden unter der Decke.

Die Sprinkler gehen an, sodass wir noch nasser werden, als wir ohnehin schon sind. Es plätschert sanft ins Wasser, das uns bis zu den Waden reicht, und rieselt von der Decke wie ein feiner Frühlingsregen.

Wir bewegen uns weg von der Küche und suchen nach einem Plätzchen, wo wir uns sammeln können …

Wenn wirklich beide Korridore zerstört sind, bedeutet das, dass es nur noch einen Weg zur Nordseite gibt, und der führt direkt *durch* jede einzelne der Gefängniseinheiten. Die vier Gen-Pop-Einheiten sind schon schlimm genug, aber die Mental Health Unit und die Administrative Control Unit … Was zur Hölle muss da vor sich gehen, seit die Zellentüren geöffnet wurden?

Um uns herum ist das reinste Chaos. Toilettenpapier treibt auf dem Wasser, die Wände sind mit Blut verschmiert und mit etwas, von dem ich gar nicht wissen will, worum es sich handelt.

Vor uns hören wir platschende Schritte. Jesus Christus, nicht schon wieder!

»Kämpfen?«, fragt Felix.

»Ich hab keine Waffen. Du?«

Er hebt die Hände und ballt sie zu Fäusten. »Nur die zwei Babys.«

»Jessas, Felix, ernsthaft?«

»Was? Denkst du etwa, die wären nicht tödlich?«

»Schon, aber du hättest wahrscheinlich eine

schwere Zeit, wenn du mit deinen Fäusten ein Messer aufhalten willst.«

Sawyer hat bereits die nächstbeste Tür aufgezogen, wir schlüpfen hindurch, schließen sie und lauschen am Holz – ja, es ist tatsächlich *Holz*. Dünn. Billig. Nicht verstärkt. Völlig sinnlos, die Tür abzuschließen.

Ich höre, wie die plätschernden Schritte näher kommen und dann jemanden reden.

»Ich sag's euch, ich hab Stimmen gehört.«

»Kann sonst wer gewesen sein.«

»Yeah. Oder es könnten *sie* gewesen sein.«

Es ist kurz still, dann hört man, wie sich jemand durch das Wasser nähert. »Castillo will wissen, wie's aussieht«, verlangt ein anderer.

»Ramirez, Mann, voll unmöglich. Wir mussten uns schon … was weiß ich, schon durch fünf Hinterhalte kämpfen. Keine Chance, dass wir sie finden.«

»Castillo will sie, und ihr sucht weiter. Ist mir scheißegal, wie viele Motherfuckers ihr dafür niedermachen müsst. Verstanden?«

»Verfluchte Zeitverschwendung«, kommt es mürrisch zurück.

Dann ist da ein Klatscher, dem ein überraschter Aufschrei folgt. Etwas knallt gegen die Tür, die auffliegt und mir gegen den Kopf schlägt.

Ich taumle zurück und schaue schockiert auf. Der riesige Typ, der in der Empfangshalle mit Castillo und Silas geredet hat, steht im Durchgang und hält einen der Kings am Hals gepackt. Er muss ihn geradewegs in die Tür gerammt haben.

Ich vermute mal, der Riese ist Ramirez.

Er lächelt mich an und entblößt dabei eine Reihe unbehaglich kleiner Zähne.

»Hallo, zusammen!«, sagt er.

Bei Ramirez stehen sieben weitere Mitglieder der Latin Kings.

Selbst Felix weiß, dass die Wetten schlecht für uns stehen. Wir lassen zu – na ja, wir haben nicht groß die Wahl, oder? –, dass sie uns durch den Korridor führen, bis wir eine Doppeltür erreichen.

Ramirez drückt sie auf und geht hinein. Wir folgen ihm und finden uns in einem der Belegschaftsgyms wieder.

Der kleine Fitnessraum sieht nicht so aus, als wär er jemals auf dem neuesten Stand gewesen, aber gerade im Moment ist er ein heilloses Durcheinander. Verrostete Hanteln liegen über dem Boden verstreut, manche von ihnen mit Blut beschmiert, das sich um sie verteilt wie Tintenkleckse im Wasser. Die Bänke sind weggerissen, die Beine und Metallstützen dienen wahrscheinlich jetzt als Waffen. Vereinzelt stehen noch einige alte Kraftstationen herum, eine Schulterpresse, eine Rudermaschine, solche Sachen.

Die Umkleideräume befinden sich zu unsrer Linken, mit zwei verschiedenen Türen für Männer und Frauen.

»Boss!«, schreit Ramirez.

Einen Augenblick später kommt Castillo aus der Umkleide der Männer. Bei unserem Anblick muss er grinsen. »Meine Freunde! Ich bin so froh, euch zu sehen. Ihr seid weggelaufen, ohne mir die Gelegenheit zu geben, euch zu danken.«

Weitere Leute seiner Gang strömen aus den Umkleiden und gesellen sich zu jenen, die uns hierher eskortiert haben. Sie alle sind bewaffnet, mit Messern, Eisenstangen, zerbrochenem Holz. Als der Letzte erschienen ist, sind wir von ungefähr zwanzig Latin Kings umstellt.

Ich blicke Sawyer nervös an. Sie sieht verängstigt aus. Ihr Gesicht ist blass, ihr Blick aufs Wasser gerichtet. Ich kann die Anspannung, die in der Luft liegt, spüren und bemerke, wie die Häftlinge ihr lüsterne Blicke zuwerfen.

Felix – Gott möge seiner verirrten Seele gnädig sein – stellt sich schützend vor sie und funkelt die Kings an. Ich sagte bereits, dass er in Ordnung ist. Er hat niemals einer Frau etwas zuleide getan, soviel ich weiß. Nur drei Cops und einer heißblütigen Geisel, die ihn gestresst hat, als er eine Bank ausrauben wollte.

»Kein Grund, uns extra dafür zu danken«, sage ich. »Wir sind nur unserer Bürgerpflicht nachgekommen.«

Castillo antwortet nicht, sondern sieht Sawyer direkt an. »Ich denke schon, dass eine Gratulation angebracht ist. Ich hab keine Ahnung, wie ihr's geschafft habt, der Aufmerksamkeit einiger der…

hungrigeren Häftlinge zu entgehen, aber nun seid ihr hier und könnt noch atmen.«

Sawyers Anspannung wächst, und Castillo spürt es. »Immer mit der Ruhe, Kleines, ich bin nich hinter dir her. Aber ich muss zugeben, die Schlüssel, die du da hast… ich hab wirklich ein Auge drauf geworfen.«

Ich blicke zu Sawyers Gürtel, auf den Schlüsselbund vom Sheriff.

Castillo macht einen Schritt nach vorn, ich versuche dazwischenzugehen, doch Ramirez packt mich von hinten und drückt mir auf die Schultern, sodass ich mich nicht mehr bewegen kann.

Sawyer blickt auf, und sie hält Castillos Blick stand.

»Ich hab dich beobachtet, als du damit Flügel A aufgeschlossen hast«, sagt er, streckt die Hand aus und löst den Bund langsam von ihrem Gürtel. Sie versteift sich, bewegt sich aber ansonsten nicht.

Castillo hält die ganze Zeit Augenkontakt mit ihr. Es hat etwas Obszönes, etwas in seiner Miene. Ich wehre mich gegen Ramirez, aber er drückt die Finger nur noch mehr in meine Schulter.

Felix schaut mich unsicher an, und ich schüttle ganz leicht den Kopf. Sinnlos, jetzt was zu versuchen. Sie würden uns kaltmachen.

Castillo hält die Schlüssel hoch und schaut sie sich an. Dann entdeckt er das Namensschild, das vom Ring baumelt. »Die Schlüssel von Sheriff Montoya«, sagt er glücklich. Er blickt wieder Sawyer an, runzelt spöttisch die Stirn. »Die solltest du nicht haben, junge Dame. Mit hoher Wahrscheinlichkeit sollten die nicht in falsche Hände geraten. Ich sag dir was, ich werd sie behalten und sicherstellen, dass der Sheriff sie zurückerhält, okay?«

Sawyer antwortet nicht.

»Ich fragte: *Okay?*«

Castillo starrt Sawyer an, bis sie nickt, aber das scheint ihm nicht zu reichen. Also räuspert sie sich und sagt leise: »Okay.«

»Gut, bin froh, dass das geklärt ist. Aber auch mir musst du nicht danken, denn letzten Endes komm auch ich nur meiner Bürgerpflicht nach. Nicht wahr, Constantine?«

»Bei den Türen, die nach außen führen, funktionieren sie nicht«, sagt Sawyer schnell. »Für eine Flucht taugen sie nicht.«

»Mag sein. Aber weißt du, wofür sie taugen? Mit ihnen lassen sich die Türen zur Waffenkammer öffnen.«

Sawyer wirft mir einen alarmierten Blick zu. Fuck. Daran hatte ich gar nicht gedacht.

Castillo nickt, ein breites Grinsen im Gesicht. »Yeah, ziemlich schlau, oder?«

Er wirft mir die Schlüssel zu. Ramirez lässt meine Schulter los, und ich kann sie gerade noch so auffangen. Ich blicke den Chef der Kings überrascht an.

»Ich will, dass du Folgendes tust«, sagt er. »Du und Ramirez, ihr geht zur Waffenkammer. Bringt alles her, was ihr tragen könnt. Und schließt sie verdammt noch mal hinter euch ab, okay? Ich will nicht, dass noch jemand an Waffen kommt.«

»Warum zum Teufel sollte ich das tun?«

»Weil ich deine Freunde hierbehalte, bis du zurück bist.«

Sawyer reißt die Augen auf.

»Nein«, sage ich, »auf keinen Fall.«

»Entweder du machst, was ich sage, oder ich schlitz ihnen vor deinen Augen die Bäuche auf, und du darfst zusehen, wie sie ausbluten. Dann werd ich damit beginnen, dich scheibchenweise in Stücke zu schneiden.«

Ich zögere und blicke zwischen Felix und Sawyer hin und her. Gott, ich hab keine Wahl. Wenn ich ablehne, bringt er uns alle um. »Wenn ich es mache, lässt du uns dann laufen?«

Castillo lacht. »Denkst du, du bist in der Position zu verhandeln?«

»Nicht wirklich. Aber wozu brauchst du uns? Wenn du mit den Waffen ein paar Rechnungen begleichen willst, das ist deine Sache. Wenn du die anderen Gangs auslöschen willst, nur zu. Wir möchten dabei nur nicht in der Schusslinie stehen.«

Castillo denkt darüber nach, dann nickt er. »Okay, klar. Du besorgst mir meine Waffen, und dann lass ich dich vielleicht gehen.«

»Und niemand rührt Sawyer an«, sage ich.

Castillo sieht verletzt aus. »Mein Freund, für was 'ne Missgeburt hältst du mich eigentlich? Die Frau ist sicher, solange du mit den Waffen zurückkehrst.«

Ramirez grinst und zeigt dabei erneut seine kleinen Zähne. Er schubst mich sanft, aber es reicht, dass ich beinahe auf dem Hintern lande. »Los geht's, kleiner Mann!«

Ich folge ihm aus dem Gym und frage mich, ob ich Felix oder Sawyer je lebendig wiedersehen werde.

Zwölf

01:30 Uhr

Ich halte mich ein oder zwei Schritte hinter Ramirez, denn ich will nicht zu nahe bei diesem Kerl sein, aber auch nicht so weit zurückfallen, dass er glaubt, ich wolle mich irgendwie loseisen. Da ist etwas an dem Typen, ein permanentes unterschwelliges Knistern kaum unterdrückter Gewalt, und ich möchte nicht derjenige sein, der sie abbekommt, wenn sie sich Bahn bricht. Klar würde ich dann versuchen, mich zu verteidigen, aber ich fürchte, zwei Finger würden ihm reichen, um meine Faust zu Götterspeise zu zerquetschen.

Das Hackmesser ruht beim Gehen lässig auf seiner Schulter. Er hat einen federnden Schritt, so als hätte er gerade eine wirklich gute Zeit.

Er sieht mich über die Schulter grinsend an. »Ich fühl mich wie dieser Typ … wie heißt der noch?«

Ich schüttle den Kopf. »Keine Ahnung.«

»Doch, weißt du, Mann. Der Typ mit der Maske.« Ramirez hebt das Hackmesser in die Luft.

»Michael Myers aus *Halloween*?«, versuch ich's aufs Geratewohl. »Jason aus *Freitag, der 13.*?«

»Yeah, Jason! Der!« Er dreht sich um und kommt steifbeinig auf mich zu, das Hackmesser zum Schlag erhoben. Ich bin stolz auf mich, dass ich mich nicht umdrehe und wegrenne, denn der Anblick ist verflucht furchterregend.

Er nimmt die Waffe runter und kichert wieder. »Wenn wir hier rauskommen, sprech ich vielleicht vor. Die machen ja immer Remakes von dem Scheiß, weißt du? Vielleicht eröffnet sich mir da 'ne ganz neue Karriere. Wird allerdings schwierig werden, die anderen Schauspieler nicht zu verletzen. Man gewöhnt sich so dran, die Leute kaltzumachen, und dann soll man den Scheiß nur vortäuschen? So tun, als ob? Wird nicht einfach.«

Wir arbeiten uns durch das Gefängnis hin zur Waffenkammer. Normalerweise würde ich mich zwischen den einzelnen Räumen wegducken, aus dem Sichtfeld bleiben, bis die anderen Häftlinge vorbeigegangen sind. Aber mittlerweile sind wir vier oder fünf verschiedenen Grüppchen begegnet, und es war immer dasselbe: Nach einem Blick auf Ramirez haben sie einen anderen Weg eingeschlagen.

Ich überlege mir kurz, ihn zu fragen, ob er mit Felix, Sawyer und mir zum Glashaus kommen will, aber das ist wohl keine so gute Idee. Er würde es Castillo erzählen, und ich hab keine Lust drauf, mich mit dem Bastard rumschlagen zu müssen, während wir versuchen, uns in Sicherheit zu bringen.

Und während ich mich endlich rächen kann.

Sawyer hat mir eine neue Chance eröffnet. Wenn sie mich nicht aus dem Raum in der Krankenstation befreit hätte, wäre ich jetzt tot. Und Wright und Tully würden … nun ja, sie würden leben, allerdings bin ich nicht sicher, für wie lange. Aber darum geht's nicht. Ich hab eine weitere Möglichkeit, Amy zu rächen. Unser Kind zu rächen.

Und vielleicht überlebe ich sogar die Nacht. Wer weiß? Vielleicht kann ich einfach hier rausspazieren, wenn der Sturm vorübergezogen ist. Ich bin mir sicher, dass viele der Häftlinge genau den gleichen Gedanken haben, aber keiner von ihnen hat Sawyer an seiner Seite.

Rache. Überleben. Freiheit. Alles Dinge, von denen ich niemals geglaubt hätte, dass sie sich noch einmal für mich ergeben könnten. Der Hurrikan hat es ermöglicht, all das liegt jetzt in Reichweite.

Ich male mir aus, was ich draußen machen würde. Wohin würde ich gehen? Ich hab niemals darüber nachgedacht, vor allem weil ich davon überzeugt war, die Mauern des Gefängnisses für zehn bis fünfzehn Jahre nur von dieser Seite aus zu sehen. Aber jetzt … jetzt drängt sich der Gedanke an die Zukunft in mein Bewusstsein. Vielleicht bekomme ich wieder ein Leben.

Wenn ich Wright und Tully beseitigt habe, kann ich neu anfangen. Kann Amy ruhen lassen, da ihr Gerechtigkeit widerfahren ist.

Es wäre ein Leben abseits der Legalität. Müsste

mir einen gefälschten Ausweis besorgen, eine neue Sozialversicherungsnummer, solche Sachen. Sollte aber nicht allzu schwer sein, man kommt als Cop mit gewissen Leuten in Berührung. Leute, die einem bei dieser Art von Problemen helfen können.

Aber das hängt natürlich davon ab, dass ich die Nacht überlebe.

Ich zwinge meine Gedanken wieder in die Gegenwart zurück. Wasser rinnt in Rinnsalen die Wände herab ins steigende Flutwasser, das jetzt bis über meine Waden steht. Ich überschlage im Kopf mal schnell die Geschwindigkeit, und das Ergebnis gefällt mir nicht.

»Das Wasser steigt schnell«, sage ich.

»Ist mir gar nicht aufgefallen.«

»Es ist in der letzten halben Stunde dreißig Zentimeter gestiegen.«

Darauf sagt Ramirez nichts.

»Wenn es so weitersteigt, steht es hier in drei Stunden bei einem Meter achtzig.«

»Zum Glück bin ich etwas über zwei Meter groß.«

»Ernsthaft, Mann. Alles hier wird total schnell geflutet.«

»Halt einfach's Maul, okay? Castillo sagt, wir sollen die Waffen besorgen, also besorgen wir sie.«

»Machst du immer, was man dir sagt?«

Ramirez schießt herum und bleckt seine freakigen kleinen Zähne. »Was zum Teufel ist dein Problem? Willst du, dass ich dir die Kehle durchschneide und Castillo erzähle, dass es dich erwischt hat?«

Ich hebe meine Hände, um ihn zu beruhigen. »Hey, Mann, chill mal.«

»Sag du mir verdammt noch mal nicht, dass ich chillen soll!«, schreit er. »Ich mag's gar nicht, wenn Leute mir sagen, dass ich chillen soll!«

»Himmelherrgott, okay, in Ordnung, dann … geh voran.« Ich zeige nach vorn und hoffe, er wird sich einfach umdrehen und weitergehen.

Er tut es nicht, sondern starrt mich für einen langen Moment an, und ich kann fast seine Gedanken lesen und wie er versucht zu entscheiden, ob es nicht einfacher wäre, mich gleich hier und jetzt aus dem Weg zu räumen.

Schließlich dreht er sich mit einem gemurmelten »Scheißkerl« doch noch um und setzt sich wieder in Bewegung, wobei er wie ein verzogenes Balg durchs Wasser stapft.

Ich muss vorsichtiger sein, besonders jetzt mit der Möglichkeit, hier rauszukommen.

Ramirez wirft einen Blick über die Schulter. »Auf was zum Teufel wartest du?«, brüllt er. »Willst du, dass ich dich holen komme?«

Jetzt setz auch ich mich wieder in Bewegung, und Ramirez schüttelt vor Verachtung den Kopf, bevor er weiterwatet.

Nach ein paar weiteren Minuten knurrt Ramirez plötzlich und eilt in einen seitlichen Durchgang. Er bewegt sich überraschend schnell für seine riesige Statur; erinnert mich an ein Nilpferd, wenn es Fahrt aufnimmt und angreift.

Ich folge ihm und frage mich, was ihn abgelenkt hat, und bin schockiert, als er Henry an den Füßen voran durchs Wasser zieht. Henry ist der alte Kerl, mit dem ich in der Wartungshalle gearbeitet und das kaputte Zeug im Gefängnis repariert habe.

Er hustet und prustet, Wasser läuft ihm übers Gesicht und dringt ihm in Nase und Mund.

Ich gehe dazwischen und schubse Ramirez – es fühlt sich an, als würde man ein Haus schubsen. »Was zum Teufel machst du?«

»Er wollt uns angreifen.«

»Der ist hundert Jahre alt!«

Ramirez schaut auf Henry hinunter und gibt widerwillig dessen Bein frei. Henrys Freude, mich zu sehen, nimmt fast klamaukartige Züge an. Er packt mich bei den Schultern und blinzelt mich mit kurzsichtigen Augen an. »Jack, bist du das?«

»Ja, ich bin's.«

Er zieht mich an sich und umarmt mich. »O lieber Gott! Ich hätte niemals gedacht, je so froh zu sein, deine hässliche Fresse zu sehen.«

»Was zum Teufel machst du hier?«

»Yeah.« Ramirez runzelt die Stirn. »Ganz sicher, dass du uns nicht doch angreifen wolltest?«

Henry starrt ihn an. »Was ist dein Problem? Braucht's so lange, bis dein Hirn durchblutet wird? Ich bin siebenundsiebzig Jahre alt.« Dann schaut er mich an. »Nicht hundert.«

»Ist jetzt nicht sooo wichtig, Henry. Was machst du hier?«

»Ich versuch, am Leben zu bleiben.«

»Und du glaubst, durch die Gänge vom Admin zu spazieren ist der beste Weg?«

»Ich such nach 'nem Ort, wo ich mich verstecken kann, und das Admin ist wahrscheinlich der sicherste Platz im Gefängnis.«

Ich runzle die Stirn. »Erklär mal.«

»Das Admin ist … Niemandsland. Sobald du eine der Einheiten betrittst, wird es völlig durchgeknallt. Die Gangs gehen aufeinander los, Kincaid zieht sein Ding durch und verhält sich wie Kaiser Nero persönlich, der gerade Roma abfackeln lässt. Der verfluchte Prediger und seine psychopathischen Jünger laufen überall rum und machen die Leute einen Kopf kürzer. Die Kings, die Bloods, die Crips, die Ñetas – sie sind alle scharf drauf, den anderen zu zeigen, wer der Stärkste ist.«

Wunderbar! Sawyer, Felix und ich müssen einen Weg durch all diesen irrsinnigen Scheiß finden. »Hast du was Bestimmtes im Sinn? Oder streifst du nur durch die Gegend, bis du irgendwas findest? Ich meine, wenn du nicht weißt, wohin du sollst, dann kannst du mit uns …«

»Kann er verdammt noch mal nicht!«, grummelt Ramirez.

Henry ignoriert ihn. »Danke fürs Angebot, Jack, aber die Gesellschaft, mit der du dich umgibst, ist nicht so meins. Ich glaub, es ist am besten für mich, wenn ich mich so weit wie möglich von dir und deinem Schoßhündchen-Gorilla fernhalte.«

Ramirez macht einen Schritt auf ihn zu. Henry schreit auf und rennt den Durchgang zurück.

Ramirez blickt ihm verächtlich hinterher, dann dreht er sich um und geht weiter.

Ungefähr fünf Minuten später erreichen wir den Durchgang und die Sicherheitsschleuse, die zur Einheit 1 führt, der ersten der vier Gen-Pop-Einheiten.

Wir bleiben davor stehen und lauschen. Ich höre Schreie, viel Geschrei. Und Gegenstände, die gegen Metall geknallt werden, ein Geräusch, das durch die Passage hallt.

Sieht so aus, als läge Henry richtig. Hier regiert das Chaos.

Wie bewegen uns weiter, tiefer ins Admin hinein. Nach Sawyers Plan kann die Waffenkammer nur noch wenige Durchgänge entfernt sein. Wir legen einen Zahn zu. Ich weiß nicht, wie es Ramirez geht, aber ich will die Sache so schnell wie möglich hinter mich bringen. Ich fühle mich wie auf dem Präsentierteller, während ich hier so herumstromere. Kincaid hat vielleicht andere Schläger losgeschickt, um Ausschau nach mir zu halten. Tatsächlich bin ich fest davon überzeugt, dass er das getan hat. Ist nur eine Frage der Zeit, bis sie mich finden.

Als wir in einen weiteren Durchgang abbiegen, erstarrt Ramirez, hebt die freie Hand und gibt mir damit das Zeichen, still zu sein. Ich öffne schon den Mund und will fragen, was das soll, doch sein stechender Blick sorgt dafür, dass mir die Worte im Hals stecken bleiben.

Einen Augenblick später höre auch ich es. Plätschernde Schritte, näher kommend, begleitet von einer *Vielzahl* an Stimmen.

Ich gehe leise vor und luge um die Ecke – da ist niemand, aber ich kann hören, wie sich die Stimmen von der nächsten Abzweigung her nähern.

In dem Durchgang vor mir befinden sich einige Türen. Ich bedeute Ramirez, mir zu folgen, und laufe zu einer Tür, die drei, vier Meter entfernt ist. Ich kann seinen rauen Atem hinter mir hören, die Stimmen und Schritte vor mir, die sich beständig nähern.

Ich fasse den Türknopf und drehe ihn.

Abgeschlossen.

»Ausgezeichnet, verflucht noch mal«, knurrt Ramirez.

Wir sprinten den Weg zurück, den wir gekommen sind.

»Hey!«

Ich renne weiter, werfe aber kurz einen Blick über die Schulter und sehe fünf Schwarze, die sich die Gefängniskluft an der Hüfte abgeschnitten und ein Bein hochgekrempelt haben. An einigen kann ich den tätowierten Schriftzug MOB erkennen, einen anderen ziert das Bild einer Hundepfote. Die Typen gehören zu den Bloods, und sie und die Latin Kings kommen so gar nicht miteinander klar.

»Hey, wer zum Teufel seid ihr?«, ruft einer von ihnen.

»Lauf weiter!«, knurrt Ramirez.

»Das ist der Bulle!«, schreit ein anderer. »Hey, komm mal hierher, kleines Schweinchen. Ich rede mit dir.«

Wir sprinten um die Ecke …

… und bleiben schlitternd stehen.

Vor uns stehen zehn weitere Häftlinge, eine bunte Mischung – Schwarze, Weiße, Latinos –, die aber eine Gemeinsamkeit haben, und zwar ein eintätowiertes schwarzes Kruzifix am Hals.

Der Mann in der Mitte – ein ungefähr fünfzigjähriger Schwarzer mit Glatze und gepflegtem grauem Bart – trägt Ornat, ein schwarzes Hemd mit Kollar und allem, was dazugehört.

Mit einem entwaffnenden Lächeln macht er einen Schritt nach vorn. »Was haben wir denn hier?«, fragt er. »Besucher?« Er wirf den Häftlingen hinter ihm einen Blick zu. »Was habe ich euch berichtet, ihr die Meinigen? Ich habe unseren Herrn erbeten, und Er hat es vernommen.«

Hinter uns gibt's Lärm. Ich schaue mich um und sehe, wie die Bloods um die Ecke rennen. Sie machen Halt, als sie erkennen, was hier abgeht, dann laufen sie den Weg zurück, den sie gekommen sind.

Ramirez und ich tauschen einen Blick. Das kann nichts Gutes bedeuten.

»Ignoriert sie«, sagt der Typ im Priestergewand. »Es sind Ungläubige. Sie fürchten mich, denn ich führe das Schwert der Gerechtigkeit und der heiligen Vergeltung.«

»Amen«, sagen die Häftlinge hinter ihm.

»Amen, in der Tat. Denn ist heute nicht der Tag des Jüngsten Gerichts? Ist heute nicht der Tag, an dem entschieden wird, ob du ein rechtschaffenes oder gottloses Leben geführt hast?«

Die Typen hinter ihm nicken und murmeln bestätigend.

»Heißt es nicht in den Korinthern ›Darum richtet nicht vor der Zeit, bis der Herr komme, welcher wird ans Licht bringen, was im Finstern verborgen ist, und den Rat der Herzen offenbaren; alsdann wird einem jeglichen von Gott Lob widerfahren‹?«

»Amen!«, schreien die Häftlinge hinter ihm.

Ich bekomme langsam ein ganz mieses Gefühl.

»Und ich muss die Finsternis im Herzen freilegen«, fährt der Priester fort, wobei er die Stimme erhebt, bis er schließlich schreit: »Denn bin nicht ich der Prediger?«

Fuck …

»Scheiße«, murmelt Ramirez.

Das ist der Psycho von Serienkiller, der eigentlich in der ACU weggesperrt sein sollte. Der Typ, der junge Paare in seiner Mördergrube unter der Kirche gefoltert und ihre Überbleibsel gefressen hat.

»Der Ausdruck auf euren Gesichtern verrät mir, dass ihr von mir gehört habt«, sagt der Prediger zu uns. »Es ist gut, es erspart uns Zeit. Nun, wollt ihr euch meinem Urteil unterwerfen?«

»Glaub nicht so recht an einen eingebildeten Mann in den Wolken«, entgegne ich.

»Gott schert es einen kackverfluchten Kehricht, ob du glaubst oder nicht, mein Sohn. Und du solltest aufpassen, was du sagst, denn in Matthäus 12:36 steht geschrieben: ›Ich sage euch aber, dass die Menschen müssen Rechenschaft ablegen am Jüngsten Gericht von einem jeglichen unnützen Wort, das sie geredet haben.‹«

»Also werden wir für Worte gerichtet, die wir nur so dahingesagt haben?«

»So ist es.«

»Und wie wirkt sich das für *dich* aus?«

»Was zum Teufel machst du?«, murmelt Ramirez.

Ich ignoriere ihn.

»Meine Worte sind nicht leichtfertig dahingesagt«, behauptet der Prediger, »aber selbst wenn sie es wären, ich bin davon ausgenommen. Denn ich bin Sein Werkzeug. Alle müssen sich mir gegenüber bekennen, und die Lüge wird enden im Schmerz. ›Denn jegliche Tat wird Gott bringen vor das Gericht über alles Verborgene, Gutes wie Böses.‹«

»Und wieso bist ausgerechnet du derjenige, der urteilen will? Hast du nicht in deiner Freizeit junge Menschen zerstückelt und sie gegessen?«

»Ich habe Gottes Wille erfüllt. ›Darum dass er einen Tag gesetzt hat, auf welchen er richten will den Kreis des Erdbodens mit Gerechtigkeit durch einen Mann.‹ Apostelgeschichte, 17:31. *Ich* bin dieser Mann. *Ich* bin das Werkzeug Seines gerechten Zorns.«

»Schön für dich. Jeder braucht 'n Hobby.«

In diesem Moment bemerke ich im Augenwinkel eine Bewegung, und dann sehe ich auch schon Ramirez' Hackmesser durch die Luft sausen, direkt auf das Gesicht des Predigers zu.

Der duckt sich zur Seite weg, und die Klinge trifft einen seiner Anhänger mitten in die Stirn, gräbt sich in den Schädel. Alle Blicke sind auf ihn gerichtet, als er ins Wasser klatscht.

Neben mir erklingt ein lautes Plätschern. Ich drehe mich um und sehe Ramirez, wie er den Gang entlangsprintet.

Fuck!

Ich renne Ramirez hinterher, aber er hat einen Vorsprung, und wie ich zuvor schon erwähnt hab, ist der Typ für seine Statur ziemlich schnell.

Ich renne den Gang entlang und biege in einen anderen Seitengang ab. Ramirez hab ich bereits aus den Augen verloren, aber meine Verfolger kann ich direkt hinter mir hören, der Prediger und seine Jünger, die mit uns … mit *mir* anstellen werden, was immer sie auch wollen. Zerstückeln. Kreuzigen. Fressen. Was immer Priester so machen an ihrem freien Tag.

Ich probiere die erste Tür, an der ich vorbeikomme. Abgeschlossen. Dann die nächste. Sie öffnet sich, und dahinter liegt ein kleiner Pausenraum für die Belegschaft. Ich tauche schnell hinein und schließe die Tür – patschende Schritte kommen näher und klatschen dann weiter.

Ich atme vor Erleichterung aus und lehne mich mit der Stirn gegen die Tür.

Denk nach. Wie sah der Plan aus?

Ramirez loswerden? Nein, das kann ich nicht. Ich kann Sawyer und Felix nicht Castillo überlassen, er würde sie beide töten.

Okay, das Wichtigste zuerst. Eine Waffe.

Ich gehe durch den kleinen Raum und ziehe die Schubladen auf. Jegliches Besteck fehlt. Ich öffne den Kühlschrank und weiß nicht, was ich dort zu finden erhoffe, vielleicht ein Messer in einem Mayonnaiseglas oder so was … Aber er ist leer.

Moment …

Ramirez' Hackmesser. Es könnte immer noch da sein.

Ich öffne die Tür einen Spalt weit, die Luft ist rein. Ich verlasse den Pausenraum und gehe in die Richtung zurück, wo wir den Prediger getroffen haben.

Die Leiche liegt immer noch da, das Hackmesser steckt immer noch im Schädel. Ich reiße es raus, dann gehe ich weiter in Richtung der Waffenkammer und hoffe, dass Ramirez es irgendwie bis dorthin schafft, damit wir die Sache hinter uns bringen können.

Ich bin schon fast da, als ich ein Schreien vor mir höre. Als ich um die Ecke komme, hängen vier Typen an Ramirez – ja, sie *hängen* buchstäblich an ihm. Einer hat den Arm um seinen Hals gelegt und versucht, ihm die Luft abzuschnüren, zwei weitere umklammern seine Arme, und einer auf dem Boden versucht, sein Bein wegzuziehen. Ist fast ein wenig so, als würde man Kinder bei dem Versuch beobachten, den unglaublichen Hulk zu überwältigen.

Vom Prediger und seinen Anhängern keine Spur. Es sind Crips, die Ramirez angreifen, ich kann es an den Tattoos erkennen. Einer hat 211 auf seiner Schulter tätowiert, ein anderer die Ziffern 3 18 9 16. Sie stehen für das Wort »Crip« in diesem dämlichen Alphabet-Zahlen-Code, den man als Kind benutzt hat.

Die Crips hören mich, und der Typ, der sich an Ramirez' Bein geklammert hat, steht auf und wischt sich das Wasser aus dem Gesicht. Er kommt direkt auf mich zu, mit geöffneten Armen, als wolle er mich ungestüm umarmen. Ziemlich dumme Haltung, so ist seine Verteidigung komplett offen.

Ich halte das Hackmesser hinter meinem Rücken versteckt, aber als der Typ in Reichweite ist, hol ich aus und hack ihm die rechte Hand ab.

Den Bruchteil einer Sekunde halten wir beide vor Überraschung inne und starren auf den Stumpf. Ich hätte nicht gedacht, dass das Messer auch nur annähernd so scharf ist. Blut spritzt ins Wasser, und der Typ beginnt zu schreien.

Die anderen werden von seinem Gejammer abgelenkt. Ramirez kann die zwei, die an seinen Armen hängen, abschütteln, bevor er sich rückwärts gegen die Wand fallen lässt, sodass der Typ auf seinem Rücken zwischen ihm und der Wand eingekeilt ist.

Der Typ gibt Ramirez' Hals frei, und der dreht sich um, legt seine riesigen Pranken um den Hals des Crip und drückt so feste zu, dass die Wirbel brechen.

Die anderen zwei haben ihren Schock überwunden und gehen wieder auf ihn los. Ich laufe auf sie zu und erwische den Nächsten vor mir mit dem Hackmesser an der Wirbelsäule. Er schreit und beugt sich zurück – ich kann den Griff festhalten und reiße die Klinge heraus. Der Typ fällt mit dem Gesicht voraus ins Wasser, er ist gelähmt und wird ertrinken.

Ramirez schlägt dem letzten Crip gegen den Hals, und der Typ geht mit gebrochenem Kehlkopf in die Knie, gurgelt und röchelt nach Luft.

Ramirez dreht sich zu mir, seine Brust hebt und senkt sich. Sein Gesicht ist blut- und schweißverschmiert, und seine Augen sind so dunkel wie die eines Hais. Er streckt die Hand verlangend aus.

Ich werde nicht mit ihm streiten, also übergebe ich ihm das Messer.

Genau in dem Moment tauchen der Prediger und seine Psychopathen-Kongregation im Durchgang hinter uns auf.

»Hier lang!«, schreie ich.

Ramirez folgt mir, während ich zur Waffenkammer renne, den Prediger und seine Leute dicht auf unseren Fersen.

Ramirez mag schnell sein, aber ich bin definitiv schneller, wenn wir gleichzeitig losrennen. Ich schlittere in den Durchgang, in dem sich die Waffenkammer befindet. Es gibt hier viele Türen, aber die meisten stehen offen. Nur eine ist noch geschlossen, und sie ist aus Metall und sieht wuchtig aus.

Als ich sie erreiche, blicke ich mich um und sehe, wie die Leute des Predigers zu Ramirez aufschließen. Ich fuchtle mit den Schlüsseln herum. Jesus, warum sind das so viele? Ich versuch es mit dem ersten, er passt nicht. Hinter mir schreit Ramirez. Ich riskiere einen Seitenblick und sehe, wie die Männer des Predigers versuchen, ihn niederzuschlagen, mit Metallstangen und … einem Kruzifix!

Sie schlagen ihn mit einem verfluchten Kruzifix?

Ramirez hält dagegen und schwingt das Hackmesser. Einen seiner Angreifer trifft er in der Brust, der fällt ins Wasser, und sein Blut verteilt sich an der Oberfläche. Ramirez wirbelt herum und schlitzt ein dickes Stück Fleisch aus dem Arm des nächsten Angreifers. Der Mann schreit und stolpert rückwärts gegen die Wand.

»Na, dann kommt! Auf die Knie und betet für mich, ihr Schlampen!«

Ich probiere den nächsten Schlüssel. Nichts. Dasselbe Spiel beim nächsten und beim übernächsten …

Aber dann … der nächste Schlüssel öffnet die Tür. Endlich, verdammt noch mal! Ich reiß die schwere Tür auf und schlüpfe hindurch.

Ein sauberer, gepflegter Raum begrüßt mich, mit drei Lagen Waffen, die an der Wand befestigt sind. Die oberste Reihe bilden halbautomatische Gewehre, die zweite Schrotflinten, und in der untersten sind die Handfeuerwaffen. In einer abgeschlossenen Vitrine mit dickem Metallgitter liegen die Munitionsschachteln.

Ich schieb den Kopf aus der Tür. »Ramirez!«

Ich stecke den Schlüssel von innen ins Schloss und warte, während Ramirez auf mich zusprintet, die Jünger des Predigers dicht hinter ihm. Ich schiebe die Tür auf, nur genau so weit, dass er gerade durch den Spalt schlüpfen kann. Sofort knallen die Männer des Predigers dagegen, Arme werden durch den Spalt geschoben, als sie versuchen, die Tür zu öffnen.

Ramirez wirbelt herum und schwingt hektisch das Hackmesser. Als mir warmes Blut ins Gesicht spritzt, wende ich den Kopf ab.

Der Druck gegen die Tür nimmt etwas ab, und ich kann sie schließen, drehe schnell den Schlüssel und stolpere zurück, Ramirez misstrauisch beäugend.

Der Typ ist blutbesudelt, selbst von seinem Gesicht tropft es rot. Er atmet hektisch ein, während er so dasteht, und hält noch immer das Hackmesser umklammert.

»Bist du okay?«, frage ich.

Ramirez dreht sich um und schaut die Waffenauslage an. »Yeah«, sagt er, »jetzt ja.«

Ich folge seinem Blick und muss zugeben, der Anblick all der Waffen ist tröstlich. Den größten Teil meines Erwachsenendaseins haben Waffen zu meinem Leben gehört, erst als Cop, dann als Soldat, dann wieder als Cop. Sie nun hier vor mir zu sehen gibt mir das Gefühl, dass ich mich endlich anständig verteidigen kann. Und vielleicht lange genug am Leben bleibe, um es bis zu Wright und Tully zu schaffen. Und dann zu flüchten.

Die Waffen stehen in einem Metallgestell, das mit einer dicken Kette und einem Vorhängeschloss gesichert ist. Ramirez macht kurzen Prozess, indem er mit dem Hackmesser auf das Schloss einschlägt.

Ich nehme mir eins der halbautomatischen Gewehre. Eine Ruger Mini-14. Nicht schlecht, kenne sie vom Übungsschießen. Sie ist mittlerweile veraltet, und ich habe immer den M4-Karabiner bevorzugt oder das M16, aber die Mini ist auch okay. Sieht so aus, als würde sie mit Dreißig-Schuss-Magazinen bestückt.

Dann schau ich mir die Schrotflinten an: Es sind Remington 870 Magnums mit Magazinerweiterungen unter dem Lauf, sodass man zusätzlich zwei oder drei Patronen einlegen kann. Die Pistolen sind vom Typ Beretta M9, eine Waffe, die ich während meines gesamten Erwachsenendaseins benutzt habe.

Ramirez bricht den Munitionsschrank auf, und wir beginnen damit, Patronen in die Magazine der Rugers zu füllen. Er entdeckt ein paar schwere Segeltuchtaschen, in die wir ein Gewehr nach dem anderen stecken, nachdem wir jedes Magazin bis oben hin befüllt haben.

Wir machen so lange weiter, bis Ramirez kaum mehr die Tasche anheben kann. In die zweite stecken wir die Schrotflinten, aber erst nachdem wir auch sie geladen haben.

Ich halte einige Waffen zurück, die ich selbst mitschleppen möchte. Ich weiß nicht, ob Ramirez damit ein Problem hat, aber darum kümmere ich mich, wenn es so weit ist. Ich behalte eine Ruger und stecke mir eine M9 in die Tasche meines Overalls.

Endlich sind wir fertig. Ramirez nimmt die schwerere von beiden Taschen und überlässt die mit den Schrotflinten und den Berettas mir. Ich streif mir die beiden Griffe über die Schultern, sodass ich die Tasche wie einen Rucksack tragen kann. Dann lege ich mir die Schrotflinte, an der ein Riemen befestigt ist, über die rechte Schulter, sodass die Waffe gegen die Tasche lehnt, und nehme mir die Ruger.

Ich kann spüren, wie das Adrenalin durch meine Adern rauscht. Mein ganzer Körper pulsiert.

»Bereit?«, fragt Ramirez.

»Bereit.«

Ich gehe zur Tür und ducke mich.

»Was zum Teufel machst du?«

»Mich so tief halten, dass du mir nicht in den Hinterkopf ballerst.«

»Oh, natürlich.«

Leise schließe ich auf, ziehe den Schlüssel ab und lasse den Bund in meine Tasche gleiten. Ramirez zählt mit den Fingern bis drei und reißt dann die Tür auf.

Aber auf der anderen Seite ist niemand. Ich warte,

atme langsam und ruhig, alle Sinne geschärft. Ich kann Ramirez' ungeschlachte Figur hinter mir spüren, seine Ungeduld, seinen Blutdurst.

Ich bewege mich vorwärts, immer noch geduckt, schiebe die Waffe vor und blicke in alle Richtungen.

Der Durchgang ist verlassen.

»Die Luft ist rein.«

Ramirez stupst mir das Knie in den Rücken, nicht fest, dennoch verliere ich fast das Gleichgewicht.

»Schlüssel.«

Ich stehe auf. Er hält die Hand ausgestreckt. Ich übergebe ihm den Schlüsselbund, er verschließt die Tür hinter uns und steckt die Schlüssel in seine Tasche.

Dann legt er sich die Ruger auf die Schulter. »Lass uns 'n paar heilige Männer killen.«

Dreizehn

02:00 Uhr

Ich fühl mich genauso wie damals in Mardscha.

Die Waffe ist vertraut, wirkt auf mich wie eine Rückversicherung. Sie riecht sogar beruhigend. Öl, Metall, der leichte Hauch von Schießpulver. Fast kann ich das Geschrei meiner Einheit wieder hören, wie sie sich von ausgebranntem Gebäude zu ausgebranntem Gebäude vorkämpft, in Dörfern, in denen sich hinter jeder Ecke der Feind verschanzt hat. Auf Sicht schießen, nicht innehalten, weitergehen. Nicht hinschauen. Das ist der Trick. Nicht anhalten und nicht hinschauen, was du getan hast. Wen du erschossen hast. Denn dann macht man Fehler. Es passieren immer Fehler. Aber das ist der Krieg. Du kannst nicht innehalten. Wenn du's doch tust, stirbst du.

Ramirez und ich bewegen uns langsam den Korridor entlang, der weg von der Waffenkammer führt. Ich halte mich links, Ramirez rechts. Meine antrainierte Nahkampfroutine übernimmt – ich hab mich seit Amys Tod nicht mehr so ruhig gefühlt. Langsam bewegen. Lange, gleichmäßige Schritte. Um die Ecke schwenken, Augen folgen dem Lauf der Waffe, sie ist mein verlängerter Arm. Langsam atmen, Blick fokussiert.

Ein weiterer verwaister Korridor.

Nein, ich höre etwas. Ich hebe den Arm und die Handfläche, sodass Ramirez innehält, dann weise ich mit zwei Fingern auf die nächste Biegung, die der Korridor macht, und setze mich in Bewegung. Langsam. Einatmen, ausatmen. Ruhig.

Ramirez kann ich nur noch im Augenwinkel ausmachen, meine Konzentration gilt dem, was vor uns auftauchen mag. Als ich mich nähere, geh ich in die Hocke. Es ist eine simple Sache, aber die Leute erwarten einen immer auf Kopfhöhe. Der Sekundenbruchteil, den sie brauchen, um das Ziel neu anzuvisieren, kann den Unterschied ausmachen, ob du den Feind zur Strecke bringst oder dir einen Schuss ins Gesicht einhandelst.

Einen Meter vor der Biegung bleibe ich stehen. Ich warte, lausche. Ich höre, wie jemand langsam durchs Wasser geht. Eine Person, die versucht, möglichst leise zu sein.

Ich halte auf die Wand zu, husche schnell um die Ecke, und dann …

Ich nehme sofort die Waffe runter und stelle mich wieder aufrecht hin.

»Henry? Was zum Teufel hast du hier verloren?«

Ramirez erscheint an der Ecke, die Waffe immer

noch erhoben. Ich drücke den Lauf runter, sodass er nicht mehr auf den alten Mann zielt.

»Wo habt ihr die Waffen her?«, fragt Henry erstaunt.

»Ist egal. Was suchst du hier?«

»Folgst du uns?«, knurrt Ramirez.

»Nein, ich versuch nur, 'nen Platz zu finden, an dem ich mich verkriechen kann.« Er schaut mich an. »Wie du's mir gesagt hast.«

»Scheiß auf ihn«, sagt Ramirez. »Los, wir müssen zu Castillo zurück.«

Er dreht sich um und geht weiter den Korridor hinunter, in Richtung des Gym.

»Pass auf, such dir einfach einen Raum und halt dich versteckt, okay?«, bitte ich Henry, wobei ich Ramirez im Auge behalte, der zum Ende des Korridors weiterwatet.

»Mach ich. Sobald ich …«

Ich höre ihn nicht mehr, sondern starre auf Ramirez.

Kurz bevor der Korridor nach links abbiegt, ist er stehen geblieben. Er hält den Kopf leicht schräg. Er lauscht.

Scheiße.

Ich setze mich in Bewegung. Henry redet, aber ich nehme es gar nicht wahr. Ramirez springt um die Ecke …

… und das Geballer geht los!

Der Lärm ist ohrenbetäubend, das explosionsartige Krachen der Ruger hallt mehrfach im Korridor wider. Ich bleibe an der Ecke stehen und werfe dann einen Blick in die Passage.

Vor mir tut sich das totale Chaos auf.

Die meisten Männer des Predigers liegen bereits tot im Wasser. Blutspritzer kleben an den Wänden, Rauch wabert durch die Luft.

Henry taucht neben mir auf. »Jesus …«, flüstert er. Dann gehen wir in den Korridor und besehen uns schockiert, was Ramirez da angerichtet hat.

Einer der Verwundeten drückt sich hoch und versucht wegzuhumpeln. Ramirez schießt ihm in den Rücken, nimmt das Magazin raus, rammt ein neues rein und dreht sich mit einem breiten Grinsen im Gesicht zu mir um.

»Hast du das gesehen?«, sagt er leicht außer Atem. »Mann, die sind einfach geplatzt. Wie Kürbisse oder so.«

Henry macht einen Schritt nach vorn. »Bist du total bescheuert?«, schreit er. »Du kannst doch nicht …«

Ramirez schießt ihm in die Brust.

Henrys kleiner Körper wird zurückgeworfen und klatscht ins Wasser.

Ich eile zu ihm, aber ich weiß bereits, dass es zu spät ist. Seine leblosen Augen starren gegen die Decke.

»Nennt mich einen verfickten Gorilla«, murmelt Ramirez.

Mein Verstand setzt aus. Ich zwinge mich, von Henry wegzuschauen, stehe auf …

… und schieße auf Ramirez!

Ich mache es fast beiläufig, als ich die Waffe anhebe, um zu zielen. Die Kugeln treffen ihn im Bauch und nageln in einer Linie in seine Brust und in den Hals und dahinter in die Wand.

Er hat noch nicht mal Zeit, schockiert dreinzuschauen. Er kippt zur Seite und knallt mit einem nassen Klatscher mit dem Gesicht gegen die Wand. Dann rutscht er nach unten und bleibt wie ein verkümmerter Haufen im Wasser liegen.

Ich starre ihn einen langen Augenblick an.

Das hab ich nicht geplant. Das war Instinkt. Aber als ich all die Leichen im Wasser betrachte, wird mir etwas klar.

Wir *alle* werden in dieser Nacht hier sterben. Es führt kein Weg daran vorbei.

Es ist ein Bauchgefühl, Intuition. Ich weiß nicht, ob die Häftlinge oder der Hurrikan dafür sorgen, dass alle getötet werden, aber so oder so glaube ich nicht, dass irgendeiner von den Menschen, die hier im Gefängnis in der Falle sitzen, morgen zu dieser Zeit noch am Leben sein wird.

Ich werde hier nicht rauskommen. Ich werde Amys Grab nicht besuchen. Ich erhalte nicht die Möglichkeit, mich zu verabschieden. Es war dumm von mir, überhaupt daran zu denken, dass es so ablaufen könnte. Das kann ich jetzt klar und deutlich erkennen.

So oder so, ich werde heute Nacht sterben. Wir alle.

Und was jetzt? Wenn es so ist, in Ordnung, dann

ist das Einzige, was noch wichtig ist, die Bastarde zu erwischen, die meine Frau getötet haben.

Was nichts anderes bedeutet, als dass ich zum Glashaus gelangen *muss*. Um *jeden* Preis. Nicht um Schutz zu suchen, das kann Sawyer sich selbst erzählen, wenn es ihr hilft. Ich muss dorthin, um Wright und Tully zu töten – bevor der Hurrikan uns *alle* tötet. Bevor ich erschossen werde. Bevor ich unter einer einstürzenden Wand begraben oder vom Blitz getroffen werde.

Ich will sie mit *eigenen* Händen töten. Nicht der Sturm soll das erledigen. *Ich* werde derjenige sein, der sie umbringt, und sie werden mir dabei in die Augen sehen, wenn ich es tue.

Vorsicht gilt jetzt nicht mehr, es geht nur darum, zur Nordseite zu gelangen. Und dafür werde ich jeden beseitigen, der mich aufzuhalten versucht.

Eine Welle der Erleichterung durchströmt mich, als mir das klar wird, und das überrascht mich. Keine Angst. Keine existenzielle Bedrohung. Ich werde heute Nacht sterben, jep, aber nicht, bevor ich mein Ziel erreicht habe.

In diesem Gedanken steckt ein Gefühl von unbeschwerter Freude. Mein Leben war nie so einfach definiert, und aus irgendeinem Grund erfüllt mich das mit einem Glück, das ich jahrelang nicht gefühlt habe. Ich bin mir sicher, dass mein Psychologe einen Heidenspaß damit hätte, aber das ist mir scheißegal. Ich fühle mich energiegeladen. *Frei.*

Mein Blick fällt noch mal auf die Tasche mit den

Waffen, die Ramirez getragen hat. Ich schlepp selbst schon eine mit mir herum, ich kann nicht zwei Taschen tragen und mich gleichzeitig verteidigen.

Auf jeder Seite des Korridors befinden sich Türen, und ich probiere es bei der ersten. Ein Büro. Hinter der zweiten verbirgt sich ein kleiner Abstellraum mit Reinigungsutensilien. Bleichmittel, Fliesenreiniger, Wischmopps und Tücher.

Ich ziehe Ramirez' Tasche in den Raum und wuchte sie auf eins der Regale. Ich will nicht, dass die Sachen einfach so offen herumliegen, und so kann ich sie mir holen, wenn es nötig sein sollte.

Ich verlasse den Lagerraum, schließe die Tür, halte inne, die Hand immer noch am Türgriff. Da kommt jemand, ich kann Stimmen hören, hektisches Geplätscher von Männern, die durchs Wasser rennen. Scheiße. Vielleicht hat Ramirez nicht alle Jünger des Predigers erwischt. Vielleicht gab's Überlebende, die Verstärkung geholt haben.

Ich wate in die entgegengesetzte Richtung. Zurück zum Gym, dort meine Tasche mit Waffen übergeben, Sawyer und Felix einsammeln und dann weiter zum Glashaus.

Überleben. Dann töten. Dann sterben. In dieser Reihenfolge.

Ich bleibe plötzlich stehen – die Schlüssel!

Sawyers Schlüssel sind immer noch in Ramirez' Tasche.

Ich streife die Tasche mit den Waffen ab, lass sie ins Wasser fallen und laufe zu Ramirez' Leiche, die noch immer gekrümmt gegen die Wand gelehnt liegt. Eine Hand liegt lose auf dem Wasser und hebt und senkt sich mit den Wellen, als wollte er die Temperatur fühlen.

Ich versuche es mit der erstbesten Hosentasche, aber sie ist leer. Dann probiere ich, mit der Hand an der Wand entlang die andere Hosentasche zu ertasten, aber ich erreiche sie nicht. Also wuchte ich Ramirez an seinem Overall hoch und ziehe ihn auf die Seite.

Er plumpst mit einem heftigen Klatscher ins Wasser. Ich durchsuche die andere Tasche, die Schlüssel sind da, und ich ziehe sie, begleitet von einem erleichterten Seufzer, heraus.

Etwas knallt mit voller Wucht gegen die Ruger, die ich mir über die Schulter geworfen habe. Es reißt mich von den Beinen, ich falle nach hinten. Etwas landet auf meiner Brust und drückt mich unter Wasser.

Ich zwinge mich, die Augen zu öffnen, und sehe über mir eine schattige Gestalt. Dann eine weitere seitlich von mir. Ich kämpfe, aber das Gewicht, das auf mir lastet, ist zu schwer.

Finger greifen nach meiner Kehle, Nägel graben sich schmerzhaft in meine Haut.

Ich schiebe meine Hand in die Tasche meines Overalls und versuche, die M9 herauszuziehen, aber sie hat sich im Stoff verhakt. Ich versuche, sie freizubekommen, während die Hände um meine Kehle immer noch zudrücken.

Endlich schaff ich es, die Pistole herauszufuchteln, feuere durch das Wasser blind nach oben, und die Kugeln schlagen in die Brust meines Angreifers.

Der Druck lässt nach, und die Gestalt landet auf meinen Beinen. Ich komm an die Oberfläche, hole tief Atem und ziele mit der M9 in alle Richtungen.

Der Korridor ist verlassen, die zweite Gestalt verschwunden.

Ich schiebe den toten Körper von meinen Beinen und stehe auf, stecke die Waffe in die Overalltasche und schwinge das Gewehr herum, sodass ich damit zum Ende des Gangs ziele. Schwer atmend warte ich einige Sekunden, aber es taucht niemand auf.

Ich atme noch mal ruhig ein, bevor mir auffällt, dass ich die Schlüssel habe fallen gelassen.

Ich taste den Boden unter Wasser ab, aber ich kann die Schlüssel nirgends finden. Dann gehe ich zu dem Angreifer und sehe nach, ob die Schlüssel vielleicht unter ihm begraben sind. Nichts.

Die zweite Gestalt. Der Typ muss die Schlüssel geschnappt haben, als ich mit dem anderen gekämpft habe.

Was bedeutet, dass er Zugang zur Waffenkammer hat.

Fuck. Ich wollte noch nicht mal Castillo die Waffen übergeben, aber ein bewaffneter Haufen Psychopathen wie der Prediger und seine Jünger? Das machte es geradezu unmöglich, lange genug zu überleben, um mir Wright und Tully vorzunehmen.

Ich greife mir die Tasche mit den Waffen, lege sie mir auf den Rücken und verfolge meinen Weg zurück zur Waffenkammer. Vor der letzten Abbiegung in den Korridor bleib ich stehen und kann aufgeregte Stimmen hören. Gezeter.

Ich komme zu spät.

Ich steck den Kopf kurz in den Korridor, dann zieh ich ihn zurück. Da ist keiner in der Passage. Ich schaue noch mal – die Tür zur Waffenkammer steht offen, die Schlüssel stecken im Schloss.

Vielleicht kann ich sie dort einsperren, das wäre die einfachste Möglichkeit. Sie wären aus dem Weg, ich hätte die Schlüssel und könnte zum Gym zurück.

Ich stemme mir den Schaft der Ruger gegen die Schulter und betrete den Korridor, bewege mich langsam durchs Wasser und versuche, möglichst keinen Laut zu verursachen. Die Tür kommt näher, aber ich hab ausschließlich Augen für die Schlüssel. Fünf Meter.

Drei Meter.

Eineinhalb Meter.

Ich kann hören, wie sich die Leute des verfickten Predigers über die Waffen unterhalten und wen sie zuerst damit töten werden, welche Einheit sie als erste stürmen wollen. Sieht so aus, als hätte Henry recht gehabt. Die Einheiten in der General Population werden allesamt von unterschiedlichen Banden gehalten, die sich darin verbarrikadiert haben.

Ich nehm die Waffe runter und greife nach den Schlüsseln. Ich bin kurz davor, meine Schulter gegen die Tür zu legen, sodass ich sie zudrücken und abschließen kann, als ein dünner Typ aus der Waffenkammer kommt, einen Haufen Schrotflinten in den Armen.

Er erstarrt und schaut mich mit großen Augen an.

Scheiße. Plan B.

Schnell ziehe ich die Schlüssel aus dem Schloss, mach einen Schritt zurück und reiß das Gewehr wieder hoch.

»Ich will dich nicht abknallen«, sage ich. »Bleib ganz cool, okay?«

Er lässt die Schrotflinten fallen und flieht schreiend zurück in die Waffenkammer.

Gottverdammt!

Ich schiebe die Schlüssel in meine Hosentasche und gehe rückwärts davon, die Ruger gegen die Schulter gepresst. Ich feuere eine Salve ab, um sie so vielleicht etwas aufzuhalten.

Ich kann sie streiten hören. Ich nehm die Waffe etwas herunter und ziele auf Hüfthöhe. Das Streiten hört auf, dann erscheint der erste Typ genau da, wo ich hinziele, auf halber Höhe. Schlaues Kerlchen.

Aber nicht schlau genug.

Ich drücke ab und treffe ihn in der Stirn. Er fliegt zurück und klatscht ins Wasser.

Ihm folgt kein Zweiter, also setze ich mich in Bewegung und gehe so schnell rückwärts, wie ich kann. Als ich am Ende des Korridors angekommen bin, drehe ich mich um und renne los, ohne mich noch groß darum zu kümmern, leise zu sein.

Ich platsche und wate durchs Wasser, um zur nächsten Gabelung zu gelangen, sodass ich einige Meter zwischen mir und die Jünger des Predigers bringen kann.

Ich höre, wie sie kommen und nach Verstärkung brüllen. Es kribbelt mir im Nacken angesichts der Erwartung, dass mich jeden Moment eine Kugel erwischt.

Ich renne um die Ecke, rutsche aus und klatsche gegen die Wand. Im gleichen Moment knallen Schüsse, und Kugeln perforieren die Wand über mir, genau auf Kopfhöhe.

Ich komm wieder auf die Füße und laufe weiter, wobei ich im Vorbeirennen die Türen ausprobiere. Die meisten sind verschlossen, aber nach einigen Versuchen finde ich eine, die sich öffnen lässt.

Kugeln fetzen in den Türrahmen, als ich dahinter wegtauche. Es ist ein Büro. Ich krabble vorwärts und verstecke mich hinter einem großen Holzschreibtisch. Das Wasser steht jetzt fast achtzig Zentimeter hoch. Ich halte mich tief geduckt und spähe unter dem Schreibtisch hinweg zur Tür.

Einen Moment später taucht ein Paar Beine auf, gehüllt in orangefarbenen Stoff, und ich schieße. Blut spritzt, und der Angreifer fällt vor Schmerz schreiend ins Wasser.

Unter dem Schreibtisch her begegnen sich unsere Blicke. Der Typ hat gerade mal genug Zeit, das Wort

»Nein« zu formen, bevor ich ihm in den Kopf schieße.

Ich warte noch einige Augenblicke, doch es folgt niemand mehr.

Ich stehe vorsichtig auf, gehe um den Tisch und ziehe die Leiche in das Büro, bevor ich die Tür fast ganz zuschiebe. So bleibe ich stehen und lausche.

Ich kann Geschrei und Schüsse in der Ferne hören. Allerdings nicht in der Nähe. Hört sich so an, als hätten der Prediger und seine Leute jemand anders gefunden, dem sie nachsetzen können.

Was zum Teufel hab ich da entfesselt? Häftlinge, die in einem Gefängnis frei herumlaufen, mit Sturmgewehren, Schrotflinten und Pistolen! Und die Waffenkammer steht immer noch sperrangelweit offen, eine Einladung an jeden, sich mit Knarren und Munition einzudecken. Das wird ein Blutbad.

Verflucht, es *ist* bereits ein Blutbad!

Vierzehn

02:50 Uhr

Noch zweieinhalb Stunden.

Zweieinhalb Stunden, bevor das Auge des Hurrikans auf das Gefängnis trifft. Zweieinhalb Stunden, um durch die Gefängniseinheiten zu gelangen und irgendwie an Häftlingen, Gangs, Vergewaltigern, Mördern und Psychos vorbeizukommen.

Ich versuche, so gut es geht, jedes Aufeinandertreffen zu vermeiden. Jetzt habe ich ein Ziel: so lange am Leben zu bleiben, bis ich im Glashaus bin und Rache genommen habe. Und danach? Scheiß drauf. Ich will nicht wirklich Häftlinge töten, die verängstigt, paranoid oder schlicht völlig durchgeknallt sind. Nur schleppe ich eine Tasche voller Waffen mit mir rum, was für die Typen hier erregender ist als ein kleiner betender Junge auf seinen Knien für einen katholischen Geistlichen. Ist wohl am besten für alle, dass ich aus dem Sichtfeld bleibe.

Also springe ich zwischen Büros und Toiletten, Abstell- und Gebetsräumen sowie den für Doppelschichten eingerichteten Schlafquartieren und Duschen der COs hin und her. Ich harre aus, wenn Häftlinge an meinen Verstecken vorbeikommen, und laufe weiter, wenn ich glaube, dass die Luft rein ist.

Zweimal hab ich weniger Glück. Beide Male biege ich um eine Ecke und befinde mich von Angesicht zu Angesicht mit Gruppen von Häftlingen, beim ersten Mal drei Typen, beim zweiten Mal sechs.

Aber sie greifen mich nicht an. Sie beäugen mich argwöhnisch, als wir jeweils an der gegenüberliegenden Seite des Korridors aneinander vorbeigehen. Da schnalle ich, dass sich die Stimmung im Gefängnis gewandelt hat, und zwar von »Jeder für sich, und lasst uns alte Rechnungen begleichen und jeden X-beliebigen abmurksen« hin zu »Scheiße, das ist mies, vielleicht sollten wir uns darauf konzentrieren zu überleben«. Hat manchem schon eine Menge Gutes eingebracht.

Ich schaffe es bis zum Gym, ohne noch jemanden zu erschießen, was ich mir als persönlichen Sieg hoch anrechne. Ich bin schon für zu viel verantwortlich von dem ganzen Gemetzel, das sich hier abspielt. Die Männer vom Prediger haben die volle Kontrolle über die Waffenkammer, und sie werden definitiv andere Häftlinge töten. Der Prediger und seine völlig durchgeknallten Schwefel- und Höllenfeuer-Urteile. Außerdem werden ihnen andere Häftlinge garantiert einen Teil der Waffen abluchsen, was wiederum bedeutet, dass der totale Krieg ausbricht, auch wenn sich einige Insassen lieber damit beschäftigen würden, irgendwo Schutz zu suchen. Es ist unausweichlich.

Ich verlagere das schwere Gewicht auf meinem Rücken etwas. Meine Muskeln schmerzen bereits, weil ich die Tasche den ganzen Weg bis hierhin getragen hab. Das Wasser reicht mir jetzt bis zu den Knien und steigt weiter. Ich bin mir nicht sicher: Steht die Flut da draußen genauso hoch wie hier drinnen, oder ist das Wasser außerhalb der Mauern bereits höher gestiegen und braucht nur etwas länger, bis es seinen Weg ins Innere des Gefängnisses findet?

Allerdings sind beide Möglichkeiten beängstigend. Die Mauern und Fenster des Gefängnisses – Sicherheitsglas hin oder her – werden so viel Druck nicht standhalten. Ich weiß nicht, was schlimmer ist: wenn die Wände halten und sich das Gefängnis langsam mit Wasser füllt oder wenn die Mauern einstürzen und die Häftlinge darunter begraben oder vom Hurrikan in Fetzen gerissen werden?

Aber darüber kann ich im Moment nicht wirklich nachdenken, ich habe dringendere Probleme. Ich kann Castillo die Waffen nicht überlassen, und das hab ich auch nie vorgehabt. Es ist einfach … falsch. Verrückt. Und außerdem garantiert es mir nicht, dass er uns nicht einfach über den Haufen schießen lässt. Tatsächlich vermute ich, dass es *exakt* das ist, was er vorhat.

Ich muss sehr überlegt vorgehen. Ich muss im Voraus planen.

Ich suche Zuflucht in einer Abstellkammer, in der Handtücher und antibakterielle Sprühlösungen gelagert werden, lege die Tasche auf einem Regal ab, öffne sie und nehme alle Magazine aus den M9. Dann nehm ich alle Patronen raus, was ungefähr zehn Minuten dauert, und mache das Gleiche mit den Schrotflinten. Als ich fertig bin, hab ich riesige Haufen mit 9-mm-Patronen und Schrotkugeln sowie eine Menge ungeladener Waffen vor mir.

Ich platziere Sawyers Schlüssel auf einem hohen Regal. Castillo wird sie haben wollen, doch so kann er mich durchsuchen, solange er will, und ich werde einfach sagen, dass die Leute vom Prediger sie haben.

Ich stopfe die Waffen zurück in die Tasche. Dann steck ich mir meine Beretta, die noch geladen ist, unter den Gefängnisoverall auf meinen Rücken und dort unters Spanngummi meiner Unterwäsche. Ist nicht gerade bequem, aber in dem Wissen, was noch alles auf mich zukommen wird, ist es das Letzte, worüber ich mich beschwere.

So mache ich mich auf den Weg zum Gym.

Nach der Hälfte des Weges höre ich Geräusche hinter mir. Das Echo von plätscherndem Wasser und erhobenen Stimmen ist ganz nah. Ich halte inne, aber das Plätschern und die Stimmen verschwinden. Wer auch immer es ist, geht in eine andere Richtung. Ich frage mich, ob es der Prediger mit seinen Männern war. Sind sie mir gefolgt? Oder sogar Kincaid?

Welchen Unterschied macht das schon? Jeder hier drin ist mein Feind.

Ich gehe wieder weiter und erreiche die Tür zum Gym, versuche sie aufzuschieben, aber sie ist von innen blockiert. Ich trete ein paarmal dagegen und warte.

Die Tür öffnet sich einen Spalt. Silas späht heraus und bedenkt mich mit einem kühlen Blick. Er beugt sich vor, überprüft den Korridor in beiden Richtungen und schaut mich dann misstrauisch an.

Ich weiß, was er denkt. Wo steckt Ramirez?

Ich zeig ihm die Segeltuchtasche. »Lässt du mich rein, oder soll ich die hier ins Wasser fallen lassen?«

Er zieht die Tür gegen das Flutwasser auf und macht einen Schritt zur Seite.

Ich betrete das Gym, von Sawyer und Felix ist nichts zu sehen. Etwa die Hälfte der Kings sind versammelt; sie lungern herum, entweder gegen die Fitnessgeräte oder an die Wände gelehnt.

Ich lege die Tasche auf einem Laufband ab, als Castillo aus den Umkleideräumen tritt. Er blickt sich um. »Wo ist Ramirez?«

»Hat's nicht geschafft.«

Eine bedeutungsschwangere Stille erfasst den Raum. Castillo kommt auf mich zu, während sich die anderen aufrichten und sich bereit machen, auf jede seiner Reaktionen achtend.

»Was zum Teufel meinst du damit, er hat's nicht geschafft?«

»Wir sind direkt in den Prediger und seine Jünger gelaufen. Du weißt, wie durchgeknallt die sind. Sie haben uns verfolgt, und ihn hat's erwischt.«

»Und dich nicht?«

»Was soll ich sagen, ich bin ein Glückskind.«

Castillo starrt mich an, und ich kann die anderen Kings murmeln hören.

»Es ist nicht so, dass ich weggelaufen bin und ihn im Stich gelassen habe. Ich hab einige von ihnen niedergemacht, und nichts für ungut, aber Ramirez war 'n verfluchter Dummkopf, der wohl geglaubt hat, er spielt in 'nem Film mit. Vermute mal, er hat gedacht, die Kugeln würden an ihm abprallen oder so was. Sie sind auch an die Schlüssel gekommen und haben es bis in die Waffenkammer geschafft.«

Castillo starrt mich auch weiterhin an, sehr lange, wobei ich sehe, wie seine Kiefermuskeln mahlen. Dann zeigt er auf einen seiner Typen. »Durchsuch ihn.«

Einer von den Kings tastet mich ab, aber der Typ ist offenbar homophob beziehungsweise hat er wohl Angst, selbst als schwul zu gelten, sonst würde er mir auch den Arsch abklopfen und die Beretta finden, statt mir nur unter den Achseln rumzufummeln. So aber schüttelt er den Kopf. »Nichts.«

Castillo schaut missmutig drein und wendet seine Aufmerksamkeit der Tasche zu. »Ist das alles, was du hast?«

»Hey, ich hab das auf meinem Rücken rumgeschleppt, während ein Haufen bibeltreuer Fanatiker hinter mir her war, um mich der hochnotpeinlichen Befragung zu unterziehen und mich anschließend auf den Scheiterhaufen zu stellen. Du kannst froh sein, dass ich überhaupt was mitgebracht hab.«

»Nein. *Du* kannst froh sein, dass du etwas mitgebracht hast. Und ich muss mir mal ernsthaft über den Ton, den du hier mir gegenüber anschlägst, Gedanken machen.«

»Wo sind Sawyer und Felix?«, frage ich.

»In der Männerumkleide.«

Ich nicke und gehe los.

»Wo zum Teufel willst du hin?«

»Hab meinen Teil erfüllt. Wir gehen jetzt.«

Ich sehe Castillo an, dass er sich seinen nächsten Zug zurechtlegt, kann fast hören, wie die Gedanken in seinem Kopf rattern und er überlegt, ob er mich einfach umlegen soll. Aber ich werde nicht abwarten, bis er sich entschieden hat. Ich will weg sein, bevor sie sich die Knarren genauer ansehen und feststellen, dass die Magazine leer sind.

Ich überlasse ihn seinen Überlegungen und betrete den Umkleideraum, wo Sawyer nervös auf und ab geht. Felix liegt auf einer der Umkleidebänke, einen Arm über die Augen gelegt, um das Licht abzuschirmen.

»Genießt du dein Nickerchen?«

Sawyer lächelt erleichtert, als sie mich sieht. »War mir nicht sicher, ob du es zurückschaffen würdest.«

»Ich bin Connor MacLeod vom Stamm der MacLeod …«

Ihr Lächeln weicht einem verwirrten Gesichtsausdruck.

»… und ich bin unsterblich«, beende ich das Zitat.

Nope, da klingelt nichts bei ihr. Sie kennt den Film *Highlander* nicht. Üble Bildungslücke.

»Vergiss es. Lasst uns gehen.«

Mir wird klar, dass ich vielleicht ein wenig seltsam agiere. Aber ich fühle mich anders. Frei. *Beschwingt.* Wenn du begreifst, dass du ohnehin sterben wirst, und es akzeptierst, ändert das deine Sicht auf die Dinge. Sie fragt sich, warum zum Teufel ich so gut gelaunt bin, aber das könnte ich ihr nicht erklären, selbst wenn ich es wollte.

Felix hat sich nicht gerührt, seit ich den Raum betreten hab. »Felix? Kommst du, oder willst du weiterpofen?«

Er seufzt und setzt sich auf. »Ich haushalte nur mit meinen Kräften.«

»Lässt er uns wirklich gehen?«, fragt Sawyer.

»Ich hab ihm die Waffen gebracht.«

Sawyers Miene verfinstert sich. Sie ist gar nicht glücklich darüber.

»Was hätte ich tun sollen?«, frage ich. »Euch beide sterben lassen?«

Sie antwortet nicht.

»Vertrau mir einfach, okay? Wir müssen hier raus, und zwar *jetzt.*«

Felix runzelt die Stirn. »Willst du uns verraten, warum?«

»Folgt mir einfach. Und nicht umdrehen.«

Wir betreten das Gym. Castillo und seine Jungs stehen ums Laufband und nehmen die Schrotflinten und Berettas aus der Tasche. Mein Magen zieht sich zusammen. Ich hoffe, man kann mir die Panik, die in mir aufkommt, nicht vom Gesicht ablesen.

Cool bleiben. Du bist schlauer als diese Typen. Sie werden die Magazine nicht überprüfen.

Ich starre auf die Tür, die etwa zehn Schritte entfernt ist, und lege einen Zahn zu. Silas steht dort immer noch und sieht uns entgegen. Ich werde langsamer und lasse Felix und Sawyer aufschließen.

»Boss?«, ruft Silas.

Ich sehe zu Castillo hinüber, der eine Beretta in seiner Hand hält. Jesus, der spürt doch bestimmt, wie leicht sie ist!

Er nickt nur und widmet sich wieder den Waffen, und Silas beginnt, die Tür gegen den Wasserdruck aufzuziehen.

Dann höre ich es. Das Ratschen, mit dem eines der Magazine ausgeworfen wird.

Ich mache einen Schritt auf die Tür zu, fasse mit an und helfe Silas, sie aufzuziehen.

»Lauft!«, schreie ich.

Sawyer und Felix sehen mich verwirrt an, aber dann stürzen sie nach vorn und versuchen, sich durch den Türspalt zu quetschen.

»Halt sie auf!«, schreit Castillo.

Ich versetze Silas einen Schlag gegen den Kehlkopf. Doch da hätte ich genauso gut gegen eine Mauer aus Sand schlagen können, damit hätte ich die gleiche Wirkung erzielt. Der Typ zeigt sich unbeeindruckt, packt Felix am Kragen und zieht ihn zurück.

Felix fliegt nach hinten und landet mit seinem Allerwertesten im Wasser.

Ich versuche, Sawyer durch den Türspalt zu schieben, aber Silas' Ellbogen landet in meinem Gesicht. Ich stolpere zurück und sehe Sternchen vor den Augen tanzen. Silas lässt sich mit dem Rücken gegen die Tür fallen und drückt sie mit seinem Gewicht wieder zu.

Castillo nähert sich mir, ein leeres Magazin in der einen, die Beretta in der anderen Hand. Ich überblicke das Gym und überschlage kurz die Anzahl der Gegner. Es sind noch etwa zwanzig Typen hier, allesamt bereit zu kämpfen. Wenn ich meine Beretta ziehe, kann ich sie vielleicht ein paarmal abfeuern, bevor ich überwältigt werde. Aber damit wäre die Waffe verschwendet, ganz zu schweigen von unserem Leben. Besser, sie noch etwas zurückhalten, bis es richtig ernst wird und ich …

Castillo schlägt mir mit der Pistole in seiner Hand ins Gesicht, und ich taumle zurück.

»Denkst du wirklich, du kannst mich verarschen? Ernsthaft?«

Ich spucke Blut ins Wasser und taste mit der

Zunge meinen Mund ab. Zähne sind alle noch da, wenigstens etwas.

»Wo sind die Patronen, Constantine?«

Sawyer hilft Felix auf die Beine und wirft mir einen scharfen Blick zu.

Castillo schlägt mir den Pistolengriff gegen den Kopf, und ich gehe auf die Knie.

»Wo sind die Kugeln?«, schreit er.

Ich weiß nicht, was ich machen soll. Ich werde hier *niemals* rauskommen, wenn ich die Munition nicht übergebe, so viel ist sicher. Soll ich lügen? Ihm sagen, ich hab sie nicht mit eingepackt? Nein, Castillo würde mir nicht glauben.

Er wirft Silas einen Blick zu. »Pack dir einen von den beiden!«, sagt er und zeigt mit der Pistole in seiner Hand auf Felix und Sawyer.

Sawyer steht näher, Silas packt sie am Arm. »Was soll ich tun?«

»Hängt von Constantine ab.« Castillo reißt mich am Kragen hoch und schiebt mich rüber zu Sawyer.

Sie hat die Augen weit aufgerissen, versucht aber, sich ihre Angst nicht anmerken zu lassen.

Castillo lässt Magazin und Pistole fallen, zieht ein Messer, und Silas greift Sawyer bei den Haaren, reißt ihr den Kopf nach hinten, sodass ihr Hals überstreckt ist.

Felix macht einen Schritt nach vorn, doch Castillo wedelt mit dem Messer vor ihm herum. »Lass es einfach, okay? Sonst murks ich euch beide ab.«

Felix erstarrt.

Castillo dreht sich mir zu und wartet, ohne noch etwas zu sagen.

Ich seufze. »Im Abstellraum. Etwa vier Türen weiter.«

Castillo nickt ein paar seiner Typen zu, und sie eilen aus dem Gym. Silas schiebt uns gegen die Wand, recht nahe bei der Tür, und ich komme zwischen Sawyer und Felix zum Stehen.

»Gibt es irgendeinen Matchplan?«, fragt Felix. »Denn ich bin mir ziemlich sicher, dass die Typen uns schon bald jeweils eine Kugel in den Kopf jagen werden.«

Er hat recht, und mir wird klar, dass ich es riskieren muss, die Beretta zu ziehen. Am besten jetzt, solange die Kings fünf Mann weniger hier haben.

Ich warte, bis keiner hinschaut, dann lange ich schnell in meine Gefängniskluft, ziehe die Pistole heraus und verberge sie hinter meinem Rücken.

»Hab ich gerade gesehen, wie du dir ’ne Knarre aus dem Arsch gezogen hast?«, raunt mir Felix zu.

»War in meinen Boxershorts.«

»Kommt aufs Gleiche raus.«

»Kommt nicht *annähernd* aufs Gleiche raus. Eine Waffe im Spanngummi zu verstecken oder sie sich in den Arsch zu schieben ist so weit entfernt von ›aufs Gleiche‹, dass es sich nicht mal lohnt, überhaupt darüber zu reden.«

»Was auch immer, ich rühr das Ding nicht an.«

»Ich werd dich auch nicht darum bitten. Ist nämlich meine Knarre.«

»Könnt ihr zwei mal die Schnauze halten?«, zischelt Sawyer. »Gibt es einen Plan oder nicht?«

»Hab mir überlegt, ich eröffne das Feuer, und wir laufen los.«

»Weise Entscheidung«, flüstert Felix. »Nun, ist …«

Die Tür wird gegen das Wasser nach innen aufgeschoben und sorgt für eine Welle, die durchs ganze Gym schwappt. Die Kings, die die Munition holen sollten, stürzen mit einem panischen Gesichtsausdruck hinein. Sie halten ihre Overalls und T-Shirts so, dass sich provisorische Taschen ergeben, in denen sie die Munition tragen können. Sie wirken total fassungslos.

»Der Prediger!«, schreit einer von ihnen.

Castillo runzelt die Stirn. »Was?«

Die Häftlinge eilen weiter in den Raum und kippen die Munition in die Tasche mit den Waffen. Silas schließt mit einem besorgten Gesichtsausdruck die Tür, während die anderen, so schnell sie können, die Magazine befüllen und die Patronen in die Schrotgewehre rammen.

»Der Prediger. Er ist hier. Er …«

Ein ohrenzerfetzender Knall, und plötzlich klafft ein riesiges Loch in der Tür. Silas, der genau davor gestanden hat, geht schreiend zu Boden. Sein Rücken ist von Holzsplittern, Metall und vermutlich Schrotkugeln zerfetzt.

Die Tür wird langsam aufgeschoben, und dahinter kommt der Prediger zum Vorschein, eine Schrotflinte in den Händen.

Ich schiebe Sawyer nach rechts. Felix folgt uns, und wir ducken uns hinter einer Schulterpresse.

»Gott straft all eure Sünden!«, schreit der Prediger, während er in den Raum tritt. »Ihr seid ins gepriesene Land gekommen, jedoch als Eindringlinge. Aber es steht geschrieben: ›Ich will ihnen nachjagen und sie erhaschen und den Raub austeilen und meinen Mut an ihnen kühlen; ich will mein Schwert ziehen, und meine Hand soll sie verderben.‹«

Nach und nach folgen seine Anhänger und betreten ebenfalls das Gym. Sie alle sind mit Pistolen, Gewehren und Schrotflinten bewaffnet. Insgesamt zähle ich sieben.

»›Ich will ein Racheschwert über euch bringen, das meinen Bund rächen soll. Und ob ihr euch in eure Städte versammelt, will ich doch die Pestilenz unter euch senden und will euch in eurer Feinde Hände geben.‹«

Einen Augenblick herrscht Stille. Der Typ neben dem Prediger lehnt sich zu ihm hinüber und flüstert ihm etwas zu.

Der Prediger runzelt die Stirn und wendet sich dann ab, nicht ohne dem Typ noch einen gewissen Blick zuzuwerfen. »Mann, liest du etwa nicht die Bibel? Das ist Voraussetzung, um in meiner gebenedeiten Armee dienen zu dürfen. Was ich damit sagen will, ist: Töte diese Scheißkerle, denn sie sind in mein Kanaan eingedrungen!«

Der Typ zögert immer noch.

Der Prediger seufzt und lädt seine Schrotflinte durch. »Schieß einfach!«

Und seine Jünger eröffnen das Feuer.

Einige der Kings kraxeln über die Geräte, um dahinter in Deckung zu gehen. Andere hetzen zu den Umkleideräumen, werden aber auf halbem Weg niedergestreckt.

Der Prediger hält die Arme ausgebreitet, in der einen Hand noch die bereits abgefeuerte Schrotflinte, das Gesicht der Decke zugewandt. »Denn ihr wisst, ich bin der Herr«, schreit er, »und wenn Scheißkerle in meinem Namen Kugeln abfeuern – *o Scheiße!*«

Seine letzten Worte sind eine Reaktion auf Castillo und ein paar seiner Leute, die sich die teilweise geladenen Waffen gekrallt haben und das Feuer erwidern.

Der Lärm von Schrotflinten und halbautomatischen Waffen hallt durch den beengten Raum.

Felix, der hinter einer Kraftmaschine Deckung gefunden hat, greift sich eine Beretta und ballert einem der Jünger bei der Tür eine Kugel in den Kopf. Dann spurtet er geduckt nach vorn, nutzt die entstandene Bresche in der Phalanx der Jünger und hechtet durch die Tür.

Sawyer und ich folgen ihm, sprinten, so schnell wir können, den Korridor entlang. Hinter uns hallt das Echo der Schüsse wider.

Ich halte nur einmal inne, um kurz in den Lagerraum zu schlüpfen und mir den Schlüsselbund zu greifen, dann versuchen wir, so viel Abstand wie möglich zwischen uns und das Gym zu bringen.

Fünfzehn

03:20 Uhr

Sawyer fühlt sich, als hätte sie völlig die Kontrolle verloren.

Moment! Wem zum Teufel will sie was vormachen? Sie hat niemals so was wie Kontrolle gehabt. Von dem Augenblick an, an dem sie heute Morgen hier vorgefahren ist, ist alles wie eine Lawine auf sie niedergegangen, und seither wird sie umhergewirbelt wie ein Blatt in einem … tja, wie ein Blatt in einem gottverdammten Hurrikan.

Sie ist total erschöpft, komplett am Limit, kurz vorm Ausflippen, verängstigt und noch eine ganze Menge mehr.

»Mann, so eine Scheiße habe ich noch nie erlebt …«, sagt Felix aufgeregt.

Die drei haben sich in einen Raum geflüchtet, der sich als Poststelle entpuppt hat. Überall stapeln sich Briefe, einige von Spanngummis zusammengehalten, einige häufen sich in Nischen, die in die Wände eingelassen sind, und über diverse Tische liegen geöffnete Briefe verstreut. Mit beleuchteten Lupen sowie Drogenaufspür-Kits soll sichergestellt werden, dass in den Briefen nicht etwas mit reingeschmuggelt wird. Einige Angehörige pappen LSD an das Papier, einige sprühen Spice auf die Seiten; die Droge zieht ein, und die Häftlinge können sie später rauchen.

Sawyer und die beiden anderen haben sich hier versteckt, falls der Prediger sie verfolgen sollte. Und um ihre nächsten Schritte zu besprechen. Was Sawyer völlig sinnlos erscheint, denn wenn ihr nächster Schritt nicht darin besteht, sich so schnell wie möglich durch die Gefängniseinheiten hindurchzukämpfen, werden sie verflucht noch mal alle sterben.

Auf einem Schreibtischstuhl neben ihr sitzt Constantine, während Felix sein Gesicht gegen die Tür gepresst hat und durch einen Spalt nach draußen blickt, um den Korridor zu beobachten.

»Wie lange bleiben wir hier?«, will Sawyer wissen.

»Lass uns fünf Minuten warten.«

Sie seufzt, lehnt sich gegen einen der Tische und starrt Constantine einen langen Augenblick an. »Erzähl mir etwas über Amy«, sagt sie nach einer Weile.

Er sieht sie überrascht an. »Warum?«

Sie zuckt mit den Schultern. »Wir müssen fünf Minuten totschlagen.«

Er zögert einen Moment, den Blick ins Nirgendwo gerichtet. »Sie war … unglaublich. Und ging mir furchtbar auf die Nerven. Stur. Aber nicht eingebildet. Ihre Meinung war nicht in Stein gemeißelt, verstehst du? Sie ist nie davon ausgegangen, dass immer nur sie recht hat. Wenn du vernünftige Argumente vorbringen konntest, hat sie bereitwillig ihre Sichtweise geändert. Das hab ich an ihr gemocht. Die meisten Leute legen ja noch einen drauf, wenn sie erkennen müssen, dass sie falsch liegen. Argumentativ gehen sie in die Defensive. Aber Amy fand das immer blödsinnig.«

»Wie habt ihr euch kennengelernt?«

»Sie hat mich gestalkt.«

Sawyer sieht ihn schockiert an. »Hat sie nicht!«

Er lächelt. »Nein. Oder ... so in etwa. Ich kam gerade vom Treffen meiner Veteranengruppe und saß im Zug, war irgendwie ... ganz woanders. Du weißt schon, wie das so läuft, wenn man so emotionalen Scheiß zu verarbeiten hat. Man ist mental einfach erschöpft. Da saß ich also, mit meinem eigenen Kram beschäftigt, und hab auf meine Hände gestarrt, als ich irgendwie gespürt hab, dass mich jemand beobachtet. Ich hab mich umgeschaut, aber nichts Verdächtiges bemerkt. Niemand hat so wirklich auf mich geachtet, es waren nur gewöhnliche Leute, die gewöhnliche Dinge gemacht haben. Ich hab wieder runtergeschaut, aber ich wurde das Gefühl nicht los, beobachtet zu werden. Also hab ich meinen Kopf hochgerissen und hab sie ertappt.«

»Amy?«

Er nickt. »Sie hat mich nicht direkt angestarrt,

aber ihr Blick war irgendwie … *intensiv.* Ich war noch nicht mal sicher, ob sie mich ansieht. Ich dachte, sie würde über irgendwas konzentriert nachdenken und dabei ins Leere starren, verstehst du?«

Sawyer nickt.

»Aber dann stand sie auf und hat sich neben mich gesetzt.«

Sie lacht. »Einfach so?«

»Einfach so.«

»Was hat sie gesagt?«

»Hi.«

»Was hast *du* gesagt?«

»Nichts.«

»Nichts?«

»Vielleicht hab ich gegrunzt oder so was. Weißt du, damals war ich nicht der Typ charmanter Galan, den du jetzt vor dir hast. Ich war ziemlich im Arsch. Ich hatte gerade akzeptiert, dass ich von meinem Einsatz tatsächlich einige Probleme mitgebracht hatte, und war nicht gerade in der besten Verfassung.«

»Was hat sie gemacht, als sie sich neben dich gesetzt hat?«

»Sie hat mich angestarrt. Und diesmal richtig.«

Sawyer muss wieder lachen. »Du machst Witze. Einfach so, direkt neben dir?«

Constantine nickt. »So als wolle sie sich mein Gesicht einprägen. Ich wurde rot, das konnte ich spüren.«

»Und sie hat dich weiter angestarrt?«

»Immer noch. Schließlich hab ich mich ihr zugewandt, und dann ... sah ich dieses Lächeln. Sie hat – hatte – diese Lachfältchen um die Augen, und diese Augen, die haben jedes Zimmer zum Leuchten gebracht.«

»Was hat sie gesagt?«

»Sie hat gesagt, und ich erinnere mich noch an jedes Wort: ›Du siehst aus wie ein Welpe, den man aus dem kuschlig warmen Bettchen eines Kindes gezerrt und vor die Tür gesetzt hat, in den Regen.‹«

»Was hast du gesagt?«

»Nichts. Und dann hat sie gefragt, ob ich mit ihr was trinken gehen will.«

»Bist du?«

»Ich glaube ehrlicherweise nicht, dass sie ein Nein akzeptiert hätte. Also ja, wir sind zu einer verratzten Kneipe gegangen, haben Pool gespielt und uns über Gott und die Welt unterhalten. Es war das erste Mal, dass ich seit meiner Rückkehr aus Afghanistan wieder gelacht hab. Wenn ich heute zurückschaue, war das wohl die beste Nacht meines Lebens.«

Sawyer will gerade noch was fragen, als Felix die Tür schließt, sich zu ihnen umdreht und dazwischenfunkt. »Die Luft ist rein, sind wohl alle damit beschäftigt, sich gegenseitig abzumurksen.« Er schüttelt aufgeregt den Kopf. »Mann, hast du diesen Typen gesehen? Ich hab ja schon Storys über den Prediger gehört, aber der war echt mal total durchgeknallt.« Er hebt die Hände zum Himmel. »Ich bin der Herr, drum lass ich Scheißkerle in meinem Namen wild rumballern.«

Sawyer blickt Constantine an. Der zuckt mit den Schultern und lächelt. So viel zum Thema Konversation.

Felix wendet sich an sie. »Wie sieht's aus, junge Dame? Bist du okay nach all dem?«

»Ich bin in Ordnung.«

»Schön zu hören. Du bist taff, hmm? Oder bist du wie meine Ex-Frau? Die schluckt alle Gefühle runter, aber dann explodiert sie und geht mit dem Messer auf einen los.« Sawyer hat noch nicht mal die Möglichkeit zu antworten, bevor sich Felix schon an Constantine wendet. Jesus! Als wäre er auf Speed oder so. »Also, was machen wir als Nächstes?«

Constantine legt plötzlich den Finger auf die Lippen. Sie alle bleiben ruhig, und draußen sind Leuten auf dem Gang zu hören, wie sie durchs Wasser waten. Nach einigen Augenblicken steht Constantine auf, öffnet die Tür ein wenig und steckt den Kopf kurz nach draußen. Dann schließt er sie wieder. »Der Prediger und seine Leute.«

»Sie gehen in die Richtung, in die wir auch wollen?«, fragt Felix.

»Sieht so aus.« Constantine blickt ihn an, dann grinst er unerwartet. »Ich hab auch Geschichten gehört, aber … puh, keine wird ihm gerecht. Der Typ ist krass.«

Da ist doch etwas anders an Constantine, denkt

Sawyer. Seit er in der Waffenkammer war, scheint er anders zu sein. Irgendwie … lockerer? Sie ist sich nicht sicher, ob sie richtigliegt. Wie gesagt, sie fühlt sich am Limit, und bei ihm kam es ihr vor, als wäre er schon übers Limit hinaus. Doch jetzt ist da eine kaum unterdrückte Energie, die bei der kleinsten Gelegenheit durchzubrechen scheint.

»Bist du sicher, dass der Häftlingskorridor quasi Geschichte ist?«, fragt er Felix.

»Hab's selbst gesehen, da geht's geradewegs auf der Schnellstraße in die Gefahrenzone.«

Constantine seufzt und schaut Sawyer an. »Was meinst du? Bleiben wir bei unserem Plan und schleichen uns durch die Gefängniseinheiten?«

»Wie sieht es mit dem Belegschaftskorridor aus?«, fragt Felix.

Constantine schüttelt den Kopf. »Geht nicht.«

»Warum?«

»Kincaid war da und hat uns dort verjagt.«

»Constantine«, sagt Felix ruhig, als würde er zu einem Kind sprechen, »was glaubst du, was gefährlicher ist? Sich durch sieben Gefängniseinheiten durchzuschlagen oder Spooky Kincaid, der – und da kannst du Gift drauf nehmen – nicht im Gang hockt wie eine gruselige Puppe aus einem Horrorfilm, die nur darauf wartet, dass du vorbeigehst?«

Constantine wirkt immer noch unschlüssig.

»Na, komm schon, Mann. Ein Versuch kann nicht schaden. Jetzt haben wir Waffen.«

»Yeah«, meint Sawyer, »aber es sieht so aus, dass

alle anderen auch welche haben.« Sie schaut Constantine an. »Wie kann das eigentlich sein?«

Er zuckt mit den Schultern. »Wir wurden angegriffen, die Leute des Predigers haben sich die Schlüssel gekrallt und die Waffenkammer geplündert. Vermute mal, dass die mittlerweile leergeräumt ist.«

»Und Ramirez?«

»Hab ihn getötet.«

»*Du* hast ihn getötet?«, fragt Felix. »Warum?«

»Er hat eine ganze Reihe unbewaffneter Leute erschossen. Dann hat er Henry ermordet, direkt vor meinen Augen.«

»Henry ist tot?«, fragt Felix. »Verfluchte Scheiße.«

»Wer ist Henry?«, will Sawyer wissen.

»Der Typ, mit dem ich in der Wartungshalle gearbeitet hab«, erklärt Constantine. »Ziemlich alt, aber einer von den Guten.«

»Oh … tut mir leid.«

Er zuckt wieder mit den Schultern. »Wir müssen alle mal abtreten, und heute Nacht ist wohl genauso gut wie jede andere.«

Sie denkt, dass das ziemlich seltsam ist, was er da gerade von sich gegeben hat, aber bevor sie nachfragen kann, sagt Constantine nach einem Blick auf die analoge Uhr an der Wand: »Fünf Minuten sind um. Los geht's. Wir haben nur noch zwei Stunden, bis das Auge des Hurrikans über uns ist und auf das Gefängnis trifft.«

Er zögert, als würde er noch etwas sagen wollen,

aber er lässt es bleiben. Stattdessen öffnet er die Tür, prüft den Gang und tritt dann nach draußen.

Sie verlassen die Poststelle. Sawyer hört Schüsse durchs Gefängnis hallen, aber sie kommen nicht nur aus der Richtung, in der das Gym liegt, sondern auch von vorn, aus der Ferne, von überall her.

In der Nähe der Poststelle befindet sich die erste Tür zu den Gefängniseinheiten. Als sie ihren Weg durch die Gänge fortsetzen, kann Sawyer gar nicht anders, als festzustellen, dass das Gebäude der Dauerbelastung des Hurrikans nicht gewachsen ist. Das Licht der Lampen wird schwächer, einige flackern. Das Flutwasser bewegt sich tatsächlich und klatscht in kleinen Wellen gegen die Wände, weil das Gebäude wankt und erzittert. Dazu das ständige Ächzen, Knacken und Kreischen von malträtiertem Metall, berstendem Holz und bröckelndem Beton. Sie ist sich nicht sicher, ob das Gefängnis in zwei Stunden überhaupt noch steht. Auch das Gebäude ist am Limit.

Was zum Teufel sollen sie tun?

Sie nimmt einen zitternden, besorgten Atemzug. Dann geht sie weiter. Das ist etwas, das ihre Mutter ihr beigebracht hat. Du folgst dem Weg, bis er zu Ende ist. Du ziehst dich selbst immer weiter durch den Dreck, bis du nicht mehr weiterkannst.

Sie passieren den Zugang zu Einheit 1 und biegen in einen Durchgang, der schließlich zum Belegschaftskorridor führt. Zur Linken öffnet sich ein

Gang, und als sie daran vorbeigehen, lassen sie Geräusche mitten in den Bewegungen erstarren.

Sie drehen sich um und entdecken eine Gruppe von sieben Häftlingen im Halbdunkel.

Die zwei Gruppen beäugen sich einen langen Moment, dann tritt Constantine vor. »Seid ihr Typen auf Ärger aus, oder versucht ihr zu überleben?«

»Wir versuchen zu überleben«, erklingt eine Stimme aus dem Halbdunkel.

Constantine nickt. »Dann gehen wir einfach weiter, okay?«

»Tut euch keinen Zwang an.«

Daraufhin dreht sich Constantine um und gibt Felix und Sawyer mit der Hand ein Zeichen. Nach einem kurzen Zögern geht Felix los, und Sawyer folgt im Laufschritt, um mit den beiden mithalten zu können.

»Viel Glück!«, ruft ihnen die Stimme hinterher.

Sawyer hält inne und sieht sich schockiert um. Die Häftlinge verlassen den Gang und gehen in die entgegengesetzte Richtung. Sie sieht noch, wie sie um die Ecke verschwinden, dann eilt sie weiter hinter Constantine und Felix her.

Ein, zwei Minuten später erreichen sie die Tür zum Belegschaftskorridor.

»Okay«, sagt Constantine. »Wir öffnen die Tür, werfen einen schnellen Blick hinein und checken, ob die Luft rein ist. Einverstanden?«

»Du bist jetzt also der Chef, oder was?«, fragt Felix.

»Niemand ist hier der Chef, Felix. Aber ich kenne Kincaid. Er hält sich stets den Rücken frei, also hat er dort jemanden postiert, der den Korridor bewacht.«

»Und ich werde den unglücklichen Bastard abknallen.« Felix packt den Türgriff und zieht.

Die Tür rührt sich nicht.

»Was zum Teufel?«, fragt er.

»Ist sie abgeschlossen?«, fragt Sawyer.

»Nee, ich spüre, dass sie sich bewegt. Es ist, als würde sie jemand … zuhalten.«

Constantine und Sawyer greifen beide den Türgriff und ziehen ruckartig daran. Felix hat recht: Die Tür ist nicht verschlossen, aber sie lässt sich dennoch nicht öffnen. Vielleicht hat Kincaid sie blockiert.

Sawyer runzelt die Stirn und lauscht konzentriert. Das Toben des Hurrikans scheint alles zu übertönen: das Brausen des Windes, das Knallen, wenn Trümmerstücke auf dem Dach aufschlagen, das Knacken und Ächzen des gesamten Gebäudes.

Aber … irgendwie hört sich all das hier lauter an.

Felix versucht nochmals, die Tür zu öffnen.

Sawyer wird plötzlich klar, was passiert ist. Sie öffnet den Mund, um Felix zu warnen, aber es ist zu spät.

Das Geräusch des Windes nimmt etwas ab, und die Tür fliegt auf, begleitet vom Heulen und Brüllen des Hurrikans. Sawyer und Constantine knallen gegen die Wand, und fast augenblicklich wird Felix mitgerissen. Er schlittert in den Korridor und lässt die Waffe los, als er sich schreiend am Türrahmen festklammert.

Der Wind kreischt, und der Regen trommelt durch riesige Löcher, die in der Wand des Belegschaftskorridors klaffen. Die Außenwand ist teilweise eingestürzt, und der Wind zieht alles in den Hurrikan dort draußen.

Sawyer und Constantine packen Felix und halten sich dabei selbst am Türrahmen fest. Der Regen peitscht auf Sawyer nieder, auf sie alle, während sie spürt, wie Felix den Halt verliert.

Sie stößt sich ab, kraxelt hinter die Tür und versucht, sie zuzuschieben.

»Was machst du da?«, überbrüllt Constantine den Lärm.

»Halt dich bereit!«, schreit sie.

»Lass mich nicht los!«, schreit Felix.

Der Wind versucht, die Tür wieder zuzuziehen, doch Sawyer hat sie mit beiden Händen gepackt.

Der Wind nimmt ein wenig ab wie zuvor schon einmal.

»Jetzt!«, schreit sie. »Zieh ihn rein!«

Constantine gelingt es unter Aufbietung all seiner Kräfte, Felix um die Tür zu ziehen, sodass beide in den Korridor plumpsen. Der Wind reißt Sawyer die Tür aus den Händen und lässt sie mit einem lauten Krachen zuknallen.

Der Lärm des Sturms wird etwas leiser. Sawyer stolpert von der Tür weg und betrachtet Felix und Constantine, die vor ihr im Wasser liegen.

»Seid ihr zwei okay?«

Constantine starrt den total verstörten Felix an. »Was sagtest du noch mal über den Belegschaftskorridor? Ein Versuch kann nicht schaden?«

»Leck mich, Constantine. Bin nicht in Stimmung.«

Sawyer streckt die Hand aus, um Constantine aufzuhelfen, und er ergreift sie.

»Nein, ernsthaft«, sagt er, wieder an Felix gewandt. »Ein Versuch kann nicht schaden, das ist es, was du gesagt hast, oder? Hey, jetzt haben wir ja wenigstens Waffen, für den Fall, dass da jemand im Korridor auf uns wartet. Nein, warte: Du hast keine mehr, oder? Die hast du ja gerade dem verfickten Hurrikan in den Rachen geworfen!«

»Constantine.« Felix' Stimme ist ganz ruhig. »Ich meine es ernst. Bin kurz vorm Austicken, meine Stimmung ist gerade nicht die beste.«

»Wollt ihr zwei wohl die Klappe halten?«, geht Sawyer dazwischen, und beide sehen sie an. »Jetzt *müssen* wir durch die Einheiten, es ist der einzig verbliebene Weg.«

Felix und Constantine tauschen einen Blick, halten aber den Mund, bis sie die Tür zu Einheit 1 erreichen.

Die Tür ist unverschlossen. Sawyer zieht sie auf, und dahinter ist ein Durchgang, der sich ihnen zu beiden Seiten hin öffnet. Rechts ist die Tür, die in den Belegschaftskorridor führt, und links die zum Häftlingskorridor.

Constantine biegt nach links und legt die Hände gegen das Glas, um in den Korridor zu spinksen. Er lässt die Schultern sinken und kehrt zu den anderen zurück.

»Hast du mir nicht geglaubt?«, fragt Felix.

»Wollte es mir nur ansehen.«

»Und, was hast du alles gesehen, mein weißer Freund?«

»Eingestürzte Wände. Blitze. Wolken.«

Felix weist mit beiden Zeigefingern auf Constantine. »Genau. Vertrauen du mir musst, mein kleiner Padawan«, ahmt er Meister Yoda aus den Star-Wars-Filmen nach. »Felix nicht lügen.«

»Nein, aber er trifft verdammt blöde Entscheidungen«, grummelt Constantine.

Eine offene Tür führt in die Sicherheitsschleuse, im Prinzip ein langer Durchgang, der erst an einer zweiten Tür endet, die in Einheit 1 des Gen Pop führt. Etwa auf einem Viertel des Weges befindet sich der Sicherheitsraum, den Sawyer früher in dieser Nacht aufgesucht hat.

Constantine prüft die Tür, die in die Einheit führt. Sie ist nicht verschlossen, aber er öffnet sie nicht. Stattdessen steckt er einen Schlüssel nach dem anderen von Montoyas Schlüsselring ins Schloss, bis er den passenden gefunden hat.

Dann streift er den Schlüssel vom Ring und steckt ihn in die Hosentasche.

»Was machst du da?«, fragt Sawyer.

»Ich will nicht nach dem Schlüssel suchen müssen, wenn es mir da drinnen zu heiß wird.« Er sieht beide an. »Bereit?«

Sawyer und Felix nicken. Constantine atmet tief durch und reißt dann die Tür auf.

Der Eingang zu Einheit 1 ist total verwüstet. Zerbrochene Schreibtische und zerschlagene Stühle blockieren den Durchgang.

Constantine tritt dagegen, aber es rührt sich nichts. Felix tut es ihm gleich, mit demselben Erfolg.

»Wie zum Teufel haben sie das abgestützt?«, grummelt Felix. »Okay, macht mal 'nen Schritt zur Seite.«

Sawyer und Constantine warten an der Wand, während Felix Anlauf nimmt und mit der Schulter voraus gegen die Barrikade rammt. Er prallt zurück und zappelt vor Schmerzen herum. »Heilige Scheiße!«, brüllt er. »Fuck, tut das weh!«

Constantine versucht, etwas aus der Barrikade herauszuziehen, und Sawyer nimmt an, er hofft, dass das Hindernis wie Jenga ist, dass die ganze Struktur geschwächt wird und einstürzt, wenn er bestimmte Teile freiklauben kann.

Doch als er an einem Tischbein zieht, schießt plötzlich eine hölzerne Stange von irgendwoher hervor und trifft ihn an der Brust.

»Was zum Teufel …?« Er macht einen Schritt zurück, doch die Stange ist wieder in der Barrikade verschwunden. Noch mal streckt er den Arm aus, und als er das macht, taucht die Stange langsam auf, wie der Kopf einer Schildkröte, der aus dem Panzer hervorlugt.

Constantine hält inne, und dasselbe passiert mit der Stange. Er macht einen Schritt nach vorn, und die Stange fährt weiter aus.

»Wenn du mich damit noch mal berührst, brech ich dir den Kiefer!«, brüllt Constantine.

»Verpiss dich und lass uns in Ruhe!« Die Stimme von der anderen Seite der Barrikade klingt verängstigt. Und alt.

»Sag mir nicht, ich soll mich verpissen!«, blafft Constantine. »Lasst uns rein, wir müssen durch die Einheit!«

»Mein Sohn, ich glaube, die Chancen stehen besser, dass die Frau in deiner Begleitung vor mir auf die Knie geht und mir den verschrumpelten Schwanz bläst, als dass ich dich hier durchlasse.«

Sawyer schießt vor Scham die Röte ins Gesicht, Felix kichert, hört aber sofort auf, als sie ihm einen scharfen Blick zuwirft.

»Du fängst an, mir auf die Nerven zu gehen …«, beginnt Constantine.

»Ooooh, sieh mal … ich zittere schon. Ich hab den Mann wütend gemacht. Denkst du, das interessiert mich auch nur ’nen Scheiß? Lass uns in Ruhe. Wir wollen mit dem, was auch immer da draußen vor sich geht, nichts zu tun haben. Wir mussten bereits den Prediger und seine Leute passieren lassen. Aber sonst kommt keiner mehr durch.«

»Ihr habt den Prediger durchgelassen? Wann?«

»Ungefähr vor zehn Minuten.«

»Warum?«

»Warum? Ich streite nicht mit dem, der ist ein gottverdammter Psycho. Also hab ich ihn einfach durchgelassen. Und jetzt verpisst euch!«

Constantine grummelt, dann tritt er gegen die Barrikade, und zwar immer wieder. Felix gesellt sich hinzu, und die beiden treten gemeinsam gegen die Barrikade, immer darauf bedacht, nicht von der Stange getroffen zu werden, die auf ihre Gesichter zielt.

Nach ungefähr dreißig Sekunden hat Sawyer genug, seufzt und macht einen Schritt nach vorn, um Constantine eine Hand auf den Arm zu legen. Er schaut sie überrascht an, und sie schüttelt sanft den Kopf, bevor sie einen Schritt auf die Barrikade zumacht.

»Wie heißt du?«, ruft sie.

»Carl.«

»Carl, ich bin Sawyer. Was machst du tatsächlich dort drinnen?«

»Mich verstecken.«

Sawyer wirft Constantine und Felix einen Blick zu. »Verstecken vor was?«

»Was zum Teufel denkt ihr? Habt ihr mitbekommen, was hier gerade abgeht? Wenn wir hier jeden reinlassen, sind wir bald alle tot.«

»Ihr habt den Prediger reingelassen.«

»Ja, aber er hat auf die Bibel geschworen, dass er uns nichts tun wird.«

»Wer seid ihr? Gehört ihr einer Gang an?«

»Ja, der Siebzig-plus-Gang«, kichert er. Sawyer glaubt, Lachen von der Einheit her zu hören.

»Das heißt also …«

»Das heißt, dass jeder, der zu alt dafür ist, gegen die Psychos zu kämpfen, hier Schutz gefunden hat, und wir werden niemanden reinlassen.«

»Und was ist mit dem Hurrikan?«

»Was soll damit sein?«

»Nun ja, das alles hier wird einstürzen. Die Mauern werden nicht halten.«

»Und was schlägst du als Alternative vor?«

Sawyer blickt Constantine an. Der schüttelt den Kopf und formt ein »Wag es ja nicht!« mit dem Mund.

»Wir wollen uns zum Glashaus durchschlagen. Es wird bestimmt …«

Sie wird von der Stimme unterbrochen. »Das Glashaus? Jesus, Weib! Ich bin da gewesen. Wenn das Gebäude hier nicht hält, dann besteht nicht die geringste Chance, dass das Glashaus stehen bleibt. Hier drin haben wir es zumindest trocken.«

»Kannst du uns dann nicht einfach durchlassen?«, fragt Sawyer. »Wir werden nichts tun. Wir müssen nur zur Nordseite gelangen.«

»Durch die Gefängniseinheiten?«

»Es ist der einzige Weg.«

»Dann rette ich euch mit meinem Nein das Leben. Wenn ihr versucht, es durch alle Einheiten zu schaffen, seid ihr tot.«

»Wir sind tot, wenn wir es nicht tun«, erklärt Felix. »Lass uns einfach durch!«

»Verpiss dich!«

Sawyer überdenkt die Situation. Das bringt sie alles nicht weiter.

»Wie wär's mit einem Deal?«

»Was für ein Deal?«

»Ihr lasst uns durch, und wir geben euch etwas, womit ihr euch verteidigen könnt.«

»Was soll das sein?«

»Eine Schusswaffe.«

»Sawyer …«, sagt Constantine mir eindringlicher Stimme, doch sie hebt die Hand, um ihn zum Schweigen zu bringen.

Auf der anderen Seite der Barrikade ist es eine Weile still, dann folgt ein »Lass mich die Waffe sehen«.

Sawyer dreht sich zu Constantine um.

»Ich werde meine Waffe nicht rausrücken«, sagt er. »Sie ist die einzige, die wir noch haben.«

»Wir haben keine Wahl. Wenn wir so durch die Einheit kommen, ist es den Verlust wert.«

Sawyer kann sehen, dass Constantine es nicht möchte, aber dennoch zieht er widerwillig die Beretta aus seinem Hosenbund und reicht sie ihr.

»Halt sie hoch!«, befiehlt die Stimme.

Sawyer tut wie ihr geheißen, und auf der anderen Seite poltert es daraufhin, und nach einigen Augenblicken tut sich ein größeres Loch auf.

»Reich sie durch.«

»Auf keinen Fall!«, blafft Constantine. »Mach erst mal auf!«

»Nein. Erst die Waffe.«

Sawyer nimmt das Magazin raus und gibt es Constantine. Dann reicht sie die Beretta durch die Öffnung, und die Pistole wird von einer mit Leberflecken übersäten Hand in Empfang genommen, die dann wieder in der Barrikade verschwindet.

»Ihr bekommt das Magazin, wenn ihr uns durchlasst«, erklärt Sawyer.

»Gib mir 'ne Minute.«

Sawyer hört mehrere Stimmen flüstern, dann ist es still.

Einige Augenblicke später hört sie, wie die Barrikade abgebaut wird.

»Ganz toll, Sawyer!«, murmelt Felix missmutig.

Constantine sagt nichts. Sawyer blickt ihn an, aber glücklich sieht er nicht aus.

Nach einigen Minuten ist die Öffnung groß genug, dass sie sich alle hindurchquetschen können.

Auf der anderen Seite streckt sich Sawyer erst mal durch und sieht sich um. Die Einheit hier sieht wie alle anderen aus, in denen sie schon gewesen ist: zwei Etagen mit Zellen rings um den Erholungsbereich. Die einzige Sache, die abweicht, sind die Insassen: Die Einheit besteht nur aus alten Häftlingen. Ist ein wenig wie Seniorentag im Einkaufszentrum, nur dass sie Waffen statt Coupons in ihren Händen halten.

Einer der Häftlinge, ein alter, etwa ein Meter fünfundachtzig großer Mann, befiehlt einigen anderen, die Barrikade wieder zu schließen. Das muss Carl sein. Er hat dünnes graues Haar und einen Zinken von Nase, der von einem ausgehöhlten Gesicht absteht. Er beobachtet sie misstrauisch.

Schließlich betrachtet er die Pistole in seiner Hand und zieht den Schlitten etwas zurück.

»Oh, wollt ihr euch das anschauen? Da ist noch 'ne Kugel im Patronenlager.« Und dann richtet er die Waffe auf Sawyer. »Ein Deal ist ein Deal, aber wenn irgendeiner von euch eine Bewegung macht, von der ich auch nur denke, dass sie verdächtig ist, jag ich ihm diese Kugel in den Kopf.« Er weist mit der freien Hand zum anderen Ende der Einheit. »Bewegt euch. Ihr seid so scharf darauf, in den Tod zu gehen, wer bin ich, euch aufhalten zu wollen?«

Sawyer, Constantine und Felix gehen an den Reihen der Häftlinge vorbei. Drei von ihnen bauen schon einen Teil der Barrikade auf der anderen Seite ab und ziehen etwas heraus, was wie Wellblech vom Dach aussieht, sowie Bürostühle, Metallstangen und Teile von Bücherregalen, die herausgebrochen wurden und wie Puzzleteile in der ganzen Konstruktion stecken.

»Wie sieht's in der nächsten Einheit aus?«, fragt Constantine.

»Krieg zwischen den Gangs.«

»Welche Gangs?«, fragt Felix.

»Zuerst dachten wir, die East Bloods und die

West Bloods beharken sich, was sie ja eigentlich immer tun.«

»Aber die sind es nicht?«

»Nee, die Bloods gegen die Woods. So weit ich das sagen kann, kämpfen sie um die Vorherrschaft in den Einheiten zwei und drei.«

Sawyer denkt an all das ganze Informationsmaterial, das sie erhalten hat, als sie die Stelle in Ravenhill bekam. Die Woods sind die weißen Rassisten, es ist ein Akronym für *Whites only one day*. Wenn die Bloods ihren ganginternen Streit beigelegt haben, um es mit den Woods aufzunehmen, wird das ziemlich übel.

Schnell öffnen die Häftlinge ein etwa ein Meter großes Loch in der Barrikade.

»Wie soll ich da durchkommen?«, fragt Felix.

»Durchwurschteln«, sagt Carl. »Und wenn du drin bist, kannst du gleich mal mit dem Beten anfangen. Ihr braucht alle Hilfe, die ihr kriegen könnt.« Er streckt seine Hand aus. »Magazin.«

Sawyer will es ihm schon geben, als Felix einen plötzlichen Ausfallschritt macht und Carl die Waffe entreißt, um sie auf ihn zu richten.

In Panik verfällt Carl jedoch nicht. Er macht nur einen Schritt zurück. »Wir hatten einen Deal.«

»Ist mir bewusst«, sagt Felix. »Aber mir ist auch bewusst, dass wir die Knarre sehr wahrscheinlich mehr brauchen als ihr Typen.«

»Interessiert mich 'nen Scheiß. Ihr habt euer Wort gegeben.«

»Felix, lass gut sein«, sagt Sawyer.

»Ich?«, fragt Felix überrascht. »Wovon zum Teufel redest du? Wir brauchen die Waffe!«

»Wie der Mann sagt, wir hatten einen Deal.«

»Und das spielt jetzt noch 'ne Rolle?«

»Tut es. Sei kein Arschloch. Constantine, sag's ihm.«

Constantine seufzt und wirft Carl das Magazin zu, der es mit einer Hand auffängt.

»Bist du bescheuert?«, schreit Felix.

»Nein, nur praktisch veranlagt. Wir haben nicht die Zeit, hier rumzutrödeln. Und Sawyer hat recht. Wir hatten einen Deal. Gib ihm die Pistole.«

Constantine dreht sich um und geht auf alle viere nieder. Das Wasser reicht ihm bis zum Kinn, als er sich selbst durch die schmale Öffnung zieht, die sie in der Barrikade geschaffen haben. Sawyer wartet auf Felix, der noch zögert, dann aber Carl grummelnd die Beretta übergibt.

»Nach Ihnen«, sagt Sawyer.

Felix sieht sie scharf an. »Du bist schon 'ne Nervensäge, das weißt du?«

Sawyer zuckt mit den Schultern. »Hat mein Ex-Mann auch gesagt.«

Er schüttelt den Kopf und schiebt sich durch die Öffnung.

Sawyer beugt sich hinunter ins Wasser und will ihm schon hinterher, als sie jemand an der Schulter berührt. Sie sieht auf. Es ist Carl, der ihr die Beretta hinhält.

»Der Bursche hat recht, ihr werdet sie brauchen. Aber ich denke, es ist am besten, wenn du sie hast. Behalt es für dich. Falls du dich damit gegen einen von ihnen verteidigen musst.«

Sawyer zögert, nimmt dann aber die Pistole. »Danke.«

Carl nickt ihr freundlich zu. »Und jetzt verpisst euch, damit ich hinter dir dichtmachen kann.«

Sie dreht sich wieder zur Öffnung und krabbelt hindurch, aber noch bevor sie es geschafft hat, hört sie schon Carls Befehle an die anderen, das Loch wieder zu schließen.

Sechzehn

03:45 Uhr

Ich krabble durch das Loch in der Barrikade, wobei ich mit dem Mund ins warme Wasser tauche, und komme an einem Gang heraus, der identisch zu dem außerhalb von Einheit 1 ist. Er reicht ungefähr fünfzehn Meter sowohl nach links als auch nach rechts, von wo es weiter zu den Belegschafts- und Häftlingskorridoren geht. Vor mir befinden sich Türen zu Büros und diversen Räumlichkeiten sowie zu der verstärkten Tür, durch die es zur Sicherheitsschleuse von Einheit 2 geht. Viele Türen, viele Gänge. Ich hab die Schnauze voll davon.

Ich kann Geschrei und Gebrüll aus Einheit 2 hören. Felix kommt neben mir auf die Beine und bedenkt mich mit einem »Hab's dir doch gesagt«-Blick, als auch er die Kampfgeräusche hört.

»Guck mich nicht so an«, blaffe ich. »Glaubst du, ich wollte die Waffe abgeben?«

»War die einzige Möglichkeit«, grummelt Sawyer, die sich gerade aus der Öffnung zieht.

»Stimmt nicht«, meint Felix. »Gewalt war noch 'ne Option. Gewalt löst viele, viele Probleme.«

»Und sorgt für noch mehr«, behauptet Sawyer.

»Wie? Die Knacker waren alle fast achtzig Jahre alt. Hätte ich in Carls Richtung gepfiffen, wären seine Knochen zerbröselt.« Er sieht mich an. »Warum hören wir auf sie? Ist sie jetzt auf einmal der Chef?«

»Warum bist du so besessen davon, wer hier der Boss ist?«, fragt Sawyer. »Niemand ist der Boss. Ich hab einen schnellen Ausweg aus der Situation erkannt und ihn genutzt. Die Uhr tickt, falls du das noch nicht begriffen hast. Und jetzt hör auf, hier rumzubitchen. Du bist so taff, du brauchst keine Waffe. Bin mir sicher, dass du alles, was noch passiert, auch so handeln kannst.«

Felix schaut sie überrascht an. Ich muss fast lachen, aber andrerseits gebe ich Felix recht. Ohne Waffe fühle ich mich ziemlich nackt, und es hört sich an, als würden wir in ein Kriegsgebiet vorrücken.

Wir nähern uns der Tür zur Sicherheitsschleuse. Ich ziehe sie gegen das ansteigende Wasser auf und halte inne, überrascht, dass das Geschrei und Gebrüll nicht viel lauter wird. Ich wechsle einen verwirrten Blick mit den beiden anderen und ziehe die Tür ganz auf. Dahinter liegt der Korridor, und am gegenüberliegenden Ende ist die Tür geöffnet, die in Einheit 2 führt.

Soweit ich das überblicken kann, liegt Einheit 2 verlassen da.

Wir bewegen uns vorsichtig daran vorbei und schauen hinein. Einheit 2 ist tatsächlich leer.

Aber verschont wurde sie nicht.

Überall sind Leichen. Sie treiben durchs Wasser, sind auf den sechseckigen Tischen drapiert oder hängen vom Geländer der ersten Etage.

»Jesus«, murmelt Felix.

Die meisten Leichen sind Weiße; es finden sich auch dunklere Hauttöne unter ihnen, aber ich würde sagen, siebzig Prozent sind weiß. Das bedeutet, die Woods haben ordentlich Federn gelassen.

Ich mache nervös einen Schritt in den Freizeitbereich und warte, um zu sehen, ob irgendwas passiert.

Nichts.

Dennoch wird eine Sache ganz deutlich. Der Lärm, den wir hören, kommt aus Einheit 3. Und es klingt nicht so wie Schmerzensschreie, sondern eher wie das Gebrüll bei einer Sportveranstaltung.

Wir waten durchs Wasser, vorbei an den Leichen, die ich mir dabei genauer anschauen kann. Stichwunden, Prellungen, durchgeschnittene Kehlen … einige Gesichter sind derart verunstaltet, dass sie nichts Menschliches mehr haben.

Felix erreicht die Tür vor mir und öffnet sie einen Spalt. Er spinkst hindurch und zieht sie dann ganz auf. Das gleiche Bild wie bei den beiden Einheiten zuvor: vor uns ein leerer Korridor mit der Tür zur Sicherheitsschleuse von Einheit 3, etwa drei, vier Meter vor uns.

Hier ist das Gebrüll und Geschrei viel lauter. Ich kann ein einzelnes Wort heraushören, das immer wieder erklingt: »Bloods, Bloods, Bloods!«

Weiter wie bisher. Durch die Sicherheitsschleuse und kurze Pause an der Tür. Felix öffnet sie etwas, und das Gebrüll explodiert in die Passage. Erinnert mich an einen Boxkampf.

Er lugt hindurch, dann tritt er zur Seite, damit Sawyer und ich einen Blick hineinwerfen können.

Alles, was ich sehen kann, sind die Rücken der Häftlinge, die sich gegenseitig rumschubsen und anrempeln, um zu sehen, was sich in der Mitte des Freizeitbereichs abspielt. Sie johlen und schreien, die Fäuste in die Luft gereckt. Weitere Häftlinge lehnen sich oben an die Geländer und starren lachend und anfeuernd hinunter.

Der Haufen steht so dicht gedrängt, dass ich mir tatsächlich eine Chance ausrechne. Wenn wir außen um die Zuschauer herumkommen, können wir vielleicht zur Tür auf der anderen Seite gelangen, während jedermanns Aufmerksamkeit von dem gefesselt ist, was sich auch immer da abspielt.

»Sollen wir wirklich einfach da durchmarschieren?«, flüstert Sawyer. Sie versucht noch nicht einmal, die Angst in ihrer Stimme zu unterdrücken.

»Bin für Vorschläge offen.«

»Es gibt keine«, sagt Felix. »Okay, ich schlag Folgendes vor: Ich gehe als Erster. Nichts für ungut, aber ihr zwei fallt auf. Wenn sie mich schnappen, brüll ich irgendwas, damit ihr wisst, dass ihr mir nicht nachkommen sollt. Wenn nicht, folgt ihr mir.«

»Was schreist du?«, frage ich.

»Keine Ahnung, kommt drauf an. Vielleicht so etwas wie: ›Warum stichst du auf mich ein, Arschloch?‹«

Er schlüpft durch die Tür, geht links um die Häftlinge herum und verschwindet aus meinem Sichtfeld. Sawyer und ich warten und spitzen die Ohren, ob wir ihn schreien hören.

»Glaubst du, wir schaffen es?«, frage ich.

»Du?«

»Wenn der Sturm vielleicht noch eine Stunde länger brauchen würde, vielleicht. Aber ehrlich, ich glaub, das Gebäude stürzt ein, bevor das Auge des Hurrikans uns erreicht.«

»Wenn du das glaubst, warum versuchst du es überhaupt?«

»Was soll ich sonst tun? Der Mensch braucht ein Lebensziel, oder? Einige wollen es bis zum Konzernchef gebracht haben, bevor sie dreißig sind. Manche wollen drei Kinder und einen Lattenzaun. Ich will Wright und Tully, und ich will sie eigenhändig töten.«

»*Das* ist es? *Deshalb* machst du weiter?«

»Das ist es«, sage ich heiter.

»Constantine … Alles okay mit dir? Du agierst ziemlich komisch, seit du aus der Waffenkammer zurück bist.«

»Wie … komisch?«

»Keine Ahnung. Glücklich, würde ich sagen. Euphorisch.«

»Ich hab in Zenmanier akzeptiert, was gerade ist.«

»Was zum Teufel soll das jetzt wieder bedeuten?«

Ich zucke mit den Schultern. »Was ich gesagt habe.«

Ich vermute mal, Felix muss es mittlerweile auf die andere Seite geschafft haben. Kein warnender Schrei aus seinem Mund, also können wir gehen.

»So wie bei Felix«, sage ich. »Ich gehe zuerst. Spitz die Ohren, ob ich schreie.«

Ich betrete den Freizeitbereich. Das Geschrei und die Anfeuerungen schwellen an. Von der Menge geht ein animalisches Brausen aus, ein Blutdurst, der sie kaum noch menschlich wirken lässt.

Ich gehe geduckt, während ich mich am Rand der Menge vorbeischmuggle, halte mich an der Wand und versuche aus dem Sichtfeld derjenigen zu bleiben, die oben von der Empore heruntergucken.

Keine Spur von Felix, eine gute Neuigkeit, zumindest für ihn. Er fügt sich gut ein.

Ich frage mich, was er wohl macht, wenn ich geschnappt werde. Würde es ihm nicht übel nehmen, wenn er mich hängen ließe. Total sinnlos, wenn er zusammen mit mir draufgeht, aber ich würde dennoch gern wissen, ob er zu mir steht. Reine Neugier.

Die Menge steht dichter, je weiter ich in den Raum vordringe, und sie stehen jetzt so, dass ich mich an der Wand vorwärtsbewegen muss. Man rempelt mich an, Ellbogen treffen mich, aber niemand sieht sich um, um zu sehen, wen er da gerade erwischt hat.

Ich bin etwa acht Meter von der Tür entfernt, als die Menge laut aufbrüllt und die Häftlinge alle wild rumspringen, als gäbe es was zu feiern. Ich werde gegen die Wand gedrückt, und ein Ellbogen trifft mich am Kopf. Ich schubse instinktiv zurück, härter, als ich eigentlich will. Der Typ stolpert nach vorn und wirbelt dann herum, um sich zu wehren.

Scheiße.

Er starrt mich überrascht an, als ich mich langsam aufrichte.

»Hey!«, schreit er. »Schaut mal, wen ich da gefunden hab. Ein kleiner weißer Hosenscheißer, der sich vorbeischleichen will.«

Die Meute dreht sich um, will sehen, was da los ist. Es sind nur noch Sekunden, bevor ich gepackt und zur Mitte des Raums gezerrt werde.

Ich presche nach vorn, zwänge mich durch die Menge und komme an einem der Tische zu stehen. Endlich kann ich sehen, worum sich das ganze Spektakel dreht. Die Häftlinge umstehen einen offenen Bereich, wo zwei Insassen gerade gegeneinander kämpfen. War eigentlich klar.

Jeder sieht mich an, selbst die zwei Kämpfer.

Jesus! Ich schaue mir die beiden Kämpfer genauer an: Es sind Travis und Deacon, beide von den Woods.

Ich hab sie seit der Reinigungsaktion heute Morgen nicht mehr gesehen. Sie wirken beide erschöpft.

Tiefe Stiche und Risswunden bedecken ihre Gesichter, von denen das Blut ins Wasser tropft.

»Mr. Constantine«, erklingt eine Stimme.

Ich schaue nach oben, wo ein Häftling namens Dexter sich über die Brüstung lehnt. Er ist ein Blood, auch wenn ich glaube, dass er niemals zu den Anführern gehört hat. Er war ein Leutnant, der genau das tat, was man ihm sagte. Aber angesichts der Art und Weise, wie jeder hier ihm seine ganze Aufmerksamkeit schenkt, ist er jetzt der Boss.

»Willkommen in unserem Gerichtssaal«, sagt er.

Ich sehe mich um. An einer Seite liegen Leichen, allesamt Woods. »Sieht mehr wie ’ne Hinrichtungsstätte aus.«

Dexter zuckt mit den Schultern. »Sagst du, Weißbrot. Ich sage: Wiedergutmachung für tausend Jahre Unrecht, begangen am schwarzen Mann.«

»In Ordnung …«

»Aber keinen Stress. Du kommst auch noch an die Reihe, um dich für die Sache aufzuopfern.«

»Hab’s nicht so mit Wohltätigkeitsarbeit.«

»Schon okay. Du kannst dich auch einfach hinstellen und töten lassen. Kommt für mich aufs Gleiche raus.«

Dexter widmet sich wieder Travis und Deacon. Travis wird klar, dass der Kampf gleich wieder losgeht, und er zögert nicht lange. Er kommt vor, springt über einen der Tische und wirft sich auf Deacon.

Erneut brechen Jubel und Geschrei aus.

Deacon dreht sich blitzschnell um und reißt einen Arm hoch, sodass er Travis mitten im Flug erwischt. Sie stoßen zusammen, und Travis' Arm hebt und senkt sich, hoch und runter, hoch und runter. Er hat etwas aus Plastik in der Hand. Eine angespitzte Zahnbürste, wie's aussieht. Deacon nutzt Travis' Schwung, um ihn umzudrehen und auf einen Tisch zu knallen. Dann versucht er, Travis gegen die Kehle zu schlagen.

Travis rollt vom Tisch, landet im Wasser und schnellt hoch. Er ist ein drahtiger Typ, sehr schnell.

Das Geschrei und die Anfeuerungsrufe sind jetzt ohrenbetäubend.

Deacon schwankt. Das Adrenalin hat dafür gesorgt, dass er die Stichwunden zunächst nicht bemerkt hat, aber jetzt schaut er an sich runter. Ungefähr zehn kleine Einstichstellen zeigen sich seitlich an seinem Körper, aus allen strömt Blut.

Travis grinst und geht erneut auf ihn los. Er springt in die Luft und kickt Deacon gegen die Brust, sodass beide im Wasser landen. Travis kommt auf alle viere, packt sich dann den strauchelnden Deacon und rammt ihm die angespitzte Zahnbürste in den Hals.

Jesus! Ich zucke zusammen, als die Lautstärke der Menge noch zunimmt. Häftlinge schreien vor Vergnügen, andere verfluchen und beschimpfen Deacons Leiche. Kleine Papierfetzen wechseln den Besitzer. Sie wetten auf die Kämpfe, und Gott weiß, was sie als Währung nutzen.

Dexter hebt seine Hände, und die Bloods werden nach und nach ruhig.

»Wir haben einen neuen Herausforderer!«, brüllt er. »Jack Constantine. Ex-Bulle, Ex-Soldat, Ex-Ehemann …« Ich verspanne mich, als daraufhin einige Lacher ertönen. »Ein krasser Typ, ich denke, dem können wir alle zustimmen. Jemand, der gern so tut, als wär er ziemlich cool. Hab ich recht?«

Mehr Anfeuerungsrufe. Die Bloods, die mir am nächsten stehen, schubsen mich spöttelnd, und ich torkle ein paar Schritte in den ausgesparten Kreis.

»Nun werden wir sehen, was ihm all die Erfahrung gebracht hat. Aber … man soll nicht behaupten, ich wäre unfair. Da unser Freund hier etwas Übung mitbringt, sollten wir für mehr Chancengleichheit sorgen.«

Er hebt zwei Finger und zeigt damit auf jemanden in der Menge. Die Bloods bilden eine Art Passage, und zwei Männer werden in den Kreis geschubst.

Ich hab sie schon mal gesehen. Sanchez und Jensen, keine Woods, glaube ich, sondern Ñetas. Sie sind beide bewaffnet. Sanchez hat ein Brotmesser, während Jensen etwas in der Hand hält, das so aussieht wie der Teil eines Bürostuhls, ein langes Metallstück mit dem Fahrgestell dran. Ziemlich stumpf, aber es reicht, mir den Schädel einzuschlagen, wenn er damit meinen Kopf trifft.

Die zwei tauschen einen Blick und teilen sich dann auf, um mich von zwei Seiten anzugreifen. Ich schau mich verzweifelt um. Die meisten Häftlinge um uns herum sind bewaffnet, und ich versuche, einem von ihnen eine Metallstange zu entreißen, aber er hält sie fest. Diejenigen, die neben ihm stehen, schlagen und schubsen mich, bis ich gezwungen bin loszulassen.

Ich drehe mich in dem Moment um, als Sanchez auf mich losgeht, wobei er mit dem Messer in der Luft rumfuchtelt, als wär er ein Ninja oder so was. Lächerlich. Ich warte, bis er in Reichweite ist, täusche einen Schlag an, worauf er sofort seinen Kopf zurückzieht, und trete ihm dann in die Eier.

Er klappt nach vorn und ich setze mit einem schnellen Jab nach. Aber statt zu Boden zu gehen, keilt er blindlings mit dem Messer aus.

Ich lehne mich zurück. Das ist doch Bullshit. Ich brauch 'ne Waffe. Ich mache einen Ausfallschritt zu dem Häftling, der mir am nächsten steht, schlag ihm gegen den Kehlkopf. Er hält eine kleinere Version von dem Hackmesser, das Ramirez mit sich rumgetragen hat. Ich reiß es ihm aus der Hand, wirble herum und schaff es gerade noch so, einen Hieb von Sanchez zu blocken.

Ich schubs ihn von mir weg und lasse das Hackmesser auf seinen Unterarm sausen. Ich treffe ihn mit der stumpfen Seite, und ich höre, wie der Knochen bricht. Sanchez schreit auf, lässt das Messer fallen und sinkt auf die Knie.

Jensen ist verschwunden, und es gibt nur einen Ort, an dem er sein kann. Ich wirble erneut herum und schlage wieder mit der stumpfen Seite der

Klinge auf seine Luftröhre. Er geht zu Boden, würgt und schnappt nach Luft.

Etwas hat sich am Lärmen der Menge verändert wie ein plötzliches Atemholen. Ich rausche herum und geh in die Hocke – Sanchez' Messer durchschneidet die Luft, wo ich gerade noch gestanden hab.

Er tritt mich, und ich falle der Länge nach hin und verliere das Hackmesser. Sanchez versucht, mir ins Gesicht zu treten, aber ich kann seinen Fuß packen und ihn drehen, bevor ich ihn so kräftig wie möglich zurückschubse. Er landet auf seinem Hintern und krabbelt herum, um das Hackmesser zu suchen.

Ich höre, wie er laut platschend zurückkommt. Meine Finger umgreifen den Griff, und ich rolle mich auf den Rücken, such meine Chance und reiß die Waffe nach oben.

Die Klinge trifft Sanchez genau in der Stirn. Er stoppt abrupt, und das Geschrei und die Anfeuerungsrufe verstummen. Jeder starrt auf Sanchez, der einfach dort … steht.

Dann bahnt sich ein Rinnsal Blut den Weg mitten durch sein Gesicht. Er kippt nach vorn und klatscht ins Wasser.

Die Menge kreischt, lacht und johlt. Ich komme schwerfällig auf die Beine …

… als mich etwas am Rücken trifft!

Ich stöhne vor Schmerz auf und stolpere vorwärts, wobei ich mich etwas umdrehe, genau rechtzeitig, um den zweiten Schlag von Jensen abzuwehren.

Ich werfe mich auf Sanchez und reiße das Hackmesser aus seinem Schädel, dann spring ich auf und ramme es Jensen in die Rippen, als er auf mich zugelaufen kommt. Er schreit und fällt auf die Knie. Blut blubbert aus einer klaffenden Wunde an seiner Seite.

Die Menge skandiert: »Mach ihn kalt! Mach ihn kalt!«

Ich zögere und versuche, wieder zu Atem zu kommen. Ich schaue hoch zu Dexter, der darauf wartet, was ich tun werde.

Drei Schüsse hallen durch den Raum. Panik bricht aus, als die Menge versucht, sich zu zerstreuen, unsicher, von wo die Gefahr herrührt.

Dann fliegt etwas in die Mitte des Raums, wobei weißes Pulver überall verteilt wird. Die Häftlinge schieben und schubsen sich, um wegzukommen. Das Objekt prallt von einer Wand ab und schießt an Dexter vorbei, wobei es ihn seitlich am Kopf die Haut wegstreift. Er geht wimmernd zu Boden.

Ich krabble in die Menge und halte mich tief. Es ist das totale Chaos, während sich das weiße Pulver im Raum verteilt. Ich halte auf die Tür zu, die aus der Einheit rausführt, und schubse Häftlinge weg, die mir im Weg stehen.

Ich erblicke Sawyer zu meiner Linken, die an der Wand entlang zur Sicherheitsschleuse sprintet.

Die »Rakete« klatscht ins Wasser, dreht sich und

dreht sich und versprüht immer noch weißes Pulver. Plötzlich wird mir bewusst, dass es ein Pulverfeuerlöscher ist, der ein Loch hat. So einfach ist das.

Ich halte die Tür auf, als Sawyer an mir vorbeisprintet, dann hol ich den Schlüssel aus meiner Hosentasche und schiebe die Tür zu.

Einige der Häftlinge wollen ebenfalls durch die Tür, aber Felix ist da und hält den Griff hoch, während ich den Schlüssel ins Schloss ramme und die Tür abschließe.

Ich atme zitternd aus und lass mich ins Wasser sinken, den Rücken gegen die Tür gelehnt.

»Bist du okay?«, fragt Felix.

»Was glaubst du?«

»Ich glaube, dass du verdammt glücklich sein kannst, noch am Leben zu sein.«

»Yeah. Etwas Hilfe wäre nicht schlecht gewesen.«

»Du hattest es im Griff, ich hab zugeschaut.«

Ich sehe Sawyer an. »Danke, schnell reagiert.«

»Kein Problem.« Sie hält die Waffe hoch. »Beziehungsweise kleines Problem: Da waren nur drei Patronen im Magazin. Ich hab sie alle drei verschossen.«

Felix schnappt sich die Waffe. »Wo zum Teufel hast du die her?«

»Carl hat sie mir zurückgegeben. Mochte mich wohl irgendwie.«

»Und du hast alle Kugeln verballert?« Er lässt das Magazin rausgleiten und starrt konsterniert hinein.

»Ich wusste nicht, dass nur noch drei drin waren.«

»Wir auch nicht«, sage ich schwerfällig. »Spielt jetzt keine Rolle mehr.«

Felix rammt das Magazin wütend in die Pistole und wirft die Beretta in den Korridor. Sie fliegt durch die Luft und landet mit einem Klatscher im Wasser.

»Was zum Teufel machst du, Mann? Vielleicht finden wir irgendwo noch Munition.« Ich schiebe mich hoch und wate durchs Wasser, auf die Tür zu, die zum Häftlingskorridor führt.

»Lass sie liegen«, ruft Felix. »Wir werden nirgends Munition finden.«

Ich ignoriere ihn und taste im Näherkommen zur Tür mit den Füßen im Wasser herum. Meine Fußspitze trifft auf etwas Schweres, und ich bücke mich, um es zu greifen.

Und während ich das mache, fällt mir etwas ins Auge. Das Wasser scheint von mir wegzufließen, hin zur Tür.

Ich gehe näher und sehe, dass die Tür nach innen geschoben wurde. Zwischen Tür und Rahmen klafft ein Spalt.

Ich runzle die Stirn, stelle mich auf und halte meine Hand vor den Spalt – da ist ein Zug, aber nicht viel. Ich drücke sachte gegen die Tür, und sie öffnet sich nach innen.

Das Geräusch des Sturms wird lauter. Ich kann Windböen spüren, aber nicht so, als wäre der ganze

Korridor da draußen zerstört. Ich öffne die Tür noch etwas mehr. Immer noch nichts. Kein Wind, der mich ins Verderben reißt. Keine Regengüsse.

Ich bin verwirrt, denn Felix meinte ja, der Korridor wär zerstört. Ich ziehe die Tür weiter auf. Alles scheint intakt, dunkel, aber trocken.

Ich höre Sawyer rufen, kann aber nicht hören, was sie sagt. Wahrscheinlich, dass ich keine Dummheiten anstellen soll. Ich ignoriere sie und betrete den Korridor. Von links trifft mich der Wind und schiebt mich vorwärts. Ich stemme mich dagegen und drehe mein Gesicht in den Wind.

Die Wand zu meiner Rechten – die Außenmauer des Gefängnisses – ist zwar noch intakt, aber der Länge nach eingestürzt. Sie lehnt gegen die Wand zu meiner Linken und bildet eine Art dreieckigen Durchgang.

Ich ducke mich und blicke in die Dunkelheit. Da vorn ist eine Blockade. Ich gehe in die Hocke und berühre die abgeschrägte Wand über meinem Kopf. Felix hatte recht. Der Korridor ist zerstört, überall liegen Trümmerteile und Ziegel herum, und rausgebrochene Brocken blockieren den Weg. Der Wind pfeift durch unsichtbare Löcher in mein Gesicht. Ich drücke sanft gegen den Trümmerhaufen, aber nichts bewegt sich.

Ich drehe mich um und schaue nach rechts. Ich kann von hier nichts sehen, aber wenn der Korridor nach Norden weiterführt, könnten wir Kincaid umgehen und müssten nicht durch Einheit 4.

Geduckt gehe ich weiter, blindlings meinen Weg ertastend, während mein Kopf an der geneigten Wand entlangschabt. Ich zähle zwanzig Schritte, als ich über etwas im Wasser stolpere, sodass ich fast aufs Gesicht knalle. Ich strecke meine Hände aus, um das Gleichgewicht wiederzuerlangen, und stoße auf etwas.

Scheiße, der Tunnel ist blockiert!

Ich strecke mich und taste über die heruntergefallenen Trümmerteile. Sie reichen bis zur Decke, doch es zieht irgendwo. Das ist schon mehr, fast schon ein ständiger Windhauch.

Ich folge dem Luftstrom hin zu einem Loch im Schutthaufen, dann geh ich auf die Knie und blicke hindurch. Auf der anderen Seite ist Licht. Ich stecke meinen Arm hinein, weil ich wissen will, wie breit der Trümmerhaufen ist. Ich kann den Wind an meinen Fingern spüren, greif nach oben, nach unten, aber alles, was meine Hände ertasten, ist kaltes Metall und noch mehr Backstein.

Ich überlege kurz, an dem Schutthaufen herumzudrücken, vielleicht kann ich das Hindernis ja so beseitigen, aber ich schaffe es gerade noch, mich zurückzuhalten. Das ist die Art von Überlegungen, die dich den Kopf kosten. Am besten ist es, zu Felix und Sawyer zurückzukehren.

Ich ziehe meinen Arm raus – doch plötzlich verrutschen die Backsteine, begleitet von einem schrillen Geräusch von Beton, das um mich widerhallt.

Ich erstarre.

Das Geräusch verstummt. Langsam ziehe ich meinen Arm zu mir.

Der ganze Haufen gerät in Bewegung, und etwas sehr Schweres klemmt meinen Arm ein!

Ich versuche ihn noch rauszureißen, aber ich weiß bereits, dass es zu spät ist. All der Schutt würde nur noch mehr absinken.

Jesus Christus! Bitte sag mir nicht, dass das gerade passiert ist!

Ich ziehe noch mal sanft, aber ich spüre, wie der Beton in meine Haut schneidet.

»Hey!«, schreie ich. »Leute!«

Nichts. Wo stecken die, verdammt?

Siebzehn

04:10 Uhr

Sawyer sieht, wie Constantine durch die Tür zum Häftlingskorridor verschwindet, dann wirft sie Felix einen schockierten Blick zu. »Äh ...?«

»Guck mich nicht so an! Ich hab den Korridor vom Admin aus gecheckt, da führte kein Weg hinein.«

»Sieht so aus, als gäb es jetzt einen.«

Felix' Miene hellt sich auf. »Nun ... das ist doch gut für uns, dann müssen wir nicht da durch.« Er weist mit der Hand nach rechts, erstarrt aber plötzlich. »Verfickte Scheiße!«

Sawyer folgt seinem Blick und entdeckt zwei Männer, die am Eingang zur Einheit 4 stehen.

Zwei Männer mit jeweils einer Beretta-M9-Pistole in der Hand!

»Felix«, sagt einer von ihnen und nickt ihm zu, als wäre er ein alter Freund.

Felix seufzt. »Cassidy. Putzmunter, hm?«

»Immer noch putzmunter.« Cassidy signalisiert

mit der Waffe, dass sie zu ihnen kommen sollen. »Warum begeben wir uns nicht in das Büro von Kincaid? Ich bin mir sicher, dass sich der Big Boss mit euch unterhalten möchte.«

Sawyer sieht Felix an. Er nickt kaum merklich, aber mit dringlicher Miene in Richtung von Einheit 4, und sie versteht. Sie müssen aus dem Korridor raus sein für den Fall, das Constantine zurückkommt. Solange sie ihn noch nicht geschnappt haben, kann er vielleicht was unternehmen, um ihnen zu helfen.

Cassidy nickt ihr freundlich zu, als sie sich nähert. »Wir hatten noch nicht die Gelegenheit, uns ordentlich vorzustellen. Ich bin Cassidy, das ist Veitch.«

Der andere Typ führt den Lauf der Waffe an seine Stirn, als würde er eine Hutkrempe antippen.

»Wenn Sie so freundlich wären ... hier entlang.« Sie machen einen Schritt zur Seite und lassen Felix und Sawyer durch die Sicherheitsschleuse vorgehen; die Tür am anderen Ende steht offen. »Bis ganz nach hinten durch, bitte.«

Sawyer und Felix gehen durch die Tür, die in Einheit 4 führt.

Zwei Männer sitzen sich in der Mitte des Aufenthaltsraums gegenüber an einem Tisch, sodass sie für jeden zu sehen sind.

Kincaid lümmelt sich neben ihnen auf einem Stuhl. Er sieht ... *gelangweilt* aus, doch als er die Neuankömmlinge bemerkt, kommt kurzzeitig etwas Leben in seine Augen. Der Moment ist schnell vorbei, als er erkennt, dass lediglich Cassidy und Veitch hinter den beiden Einheit 4 betreten.

»Wo ist Constantine?«

»War nicht bei ihnen«, sagt Veitch.

»Er ist tot«, behauptet Felix schnell. »Einer von Castillos Leuten – Ramirez – hat ihn umgelegt.«

Kincaid starrt ihn an und versucht herauszufinden, ob er die Wahrheit sagt. Sawyer scannt mit einem schnellen Blick den Aufenthaltsraum. Er ist weitestgehend leer, mal abgesehen von den zwei Typen und einem Haufen verängstigter Häftlinge, die in einer der unteren Zellen zusammengepfercht sind. Sie scheinen nichts gemein zu haben, außer vielleicht den furchtsamen Ausdruck in ihren Gesichtern. Alle Rassen sind vertreten, einige sind Gangmitglieder, andere wiederum nicht, einige sind in den Sechzigern, andere sehen kaum älter aus als Teenies. Keiner von ihnen macht den Versuch, aus der Zelle zu treten, auch wenn deren Tür weit offen steht.

Sawyers Herzschlag beschleunigt sich, als sie sich die zwei Männer am Tisch genauer ansieht. Ein veralteter Revolver liegt zwischen ihnen. Überall am Tisch klebt Blut, einiges bereits geronnen und älter, aber einiges ist noch frisch und tropft über die Tischkante ins Wasser.

Kincaid wendet ihr seine Aufmerksamkeit zu. »Ich war nicht sicher, ob mich meine Augen trügen. Du weißt schon, das Alter, es macht sich bei jedem von uns bemerkbar. Ich dachte, das kann doch keine

Frau sein, die da mit Constantine rumläuft. Und dennoch – da bist du!« Er kichert. »Ich wette, du hattest eine höllische Nacht.« Er steht auf und kommt näher.

Sawyer versteift sich, als er sich hinter sie stellt und sich vorbeugt, um ihren Geruch aufzunehmen, indem er sie wie ein Tier beschnüffelt.

»Wie kannst du immer noch so gut riechen, nach all dem, was passiert ist?«

Einer von den Männern am Tisch will etwas sagen. »Kincaid …«

Kincaid dreht sich zu ihm. »Ja, du möchtest dich zu Wort melden?«

Der Mann nickt dankbar. Kincaid tritt von Sawyer weg hin zu dem Tisch, und dort angekommen, nimmt er ganz lässig den Revolver in die Hand – und schießt dem Mann in den Kopf!

Sawyer schreit entsetzt auf, als der Körper seitlich ins Wasser klatscht.

Kincaid bricht in Gelächter aus. »Jesus, das ist mal ein Unglücksrabe.«

Er hält die Waffe Veitch hin, der sie nimmt und eine Patrone in eine der Kammern steckt.

»Woher habt ihr die?«, fragt Felix.

»Aus dem Büro des Sheriffs. Hast du nie gesehen, dass er das Ding immer in seinem Holster mit sich rumgetragen hat? Der Typ ist in der Vergangenheit stecken geblieben, hat wohl gedacht, er wär im Wilden Westen oder so.«

Veitch gibt Kincaid die Waffe zurück. Der dreht

die Trommel und lässt sie dann wieder in die Waffe einrasten. »Bring 'nen anderen.«

Cassidy und Veitch eilen zur Zelle, in der die Häftlinge sich gegenseitig schubsen und miteinander kämpfen, um so weit wie möglich außer Reichweite zu sein. Ein dünner Typ wird nach vorn geschubst, etwa Anfang zwanzig. Er schluchzt und bettelt sie an, jemand anderen zu nehmen.

Kincaids Männer ignorieren das Geflenne und ziehen ihn zum Tisch. Cassidy schiebt ihn auf die Bank, während Veitch den Leichnam greift und ihn zu der Treppe zieht, die zur ersten Ebene führt.

Sawyer beobachtet ihn, wie er den Körper hinter die Treppe schleift. Ihre Augen weiten sich – dort liegen bereits mehrere Leichen zu einem Haufen aufgetürmt. Es müssen ungefähr zwanzig sein.

Kincaid reicht dem dünnen Insassen den Revolver. »Ich denk mal, du hast mittlerweile begriffen, wie's geht.«

Der junge Mann nimmt den Revolver mit zittrigen Fingern und sieht den Typen vor ihn an. Der ist älter, offenbar mexikanischer Herkunft. In seinen Augen steht nicht diese Angst geschrieben, er sieht wütend aus.

»Los geht's«, sagt Kincaid, der immer noch beim Tisch steht. »Wir haben nicht den ganzen Tag Zeit. Tu's, oder ich mach's für dich.«

Der junge Mann führt den Revolverlauf langsam an seine Schläfe. Seine Hände zittern so stark, dass Sawyer sich fragt, wie es ihm gelingt, die

Waffe nicht fallen zu lassen. Kincaid steht nur einen halben Meter entfernt zwischen den beiden Männern.

Plötzlich schwingt der junge Mann die Waffe herum, zielt damit auf Kincaid und drückt ab.

Die Waffe macht *klick*.

Kincaid zuckt nicht mal mit der Wimper, während Cassidy einen Satz nach vorn macht und den Arm des Häftlings packt. Er wendet sich grinsend an Veitch. »Wie viel sind's jetzt?«

»Vier.«

»Vier von wie viel? Zwanzig?«

»Neunzehn.«

»Neunzehn? Scheiße. Ich glaub, ich bin 'n Glückspilz.«

Cassidy packt die Hand des Mannes fest und biegt den Arm, bis die Revolvermündung wieder auf dessen Schläfe gerichtet ist.

»Das wär jetzt ziemlich dämlich, wenn da jetzt die Kugel in der Kammer ist, was?«, sagt Kincaid.

Sawyer will das nicht mit ansehen und wendet den Blick ab.

Erneut schlägt der Hammer des Revolvers auf eine leere Kammer.

Der junge Mann schluchzt wieder und bettelt Kincaid an, jemand anderen zu nehmen.

»Entweder du drückst ab, oder ich schieß dir in den Bauch und lass dich langsam verbluten!«, grollt Kincaid. »Ich geb dir drei Sekunden. Eins …«

Der junge Mann schließt fest die Augen.

»Zwei …«

Sein Finger krümmt sich um den Abzug.

»Drei.«

Der Schuss hallt durch den Aufenthaltsraum, und Blut und Schädelteile spritzen durch den Raum.

Der junge Bursche fällt ins Wasser.

Kincaid sieht den anderen Mann am Tisch an. »Bist du sicher, dass du 'n Mex bist? Verarschst du uns auch nicht? Denn du hast ein Glück, wie es sonst nur die Iren haben. Steh auf!«

Der Angesprochene schaut ihn verwirrt an.

»Steh auf, zurück in die Zelle! Warum zum Teufel starrst du mich so an? Geh!«

Der Mexikaner steht hastig auf, stolpert über seine eigenen Beine und klatscht in der Eile der Länge nach ins Wasser. Er drückt sich wieder hoch und huscht zurück zur Zelle, wo er sich so tief wie möglich zwischen die zusammengepferchten Körper drückt.

Kincaid wendet sich an Sawyer und Felix. »Ihr seid dran.«

Veitch schiebt Sawyer nach vorn, die stolpert und sich am Tisch auffängt. Cassidy probiert es bei Felix, aber der riesige Kerl rührt sich keinen Millimeter.

Kincaid seufzt. »Jesus, muss denn alles immer so schwer sein? Setz dich hin, oder ich schieß der Frau einfach ins Gesicht.«

Veitch greift Sawyers Arm. Sie versucht, ihn abzuschütteln, aber er schlägt ihr ins Gesicht, immerhin so hart, dass Sternchen vor ihren Augen tanzen. Dann drückt er ihr so stark auf die Schulter, dass es schmerzt, und zwingt sie auf den Stuhl.

Felix setzt sich ihr widerwillig gegenüber, und Kincaid gibt ihm den Revolver. »Du zuerst.«

Felix nimmt den Revolver. Er blickt Veitch und Cassidy an, dann Kincaid.

»Ich würde es mir sehr genau überlegen«, mahnt Kincaid.

Sawyer schüttelt den Kopf, um ihn wieder klar zu bekommen. Sie starrt wirr um sich, auf Felix, auf Cassidy, auf Veitch. Für einen Augenblick hat sie dieses absolute Gefühl der Selbstentfremdung, als würde sie neben sich stehen. Was zum Teufel passiert gerade? Warum ist sie hier? Alles fühlt sich so surreal an. Sie spürt, wie ihr Atem in kurzen Stößen geht. Panik wallt in ihr auf, aus den Tiefen ihrer Seele, und macht sich in ihrem Oberkörper breit, den die Beklemmung fest im Griff hat. Tränen treten ihr in die Augen und trüben die Sicht auf Felix, der ihr gegenübersitzt. Das ist nicht fair. All das ist nicht fair.

Ein lauter Schlag ertönt über ihnen, ein schwerer Rums, dann ein krachendes Geräusch.

Sawyer springt auf, vor Angst wimmernd, aber sie kann ihren Blick nicht von Felix lösen. Und während jeder andere nach oben starrt, um sicherzugehen, dass die Decke nicht einstürzt, ruht sein Blick auch auf ihr.

Dank seinem unverrückbaren Blick gewinnt Sawyer neue Kraft, und sie wischt sich schnell über die Augen. *Reiß dich zusammen. Zeig verdammt noch mal keine Schwäche. Du stehst das hier durch.*

Fast muss sie hysterisch lachen. Warum? Sie werden niemals hier rauskommen. Constantine hatte recht, sie hat sich jedes Mal als naive Idiotin erwiesen. Sie alle werden hier heute Nacht sterben. Das Einzige, was sie noch kontrollieren kann, ist das Maß an Würde, das noch von ihr übrig ist, jetzt, da der Zeitpunkt gekommen ist.

Sie strafft sich, starrt Felix an. Das knallende Geräusch bewegt sich vom Dach weg irgendwo hinunter in den Belegschaftskorridor. Wahrscheinlich hat der Hurrikan weitere Wände zum Einsturz gebracht. Sie fragt sich, was schlimmer ist – die Waffe oder der Hurrikan. Wahrscheinlich der Wirbelsturm, mit dem Revolver geht es wenigstens schnell.

Kincaid klatscht in die Hände. »Weiter geht's! Bevor das alles über unseren Köpfen einstürzt, will ich noch sehen, wie einer von euch sich erschießt!«

Felix zögert nicht, sondern agiert so schnell, dass Sawyer kaum Zeit hat, die Bewegung zu registrieren. Er reißt die Waffe an die Schläfe und drückt ab und zwinkert nicht einmal.

Kein Schuss, nur das Klicken des Revolverhammers, der auf die leere Kammer trifft.

»Jesus, Felix!«, ruft Kincaid, als der die Waffe auf den Tisch knallt. »Wozu die Eile? Da muss sich ein wenig Spannung aufbauen, ein bisschen Drama.« Er blickt Sawyer an. »Du bist dran.«

Sawyer greift zögerlich nach der Waffe, und als sich ihre Finger um den Griff legen …

… macht Felix einen Satz auf Kincaid zu!

Kincaid hat es erwartet und knallt Felix die Faust ins Gesicht, dann lässt er einen Uppercut folgen, der Felix zu Boden schickt. Cassidy und Veitch packen ihn und zerren ihn zurück auf den Stuhl.

Kincaid hat ein Glänzen in den Augen, während er wie ein Boxer tänzelt und die Fäuste durch die Luft schwingt. »Ich hab's immer noch drauf. Das ist das Problem mit euch Hünen – ihr denkt nicht nach. Ihr glaubt immer nur, eure Masse wird's schon richten. Siehst du, wie falsch du liegst? Nimm's als Leerstunde, kostenlos. Du hast etwa drei Minuten, dir Gedanken darüber zu machen.«

Er hört auf mit dem Herumhüpfen, geht in die Hocke und stemmt sich mit den Ellbogen auf den Tisch, um sich wieder Sawyer zu widmen.

Sie hebt langsam die Waffe an und neigt den Lauf so, dass sie einen Blick auf die Trommel erhaschen kann.

»Mmh-mmh«, sagt Kincaid und drückt die Waffe zur Seite. »Nicht schummeln.«

Sie atmet tief ein und führt die Waffe langsam zu ihrem Kopf. Wieder kommen ihr Tränen, und dieses Mal kann sie sie nicht zurückhalten.

»Schau mich an«, sagt Felix. »Sawyer, schau mich an. Halt den Blick auf mich gerichtet, okay?«

Sie nickt und atmet noch einmal schluchzend durch. Sie konzentriert sich auf seine Augen, deren

Blick tatsächlich sehr freundlich ist. Das hat sie vorher gar nicht bemerkt.

Er nickt sanft.

Sawyer drückt den Abzug durch.

Das Klicken schallt so laut in ihrem Kopf wider, dass sie für einen Augenblick glaubt, es wäre wirklich ein Schuss. Aber dann hört sie Kincaids Lachen und wird sich bewusst, dass sie immer noch in Felix' Augen starrt.

Für einen kurzen Moment sieht er erleichtert aus. Doch dieser Ausdruck verschwindet schnell wieder, als er in dem Wissen auf die Waffe blickt, dass die Reihe nun wieder an ihm ist.

Vom Belegschaftskorridor kommt ein Geräusch von kreischendem Metall, das zum Steinerweichen ist. Die Einheit wackelt in ihren Grundfesten, und es fühlt sich an wie ein Erdbeben, als das Wasser sich klatschend gegen die Wände schiebt.

Kincaid wartet, bis der Laut verstummt, und lächelt Felix erwartungsvoll an.

Sawyer kann sehen, wie überzeugt Felix davon ist, dass in dieser Runde eine Kugel in der Kammer ist.

Er umfasst den Griff und hebt die Waffe langsam an, ohne den Blick von ihr zu lösen.

Achtzehn

04:20 Uhr

Es ist ungefähr fünf Minuten her, seit ich wie ein Vierjähriger den Arm in ein Loch gesteckt habe und nun feststecke. Fünf Minuten, und niemand ist gekommen, um nach mir zu sehen. Das bedeutet nichts anderes, als dass Sawyer und Felix in Schwierigkeiten stecken.

In der Zwischenzeit ist es mir gelungen, den Ärmel meiner Gefängniskluft über den Ellbogen zu schieben, aber das hat nichts geholfen. Der Schutt drückt aufeinander und ist aus dem Gleichgewicht geraten. Egal, wie ich meinen Arm bewege, der Beton und das Metall verschieben sich und setzen sich dann wieder fest.

Von der Außenwand des Korridors, jener Teil, der diagonal über den Durchgang zu meiner Linken eingestürzt ist, kommt ein beunruhigendes Knacken und Schleifen. Etwa alle dreißig Sekunden kann ich hören, wie Beton ins Wasser klatscht, wobei der Wind im Korridor noch an Stärke zunimmt.

Das ist vielleicht das Dümmste, was ich je gemacht habe. Und ich habe einmal versucht – mit einer halben Pulle Jack Daniel's intus –, über einen Pick-up zu springen, der mit siebzig Sachen auf mich zugerast kam. Aber ich hab gehofft, es gäbe einen Weg hindurch. Wenn es mir nur gelingen würde, an dem Schutthaufen vorbeizukommen, könnten wir Kincaid aus dem Weg gehen. Vielleicht hätte der ganze Bereich durch den Häftlingskorridor bis ganz hinauf zur Nordseite frei vor uns gelegen. Es wäre einfacher für alle geworden.

Hätte, könnte …

Schwachkopf.

Ich brauche irgendeine Art von Schmierung. Wasser eignet sich dafür nicht, aber vielleicht Blut? Ich wappne mich, atme einmal tief ein und beginne dann, meinen Arm innerhalb des geriffelten Betons vor- und zurückzuschieben. Ich krümme mich vor Schmerzen, und mein Arm bewegt sich nicht, nur die Haut wird aufgeschabt und reißt auf. Ich beiße die Zähne zusammen und kann bereits fühlen, wie warmes Blut über meinen Arm läuft. Ich mache weiter mit meiner Sägebewegung, nicht um meine Haut noch mehr zu verletzen, sondern um zu sehen, ob es funktioniert.

Nach ungefähr einer Minute ist mein Unterarm in Blut getränkt. Ich drücke meine Schulter gegen den Schutt und versuche so, ihn etwas anzuheben, während ich den Arm zurückziehe. Der Schmerz explodiert in meinem ganzen Körper, als mein Arm vom bröckelnden Beton noch mehr aufgeschlitzt wird, aber ich kann spüren, wie sich der Arm etwas bewegt.

Außerdem höre ich, wie sich der Schutt regt. Steine kullern irgendwo in dem riesigen Haufen herunter. Ein kleiner Brocken fällt hinab und trifft mich am Kopf.

Scheiße. Ich hab keine Wahl mehr. Ich ziehe, so fest ich kann, und schreie gegen den Schmerz an. Mein Arm kommt frei, langsam, zu langsam. Brocken purzeln herunter und klatschen neben mir ins Wasser. Ich ziehe fester und spüre, wie mir die Haut vom Fleisch gezogen wird. Eine riesige dreieckige Dachplatte rutscht oben vom Schutthaufen und poltert hinunter, nur um knapp einen halben Meter neben mir ins Wasser zu platschen.

Ich ziehe noch mal härter und spüre, wie sich der ganze Haufen merkwürdig bewegt. Schließlich bekomme ich meinen Arm frei, werfe mich nach hinten und krabble durchs Wasser, während sich das Dach und die Mauern des Häftlingskorridors verschieben und nachgeben, bis der gesamte Teilbereich des Korridors einstürzt.

Wind und Regen brüllen herein, ich komme wieder auf die Füße, sprinte zurück zur Tür und schaffe es gerade noch so hindurch, als die Außenwand nach innen kracht.

Kurz kann ich Blitz und Regenschwaden ausmachen, bevor ich die Tür zuknalle und mich dagegenstemme.

Der Wind schlägt und drückt gegen die Tür und lässt sie im Türrahmen erzittern. Ich atme zitternd durch und untersuche meinen Arm.

Die Haut hängt in Fetzen hinab und hat das Fleisch freigelegt. Mein ganzer Unterarm ist voller Blut. Ich reiße den rechten Ärmel von meiner Gefängniskleidung ab, wickle ihn um meinen Arm und versuche, ihn mit meiner linken Hand und dem Mund zusammenzuknoten.

Verflucht, tut das weh!

Der Durchgang ist leer. Ich werfe einen Blick durch die Türen, die vom Korridor abgehen. Keine Spur von Sawyer und Felix. Ich prüfe die Tür zu Einheit 3.

Dort sind drei Bloods-Leute, die etwas gegen das Sicherheitsglas knallen, um sich gewaltsam einen Weg nach draußen zu verschaffen. Die Tür ist immer noch verschlossen, was bedeutet, dass Felix und Sawyer nur an einem Ort sein können.

Ich gehe durch die Sicherheitsschleuse, die zu Einheit 4 führt, und höre, wie jemand spricht. Gedämpfte Stimmen. Ich drücke mich gegen die Wand und spinkse durch die Tür.

Sawyer und Felix sitzen sich an einem der Tische gegenüber, und Kincaid beobachtet sie mit gespanntem Gesichtsausdruck. Cassidy und Veitch stehen an einer Seite und sind beide bewaffnet.

Und dann führt Sawyer den Lauf eines Revolvers zu ihrer Schläfe und drückt ab!

Mein Herz bleibt beinahe stehen, aber es löst sich kein Schuss. Es war keine Kugel in der Kammer.

Sie legt die Waffe auf den Tisch. Kincaid blickt Felix an, und der nimmt den Revolver widerstrebend.

Keine Zeit, um irgendwas zu durchdenken. Ich sprinte zurück zu Einheit 3, zeige den Typen, die versuchen, das Glas zu zerstören, den Mittelfinger und schließe dann die Tür auf.

Als sie hinter mir auffliegt, laufe ich bereits. Aufgeregtes Geschrei hinter mir, als den Bloods klar wird, dass der Weg frei ist.

Ich stürze in Kincaids Einheit. Der dreht sich um, einen überraschten Ausdruck im Gesicht. Felix hält sich noch immer die Revolvermündung an den Kopf. Er sieht mich kommen, seine Augen weiten sich vor Überraschung, dann springt er auf.

»Los!«, schreie ich.

Ich laufe weiter. Felix richtet die Waffe auf Kincaid und drückt ab, doch nichts passiert. Er probiert es noch mal, doch Kincaid ist bereits aufgesprungen und beeilt sich, zu Cassidy und Veitch zu gelangen.

Felix versucht es weiter, irgendwann knallt ein Schuss, aber die Kugel verfehlt Kincaid und schlägt in die Wand.

Felix wirft die Waffe weg und setzt mir nach, Sawyer tut es ihm gleich.

Ich pralle gegen die Tür und schiebe sie auf. Ein Blick über die Schulter verrät mir, dass die Bloods in die Einheit strömen. Veitch und Cassidy eröffnen das Feuer.

Felix schafft es durch die Tür, aber Sawyer ist

noch etwa drei Meter entfernt, und ein paar Bloods sind ihr auf den Fersen. Sie hetzt an mir vorbei, ich folge ihr und versuche, die Tür zuzuziehen. Zu spät, die Bloods sind ebenfalls da und springen gegen die Tür, sodass ich nach hinten in den Korridor stolpere.

Felix rammt dem Typen, der ihm am nächsten ist, die Faust ins Gesicht und wirft ihn gegen die anderen. Dann packt er mich und schiebt mich vorwärts. »Lauf!«

Wir rennen durch die Sicherheitsschleuse und dann direkt durch die Tür, die zur Transitional Care Unit führt, der Pflege- und Krankenstation.

Die Tür führt nicht direkt in den Aufenthaltsraum, sondern eher in eine Art Durchgang, der sich nach links und rechts aufteilt. Wir nehmen den rechten Weg, verfolgt von wildem Geschrei und Gebrüll.

Die Kranken- und Sicherheitseinheiten sind viel größer als die Blöcke, durch die wir uns bisher durchgekämpft haben. Sie sind völlig autark, wie kleinere Versionen des Admin. Es gibt Bürotrakte, eigene Krankenstationen, Kantinen, Umkleideräume, Werkstätten und so weiter.

Hoffentlich können wir uns hier irgendwo verstecken.

Wir biegen nach links in den nächsten Durchgang, biegen dann noch mal in irgendeine Richtung ab und hetzen so lange weiter, bis das Geschrei der Verfolger endlich verhallt.

Wir werden langsamer und spitzen die Ohren.

»Ich glaube, wir haben sie abgeschüttelt«, sagt Felix.

Wir gehen weiter. Die Einheit ist nur schwach beleuchtet, die Lampen an der Decke flackern und gehen aus. Über den exakten Grundriss bin ich mir nicht sicher, aber ich weiß, dass wir nach Norden müssen hin zu der Tür, die aus der TCU in die Mental Health Unit führt.

Ich werfe einen Blick auf Sawyer, die so aussieht, als müsse sie ihre letzten Kräfte mobilisieren.

»Alles okay?«, frage ich.

Sie schüttelt den Kopf, sagt aber nichts. Ihr Gesicht ist angespannt, starr. Ihre Augen glänzen. Sie versucht, nicht die Kontrolle zu verlieren, sich zusammenzureißen. Sie braucht eine Pause, ein paar Minuten. Ich glaube, das brauchen wir alle.

Ich kontrolliere die Tür, die am nächsten ist, aber sie führt in einen Lagerraum. Hinter der nächsten ist eine Toilette, dann folgen einige Büros.

»Wonach zum Teufel suchst du?«, fragt Felix.

Ich antworte nicht, und einige Türen später finde ich, wonach ich Ausschau gehalten habe. Ein Pausenraum für die Belegschaft. »Hier rein!«

Ich bugsiere die anderen hinein, prüfe den Raum mit einem schnellen Blick und seufze glücklich auf, als ich eine Kaffeemaschine entdecke.

»Constantine?«, fragt Felix. »Was soll das?«

»Wir machen Pause.«

Ich durchschreite den Raum, stecke eine Kapsel in die Maschine, schnappe mir einen Kaffeebecher und platziere ihn unter der Düse. Sawyer lässt sich auf einen der Stühle fallen, die den kleinen Tisch umstehen.

Felix schaut mich an, als hätte ich gerade einen Striptease hingelegt. »Ernsthaft? Wir rennen um unser Leben, und du möchtest 'n Päuschen machen?«

»Ist dir nicht nach 'nem Kaffee?« Ich halte einen der Becher in die Höhe. »*Richtigem* Kaffee?«

Er zögert. Er ist viel länger hier drin als ich. Ich weiß, dass er sich nach etwas Besserem sehnt als die Scheiße, die wir im Gefängnisladen bekommen. »Keine Ahnung, Mann. Wir sollten besser weiter.«

Ich nicke kaum merklich in Sawyers Richtung. Er blickt zu ihr, und auf seinem Gesicht macht sich die Erkenntnis breit. Lautlos formt er ein »Oh«, dann zwinkert er mir zu. Guter alter Felix, er agiert in etwa so diskret wie ein Holzhammer.

»Ich weiß, was ihr da macht«, sagt Sawyer, ohne aufzusehen. »Und ich möchte, dass ihr damit aufhört. Ich bin kein Kind.«

Ich höre, wie der Kaffee hinter mir in den Becher läuft. »Keine Ahnung, wovon du sprichst. Milch?« Ich drehe mich um und greife nach einem Milchkännchen.

Sawyer antwortet erst nicht. »Und zwei Stück Zucker«, sagt sie schließlich. »Oder nein, besser drei.«

»Kommt sofort.« Ich tausche den vollen Becher gegen einen leeren und stecke eine neue Kapsel ein, dann gebe ich Milch und Zucker in den Kaffee. Ich reiche Sawyer den Becher und warte, bis der nächste gefüllt ist. Felix steht an der Tür, und keiner spricht.

Ich stelle zwei weitere Becher auf den Tisch und setze mich vor Sawyer. Felix gesellt sich zu uns, und wir starren alle gedankenverloren in unsere Kaffeebecher.

»Nun«, meint Felix, »ist das nicht schön?«

Ich nicke. »Sollten wir öfter machen. Am Ende eines langen Tages haben wir nie die Möglichkeit, uns mal hinzusetzen und zu fragen, wie es dem anderen geht, weißt du?«

Felix nickt ernsthaft. »Ich weiß, ich weiß. Also, wie war dein Tag?«

Ich atme laut aus und nehme einen Schluck von meinem Kaffee. Herrgott, ist das gut. »Nun ... kennst du Sinclair? Drüben aus der Buchhaltung?«

Felix tut so, als müsste er nachdenken. »Großer Kerl? Dünn? Hat auf der Weihnachtsfeier versucht, bei dir zu landen?«

»Genau der. Hat sich selbst heute Morgen aus dem Fenster im obersten Stock gestürzt.«

»Wirklich?«

»Wirklich.« Ich nehme noch einen Schluck und schnalze vernehmlich mit der Zunge. »Hat gesagt, er könne ohne mich nicht leben. Wenn er mich nicht haben könne, sähe er keinen Sinn mehr in all dem.«

»Armer Teufel. Wenn er nur dein wirkliches Ich kennen würde ... Mit dem Sprung ist er quasi einer Kugel ausgewichen.«

Sawyer versteift sich bei diesen Worten. Ich starre

Felix an und sage lautlos: *Halt die Klappe!* Er zuckt hilflos mit den Schultern.

Sawyer seufzt und schaut auf. »Ihr könnt jetzt aufhören, ehrlich, ich bitte euch. *Bitte* hört auf. Mir geht's gut.«

»Bist du sicher?« Felix legt seine Hand auf ihre. »Denn wenn du's nicht bist«, sagt er sanft, »dann kannst du mit Constantine sprechen.« Er zieht seine Hand zurück und umfasst damit den Kaffeebecher. »Ist nicht so mein Ding, die ganze Gefühlsscheiße.«

Sawyer muss lachen. »Ich bin okay.« Sie überlegt einen Moment. »Ich meine, wir leben noch, oder? Was will man mehr?«

Ich denke darüber nach. »Vielleicht ein Dach überm Kopf, das nicht über einem zusammenbricht?«

Felix nickt. »Waffen.«

»Tauchausrüstung.«

»Ein U-Boot wäre schön«, meint Felix.

»Im übertragenen Sinne, meinte ich«, sagt Sawyer.

»O Mann, Scheiße«, feixt Felix, »warum sagst du das nicht gleich? Die Frau meint es *im übertragenen Sinne.*«

»Sei still, Felix«, sagt sie.

»Bin schon still.«

Sie beugt sich vor und schlürft an ihrem Kaffee. Felix und ich betrachten sie aufmerksam, bis sie schließlich wieder den Kopf hochreißt und uns beide anstarrt. »Hört ihr wohl auf, mich anzuglotzen wie ein junges Vögelchen, das aus dem Nest gefallen ist? Ich hab gesagt, ich bin okay. Ja, ich wurde gerade gezwungen, russisches Roulette zu spielen. Aber er auch«, sie nickt in Felix' Richtung, »und zwanzig andere arme Schweine, die es nicht überlebt haben. Wenn ihr mit jemandem mitfühlen wollt, dann mit ihnen.«

»Okay«, sage ich, »ihr geht's gut. Die Pause ist vorbei, auf geht's.«

Felix schaut bestürzt auf seinen Kaffee. »Ich möchte ihn in Ruhe genießen.«

»Persönliches Pech, aber du hattest recht. Keine Zeit für eine Pause, setz deinen Hintern in Bewegung.«

Er seufzt und stürzt den Kaffee hinunter, dann blickt er mich vorwurfsvoll an. »So sollte man seinen Kaffee gerade *nicht* genießen.«

Auf unserem Weg durch die Einheit mache ich mir immer mehr Sorgen um das Gefängnisgebäude, wie lange es dem Sturm noch standhält. Der Hurrikan traktiert es mit einer Erbarmungslosigkeit, die mit jeder Minute zunimmt. Jedes Krachen, jedes entfernte Rumpeln erschreckt mich. Ich glaube einfach nicht mehr, dass das Gefängnis noch steht, wenn das Auge des Hurrikans uns erreicht.

Aber was zum Teufel sollen wir tun? Anhalten und uns irgendwo unter 'nem Tisch verstecken? Nein, das wäre, als würden wir uns ein Plätzchen zum Sterben suchen. Wir müssen weitermachen.

Wir waten durchs Wasser, das mir jetzt fast bis

zur Hüfte reicht. Das Gebäude knarzt und stöhnt wie ein altes Piratenschiff. Der Wind hört sich wie das bösartige Geheul eine Horde Tiere an, es wird lauter und ebbt dann ab.

Viele Korridore sind bereits eingestürzt, aber den Evakuierungsplänen an den Wänden zufolge kommen wir unserem Ziel näher.

Wir betreten einen Korridor und halten inne. Etwa auf halben Weg vor uns versucht eine gekrümmte Gestalt, etwas durch einen Durchgang zu ziehen, das aussieht wie eine riesige Betonplatte. Der Mann kann sie kaum bewegen, die Platte sieht viel zu schwer aus.

»Das ist Leo«, sagt Felix.

Was erklärt, warum er es nicht schafft. Der Typ ist um die achtzig.

»Wer ist Leo?«, flüstert Sawyer.

»Alter Knacker«, sagt Felix. »Faselt immer nur davon zu fliehen. Er ist hier, seit er ungefähr zwanzig ist.«

»Was hat er gemacht?«

»Weiß keiner, aber man erzählt sich so einiges. Dass er ein bisschen durchgedreht ist, damals in der Army, und einige aus seiner eigenen Einheit gekillt hat.«

»Leo?«, rufe ich.

Er blickt zu uns, aber registriert uns kaum und macht sich dann weiter an der Platte zu schaffen.

»Was machst du da?«, fragt Felix, als wir näher kommen.

»Pole-Dancing«, antwortet er ironisch, streckt sich und beugt seinen Rücken mit einem Zucken. »Was zum Teufel wollt ihr?«

»Wir wollen nur vorbei«, sage ich. »Zum Belegschaftsraum auf der Nordseite.«

Er schnaubt. »Nicht auf diesem Weg, ihr nicht.«

»Warum?«

»Ihr kommt nicht durch. Die Mental Care Unit ist immer noch abgeschlossen.«

»Wir haben einen Schlüssel.«

Er zuckt mit den Schultern. »Jupidi-*fucking*-du! Selbst wenn ihr dort reinkommt, bekommt ihr es mit den Irren und Vergewaltigern zu tun. Sie sind alle raus aus ihren Zellen. Und dann müsstet ihr noch durch die ACU. Das Letzte, was ich gehört habe – und das war, bevor der Belegschaftskorridor eingestürzt ist –, war, dass die Anhänger vom Prediger die Unit in eine Art durchgeknallte Kirche verwandelt haben, wo sie auf ihn warten, als wäre er die Reinkarnation Christi oder so was.«

Scheiße.

»Wir müssen es trotzdem probieren«, sagt Sawyer.

Ich schaue sie an. »Wir haben keine Waffen.«

»Also schleichen wir hindurch.«

»Warum seid ihr so scharf auf den Belegschaftsraum?«, fragt Leo.

»Ich hab eine Schlüsselkarte, um rauszukommen«, erklärt Sawyer. »Wenn das Auge des Hurrikans vorbeizieht, gehen wir ins Glashaus.«

Leo sieht immer noch verwirrt aus. »Warum?«

»Um den Sturm auszusitzen.«

Er bricht in Gelächter aus. »Ernsthaft? Im Glashaus? Ihr könntet schon froh sein, wenn der alte Kasten überhaupt noch steht.«

»Aber … Sie haben Gefangene von überall hergekarrt«, widerspricht Sawyer. »Sie meinten, das Glashaus sei sicher.«

Leo zuckt erneut mit den Schultern. »Sie haben gelogen. Oder vielleicht auch sich selbst belogen. Vertraut mir, ich war im Glashaus. Das Fundament in dem Gebäude ist morsch, und der Mörtel, der die Ziegel zusammenhalten soll, ist wie Sand. Keine Chance, dass es den Hurrikan übersteht.«

Ich kann sehen, wie sich die Erkenntnis auf Sawyers Gesicht breitmacht. Sie lässt die Schultern sacken und macht ein paar Schritte weg von uns, um für sich einen Weg hier herauszufinden. Ich werfe Felix einen Blick zu, aber er zuckt nur mit den Schultern.

Schließlich kommt Sawyer zurück und schaut mich wie betäubt an. »Das ist es also? Wir sind erledigt?«

»Nicht wenn ihr mir hierbei helft«, sagt Leo.

»Warum?«, frage ich. »Was machst du da?«

»Ich versuche, die Rohre zu erreichen.«

Jesus, das schon wieder. »Es gibt keine Rohre, Leo. Du laberst davon, seit ich hier drin bin und …«

»Länger«, fügt Felix hinzu.

»Länger, exakt.«

»Und?«, fragt Leo.

»Und sie sind nicht real.«

Er lacht. »Oh, also du weißt über diesen Ort hier Bescheid, ja? Wie lange bist du noch mal genau hier?«

»Drei Jahre.«

Er dreht sich zu Felix um. »Du?«

»Acht.«

»Wollt ihr wissen, wie lange ich hier bin? Ungefähr sechzig Jahre. Sechzig verfickte Jahre. Glaubt ihr nicht, dass mir das ein paar besondere Einblicke verschafft hat?«

Felix zuckt erneut mit den Schultern. »Ist mir eigentlich egal, Leo. Du fängst an, mich zu langweilen.«

»Oh, ich langweile dich, ja? Erzählt mal – ihr kennt doch die Hintergrundgeschichte, oder? Das Cross-Florida-Barge-Kanalprojekt?«

»Klar«, antworte ich.

»Genau. Und was wisst ihr über das Flutwassersystem unter dem Gefängnis? Ist wie die Shutoken Gaikaku Hōsuiro in Tokio.«

»Was zum Teufel soll denn dieses Sushi Gaimaku Hosui …«

»Shutoken Gaikaku Hōsuiro, ein riesiges unterirdisches Kanalsystem, das Tokio vor Sturmfluten schützen soll. Das Flutwasser aus der Stadt wird in fünf riesigen Kavernen gesammelt und fließt dann in einen unfassbar gigantischen Raum, auch Kathedrale genannt, von wo aus es in einen Fluss gepumpt wird.«

Ich kann sehen, dass Felix langsam genervt ist. Er blickt sich um und versucht herauszufinden, welchen Weg wir nehmen sollen.

»Was hat das mit dem Gefängnis zu tun?«, frage ich.

»Wir haben in den Sechzigern damit begonnen, eine kleinere Version davon hier zu errichten, als die Bauarbeiten an dem Kanalprojekt wieder aufgenommen wurden. Deshalb gibt es all diese Rohre unter uns. Die ersten sind mit dem Glashaus verbunden und dann mit dem Flutsystem unter uns. Aber sie wurden niemals benutzt.«

»Warte, noch mal von vorn.« Ich starre Leo an. »Du sagst also, dass diese Rohre zum Glashaus führen?«

»Yeah. Die Kellerleitungen hier verbinden sich mit den Kellerleitungen vom Glashaus, bevor sie weiter hinunter zum Flutsystem führen.«

Ich versuche, die Aufregung in mir niederzukämpfen. »Also … können wir durch die Rohre ins Glashaus gelangen?«

»Denke schon.«

»Das heißt, wir können die Häftlinge hier und auch die im Glashaus in Sicherheit bringen«, sagt Sawyer aufgeregt.

Alle starren sie an. Sie will all die Häftlinge retten? Sie hat wohl nicht mehr alle Tassen im Schrank.

»Ich kapier's nicht«, wendet sich Felix wieder Leo zu. »Würden wir nicht einfach in den Rohren ersaufen?«

»Hast kein Gramm Hirn im Kopf, was?«, schnappt der alte Mann. »Wenn die Rohre Flutwasser wegtransportieren sollen, müssen sie wasserdicht sein. Was bedeutet, dass weder Wasser hinein noch hinaus kann.«

Ich nicke in Richtung des Korridors, den Leo versuchte freizulegen. »Der hier führt zu den Kellerleitungen?«

»Ja. Diese Gebäude gehören alle zum ursprünglichen Gebäude, auch das Admin, als das ganze Areal noch im Besitz des Ingenieurskorps war.«

Wir alle lassen uns das Gesagte durch den Kopf gehen. Wenn das stimmt, dann bedeutet das, dass wir nicht mal nach draußen müssen. Wir müssen nicht warten, bis das Auge des Sturms uns erreicht. Wie müssen nicht hoffen und beten, dass das Gebäude hält.

»Bist du sicher, dass du nicht verrückt bist?«, fragt Felix.

Sawyer schüttelt den Kopf. »Martinez hat mir dasselbe erzählt, heute Morgen, als sie mir alles gezeigt hat. Von dem Kanalprojekt, das man Mitte der Sechzigerjahre wieder aufgenommen hat, und über Sturmschächte unterhalb des Glashauses, erbaut von der Armee.«

Leo sieht selbstgefällig drein. »Siehst du?«

»Aber wir können uns nicht einfach unter der Erde verstecken, ohne jemandem da draußen Bescheid zu geben«, sagt Sawyer. »Wir müssen irgendwen informieren.«

»Warum?«, fragt Felix.

»Was ist, wenn Ravenhill über uns zusammenstürzt? Dann sitzen wir in der Falle. Niemand würde überhaupt auf die Idee kommen, uns alle da unten zu suchen.«

»Moment«, sagt Leo, »was meinst du mit *uns alle?«*

»Jeder, der dort unten Schutz sucht. Die Häftli…«

»Wird nicht passieren«, unterbricht er sie und schüttelt vehement den Kopf. »Wer bist du überhaupt? Warum läuft hier 'ne Frau rum? Schon gut, spielt keine Rolle, ist mir egal. Das ist *mein* Fluchtweg. Ich plane das schon mein ganzes Leben lang.«

»Du kannst das nicht für dich behalten«, entgegnet Sawyer. »Du hast die Möglichkeit, Hunderte vor dem sicheren Tod zu bewahren.«

»Scheiß auf sie!«

Felix muss grinsen, und ich schüttele den Kopf. Nicht einer der Häftlinge hat uns heute Nacht geholfen, im Gegenteil, sie haben versucht, uns zu killen, wollten uns foltern oder ersaufen lassen. Castillo hat uns beinahe umgebracht, aber ich wette, dass Sawyer es dennoch nicht bereut, ihn aus dem gefluteten Raum gerettet zu haben.

»Was für eine Wahl haben wir?«, fragt Sawyer. »Hunderte Menschen sterben lassen oder ihr Leben retten!«

Ich überlasse es Leo, mit Sawyers moralischer Entrüstung fertigzuwerden, und blicke in den Durchgang, den er freizulegen versucht. Er ist ungefähr fünf Meter lang, das Dach und die linke Wand sind eingestürzt, sodass riesige Betonplatten den Weg versperren.

Das ändert meine Meinung.

»Leo«, sage ich, »wenn du's nicht aus Selbstlosigkeit machen willst, dann um zu überleben. Denn wir haben keine Chance, den ganzen Schutt hier beiseitezuräumen, zumindest nicht, bevor das ganze Gebäude zusammenkracht. Wir brauchen wesentlich mehr helfende Hände.«

Felix kontrolliert den Korridor und schüttelt den Kopf. »Ich weiß, dass ich den Körper eines nubischen Gottes habe, aber selbst ich krieg so viel nicht ohne Hilfe weggeschafft. Ja, wir müssen ein paar der anderen Häftlinge zur Unterstützung dazu holen.«

»*Und* die da draußen informieren«, sagt Sawyer.

»Und was schlagt ihr vor, wie wir das tun sollen?«, fragt Leo.

»Was ist mit den Funkgeräten im Sicherheitsraum? Ich hab mit einem CO im Bus gesprochen, als sie verunglückt sind.«

Ich schüttle den Kopf. »Nicht genug Reichweite.«

Aber Sawyer hat mich auf eine Idee gebracht. Vor einigen Jahren, als der Häftlingskorridor geschlossen war, haben mich die COs durch diese Einheit geführt, damit ich zu meinem Job in der Wartungshalle gelangen konnte. Sie haben mich auch auf einem anderen Wege dorthin gebracht, etwa über den Hof draußen – was natürlich jetzt nicht geht –

und einmal durch den Belegschaftskorridor und durch die Nordseite.

Der Punkt ist: Die Wartungshalle ist nicht vom Rest des Gefängnisses separiert, sondern Teil des Gebäudes. Man kann von hier aus hingelangen, und dort hat Henry seit Jahren an einem Amateurfunkgerät gebastelt – im Geheimen, direkt unter den Augen der COs. Es waren keine üblen Hintergedanken im Spiel, soweit ich das beurteilen konnte, Henry wollte lediglich Kontakt zu Leuten außerhalb des Gefängnisses aufnehmen und etwas plaudern. Aber er hat das Gerät niemals fertiggestellt. Er brauchte meine Hilfe, um die Antenne durch eine Luke in der Decke zu stecken, damit das Gerät überhaupt Empfang hatte. Wir hatten aber niemals die passende Gelegenheit dazu, weil die Wartungshalle immer bewacht wurde.

Ich erzähle es den anderen. Sawyer lächelt, zögert aber dann. »Wo ist die Wartungshalle? Kommen wir dorthin?«

»Yeah, ich denke doch.«

»Okay«, sagt sie, »lasst uns gehen.«

»Du musst nicht mitkommen«, sage ich zu Sawyer. »Du kannst hier bei Felix bleiben und mithelfen, den Schutt wegzuräumen.«

»Nimm sie mit«, sagt Felix. »Vielleicht brauchst du jemanden, der die Leiter festhält.«

»Was für eine Leiter?«

»Keine Ahnung, verdammt, ich rate nur. Ich war nie in der Wartungshalle.«

Ich zucke mit den Schultern. »Okay, komm mit, wenn du willst. Felix, versucht so weit zu kommen wie möglich. Wir sind in zehn Minuten zurück.«

Er nickt. »Schon dabei.«

Neunzehn

04:50 Uhr

Wir schaffen es nicht innerhalb von zehn Minuten zu Felix und Leo zurück, wir brauchen schon so lang, um überhaupt zur Wartungshalle zu gelangen.

Wir bewegen uns durch halb zerstörte Gänge und müssen jedes Mal umkehren, wenn der Weg vollständig blockiert ist, wobei wir immer wieder irgendwo Deckung suchen, sobald es über uns so laut rumort, als würde gleich das Dach einstürzen.

Minütlich wird der Sturm stärker. Das Heulen und Kreischen des Windes kann kaum noch lauter werden. Nein, ich kann es fühlen, es liegt wie eine Last auf mir. Es ist ein ständig anwachsender Druck, eine stetig zunehmende Anspannung, die nirgends entweichen kann. In mir wächst ein Gefühl der Dringlichkeit, das kein Ventil hat. Es wächst und wächst und wächst, als hätte ich meine Hand auf eine heiße Herdplatte gelegt und würde darauf warten, dass der Schmerz einsetzt, dass der Gestank von verbranntem Fleisch in meine Nase kriecht.

Hinzu kommt, dass es mir vorkommt, als ob wir verfolgt werden. Ich kann es nicht mit Sicherheit sagen, und ich habe nicht die Zeit, irgendwo auszuharren und es herauszufinden. Ich hoffe, es sind nur irgendwelche Häftlinge, die durch die Einheit stromern, sie nach Waffen durchforsten oder einen Weg hinaus suchen. Aber wenn nicht …

Scheiße, ich hab keine Ahnung, aber ich muss es so angehen, wie wir alles heute Abend angegangen sind: improvisieren und aufs Beste hoffen.

Nach besagten zehn Minuten erreichen wir unser Ziel. Die Wartungshalle gleicht mehr einem Flughangar in Miniaturausgabe als irgendwas anderem. Zur Linken befindet sich ein Traktor, dessen Mähwerk abgekoppelt ist. Der Traktor ist blau, aber die Farbe ist abgeblättert und gibt den Blick auf das ursprüngliche Grün frei. Die knapp zwei Meter lange Rotorklinge liegt auf einer Werkbank. Henry und ich haben sie gestern demontiert, und es sieht so aus, als hätte Henry die Klinge bereits gewetzt, denn das Metall glänzt im Licht.

Im Boden hin zur Mitte der Halle befindet sich eine Montagegrube mit Ketten, die von der Decke hängen, falls an den Motoren der Gefängnisfahrzeuge irgendwelche Reparaturarbeiten durchgeführt werden müssen. Henry hat mir erzählt, dass sie aus jener Zeit stammen, als dieser Ort noch als Quartier für die Ingenieure der Army gedient hat und sie versucht haben, das Kanalprojekt aus dem Boden zu stemmen.

Ich hab niemals so ganz verstanden, warum es die Wartungshalle überhaupt gibt. Sie gehört zum Gefängniskomplex, mit dicken Backsteinmauern und verschlossenen Außentüren, damit niemand hinauskann, obwohl die Tore breit genug sind, dass ein Bus hindurchfahren könnte, wenn nötig. Aber hier gibt es so viele gefährliche Gegenstände, dass ich mich stets darüber gewundert habe, dass Henry und ich überhaupt einen Fuß in die Halle setzen durften.

Ich glaube, das ist ein wenig wie beim Gefängnisfriseur. Nur die Häftlinge, denen das meiste Vertrauen entgegengebracht wird, dürfen dort arbeiten. Ich hab es nur bis hierher geschafft, weil ich das erste Jahr meiner Haftstrafe die meiste Zeit für mich allein war. Ich hab nicht mit sehr vielen Leuten gesprochen, bis eines Tages Henry in der Kantine auf mich zukam und ein Gespräch mit mir begonnen hat. Er war ebenfalls ein Ex-Bulle, und er saß hier ein, weil auch er einen persönlichen Rachefeldzug gestartet hatte. Bei ihm war's ein Pädophilenring, den er gesprengt hat, wobei ein paar der Kinderficker das Zeitliche gesegnet haben und jetzt selbst gefickt werden, unten in der Hölle. Er hat mir den Job als sein Helfer besorgt.

Ich schaue mich unbehaglich um, weil mir klar wird, dass ich Henry niemals wiedersehen werde. Das war das Zuhause des alten Mannes.

Und jetzt ist er tot, einfach so. Wegen einer Entscheidung, die der verfluchte Ramirez im Bruchteil einer Sekunde getroffen hat. Es fühlt sich an, als würde ich hier eindringen. Ich war niemals allein hier, niemals ohne Henry, der über Platinen oder Löttechniken geplappert hat.

Ich nehme mir einen Augenblick Zeit, um mich umzusehen. Der alte Mann ist noch überall gegenwärtig. Das war sein Ort.

An drei Wänden entlang verläuft eine hölzerne Werkbank, die überfüllt ist mit zahllosen Kabeln, Werkzeugkisten – die bereits geplündert wurden –, alten Radios, einer antiken Lampe und einem freigelegten Plastikgehäuse eines Fernsehers. An der Wand hängt ein Playboy-Kalender von 1983. Ich habe Henry mal gefragt, warum er sich nicht einen neuen besorgt, woraufhin er meinte, dass es ein gutes Jahr war.

Sawyer schaut mich an. »Alles okay?«

Ich lenke ihre Aufmerksamkeit auf eine Art Schuppen, in etwa so groß wie ein Bauwagen. Wir waten durchs Wasser, steigen die drei Stufen hinauf und gehen hinein.

Hier hat Henry heimlich an seinem Amateurfunkgerät gebastelt. Es macht nicht viel her und besteht hauptsächlich aus einer rudimentären Sender- und Empfängereinheit, die der alte Bursche aus einem der alten Gefängnisbusse herausgerissen hat. Daran hat er notdürftig ein Handmikrofon angeschlossen, mit Kabeln und Drähten von alten Funkgeräten.

Auf dem Funkgerät steht eine Spielzeugfigur, ein

kleiner Puuh der Bär, den ich noch nie gesehen hab. Ich lange danach, aber ich ziehe meine Hand zurück, bevor ich ihn berühre.

»Stimmt was nicht?«

»Henry muss sie jedes Mal versteckt haben, wenn ich hereingekommen bin«, sage ich wehmütig.

Sawyer runzelt die Stirn. »Eine Spielzeugfigur?«

Ich starre die Figur an. »Ich … ich habe ihm mal eine Geschichte erzählt. Wie Amy und ich das Kinderzimmer mit all dem Kram dekorieren wollten. Der Hundert-Morgen-Wald. Alle diese Charaktere, weißt du? Als Kind habe ich diese Geschichten geliebt.«

Ich lasse mich auf einen Stuhl nieder und starre immer noch Winnie Puuh an. Tränen schießen mir in die Augen, und ich spüre einen scharfen Schmerz in der Brust. Die Erinnerungen kommen zurück, wie wir die kleinen Bücher mit festem Einband gekauft haben, viel zu früh, aber wir konnten es nicht abwarten. Kleine Strampler mit Tiger und Ferkel drauf. Wie wir Tapeten und Vorhänge ausgesucht haben.

»Wir versuchten es schon eine ganze Weile«, sage ich mit einer Stimme, die weit entfernt klingt. »Also, ein Baby zu bekommen. Eines Morgens bin ich aufgewacht, und sie hat mich angestarrt. Es war vier Uhr morgens.«

»Schon wieder das Starren? Sie hat dich wohl gern angeschaut, hm?«

»Ja, hat sie, aber warum, hab ich nie verstanden.

Hab mich auch nie dran gewöhnen können.« Ich lächle traurig. »Ich wache also auf, als sie mich anstarrt, dieses breite Grinsen in ihrem Gesicht. Und dann hat sie mir den Schwangerschaftstest zugeworfen. Ich schwöre bei Gott, ich glaube bis heute, dass etwas von ihrem Urin in meinem Gesicht gelandet ist.«

»Lecker.«

»Yeah. Wie dem auch sei, sie schmeißt mir den Test zu und hüpft auf dem Bett herum, schreiend. Die Nachbarn haben die Cops gerufen, die mit einem Wagen vorbeikamen. Ich musste das regeln, und während der ganzen Zeit war ich irgendwie … gelähmt. Ich, ein Vater.«

»Aber du warst doch glücklich, oder?«

»Ich war … schockiert. Man hört ja immer, wie die Leute erzählen, wie sich ihr Leben geändert hat, als sie es herausgefunden haben oder wenn das Baby dann tatsächlich auf der Welt ist. Ein ganz neues Leben eröffnet sich dir, aber eines, für das du niemals wirklich geübt hast. Ist wie eines dieser alten Wähle-dein-Abenteuer-Bücher.«

»Hä?«

»Wenn du glücklich bleiben willst, solvent und kinderlos, benutz Kondome und blättere weiter vor bis Seite vierunddreißig. Wenn du pleite sein möchtest, dir die ganze Zeit Sorgen machen und dein Sexleben auf Quickies in einem abgeschlossenen Badezimmer reduzieren willst, benutz keine Kondome und blättere weiter vor bis Seite einhundert.«

»Komm schon, das hast du nicht *wirklich* gedacht, oder?«

Ich lächle. »Nein, nicht wirklich. Aber wenn es passiert, ändert sich deine ganze Welt. Einfach so. Erweitert sich hin zu all diesen Möglichkeiten. Babys, Windeln, Schule, Universität ... Du schlägst einen neuen Weg ein.«

»Einen guten Weg.«

»Klar, einen guten Weg ... aber anders.«

»Du ... klingst nicht wirklich überzeugt davon, dass du ein Baby haben wolltest.«

»Ich wollte es definitiv, aber ich will nicht lügen, es hat mir eine Höllenangst eingejagt. Als es so weit war, hab ich erst realisiert, was für ein Totalversager ich bin.«

»Du bist kein Totalversager. Du hast gedient, du warst Cop.«

»Spielt keine Rolle. Ich vermute, so oder so ähnlich fühlt sich jeder Vater. Du fragst dich, ob du die gleichen Fehler machst wie deine Eltern, diejenigen, die dich als Kind versaut haben. Du fragst dich, ob du gut genug bist, damit sie zu dir aufsehen. Alles, was du bis dahin gemacht hast, wird bedeutungslos, denn plötzlich hast du eine unschuldige Seele in diese verfluchte und total abgefuckte Welt geholt, und dir wird klar, dass es an dir ist, diese Seele zu beschützen. Plötzlich ist da dieses furchteinflößende Bedürfnis, dieses *Bewusstsein*, dass du dich steigern musst. Du musst der Mann werden, den man immer in diesen Scheißfilmen zu sehen bekommt oder über den man in Büchern nachlesen kann.«

»Kein Mensch ist so, niemand ist perfekt.«

Ich bin für einen Augenblick still, dann zucke ich mit den Schultern. »Letzten Endes spielte es keine Rolle, oder? Novak, Wright und Tully haben dafür gesorgt.«

Draußen ertönt plötzlich ein lauter Knall. Wir erstarren beide und lauschen. Metall schleift über Metall, ein Geräusch, das noch lauter ist als der Regen und der Wind, wie Fingernägel auf einer Kreidetafel.

Genug in Selbstmitleid geschwelgt. Ich schnapp mir die Winnie-Puuh-Figur und steck sie in eine Schublade, dann widme ich mich dem Funkgerät Marke Eigenbau und fummle an den Schaltern und Drehknöpfen herum.

»Sieht ja nicht nach viel aus«, meint Sawyer zweifelnd.

»Henry meinte, es wäre so gut wie diejenigen, die man kaufen kann.«

»Wie groß ist die Reichweite?«

»Mindestens einige Hundert Meilen.«

»Bullshit.«

»Das hat er mir zumindest gesagt.«

»Weißt du, wie man es benutzt?«

»Nicht wirklich.«

»Hast du jemals gesehen, wie *er* es benutzt hat?«

»Er hat es noch nie benutzt, aber es funktioniert wohl wie ein Polizeifunkgerät.«

Ich drücke den Anschaltknopf.

Es passiert – nichts.

»Ist es eingesteckt?«

Ich lehne mich über das Funkgerät. Da ist ein ganzer Bund roter und schwarzer Drähte, die sich aus der Rückseite winden. Die meisten beschreiben einen Bogen und verlaufen dann wieder direkt in den Empfänger, abgesehen von zwei Drähten. Einer verläuft unter dem Tisch, während der andere schnurgerade nach oben an die Wand genagelt ist und im Dach verschwindet.

Ich schiebe den Stuhl zurück und gehe in die Hocke. Das Kabel, das unter dem Tisch verläuft, führt zu einem Verteilerkasten, von dem ein dickes Kabel wegführt durch die Holzwand des Schuppens.

Ich stehe wieder auf und versuche die Tischlampe. Vergebens, sie geht nicht an.

»Und jetzt?«

»Ich arbeite dran.«

Ich verlasse den Schuppen und gehe an die Seite, wo das Kabel herausläuft. Es ist mit einem kleinen Generator verbunden, der auf einem kleinen Metallkarren befestigt ist. Vertrauenswürdiger Henry, hier seine eigene Stromquelle zu installieren. Ich weiß noch, wie er danach verlangt hat, als wir im letzten Jahr all die ganzen Stromausfälle hatten.

Ich ziehe an der Anlasserschnur. Der Generator rumpelt und stirbt wieder ab wie ein altersschwacher Rasenmäher. Ich versuche es so lange, bis das Ding endlich anspringt, hustend und röchelnd.

Ich kehre in den Schuppen zurück. Die Lämpchen vorn am Funkgerät leuchten. Ein Rauschen kommt aus dem Lautsprecher. Sawyer hält bereits das Mikrofon in der Hand und drückt den Knopf.

»Irgendjemand da draußen?«

Sie lässt den Knopf los. Statisches Rauschen. Ich wechsle die Frequenz, doch wieder nur Rauschen. Dasselbe gilt für jede weitere Frequenz, die Henry im Gerät vorinstalliert hat.

»Scheiße. Ich denk mal, es braucht wirklich eine Antenne.«

Ich gehe erneut aus dem Schuppen und sehe mich in der Wartungshalle um. Da, sauber aufgewickelt liegt etwas auf der Werkbank, das so aussieht wie fünfzig Meter Kupferdraht.

Ich schiele zur Decke hoch. Über dem Schuppen ist eine kleine Falltür, die direkt zum Dachboden führt. Henry wollte von mir, dass ich dort das Kabel anbringe, das als Antenne fungieren sollte. Ich seufze, sehe keine Alternative, also greife ich mir die Spule und werfe sie auf das Dach des Schuppens.

An der Wand hinter dem Traktor lehnt eine alte, verlängerbare Leiter. Die trage ich rüber, lehne sie gegen den Schuppen und klettere aufs Dach. Anschließend ziehe ich die Leiter hoch und lehne sie gegen die Wand der Halle, wobei ich die Füße am Rand des Schuppendachs festklemme. Nicht gerade viel, um die Leiter zu stabilisieren, aber mehr hab ich nicht. Ich werfe mir das Kabel über die Schulter, dann packe ich die Leiter und rüttle daran.

»Was zum Teufel machst du da?«, schreit Sawyer.

»Ich versuch, das Funkgerät zum Laufen zu kriegen. Warte so lange und probier es weiter.«

Ich klettere langsam hinauf und versuche, jede kleine Gewichtsverlagerung und jedes Knarzen im Metall zu erspüren. Die Leiter selbst gehört zu jenen mit Scharnieren in der Mitte, damit man sie auf passable Größe zusammenklappen kann. Aber die sind ziemlich verrostet, weshalb sie die ganze Zeit ausgeklappt war, was aber nicht heißen soll, dass die verrosteten Scharniere auch mein Gewicht tragen. Die Leiter kann jeden Moment unter mir zusammenkrachen.

Ich glaube, ein Geräusch unter mir zu hören, halte kurz inne und schaue hinüber zu der Tür, die zur Halle führt, doch ich kann nichts Verdächtiges ausmachen. Ich warte noch ein paar Sekunden, dann kraxele ich weiter hinauf, bis ich die Falltür erreicht habe.

Ich drücke sie auf und blicke in Finsternis, dann ziehe ich mich hoch. Der metallene Aufbau hier oben dient weniger dazu, das Dach zu tragen, als vielmehr, Häftlinge an der Flucht zu hindern. Wenn ich eine Antenne haben will, werde ich nichts Besseres finden: ein metallenes Gerüst, das sich über die Länge und Breite der gesamten Wartungshalle erstreckt.

Die massiven Ketten, die dafür ausgelegt sind, die schweren Motoren aus der Montagegrube zu hieven, sind direkt an dem Gerüst montiert. Ich beiße die Isolierung an einem Ende des Kupferkabels ab und ziehe sie vom Draht, bis ungefähr sechzig Zentimeter freiliegen. Dann gehe ich langsam zu einer Kette und wickle das Kupfer, soweit es geht, um die einzelnen Kettenglieder.

Ich kehre zur Falltür zurück, knie mich hin und will schon nach Sawyer rufen, als ich zwei Gestalten sehe, die sich durch die Wartungshalle bewegen.

Es sind Veitch und Cassidy, die Letzten, die von Kincaids Leuten noch übrig sind.

Notiz an mich selbst: Das nächste Mal höre auf dein Bauchgefühl.

Ich muss etwas unternehmen, und zwar schnell. Sie werden den Schuppen durchsuchen, entweder das, oder Sawyer kommt heraus, um zu sehen, wie ich vorankomme.

Veitch und Cassidy sind beide mit Metallrohren bewaffnet, die sie irgendwo herausgerissen haben, aber sie tragen keine Schusswaffen bei sich, immerhin. Ich frage mich, was mit ihren Knarren passiert ist. Haben die Bloods sie ihnen weggenommen, als sie Einheit 4 gestürmt haben? Wenn ja, dann sende ich ein stilles Dankesgebet an Dexter und seine total durchgeknallten Anhänger.

Ganz sachte steige ich auf die Leiter, platziere vorsichtig den Fuß auf der ersten Sprosse und zucke zusammen, als ein knackendes Geräusch ertönt. Ich blicke über die Schulter – Veitch und Cassidy durchwühlen eine Werkzeugkiste am anderen Ende der Wartungshalle. Ich steige hinab und versuche, mich so leicht wie möglich zu machen.

Plötzlich spüre ich, wie die Leiter langsam nachgibt.

Ich erstarre und blicke noch mal hinunter. Ein Fuß der Leiter ist über den Rand des Dachs gerutscht.

Veitch checkt immer noch die Werkzeugkiste. Das Metallrohr hat er auf die Werkbank gelegt, dafür nimmt er aus der Kiste einen schweren Schraubenschlüssel, den die Häftlinge, die vorher hier waren, wohl beim Plündern übersehen haben, und wiegt ihn in der Hand. Cassidy allerdings watet in Richtung Schuppen und runzelt die Stirn, als er einen Blick auf den wummernden Generator wirft.

Ich fahre mir nervös mit der Zunge über die Lippen. *Schau nicht nach oben. Was immer du auch machst, nicht nach oben schauen.*

Dann passieren zwei Dinge gleichzeitig. Sawyer schreit im Schuppen: »Constantine, ich glaub, es funktioniert!«

Und die Leiter schlittert über den Rand des Dachs.

Ich rausche senkrecht mit der Leiter nach unten, knalle hart auf den Schuppen und rolle zur Seite. Ich krümme mich vor Schmerzen, kämpfe mich aber dann auf die Beine.

Cassidy und ich blicken uns direkt in die Augen.

Dann höre ich Tritte von unten: Sawyer nähert sich der Tür.

Scheiß drauf!

Ich lass mich vom Dach des Schuppens fallen, direkt auf Cassidy zu. Er schafft es tatsächlich, aufrecht stehen zu bleiben, als ich ihn ramme, das muss man ihm lassen. Er stolpert nur leicht nach hinten, als wir zusammenprallen, aber ich bin es, der sich flach auf dem Bauch im Wasser wiederfindet.

Ich komme wieder auf die Beine, setze mit meinem gesunden Arm einen Schwinger und treffe Cassidy am Kinn. Er stolpert zurück und prallt gegen den Traktor. Ich setze mit einem Tritt in den Bauch nach, sodass alle Luft aus seiner Lunge entweicht, bevor er merkwürdig keuchend auf die Knie geht.

Ich werfe einen Blick über die Schulter. Sawyer steht in der Tür des Schuppens und zögert.

»Los!«, schreie ich. »Ans Funkgerät!«

»Pass auf!«, kreischt sie.

Ich wirble herum und sehe, wie Veitch den schweren Schraubenschlüssel schwingt. Ich ducke mich weg und stolpere über Cassidys ausgestreckte Beine. Veitch setzt nach und lässt den Schlüssel nach unten sausen. Ich rolle mich gerade noch rechtzeitig weg, und der Schraubenschlüssel kracht auf Cassidys rechtes Schienbein.

Cassidy schreit auf. Ich komme wieder hoch, wate platschend durchs Wasser und flitze hinter den Traktor. Veitch folgt mir, und ich sehe mich verzweifelt nach einem Gegenstand um, den ich als Waffe benutzen kann. Plötzlich stoße ich mit dem

Fuß gegen etwas unter Wasser, stolpere, fange mich am Traktor ab und drehe mich noch rechtzeitig um, um zu sehen, dass Veitch mit dem Schraubenschlüssel auf meinen Kopf zielt.

Ich krieg seine Hand zu fassen, wir stehen uns direkt gegenüber, ich mit zusammengebissenen Zähnen nur Zentimeter von seinem Kopf entfernt. Wir stolpern umher, ineinander verkrallt, und Veitch versucht sich loszureißen, während ich mit aller Kraft dagegenhalte.

Wir bollern gegen eine der Werkbänke, ich mit dem Rücken dagegen, und Veitch versucht, mich irgendwie aus dem Gleichgewicht zu bringen.

Ich drehe den Kopf. Es ist die Werkbank, an der Henry den Rotor vom Rasenmäher geschärft hat. Die lange, geschwungene Klinge liegt einfach da, die geschliffene Schneide glänzt im Licht.

Veitchs Gesicht ist direkt vor mir, ich kann seinen schlechten Atem riechen, die schwarzen Ränder vom Rauchen zwischen seinen Zähnen sehen.

Ich schiebe mich gegen ihn und zwinge ihn, noch härter dagegenzuhalten.

Dann mach ich einen Schritt zur Seite und ziehe ihn, so fest ich kann, nach vorn, wobei ich seinen Kopf nach unten knalle.

Er schlägt mit dem Kopf auf die Rotorklinge. Blut spritzt in einem Strahl aus seinem Schädel, und sein ganzer Körper versteift sich. Dann sackt er gegen die Werkbank, und das Blut verläuft über die Rillen der Rotorklinge.

Ich drehe mich um. Cassidy ist wieder auf den Beinen und kommt so schnell auf mich zu, wie es sein verletztes Bein zulässt.

Ich hab die Schnauze voll von dem ganzen Scheiß, gestrichen voll von all dem hier.

Ich renne auf ihn zu.

In seinen Augen spiegelt sich die Überraschung, als er mich auf sich zukommen sieht, aber keiner von uns wird langsamer.

Ich erreiche eine der Ketten für die Motorblöcke. Ich packe sie, schwinge mich in die Luft und um Cassidy herum, dann lasse ich mich wieder fallen und schlinge ihm die Kette dabei um den Hals, zweimal. Dann packe ich mir das andere Ende der Kette und ziehe es, so fest ich kann, nach unten, sodass Cassidy nach oben gerissen wird.

Er lässt sein Metallrohr fallen und versucht, die Finger zwischen Kette und seinen Hals zu bringen. Ich ziehe weiter, bis er etwa auf halber Höhe der Halle hängt. Sein dämliches Speckgesicht läuft blau an, die Augen treten weit aus den Höhlen. Die Beine fangen an zu krampfen. Sein Körper zuckt, und er pendelt von einer Seite zur anderen, während sein Widerstand schwächer und schwächer wird und schließlich ganz erlischt.

Ich lass ihn dort hängen und nehme schweren Schrittes die drei Stufen zum Schuppen. Sawyer starrt mich verängstigt an, aber sie entspannt sich, als sie erkennt, dass ich es bin, dann wendet sie sich wieder dem Funkgerät zu.

»Bitte geben Sie es weiter«, sagt sie. »Ich schätz mal, es sind noch über dreihundert von uns hier. Vielleicht auch viel mehr.«

Sie nimmt den Finger von der Sprechtaste am Mikro, und statisches Rauschen knarzt aus dem Lautsprecher, bevor eine männliche Stimme erklingt. »Verstanden. Wir werden sicherstellen, dass jemand zu ihnen vorstößt, sobald der Hurrikan vorbeigezogen ist.«

»Danke …« Ihre Stimme bricht fast, als sie die Worte spricht. Sie lässt das Mikrofon auf die Werkbank fallen, sieht mich an und lehnt sich im Stuhl zurück. »Ich habe mit vier verschiedenen Leuten gesprochen. Sie haben gesagt, sie werden es weitergeben.«

Bevor ich antworten kann, erklingt über das interne Lautsprechersystem des Gefängnisses ein Laut, als würde sich jemand räuspern.

»Hallo? Funktioniert das Teil?«

Die Stimme ist die von Felix.

»Yeah, also … Es gibt so eine Art Tunnelsystem unter diesem Drecksloch, das vielleicht sogar wasserdicht ist. Keine Versprechungen, denn Leo behauptet, dass es existiert, und ihr alle wisst ja …«

Es gibt ein Geräusch wie bei einem Handgemenge, dann spricht jemand anders. Leo.

»Es gibt Tunnel, die in ein Flutwasserablaufsystem unterhalb des Gefängnisses führen. Mein Rat an euch: Kommt über den Bürobereich zur Transitional Care Unit!«

Erneutes Handgemenge, dann ist Felix wieder am Gerät. »Wir warten allerdings auf keinen von euch. Schiebt eure verdammten Ärsche zur Kellertür, wir warten nicht, das ist mein Ernst. Wir gehen runter in die Tunnel und schließen sie von innen ab. Und das geb ich euch umsonst mit auf den Weg: Sobald das Auge vom Hurrikan vorüberzieht, ist der Knast hier Geschichte.«

Als er es sagt, flackert die Beleuchtung. In der Ferne erklingt das beängstigende Poltern und Krachen eines Einsturzes, das den Boden unter meinen Füßen erzittern lässt.

»Seht ihr?«, sagt Felix über die Sprechanlage. »Habt ihr das gespürt? Also schafft eure Ärsche zum Keller!«

Ein Klicken, dann folgt nichts mehr.

Sawyer und ich tauschen einen erschöpften Blick, dann hievt sie sich aus dem Stuhl.

»Gehen wir!«

Zwanzig

05:20 Uhr

Schließlich kommen Sawyer und ich wieder bei Felix und Leo an. Eine lange Reihe an Häftlingen ist tatsächlich bereits damit beschäftigt, den Korridor von den Trümmerteilen zu befreien, der zum Keller führt.

Felix muss grinsen, als er uns durch das flackernde Licht näher kommen sieht. »Hey, Mann, ihr seid ja immer noch nicht tot.«

»Nope, tut mir leid.« Ich blicke mich in dem düsteren Korridor um. »Sieht so aus, als hättet ihr Hilfe bekommen.«

»Ja, wer hätte das gedacht. Das Gespenst des herannahenden Todes reicht offenbar, dass die Leute ihre alten Rechnungen vergessen und zusammenarbeiten.«

Damit scheint er voll und ganz recht zu haben. Bloods, Crisps, Woods, Ñetas … all die Gangs, die noch einige Stunden zuvor versucht haben, sich gegenseitig umzubringen – und das nicht ohne

Erfolg –, arbeiten nun zusammen, um den Schutt aus dem Durchgang zu schaffen. Für mich kommt es nicht gänzlich überraschend. Einzelne Häftlinge haben ja bereits ein Versteck oder Schutz gesucht, statt immerfort weiterzukämpfen, wie wir nach unserer Flucht aus dem Gym bemerkt haben. Inzwischen muss auch der Letzte kapiert haben, dass die Dinge für die Strafanstalt Ravenhill nicht zum Besten stehen.

Sawyer wirft einen Blick in den Durchgang. »Wie läuft's?«

»Sind fast durch«, erklärt Leo und wischt sich den Schweiß von der Stirn. »Sieht aus, als wäre das ganze Dach eingestürzt. Rohrleitungen und der ganze Scheiß sind mit runtergekommen.«

»Und ein Durchlauferhitzer«, erklärt Felix. »War immer noch voller Wasser. Musste mir 'ne Knarre von 'nem Mithäftling borgen und 'n paarmal drauf schießen, damit das Wasser ablaufen konnte.«

»Denn was wir jetzt gerade brauchen, ist noch mehr Wasser um uns«, entgegne ich sarkastisch. »Ich hoffe, du hast recht mit diesen Tunneln«, sage ich dann zu Leo. »Sonst musst du mit ziemlich vielen sehr angepissten Knackis klarkommen, wenn das alles nur in deiner Fantasie existiert.«

»Wenn es nur in meiner Fantasie existiert, sind angepisste Knackis mein geringstes Problem. Aber entspann dich. Ich bin alt, nicht senil.«

»Du hast immer allein in der Kantine gesessen und vor dich hin gebrabbelt, hier rauszukommen«, erinnert ihn Felix. »Jeder hat gedacht, du wärst ein bisschen ... na ja, plemplem.«

»Weil ich nicht mit euch Idioten reden wollte? Ich denke, das zeigt eher, dass ich recht intelligent bin.«

Weitere Häftlinge erreichen den Korridor, nervös, angespannt. Sie alle sind Felix' Aufruf gefolgt. Ihre Ankunft macht mir Sorgen. Ich besehe mir die Gesichter, ob irgendeiner von ihnen was im Schilde führt. Der Priester und Kincaid sind immer noch verschwunden, und das macht mich nervös. Ich würde lieber wissen, wo die Irren stecken.

Das Gebäude wird erneut erschüttert. Staub rieselt von der Decke und bildet einen feinen Film auf dem Wasser. Und obwohl das Wasser beständig durch die Tür die Treppen hinunter in den Keller läuft, scheint der Wasserspiegel überhaupt nicht abzunehmen.

Unruhe am anderen Ende des Korridors lenkt mich ab. Felix und ich waten hin, um nachzusehen, was los ist. Im gedämpften Licht kann ich vier Männer näher kommen sehen. Einer hat eine Schrotflinte bei sich, einer eine M9, zwei halten Ruger-Gewehre. Es ist offensichtlich, dass sie in der Waffenkammer waren.

Felix zieht eine Beretta.

»Woher hast du die?«, raune ich ihm zu.

»Eine Spende. Von einem der Neuankömmlinge.«

»Hast du noch eine?«

»Tut mir leid, war schwer genug, an die hier zu kommen.«

Ich bleibe vor den vier Typen stehen. »Halt!«

Ich blinzele ins gedämpfte Licht. Es müssen Leute vom Prediger sein. Ja, ich kann die Kreuz-Tattoos an ihren Hälsen sehen.

»Wir wollen keinen Ärger«, sagt einer von ihnen. »Wir wollen nur in die Tunnel.«

»Nicht mit den Waffen, keine Chance«, sagt Felix. »Nichts für ungut, aber ich traue euch Freaks nicht über den Weg. Jeder, der dem Prediger folgt, ist verrückter als ein Inzucht-Hinterwälder der fünften Generation aus Alabama.«

Die vier Männer schauen sich fragend an. Der eine tritt vor und hebt leicht den Lauf seiner Schrotflinte. Sie zeigt zwar nicht auf uns, aber er hält sie auf Hüfthöhe. »Die Waffen behalten wir.«

»Dann kommt ihr nicht mit uns«, bestimme ich. »Niemand weiß, wie lange wir in den Tunneln festsitzen werden, und wir wollen nicht, dass irgendjemand auf dumme Gedanken kommt.«

»Wir gehören nicht mehr zum Prediger.«

»Ist mir scheißegal. Ihr seid ihm gefolgt, und das bedeutet, dass ich euch nicht trauen kann.«

»Vielleicht gehen wir allein in die Tunnel«, grollt der Mann. »Und lassen euch hier, dann könnt ihr schwimmen.«

»Du kann…«

Ein Schuss explodiert direkt neben meinem Ohr.

Der Typ, der gesprochen hat, stolpert zurück in die Arme seine Kompagnons. Blut sprudelt aus einer Wunde an seinem Hals.

Ich drehe mich um. Felix steht neben mir, die Beretta immer noch erhoben.

»Alter, was zum Teufel …?«, brülle ich.

»Noch jemand, der was einzuwenden hat?«, fragt er und ignoriert mich. »Ich hab noch mehr Kugeln.«

»Das war *direkt* an meinem Ohr!«

Einige der Häftlinge, die damit beschäftigt waren, die Trümmerteile der eingestürzten Decke wegzuräumen, kommen näher und wollen wissen, was vor sich geht. Ich sehe es schon kommen, dass sich das hier zu einem weiteren Blutbad entwickelt, wenn wir nicht sehr vorsichtig sind.

Ich mache einen Schritt nach vorn. »Also, ihr behauptet, ihr folgt nicht mehr dem Prediger. Beweist es, ansonsten kommt ihr nicht mit uns in die Tunnel. Ende der Durchsage.«

Verunsichert betrachten die drei Männer die anderen Häftlinge. Sie versuchen herauszufinden, ob sie auf meiner Seite sind, ob ich für alle hier spreche. Keiner mischt sich ein, und darüber bin ich tatsächlich ziemlich erstaunt. Sie halten mir anscheinend den Rücken frei.

»Ich sag's nicht noch mal«, droht Felix. »Ich mein's verdammt ernst. Ich werde euch alle drei abknallen, so wie ihr da steht.«

Der Typ in der Mitte seufzt, dann hält er mir die Beretta mit dem Griff voraus hin. Ich wate zu ihm und nehme sie. Anschließend taste ich im Wasser nach der Schrotflinte, die der von Felix erschossene Häftling hat fallen lassen. Ich finde sie, komme wieder hoch und schau die anderen an. Widerwillig händigen sie mir die Ruger-Gewehre aus.

Eins schultere ich am Riemen, sodass ich es auf dem Rücken trage. Die Beretta gebe ich Sawyer, die ebenfalls zu uns gestoßen ist, um zu sehen, was hier abgeht.

»Du weißt, wie man die benutzt?«, frage ich.

»Musst nicht ein noch größeres Arschloch sein, als du eh schon bist. Glaubst du, wir bekommen kein Schießtraining, bevor wir hier anfangen?«

»Herrgott, ganz ruhig bleiben.«

Wir waten zurück zur Tür, wo uns Leo erwartet und uns nervös ansieht. »Hey … seid ihr sicher?« Er nickt in Richtung der ehemaligen Jünger des Predigers.

Ich weiß, was in seinem Kopf vorgeht. Sind die Typen wirklich dazu imstande, ihre Tattoos und Insignien zu vergessen, nachdem sie jahrelang die Anhänger eines fanatischen Killerpriesters waren?

Aber ich sehe sie gerade nicht als Mörder oder Räuber oder Drogendealer. Ich sehe Menschen, die überleben wollen. Mich überkommt für einen Augenblick so etwas wie … Stolz? Kann das sein? Okay, vielleicht nicht Stolz, aber so was wie eine Verbindung. Eine Verbindung mit einer Gruppe von Leuten, mit denen ich absolut nichts gemein habe, außer dass wir Menschen sind. Die Hälfte von ihnen hätte mich noch eine halbe Stunde zuvor, ohne mit der Wimper zu zucken, gekillt, aber jetzt in diesem Moment ist das Einzige, was wir alle wollen, lebend aus der verfluchten Scheiße rauszukommen. Unser wahrer Feind ist der Hurrikan, und der wird kein Mitleid zeigen. Ihm ist es egal, welche Hautfarbe man hat oder welchem Gangboss man die Treue geschworen hat.

Jesus Christus, was passiert hier gerade mit mir? Werde ich gerade zum Gutmenschen?

Na ja, ich war mal Cop, und vielleicht erinnere ich mich gerade daran, was für 'n gutes Gefühl es ist, sich für andere einzusetzen. Vielleicht hatte Sawyer recht damit, als sie meinte, dass einem Teil von mir nicht alles scheißegal ist.

Und dann wird es plötzlich still rund ums Gefängnis. Der brüllende Wind flacht ab, ebenso wie das konstante Hämmern gegen die Gefängnismauern.

Wir schauen uns entsetzt an. Die Stille hallt in unseren Ohren nach.

Das Auge des Hurrikans ist da.

Wir brauchen weitere zehn Minuten, bis wir den Weg freigelegt haben. Leo hat bereits die Kellertür geöffnet und hält sich am Türrahmen fest, als das Wasser an seinen Beinen vorbei in die Tiefe rauscht, wobei es ihn fast umwirft. Ich gehe zu ihm, wir starren gemeinsam in die Finsternis.

»Kein Licht?«, frage ich.

»Ich denke, unten werden irgendwelche Lampen sein.«

»Du denkst?«

Er zuckt mit den Schultern. »Soweit ich mich erinnern kann. Das letzte Mal, als ich da unten war, liegt fünfzig Jahre zurück.«

Ich versuche, die Stufen hinunterzusehen. Es ist stockfinster, und ich kann lediglich das Wasser hören, das kaskadenartig nach unten rauscht.

»Wie viele, schätzt du, sind es?«, fragt Leo, der einen Blick zurück in Richtung der Häftlinge wirft.

»Mehr als einhundert.«

»Jesus! Der Knast hat achthundert Leute beherbergt.«

»Wir haben es über die Sprechanlage verkündet. Vielleicht kommen ja noch welche.«

»Aber Felix hat recht gehabt, wir können nicht die Türen für sie offen stehen lassen«, wendet Leo ein. »Wenn wir einmal in den Tunneln sind, müssen wir alles hinter uns dichtmachen. Ende der Geschichte.«

»Schon in Ordnung.« Ich nicke in Richtung der Stufen, die hinunter in die Dunkelheit führen. »Ist das okay für dich? Brauchst du Hilfe?«

»Ich bin fast achtzig Jahre alt. Was zum Teufel denkst du?«

Ich muss lächeln. »Okay, ich gehe zuerst. Wenn du stolperst, halt dich an mir fest. Ich schätz mal, du hast nicht zufällig eine Taschenlampe?«

»Sicher doch, direkt hier an meinem Einsatzgürtel, nebst Handy und Wurfstern.«

»Fein.«

Ich gehe durch die Tür und ertaste die erste Stufe. Das Wasser rauscht an meinen Fußgelenken vorbei und reißt mich fast von den Beinen. Ich taste an der Wand entlang, bis ich den Lauf vom Geländer finde.

»Das Geländer«, sage ich über meine Schulter.

»Ja, ich bin alt, aber nicht blöd. Hab ich schon gesagt, oder?«

»Willst du dann doch vorangehen?«

»Nah, besser du.«

»Dann halt's Maul.«

Ich steige langsam die Treppen hinab, kann hören, wie die anderen nachkommen. Rufe erschallen, laut und schrill, ein Versuch, hinter Angeberei und miesen Witzen die Angst zu verbergen.

»Jo, Mann, wo ist mein Blindenstock?«

»Wo zum Teufel ist mein Blindenhund?«

»Hier ist's düsterer als in der Seele deiner Mama.«

»Nee, Bruder, das hier ist schwärzer als die Schlange vorm Kentucky Fried Chicken, wenn's Chickenwings umsonst gibt.«

»Wer zum Teufel hat das gesagt? Das darf man nicht sagen, Mann!«

»Ich bin selbst schwarz, Mann!«

»Ist mir scheißegal, ich auch. Sag so 'nen Scheiß nicht.«

Ich zähle zwanzig Stufen, bis ich das Ende der Treppe erreiche. Das Wasser steht mir bis zu den Oberschenkeln.

»Weitergehen«, sagt Leo. »Da sollte eine Tür kommen. Du hast die Schlüssel?«

»Yeah.«

Ich wate durchs Wasser, die Hand nach vorn ausgestreckt, bis ich eine massive Metalltür vor mir ertaste. Mit den Fingern fahre ich über den Griff und das Schloss, um zu ertasten, was für eine Art von Schloss es ist, aber ich glaube, es ist so wie all die anderen. Ich atme aus, seufze erleichtert. Ich hatte mir Sorgen gemacht, dass das Schloss hier veraltet ist und niemand jemals hier vorbeigeschaut hat, um die Schlösser auszutauschen.

Zuerst probiere ich den Schlüssel für die Türen zu den einzelnen Einheiten, erfolglos. Dann nehme ich den Schlüsselring und probiere einen nach dem anderen, was eine Weile dauert. Doch irgendwann lässt sich der Schlüssel drehen, und es macht *klick*.

Den Ring stecke ich wieder in meine Tasche und versuche mich an der Tür. Sie öffnet sich in meine Richtung.

»Ich brauch ein paar Leute, die mir helfen«, rufe ich.

Ich warte auf die Häftlinge, die direkt hinter Leo und mir sind, kann besorgtes Atmen hören, nervöses Geflüster. Wir alle agieren blind.

Ich drücke den Griff nach unten und kann spüren, wie ihn weitere Hände greifen. So gut es geht, stützen wir uns mit den Füßen ab, um die Tür gegen die Wassermassen aufzuziehen.

Es braucht ein paar Versuche, bis es uns überhaupt gelingt, die Tür so weit aufzubekommen, dass Wasser durch den Spalt läuft. Wir ziehen weiter, sie öffnet sich Millimeter für Millimeter, und die Brühe fließt und strömt an unseren Beinen vorbei dorthin, was immer hinter der Tür liegen mag. Der Wasserspiegel sinkt, bis es sich etwa auf Höhe der Waden einpendelt und weiter von oben die Treppen hinunterfließt.

Ich gehe durch die Tür und stoße mit Häftlingen zusammen, die entweder zusammenzucken und zurückweichen oder einfach stehen bleiben, als ich versuche, an ihnen vorbeizukommen.

»Lasst mich durch, verflucht noch eins, ich muss den Lichtschalter finden.«

Schließlich bin ich an den Häftlingen vorbei und taste die Wand entlang. Ich finde tatsächlich 'nen Schalter, es ist ein ziemlich alter. Ich lege ihn um, und über uns geht das Licht an, summend und flackernd, und taucht alles in einen kranken Gelbton.

Ein weiterer Durchgang. Ich kann den Boden nicht sehen, aber die Wände sind mit alten weißen Kacheln gefliest. Die meisten sind zerbrochen. Ich lege meine Hände darauf und spüre, dass Wasser durch die Bruchstellen dringt. Ziemlich besorgniserregend.

Einige der Kacheln sind komplett abgeplatzt, aber ich weiß nicht, ob es daran liegt, dass sie so alt sind, oder am Hurrikan. Entlang des Gangs reihen sich verschlossene Türen. Ich versuche eine, und sie öffnet sich zu einem Lagerraum. An der entfernten Wand stapeln sich mit Schimmel überzogene Boxen, und die Pappe saugt sich mit dem Wasser voll, das jetzt in den Raum strömt.

»Nur alte Lagerräume«, erklärt Leo. »Weitergehen bis zum Ende des Korridors.«

Ich werfe einen Blick zurück zur Treppe. Sawyer ist direkt hinter Leo, dann kommt Felix, gefolgt von einer engstehenden Reihe an Häftlingen bis hinauf ins Gefängnis.

Durch das flackernde Licht gehe ich weiter bis ans Ende des Korridors, dessen Tür verschlossen ist. Mit den Schlüsseln öffne ich erneut das Tor zu einer finsteren Welt. Wieder betätige ich den Lichtschalter, und wieder flammen altersschwache Lampen auf. Diese aber haben noch mehr Jahre auf dem Buckel und sind mit Staub überzogen. Einige funktionieren überhaupt nicht mehr, während andere einen grünlichen Schein abgeben und einen Raum erhellen, der einem alten Luftschutzkeller ähnelt.

Überall stehen Schwerlastregale mit Kisten herum, auf denen US-ARMY gesprüht ist.

An zwei Wänden stehen Tische, darauf vergilbtes Papier, verstaubte Postablagefächer und Tischlampen mit grünen Schirmen, außerdem Aktenschränke aus Metall. An einer Wand hängt eine riesige Karte mit dem Verlauf des Cross-Florida-Barge-Kanalprojekts.

»Das ist der alte Verbindungsraum zwischen den Chefs da oben und den Arbeitern unten«, erklärt Leo und nickt in Richtung einer Metalltür an der entfernten Wand. Sie sieht gewöhnlich aus, nicht so wie die Gefängnistüren eine Etage höher.

Schnell füllt sich der Raum mit Häftlingen, die

vorwärtsdrängeln und sich gegenseitig schubsen. Diejenigen, die sich immer noch im Korridor befinden, schreien herum und wollen wissen, warum es nicht vorangeht.

Die Tür ist nicht verschlossen, und Leo öffnet sie. Ich lehne mich nach vorn und schalte das Licht an – dieses Mal keine Röhrenlampen, sondern riesige, uralte Glühbirnen mit metallenen Lampenschirmen, die an Kabeln mit Stoffisolierung von der Decke baumeln und breite Schatten bis hoch zur Decke werfen. Im Raum stehen unzählige Etagenbetten aus Metall, allesamt ohne Matratzen oder Bettwäsche.

»Ist das hier wirklich eine Kaserne?«, fragt Felix, als er an uns vorbeigeht und sich auf eines der Betten setzt. Die Federn quietschen protestierend auf, und Felix steht schnell wieder auf.

»Yeah, Ingenieure und deren Knechte für die Drecksarbeit. Offiziere. Dann noch Häftlinge aus dem Militärgefängnis, die hier die Tunnel graben mussten«, erklärt Leo. »So bin ich dazugestoßen, auch wenn wir nicht alle hier unten geschlafen haben. Uns hat man oben im Admin einquartiert, das damals noch nicht das Admin war.«

Wir gehen durch den Raum und betreten einen weiteren Tunnel. Er ist circa drei Meter breit und verläuft ziemlich steil nach unten, ebenfalls beleuchtet von riesigen Glühbirnen, von denen aber nur ungefähr ein Drittel funktioniert. Selbst das überrascht mich noch, schließlich könnte man annehmen, dass nach so langer Zeit überhaupt keine mehr angehen würde. Aber ich denke mal, damals haben sie noch Sachen hergestellt, die länger halten sollten.

Das Wasser rauscht noch immer von oben runter. Manche der Häftlinge werden sogar von der Wucht des Wassers umgerissen und rutschen die Schräge hinunter, bis sie von anderen Häftlingen gepackt werden, die ihnen wieder auf die Beine helfen. Das Geräusch des fließenden Wassers hallt in den engen Räumlichkeiten von den Wänden wider.

Nachdem es etwa zehn Meter abwärtsgegangen ist, verläuft der Tunnel wieder gerade und macht eine scharfe Biegung nach rechts, wo er im Dunkel verschwindet.

»Das ist der letzte Tunnel«, erklärt Leo. »Er führt zu einem Raum, wo auch die Tunnel vom Glashaus enden. Von dort geht es noch etwa zwanzig Meter runter zum Flutwasserablaufsystem.«

»Das ist ziemlich weit unten«, meint Felix und sieht sich verunsichert um. »Bin ich der Einzige hier, für den es sich ein wenig ... klaustrophobisch anfühlt? Wenn hier unten was passiert, kommen wir nie mehr raus.«

»Entspann dich«, sagt Leo, »ich weiß, wovon ich rede. Wir müssen nur aus diesen Tunneln raus. Alles hinter dem besagten Raum ist versiegelt. Wasserdicht.«

»Und falls das Flutwasserablaufsystem irgendwo geöffnet ist?«, frage ich. »Wäre es jetzt nicht längst geflutet?«

»Es wurde nie fertiggestellt, und es besteht keine Verbindung von den Flutkavernen an die Oberfläche. Da dringt nichts ein, vertrau mir.«

»Also, wie sieht dein Fluchtplan denn nun aus?«, will ich wissen. »Du hattest es immer mit diesen Tunneln, hast davon gebrabbelt, soweit jeder hier zurückdenken kann. Wie willst du also rauskommen?«

»Ich wollte die Aquädukte benutzen, über die das Wasser in den Ozean fließt. Ganz einfach bis zum Meer spazieren.«

»Das ist alles?«

»Das ist alles, schön und einfach. Warum die Sache verkomplizieren?«

Wir marschieren weiter durch den Tunnel. Sawyer holt mich ein und berührt mich am Arm.

»Siehst du das?«, fragt sie und weist mit dem Daumen über die Schulter.

Ich registriere geschockt, dass die Zahl der Häftlinge *extrem* angestiegen ist. Das müssen jetzt mindestens zweihundert sein. Die Samariterin Sawyer sieht glücklich aus, und sie hat wohl allen Grund dazu. Wenn wir das hier schaffen, hat sie 'ner Menge Menschen das Leben gerettet und kann stolz auf sich sein. Ist ziemlich lange her, dass ich dieses Gefühl verspürt hab. Aber das hier fühlt sich richtig, fühlt sich gut an.

»Hast du Kincaid irgendwo gesehen?«, fragt Felix.

Ich schüttle den Kopf.

»Machst du dir keine Sorgen?«

»Darüber, dass er nicht hier ist? Nein, ich bin geradezu in Ekstase darüber!«

»Ja, okay, aber … Er ist *Kincaid*. Der wird das nicht einfach aussitzen, oder? Der hängt nicht einfach da oben ab und wartet, bis ihm das Dach auf den Kopf knallt.«

»Wir haben Waffen.«

»Er auch.«

»Wir können gerade nix dagegen machen.« Ich gehe weiter, sehe dann aber noch mal zurück. »Aber halt die Augen offen, okay? Gib mir Bescheid, wenn du ihn siehst.«

Nach etwa fünfhundert Metern erreichen wir das Ende des Tunnels, eine massive Backsteinmauer mit einer dicken rostfarbenen Metalltür von etwa drei Mal drei Metern Umfang, die den Weg versperrt. Ich klopfe dagegen, und es ertönt nur ein dumpfes Metallgeräusch, aber kein Echo.

»Das ist eine ziemlich solide Tür«, meint Felix und hämmert mit seinen Fäusten ebenfalls dagegen.

Hinter uns ist es still geworden. Ich blicke zurück und kann das Getuschel, das von Häftling zu Häftling nach hinten weiterläuft, fast spüren. Das ist es, Rettung naht, und ich bin sicher, dass sie es mit Freiheit gleichsetzen. Ich schätze mal, die meisten von ihnen glauben, dass sie fliehen können, wenn der Hurrikan erst einmal überstanden ist. Das hab ich vor ein paar Stunden auch geglaubt. Obwohl das bedeutet, einen überfluteten Landstrich zu durchqueren, in dem es von Katastrophenschutz, Feuerwehrleuten und Cops, die Rettungsmaßnahmen durchführen, nur so wimmelt.

Ich drehe mich wieder um, drücke den schweren Griff nach unten und drücke gegen die Tür.

Sie rührt sich keinen Millimeter.

Ich drücke stärker, dann versuche ich zu ziehen, aber selbst als ich einen Fuß an der Wand abstütze, gibt sie nicht nach.

»Die Tür ist abgeschlossen.« Ich blicke Leo an. »Die ist verfickt noch mal abgeschlossen!«

In Leos Gesicht steht Verwirrung. »Aber … das kann nicht sein. Es war vorher nie verschlossen …«

»Vor fünfzig Jahren vielleicht! Aber ich bin mir scheißverdammt noch mal sicher, dass sie verriegelt ist!«

Leo macht eine hilflose Geste. »Da ist noch nicht einmal ein Schloss angebracht.«

Ich betrachte die Tür genauer, und er hat recht. Kein Schlüsselloch, nichts.

»Muss wahrscheinlich von der anderen Seite verriegelt sein«, meint er.

Ich versuche mein Möglichstes, die Wut zu unterdrücken, aber das ist verflucht nicht leicht. »Da ist *kein* Scheißschlüsselloch, Leo!«

»Ich sag doch, vielleicht ist auf der anderen Seite ein Riegel davorgeschoben! Ich weiß es nicht!«

Jessas, verflucht noch eins. Warum haben wir diesem alten Knacker auch nur ein Wort geglaubt?

Ich muss die aufkommende Panik niederkämpfen. Noch ist Zeit. Ja, ich hab noch Zeit. Ich drehe mich um, wate durch das Wasser zurück und quetsche mich durch die gedrängt stehenden Häftlinge hindurch.

»Wohin willst du?«, schreit Sawyer.

»Ich kann es bis zum Glashaus schaffen und die Tür von der anderen Seite öffnen.«

»Bist du bescheuert?«, brüllt Felix. »Das Gefängnis kracht zusammen! Der Hurrikan …«

»… ist grad nicht das Problem! Das Auge ist immer noch über uns, und das bestimmt eine Dreiviertelstunde lang!«

»Aber zwanzig Minuten sind bereits verstrichen«, sagt Sawyer.

»Dann hört auf, mich vollzulabern, und lasst mich machen.«

»Du hast Leo gehört, Mann«, widerspricht Felix. »Die Mental Health Unit ist dicht, ebenso die ACU. Das ist Selbstmord!«

»Und hier unten rumsitzen und warten nicht? Wenn das Auge über uns hinweggezogen ist, wird hier alles überflutet. Dann ersaufen wir, jeder Einzelne von uns.«

»Es muss einen anderen Weg geben.«

»Gibt keinen.« Ich drehe mich zu Sawyer. »Gib mir die Schlüsselkarte.«

Sawyer zögert.

»Mach schon, Sawyer, die Uhr tickt.«

»Ich behalte sie.«

»Sawyer, wir haben nicht die Zeit …«

»Ich komme mit dir!«, unterbricht sie mich.

»Ich auch«, sagt Felix.

»Seid nicht dumm. Ich mach es allein.«

»Hör zu, ich glaub nicht, dass du ein übler Kerl bist«, meint Sawyer, »aber bitte sieh es mir nach, dass ich dir nicht gerade vertraue.«

»Nicht vertrauen in Bezug auf was?«

»Was hält dich davon ab, dich einfach davonzumachen und die zwei Typen zu schnappen, die deine Frau getötet haben?«

»Du denkst, ich würd euch alle hier sterben lassen? Ich hab gesagt, dass ich die Tür öffnen werde, und das werde ich auch, verdammt!«

»Vielleicht, aber ich hätte sie gerne geöffnet, *bevor* du zu deiner Kamikazeaktion aufbrichst, und so langsam bekomme ich das Gefühl, dass du irgendein Problem damit hast.«

Wir starren uns an, und ich muss erkennen, dass ich sie niemals überzeugen kann hierzubleiben.

Und was kümmert es mich?

Wenn sie und Felix mich begleiten, dann können *sie* die Tür öffnen, um die Häftlinge durchzulassen, und ich kann mich um Wright und Tully kümmern.

Eine Win-win-Situation.

Einundzwanzig

05:50 Uhr

Der Weg zurück zum Gefängnis scheint viel länger als umgekehrt. Wir waten durch die Tunnel, dann die Schräge hinauf, immer dem Wasser entgegen, das gegen unsere Unterschenkel und Knie drückt und jeden weiteren Schritt schwerer macht als den vorherigen.

Ich versuche durchzuzählen, und ich denke mal, dass unsere erste Schätzung der Wahrheit ziemlich nahekam. Fast zweihundert Häftlinge sind Felix' Aufruf gefolgt, von denen die meisten uns mit Fragen bombardieren, als wir uns an ihnen vorbeikämpfen – Fragen, die ich unbeantwortet lasse, weil ich keinen Aufstand riskieren will.

Sawyer hingegen sieht die Sache natürlich ganz anders und entscheidet sich schließlich dafür, die Häftlinge zu beruhigen, indem sie etwas tut, was man niemals tun sollte: Sie sagt ihnen die Wahrheit!

Nicht der schlaueste Zug von ihr, bedenkt man

die Umstände. Sie nehmen es nicht gut auf und beschimpfen sie, als hätte sie persönlich die Tür verschlossen und ihr aller Leben in Gefahr gebracht.

Aber es gerät nicht völlig außer Kontrolle, sie nimmt die Beleidigungen und Fragen relativ gelassen hin, bis einer – es ist Dexter, der Typ, der seinen eigenen persönlichen Fight Club auf die Beine gestellt hat – was von Vergewaltigung brabbelt.

In dem Moment macht Sawyer einen Schritt zurück, zieht die Beretta, die ich ihr gegeben hab, und zielt ihm damit direkt ins Gesicht.

»Sag das noch mal.«

Dexter blickt direkt in den Lauf der Waffe, leckt sich über die Lippen und runzelt die Stirn. Seine Augen flackern, huschen nach rechts, nach links, um zu sehen, wie die anderen Häftlinge reagieren. Ich kann genau vorhersehen, was passieren wird. Er kann unmöglich vor den Mitgefangenen das Gesicht verlieren, besonders nicht wegen einer Frau. Er wird nicht nachgeben.

Ich lasse das Ruger-Gewehr von meinem Rücken gleiten, sodass Dexter es mitbekommen muss. »Sei kein Vollidiot, Dexter.«

»Jack«, sagt Sawyer freundlich, den Arm ganz ruhig, die Stimme ebenso ruhig, den Blick unverwandt auf Dexter gerichtet. »Wenn du dich nicht raushältst, knall ich euch beide ab.«

Ich sehe sie überrascht an.

»Ich mein's ernst. Ich kann meine Kämpfe allein ausfechten.«

Ich zucke mit den Schultern, schwinge die Waffe wieder auf den Rücken und gehe ein paar Schritte hinüber zu Felix. Von dort beobachten wir Sawyer und Dexter volle zwanzig Sekunden lang, wie sie sich anstarren, bevor er loslacht, nervös zwar, aber das versucht er mit Lautstärke zu übertönen.

»Nur ein kleiner Spaß, Schwester. Alles gut.«

»Bist du sicher?«

»Ja. Du bist cool, wir sind cool.«

»Jeder hier ist cool, hmm?«, fragt Felix amüsiert.

Wir gehen weiter und erreichen schließlich den riesigen Raum, in dem die Stockbetten stehen. Ich schließe die Tür hinter uns.

Sawyer runzelt die Stirn. »Was machst du da? Du kannst sie da nicht einsperren!«

»Ich sperre sie nicht ein. Aber eine geschlossene Tür hält mehr Wasser ab als eine offene.«

Sie nickt. »Stimmt auch wieder.«

Wir gehen weiter, bis wir an die Kellertreppe kommen, die sich mittlerweile unter einem wahren Wasserfall versteckt. Der Druck ist so stark, dass wir uns am Handgeländer hochziehen müssen. Es ist viel schlimmer als noch vorhin, und das Rauschen hallt in dem kleinen Raum so laut von den Wänden wider, dass jede Verständigung unmöglich wird. Die Gischt klatscht uns in die Augen, die Nase, den Mund. Ich schätze mal, dass in ganz Ravenhill mittlerweile keine einzige Wand mehr dicht ist. Ob das Wasser durch die Mauern oder die Fenster einströmt, ich weiß es nicht mit Sicherheit.

Aber wenn es durch die Fenster eindringt, bedeutet es, dass es so hoch gestiegen ist, dass das ganze Gefängnis schon bald vollständig unter Wasser steht, mit Tunneln und allem.

Nachdem wir oben angekommen sind, setzen wir unseren Weg fort. Das Wasser reicht uns jetzt bis zum Bauch. Wir kämpfen uns weiter in die Richtung vor, die wir vorhin schon einmal eingeschlagen hatten, bevor wir auf Leo getroffen sind. Wir hätten ihn einfach zurücklassen und unseren eigenen Plan durchziehen sollen, ich hätte wissen müssen, dass das nicht so mir nichts, dir nichts funktioniert, was Leo da vorhat.

Überall im Gebäude geben die Lichter den Geist auf. Jedes Mal wenn ich die Mauern berühre, kann ich spüren, wie das Wasser durch die Wände drückt, ein unsichtbarer Wall, der sich ins Gefängnis ergießt.

Aber da sind noch andere Geräusche, lauter jetzt, da der Hurrikan so still geworden ist. Es knarzt, knackt und kracht allerorten, Metallstreben ächzen und kreischen unter unermesslichem Druck, Dachträger biegen sich durch und stürzen schließlich ein.

Auf unserem Weg passieren wir weitere Häftlinge, die meisten von ihnen folgen Felix' Aufforderung. Aber einige auch nicht, und die machen ganz den Eindruck von Tieren, die in der Falle sitzen, die Augen weit aufgerissen und panisch. Wir erklären ihnen, was es mit den Tunneln auf sich hat – falls sie die Ankündigung aus irgendwelchen Gründen nicht mitbekommen haben –, und ohne Ausnahme machen auch sie sich auf den Weg dorthin, ohne dass es irgendwelche Probleme gibt. Wahrscheinlich liegt es eher an unseren Waffen denn an unseren Überzeugungskünsten, aber was auch der Grund sein mag, ich beschwere mich nicht.

Wir sind unglaublich erleichtert, selbst ich, als wir Carl und seiner Gruppe Seniorenknackis begegnen. Auch sie sind auf dem Weg zum Keller.

Nach einer gefühlten Ewigkeit erreichen wir endlich unser Ziel, die Mental Health Unit.

Ich öffne mit Montoyas Zauberschlüsseln die Tür und schiebe sie auf.

Das Erste, was wir hören, ist das Geschrei. Ein konstantes schrilles Kreischen, unaufhörlich und nur unterbrochen, wenn derjenige, der es ausstößt, Luft holen muss.

Die meisten Lampen sind kaputt, nur einige sind noch übrig, die kalte weiße Lichtkegel auf eine verwüstete Krankenstation werfen. Wir gehen langsam an der Theke vorbei und betreten einen langen Korridor mit Zellen zu beiden Seiten. Felix marschiert voran, und ich merke, wie nervös er ist. Er hat das zweite Ruger, das wir von den Leuten des Predigers haben, hält das Gewehr schussbereit und zielt bei dem kleinsten Geräusch nach links oder nach rechts.

In die Zellentüren sind Fenster eingelassen, aus denen schwaches Licht fällt. In einige werfe ich einen Blick – sie alle verfügen über gepolsterte Wände sowie Betten mit Ledergurten zum Fixieren der Insassen.

Felix wird immer unruhiger. Er greift die Waffe fester, wobei die Knöchel weiß hervortreten.

»Ich mag das nicht, ich kann Bekloppte nicht ausstehen.«

»Das sind keine Bekloppten«, widerspricht Sawyer, »sie sind krank. Sie brauchen Hilfe.«

»Bin mir nicht sicher, ob sie alle unser Mitgefühl verdienen«, sage ich. »Die Insassen hier sind Serienvergewaltiger, Serienmörder, Sadisten ... die Schlimmsten der Schlimmsten. Sie sind alle hier drin, weil die Richter sie für verrückt erklärt haben. Entweder das, oder sie waren geistig so minderbemittelt, dass sie nicht einmal am Verfahren für ihre Taten teilnehmen konnten.«

»Also versuch nicht, hier Mutter Theresa zu spielen«, warnt sie Felix. »Wenn sie auf dich zukommen, nicht quatschen. Einfach schießen.«

Sawyer wirft mir einen besorgten Blick zu, antwortet aber nicht.

Wir gehen langsam durch den Korridor, die Waffen immer schussbereit, und nach einiger Zeit registriere ich ein Geräusch aus einer Zelle vor uns. Felix hält inne und hebt das Gewehr.

Sawyer drückt den Lauf nach unten. »Was machst du?«

»Da ist irgendetwas drin.«

»Irgend*jemand*, du Idiot.«

Er runzelt die Stirn und tritt einen Schritt zurück. Ich aber gehe vorsichtig zur Tür und schaue in den Raum.

Ein Mann sitzt auf dem Bett, regungslos. Er sitzt einfach nur da und starrt in die Ecke der Zelle.

Felix folgt mir widerwillig und blickt mir über die Schulter. »Was macht er da?«

Der Mann hört uns und dreht langsam den Kopf, blickt in unsere Richtung. »Könnt ihr sie sehen?«

Felix antwortet nicht.

»Könnt ihr sie sehen?«, fragt der Insasse noch mal, diesmal dringlicher.

Felix schüttelt den Kopf.

Der Mann zeigt in die Ecke. »Sie steht genau dort, die Frau in Schwarz.« Er lächelt Felix an. »Sie beobachtet dich.«

Felix dreht sich um und geht davon. »Nee, nee, da bin ich raus. Das ist ein fettes Nope für mich.«

Ich schaudere und folge ihm, begleitet von Sawyer.

»Kann der Bastard nicht endlich mit dem Geschrei aufhören?«, fragt Felix jetzt noch etwas aufgebrachter. »Halt die Fresse!«, schreit er.

»Was zum Teufel machst du?«, blaffe ich ihn an. »Du hast gerade lauthals verkündet, dass wir hier sind.«

»Gut. Dann kann ich auf was schießen.«

»Herrgott, Felix, hör auf, so ein Arsch zu sein. Du

hättest im Tunnel bleiben können, wir brauchen hier niemanden in Panik.«

»Ich bin nicht in Panik. Sag mir nicht, dass ich in Panik bin.«

Der schneidende Ton in seiner Stimme ist unüberhörbar, also versuche ich es anders. »Hör mal, ich hab kapiert, dass dir all das hier nicht behagt …«

»Hast du? Echt jetzt?«

»Ja, und mir behagt es auch nicht. Aber können wir wenigstens versuchen, leise zu sein? Je leiser wir sind, umso schneller kommen wir voran.«

»Ich versteh schon«, grummelt er, »aber versprechen kann ich nix.« Er geht weiter.

Der Durchgang, durch den wir uns gerade bewegen, führt zu einer Sicherheitstür, und durch die geht es in den Belegschaftsbereich der Einheit. Das Geschrei wird lauter, und wir gehen schneller.

Einige Häftlinge halten sich in den Belegschaftsräumen auf, die meisten von ihnen in ihrer eigenen Welt, und schauen nicht mal auf, als wir sie passieren. Einer von ihnen steht auf einem Tisch, die Arme ausgebreitet, und faselt auf Spanisch etwas über Engel und Gott. Ein anderer liegt im Wasser, und nur sein Kopf guckt hinaus. Er lächelt, als wir einen Blick ins Büro werfen. »Verratet's niemandem, okay?«, sagt er. »Ich bin am Strand.«

Wir lassen ihm sein Urlaubsvergnügen und betreten einen offenen Trakt, in dem etwa fünfzehn Betten an den Wänden verteilt stehen.

Wir bleiben stehen, und selbst Sawyer bringt ihre

Beretta-Pistole in Schussposition, während sie sich nervös umschaut.

Die Betten sind leer, aber auf jedem prangen Blutflecken. Wir gehen langsam durch den Flügel. An jedem Fußende pappen Karten, und ich reiße eine ab.

Hat Kinder angerührt, wurde verurteilt und in die ewige Verdammnis geschickt.

Ich starre auf die Blutflecken, dann auf die anderen Karten. Auf allen sind Straftaten und die Strafmaßnahmen verzeichnet.

Und alle Karten sind vom Prediger unterzeichnet.

Sawyer sieht sich immer noch nervös um. »Glaubst du, er ist zurückgekommen, nachdem er durch Carls Einheit ist?«

Wirklich, ich hoffe es nicht. Ich habe gedacht, dass vielleicht einige seiner Anhänger in der ACU in der Falle sitzen und dass wir es schaffen würden, uns hindurchzuschleichen. Aber wenn er dort ist, sieht die Sache anders aus. Seine Psychojünger sind ihm dann mit Sicherheit gefolgt, sie wären überall, und ich glaube nicht, dass wir für alle genug Patronen haben.

Wir gehen durch den Trakt in den dahinterliegenden Korridor. Das Geschrei dauert an, und wir alle sind am Limit, angespannt bis zum Letzten. Doch schließlich schaffen wir es bis zur Tür, die aus der Einheit führt.

Sie ist unverschlossen.

Das ist ein schlechtes Zeichen. Wir betreten den

Durchgang, und die Tür am Ende der Sicherheitsschleuse steht sperrangelweit offen.

Wir gehen langsam weiter. Der Sicherheitsraum zu unserer Linken ist zerstört, Kabel hängen überall herum. An der Wand steht etwas gekritzelt, mit Blut, so wie es aussieht. Eine Botschaft lautet: *Das, was er gesündigt hat an dem Geweihten, soll er wiedergeben, so wird's ihm vergeben.* Eine andere lautet: *Gehet hin von mir, ihr Verfluchten, in das ewige Feuer, das bereitet ist dem Teufel und seinen Engeln!*

»Der Spruch stand mal auf meiner Türmatte, glaub ich«, meint Felix trocken.

Sawyer schaut nervös von einem zum anderen. »Gehen wir davon aus, dass der Prediger hier ist, oder nicht?«

Ich hoffe es wirklich nicht, denn uns bleiben nur noch fünf Minuten, bis das Auge des Sturms vorbeigezogen ist.

Zweiundzwanzig

06:10 Uhr

Hinter dem Eingang zur ACU befindet sich ein Korridor, der sich nach links und rechts aufteilt. Durch eine wiederum offene Tür gelangen wir in einen großen achteckigen Raum, ja fast schon eine Halle. Die wird von roter Notbeleuchtung schwach erhellt.

Das Oktagon hat Türen an jeder Wand. Dort liegen die Zellen, auf vier Ebenen verteilt. Die Türen sind alle verschlossen, aber ich weiß nicht, ob sie die ganze Nacht verriegelt waren oder jemand sie wieder geschlossen hat.

Ich gehe im Kreis und kontrolliere mit meinem Blick die oberen Etagen, um sicherzugehen, dass niemand uns von da oben beobachtet.

Scheint alles verlassen.

»Wie groß ist diese Einheit?«, frage ich Felix flüsternd.

»Keine Ahnung.«

»Du warst nie hier drin? Keine gewalttätigen Ausfälle?«

»Scheiße, ja, eine Menge sogar, aber immer nur Einzelhaft. Hier hat man mich nie reingesteckt.«

Die Halle misst gut achtzehn Meter im Durchmesser. Gegenüber führt eine offene Tür in einen schummrigen Durchgang.

Die Neugier überkommt mich. Ich trete an die nächste Zelle und werfe einen Blick durch das Sicherheitsglas. Dahinter ist eine kleine Schleuse, nicht größer als ein Fahrstuhl. Ich probiere die Tür, sie öffnet sich, und ich betrete den kleinen Raum dahinter, schaue durch das Fenster in die Zelle.

Überall Blut, auf dem Boden, an der Wand verschmiert, und selbst an der Decke sind Blutspritzer.

Die Zelle wird von einer grellen weißen Lampe erleuchtet, die in die Decke eingefasst ist und deren Licht das Blut schwarz wirken lässt.

Ein Mann sitzt auf dem Bett und starrt auf etwas, das sich in seinen Händen befindet. Er spürt meine Anwesenheit, oder vielleicht habe ich auch ein Geräusch verursacht, denn plötzlich blickt er auf.

Seine Augenhöhlen sind leer. Schwarze, klaffende Wunden mit Tränen aus Blut, die sein Gesicht überziehen. Er hält seine Hände hoch, als würde er mir etwas anbieten wollen: In seinen Handflächen liegen seine Augäpfel!

Ich schau weg, angeekelt, und mein Blick fällt auf einen Schriftzug an der Wand, der mit Blut verfasst wurde.

Und wenn dich dein Auge zur Sünde verleitet, reiß es aus und wirf es hinfort.

Sawyer und Felix haben sich in der engen Schleuse zu mir gesellt, und für einen langen Augenblick betrachten wir das Bild vor uns.

Ich habe schon viel Mist mit ansehen müssen, und viel von dem war – objektiv betrachtet – schlimmer als das, vor allem während meines Auslandseinsatzes. Und dennoch hat die ganze Szene in der Zelle etwas extrem Verstörendes. Es fehlt an jeder Logik. Nicht, dass Krieg immer logisch wäre, aber das hier … ist krank. Total irre.

Wir kehren in den achteckigen Raum zurück, und keiner sagt ein Wort. Ich gehe zur nächsten Zelle, betrete die Schleuse und schaue durchs Fenster.

Ein verkohlter Körper liegt auf dem Boden, schwarze Brandflecken um ihn herum wie Flügel. Die Decke ist schwarz vom Rauch, die eingefasste Lampe mit Ruß verdreckt. So gerade noch kann ich den Schriftzug an der Wand zur Linken entziffern.

Gehet hin von mir, ihr Verfluchten, in das ewige Feuer, das bereitet ist dem Teufel und seinen Engeln!

Der Prediger muss sich mal was Neues einfallen lassen, er fängt an, sich zu wiederholen.

Ich kehre zu den anderen zurück. »Warum war der Prediger nicht in der Mental Health Unit?«, frage ich. »Er war nicht dort, oder? Er war hier, in der ACU?«

»Vor langer Zeit war er mal in der MHU«, meint Felix. »Aber er hat schon einmal so was wie das hier getan, deshalb musste sie ihn hierher verlegen. Sie haben sich gedacht, der beste Weg, mit ihm fertigzuwerden, ist, ihn dreiundzwanzig Stunden am Tag wegzusperren.«

»Sieht so aus, als würde er die verlorene Zeit nachholen wollen.«

Felix nickt. »Er hat sich wahrscheinlich Notizen zu jedem hier drin gemacht. Nun ist er frei, das zu tun, was er am besten kann.«

»Tja … es heißt ja, man soll sich ’nen Job suchen, den man liebt.«

Sawyer wirft mir einen angewiderten Blick zu.

»Entspann dich, nur ’n Witz.«

»Kein guter. Bleiben wir hier und gaffen die Toten an, oder denkt ihr, wir sollten vielleicht einmal weitergehen, bevor der Hurrikan zurückkommt?«

»Letzteres.«

»Sicher? Ich meine, ich will dich nicht aufhalten. Wenn das hier dein Ding ist …«

Ich seufze und gehe auf die Tür zu, die hinausführt. Von Sawyers Worten angestachelt, bewegen wir uns diesmal schneller voran. Sie hat recht, wir müssen hier raus.

Der Korridor hinter der Tür führt zu einer weiteren achteckigen Einheit, aber diesmal sehen wir uns dort nicht um, sondern gehen direkt weiter in einen Empfangsbereich für die Belegschaft, mit einer langen Theke an der gegenüberliegenden Wand, auf der Monitore und PC-Türme stehen. Hinter der Theke ist eine Pinnwand für die Belegschaft, mit Flyern über diverse Veranstaltungen in der Stadt sowie ein paar Zetteln von COs mit Mitbewohnergesuchen oder Verkaufsangeboten.

Die Tür dahinter führt noch tiefer in den Trakt und liegt in jener Richtung, in die wir müssen. Wir waten durchs Wasser in den Durchgang, der in einer T-Abzweigung mündet. Er ist leer, still.

Vielleicht ist der Prediger doch nicht hierher zurückgekehrt, sondern hat all den Scheiß, den wir gesehen haben, schon früher am Tag verbrochen, als die Zellen geöffnet wurden.

Wir erreichen die Abzweigung, ich versuche, mir den Grundriss des Gefängnisses ins Gedächtnis zu rufen, und frage mich, welcher Weg uns schneller zur Nordseite bringt. Der Evakuierungsplan, den Sawyer bei sich hatte, als ich sie traf, ist inzwischen zu einer pappigen Matsche geworden und nicht mehr zu gebrauchen. Ich denke, rechts herum; links kämen wir zum Häftlingskorridor, und da ist alles versperrt.

Wir biegen nach rechts, passieren einige geschlossene Türen und bewegen uns immer weiter zum anderen Ende der Einheit.

Meine Lebensgeister kehren zurück. Vielleicht schaffen wir es gerade so. Es wird zwar knapp, aber …

Wir biegen in den nächsten Durchgang – und erstarren!

Vor uns befindet sich eine Reihe von Häftlingen, die sich nur langsam fortbewegt. Sie gehen von uns weg und murmeln etwas vor sich hin. Sie sind allesamt bewaffnet, die meisten mit Schrotflinten und Gewehren, aber einige führen auch die M9-Berettas mit sich.

Sie biegen nach links um die Ecke und verschwinden aus unserem Sichtfeld.

Wir folgen ihnen langsam durchs Wasser und stoppen an der Ecke. Die Häftlinge bewegen sich weiterhin von uns weg, und wir lassen sie. Wir müssen nur noch vorsichtiger sein, leiser.

Wir warten ungefähr dreißig Sekunden im Korridor, nur um sicherzugehen. Dann biegen wir nach rechts …

… und stehen den Anhängern des Predigers von Angesicht zu Angesicht gegenüber, und sie alle haben ihre Waffe auf uns gerichtet!

Ich drehe mich um und erblicke das gleiche Bild. Die Gruppe, von der wir dachten, dass sie im Korridor verschwinden würde, steht einfach nur da, die Waffen ebenfalls auf uns gerichtet.

Ich drehe mich wieder um, und mir wird flau im Magen. Einer der Häftlinge lächelt mich an, und sein Lächeln ist völlig kirre. Zu breit, zu fröhlich, und seine Augen erreicht es definitiv nicht. Tatsächlich haben alle diese seltsame Leere in ihrem Blick. Fast so, als würden sie nicht uns betrachten, sondern etwas anderes, das sich weit entfernt von hier abspielt.

Der Häftling kichert und versucht, sich wieder einzukriegen. Sein Mund zuckt, als er sagt: »Wenn ihr so freundlich wärt, eure Waffen fallen zu lassen, dann werden wir euch dorthin bringen, wo ihr euren Urteilsspruch empfangen könnt. Der Prediger wird so glücklich sein. Amen und Halleluja. Gelobt sei der Herr!«

Die Häftlinge sprechen ihm im Chor nach: »Amen und Halleluja!«

Wir haben keine Wahl, wir müssen tun, was er sagt …

Sie geleiten uns durch den Durchgang – in die Richtung, in die wir wollten – und durch eine Reihe von Schwingtüren in so etwas, was wohl die Kirche des Predigers darstellen soll.

Es ist natürlich keine Kirche, sondern war eine Cafeteria, aber der Prediger hat alles gegeben, um sie neu zu dekorieren. Alle Tische sind herausgerissen und an der Wand aufgestellt. Auf ihnen stehen hölzerne Kreuze, die sie in den Gebetsräumen im Gefängnis eingesammelt haben müssen, und Kreuze aus verbogenem Besteck.

Und eine Bibel.

Aber nur eine, denn die restlichen dienen ebenfalls Dekorationszwecken. Die Wände sind mit herausgerissenen Seiten tapeziert, vom Boden zur Decke – oder besser vom Wasser bis zur Decke. Ich bin mir nicht ganz sicher, wie der Prediger es angestellt hat, dass sie kleben bleiben, aber ausgehend von den dunklen Flecken, die durch so manche Seite durchscheint, würde ich sagen, es ist Blut.

Der Prediger selbst steht am gegenüberliegenden

Ende der Cafeteria in einer selbstgebauten Kanzel, die aus zwei aufeinandergestellten Tischen besteht. Hinter der Wand über ihm hängt ein Kreuz aus zwei Holzbalken; der vertikale Teil ist mindestens drei Meter lang, der horizontale immerhin noch zwei.

Ich hab keine Ahnung, wo sie das Holz herhaben, aber das ist auch irrelevant. Was hingegen relevant ist, ist der Leichnam, den sie ans Kreuz genagelt haben. Es sieht aus, als hätten sie zwanzig Zentimeter lange Nägel verwendet, ungefähr zehn für jedes Hand- und Fußgelenk. Die Nagelköpfe ragen noch ein ganzes Stück aus dem geschundenen Fleisch des armen Teufels, wie Nadeln in einem Nadelkissen. Eine Krone aus Stacheldraht thront auf seinem Kopf, und aus den Wunden ergießen sich blutende Rinnsale über sein ganzes Gesicht.

Die übrigen Jünger des Predigers sitzen auf den Stühlen der Cafeteria, die in etwa so aufgestellt sind wie beim Gottesdienst. Als wir den Raum betreten, begrüßt er uns mit einem breiten Lächeln. Einige der Häftlinge halten uns mit den Waffen in Schach und stupsen uns vorwärts in Richtung der Kanzel, die restlichen verteilen sich auf die Stühle im hinteren Teil der Cafeteria.

Die anderen Jünger sehen uns noch nicht einmal an, ihre Aufmerksamkeit gilt dem Prediger, die Gesichter ganz in Andacht versunken.

»Ein volles Haus!«, sagt der Prediger. »Welch ein Glück, dass ich so eine treue Gemeinde habe.«

Der Typ hinter mir versucht, mich vor der selbstgebastelten Kanzel auf die Knie zu zwingen. Ich wehre mich, doch dann rammt es mir den Kolben seines Gewehrs in die Kniekehle, und ich gehe zu Boden. Sawyer und Felix ergeht es genauso.

Der Prediger sieht auf uns herab. »Ich hatte geplant, heute eine Predigt über die Familie zu halten. Darüber, wie wichtig es ist, den Glauben daran zu behalten, diese abgefuckten Kids vom Irrweg abzuhalten. Ich meine, ich habe getan, was ich konnte, versteht ihr? Ich habe versucht, ihnen den Weg aufzuzeigen, damals in Mississippi. Aber die Handlanger des Teufels haben meine Bemühungen zunichtegemacht. Sie haben mich davon abgehalten, das Werk Gott des Allmächtigen zu verrichten.«

Die Gottesdienstgänger, wenn man sie denn so nennen kann, schreien daraufhin alle los.

»Schande!«

»Handlanger des Teufels!«

»Ungläubige!«

»Heiden!«

Der Prediger hebt die Hände, und es kehrt Ruhe ein. »Aber angesichts unserer Gäste, die ihr Urteil erwarten, verschiebe ich die Predigt.« Er blickt uns an. »›Verwundert euch nicht, denn es kommt die Stunde, in welcher alle, die in den Gräbern liegen, seine Stimme hören werden, und es werden hervorgehen, die Gutes getan haben, zur Auferstehung des Lebens, die aber Böses getan haben, zur Auferstehung des Gerichts. Ich kann nichts von mir selbst tun. Wie ich höre, so richte ich, und mein Gericht ist gerecht, denn ich erfülle nicht meinen Willen, sondern den Willen dessen, der mich gesandt hat.‹«

»Amen, Halleluja!«, schreien die Jünger.

Der Prediger schaut jeden von uns sehr eindrücklich an. »Dieser Hurrikan ist von Gott gesandt, um die Welt von dem Bösen zu befreien. Habt ihr das verstanden, ja? Und heißt es nicht in Psalm 135,7 ›Er lässt die Wolken aufgehen vom Ende der Erde, er macht die Blitze samt dem Regen, er lässt den Wind aus seinen Schatzkammern‹? Dies ist Gottes Urteil über die Verderbten, und ich bin sein Schwert.«

Er strafft sich, ganz besoffen ob seiner eigenen Wichtigkeit. Dann öffnet er den Mund, um noch etwas zu sagen, aber ihm kommt jemand zuvor. Sawyer.

»Jakobus 1,20: ›Denn des Menschen Zorn tut nicht, was vor Gott gerecht ist.‹«

Alle sehen überrascht zu ihr, aber keiner so wie der Prediger. Er starrt sie lange an, verwirrt, irritiert, bevor sich Wut auf seinen Gesichtszügen breitmacht. »Wagst du … wagst du es tatsächlich, über mich zu urteilen?«, schreit er.

»›Sei nicht schnellen Gemüts zu zürnen; denn Zorn ruhet im Herzen eines Narren‹«, sagt Sawyer. »Prediger 7,9.«

Die Augen des Predigers werden groß. Er lehnt sich auf die Kanzel und schreit derart, dass Speichel von seinen Lippen sprüht: »›Ich will euch zeigen, wen ihr fürchten sollt: Fürchtet euch vor dem, der nicht nur töten kann, sondern die Macht hat, euch auch noch in die Hölle zu werfen. Ja, das sage ich euch: Ihn sollt ihr fürchten.‹ Du erteilst mir keinen Unterricht in Bibelversen, du arrogante Fotze! Wie kannst du es wagen?«

Sawyer blickt ihn an, einen milden Ausdruck im Gesicht. »Du fürchtest dich, ich kann es sehen.«

»Furcht? Da ist keine Furcht in meinem Herzen, außer für jene Seelen, die ich noch richten muss.«

Sie nickt, als würde sie seine Aussage bestätigen. »›Furcht ist nicht in der Liebe, sondern die völlige Liebe treibet die Furcht aus; denn die Furcht hat Pein. Wer sich aber fürchtet, der ist nicht völlig in der Liebe.‹ Erstes Buch Johannes 4,18.«

»Ich habe niemals für mich in Anspruch genommen, perfekt zu sein!«, blafft der Prediger. »Ich beanspruche nur für mich, Sein Gebot durchzusetzen. ›Welche ohne Gesetz gesündigt haben, die werden auch ohne Gesetz verloren sein; und welche am Gesetz gesündiget haben, die werden durch das Gesetz verurteilt werden.‹ Römer 2,12.« Herausfordernd blickt er Sawyer an.

Ich werfe Felix einen verwirrten Blick zu, aber er zuckt nur mit den Schultern. Ich hab keine Ahnung, was hier gerade abgeht, und er offenbar auch nicht.

»Hesekiel 33, 11«, sagt Sawyer. »›So sprich zu ihnen: So wahr als ich lebe, spricht der Herr, ich habe keinen Gefallen am Tode des Gottlosen, sondern dass sich der Gottlose bekehre von seinem Wesen und lebe.‹«

Der Prediger lehnt sich über die Kanzel, seine

Augen sind fast schwarz, als er Sawyer von oben anstarrt. »›So erkennest du ja in deinem Herzen, dass der Herr, dein Gott, dich gezogen hat, wie ein Mann seinen Sohn erzieht.‹«

Sawyer lächelt. »›Wer Menschenblut vergießt, dessen Blut soll auch durch Menschen vergossen werden; denn Gott hat den Menschen zu seinem Bilde gemacht.‹«

Jesus Christus, woher hat sie das alles? Lesen die das irgendwo ab?

»›Der Knecht aber, der den Willen seines Herrn kennt und hat nichts vorbereitet noch nach seinem Willen getan, der wird viel Schläge erleiden.‹« Der Prediger schreit die Worte hinaus und schlägt dabei immer wieder mit der Hand auf die Kanzel, die unter den Hieben derart wackelt und erbebt, dass sie fast zusammenkracht. Mit zitterndem Finger zeigt er auf Sawyer. »Wenn du noch *ein weiteres Wort* sagst, werde ich dir höchstpersönlich die Kehle durchschneiden, kapiert?«

Sawyer seufzt, so als wäre sie enttäuscht. »›Nun aber leget alles ab von euch: den Zorn, Grimm, Bosheit, Lästerung, schandbare Worte aus eurem Munde.‹«

In der Gemeinde des Predigers setzt Gemurmel ein, sie werfen sich unbehagliche Blicke zu. Der Prediger bemerkt es, und er richtet erneut den Zeigefinger auf Sawyer. »Erschießt sie! In ihr steckt der Teufel, sie ist mit Luzifer im Bunde!«

Der Häftling hinter uns hebt den Lauf seines

Gewehrs, um auf Sawyer zu zielen. Ich spanne mich an und wappne mich dafür, mich auf ihn zu stürzen. Ich weiß, dass wir dann unweigerlich alle getötet werden, aber welchen Unterschied macht das schon? Das Auge des Hurrikans wird in fünf, sechs Minuten hinübergezogen sein. Wir sind bereits tot.

»Warte!«, sagt Sawyer. »Ich versuche lediglich, mich Eurer würdig zu erweisen.«

Der Prediger hebt eine Hand, und der Typ lässt die Waffe sinken. »Erklär's mir.«

»Ich verstehe, was Ihr hier macht. Warum Ihr es macht. Ich will helfen, an Eurer Seite stehen, wenn Ihr die Welt reinigt. Ich kann vor den Schuldigen predigen und versuchen, sie von ihrem falschen Pfad abzubringen. Falls nicht, werdet Ihr sie dem gerechten Urteil zuführen.«

Der Prediger zieht die Brauen zusammen und lehnt sich vor, um Sawyer besser in Augenschein nehmen zu können. Ich hab keine Ahnung, was sie vorhat, aber verdammt noch eins, die Psychodenke hat sie voll drauf.

Sie steht langsam auf und streckt ihre Hand zum Prediger aus. »›Und sie werden gehen in die ewige Pein, aber die Gerechten in das ewige Leben.‹«

Die Zunge des Predigers fährt heraus wie die einer Schlange, als er sich über die Lippen leckt. »Matthäus 25,46.« Seine Stimme ist rau, und mir wird klar, dass das für ihn ein Vorspiel ist. Dem geht gleich einer ab.

Sawyer nickt. »Genau. Ich will mich beweisen.

Bitte, lasst mich an Eurer Seite kämpfen. Wir können diese beiden gemeinsam richten.«

Der Blick des Predigers fliegt kurz zu uns, dann zurück zu Sawyer. Sie schaut ihn so unschuldig, so arglos an, dass sogar ich ihr die Sache fast abkaufe.

Schließlich nickt er. »So komme denn, mein Kind. Komm an meine Seite als mein Weib. Denn Gott ist ein gerechter Richter, aber Er belohnt jene, die treu sind.«

Sawyer geht langsam um die Kanzel herum. Der Prediger steht auf irgendwas, das ihm als Podest dient. Er reicht ihr eine Hand, und sie klettert hinauf, stellt sich neben ihn und schaut auf uns hinunter.

Sie greift irgendwas, was auf der Kanzel liegt. »Darf ich?«

Er nickt. »Du darfst.«

Sie hebt die Bibel in die Höhe. Die ist ziemlich groß, mit einem Einband. Dann dreht sich Sawyer zur Seite, weg vom Prediger – und holt, so weit es geht, aus, um ihm mit aller Kraft den Buchrücken gegen die Kehle zu knallen!

Er reißt die Augen auf und stolpert nach hinten. Sein Kehlkopf ist gebrochen, und er kriegt keine Luft mehr.

Schockierte Schreie erklingen hinter uns. Ich komm auf die Füße, verpass dem Kerl hinter mir einen Kopfstoß auf die Nase und reiß ihm das Gewehr aus den Händen. Dann feuere ich auf die Häftlinge, die weiter hinten sitzen und uns hergebracht haben. Auch sie springen auf und richten die Waffen auf uns.

Zu meiner Rechten fallen Schüsse, und einige Jünger gehen zu Boden, bevor sie das Feuer eröffnen können. Felix hat eine Beretta ergattert und schießt auf jeden, der eine Waffe in der Hand hält, mich gottlob – gottlob! – ausgenommen.

Ich drehe mich um, weil ich sehen will, was mit dem Prediger ist. Sawyer hat einen schnellen Schritt zur Seite gemacht, als er japsend nach hinten gestolpert ist. Sein Gesicht ist aschfahl. Er fällt gegen das riesige Kreuz, das in seiner Halterung bebt, greift danach, um sich festzuhalten, und damit macht er es noch schlimmer.

Das Kreuz bricht von der Wand, ihm in den Rücken. Er geht zu Boden und bewegt sich nicht mehr.

Ich werfe einen schnellen Blick auf die entsetzte Gemeinde, nur um sicherzugehen, dass sie keine Dummheiten macht, dann renne ich um die Kanzel.

Ich kann sehen, warum der Prediger nicht aufstehen kann. Die Enden der Nägel, die aus dem rechten Handgelenk des Gekreuzigten herausragen, haben sich in seinen Hinterkopf gebohrt.

Ich schnappe mir Sawyer, und wir laufen zu Felix, der immer noch die Jünger in Schach hält. Die meisten weinen und beklagen den Tod ihres Anführers.

Wir gehen den Gang entlang, Sawyer hält kurz inne, um eine Beretta von einem von ihnen zu nehmen, dann sind wir durch die Tür.

Keine Chance, sie zu verriegeln, wir müssen rennen.

Wir bewegen uns so schnell wie möglich durchs Wasser, aber niemand folgt uns. Ich vermute mal, die Kerle sind noch völlig erschüttert darüber, dass ihr gebenedeiter Prophet ausgerechnet von einem Kreuz erschlagen wurde.

Nach einigen Minuten biegen wir um eine Ecke und sehen den Ausgang der ACU direkt vor uns. Ich schließe die Tür auf, wir schlüpfen hindurch, und ich schließe wieder hinter uns ab.

Auf der anderen Seite bleiben wir stehen und sehen uns an.

»Sind wir da?«, fragt Felix. »Ist dies die Nordseite?«

Sawyer nickt. »Ja.«

Wir haben es geschafft, und ich kann es kaum glauben. Wir haben es durch die ganzen Einheiten geschafft, und zwar an einem Stück.

»Weißt du, wo wir uns genau befinden?«, frage ich Sawyer.

»Ja, folgt mir.«

Sie geht voran, während Felix und ich sie flankieren.

»Was zum Teufel war das gerade?«, frage ich sie. »Ich meine all das Bibelzeugs?«

Sie schaut mich an. »Hab dir doch gesagt, dass meine Mutter religiös war.«

»Ja, aber wie kannst du dich an all das erinnern?«

»Sie war *wirklich* religiös. Glaub mir, wenn dir

deine Mutter jeden Abend aus der Bibel vorliest als Gutenachtgeschichte, dann sickert es irgendwann in dein Hirn.«

»Es war fantastisch«, meint Felix. »Als würde man ein Tennisspiel anschauen oder so was. Du, er, du, er.« Er schüttelt den Kopf. »Irre!«

Wir biegen in einen engen Durchgang, an jeder Seite befinden sich Türen. Die erste führt in einen kleinen Belegschaftsraum, die nächste zu einem Waschraum und die danach in Büros.

Sawyer blickt über die Schulter, ein Lächeln auf den Lippen. »Es ist jetzt gleich um die …«

Ein Schuss unterbricht sie.

Die Wand neben meinem Kopf explodiert, und scharfe Splitter bohren sich in meine Wange.

Sawyer und Felix, die mir ungefähr fünf Schritte voraus waren, schaffen es um die Ecke. Ich werfe mich durch die nächstbeste Tür in eines der Büros und bringe das Gewehr in Anschlag.

»Jack?«, schreit Felix.

»Weiter!«, schreie ich zurück. »Lasst mir nur die Tür offen!«

»Hey, Jackie-Boy.« Es ist Kincaid. »Und, was geht ab?«

Jesus Christus, kann der Typ sich nicht einfach verpissen? »Nicht viel«, schreie ich.

Ich warte.

»Jack?« Wieder Felix' Stimme.

»Geht weiter, verdammt noch mal!«

»Sicher?«

»Ja, ich kümmre mich um das Arschloch!«

Kincaid lacht. »Was für ein Held! Wie wirst du dich denn um mich kümmern, Jungchen?«

Weitere Salven krachen in der Passage, und kleine Fontänen erheben sich auf der Wasseroberfläche.

»Wirst du mich je in Ruhe lassen?«, schreie ich.

»Schätze, nein.«

Wieder Schüsse. Ich warte, bis sie abbrechen, dann werfe ich einen schnellen Blick durch die Tür, ziehe den Kopf aber gleich wieder zurück. Ich konnte einen Gewehrlauf sehen, in der Belegschaftsküche.

Ich ziele mit meinem Gewehr auf die Wand im Büro, ziele ungefähr dorthin, wo ich Kincaid vermute, und drücke ab.

Die Kugeln durchschlagen die Innenwände. Ich höre einen schweren Klatscher im Korridor außerhalb der Büros, in dem ich mich befinde, und sofort ducke ich mich zur Seite weg. Kugeln durchlöchern die Wand und durchsieben die Regale und Bücher hinter mir.

Ich schieße zurück, ziele tief.

Dann nehme ich den Finger vom Abzug, halte den Atem an und lausche.

Stille. Hab ich ihn erwischt? Ich gehe zur Tür, doch noch im Raum bleibe ich stehen und lausche erneut.

Nichts.

Ich schau um die Ecke – und Kincaids Gewehrkolben trifft mich an der Schläfe!

Ich stolpere zurück und fall ins Wasser. Kincaid setzt mir nach, das Gewehr erhoben, um es mir erneut gegen den Schädel zu rammen.

Ich trete ihm die Beine unter den Füßen weg, komme hoch und muss gegen den Schwindel ankämpfen. Das Gewehr hab ich nicht mehr. Wo zum Teufel hab ich es fallen lassen?

Kincaid wirft sich auf mich, packt mich um die Taille und wirft mich mit Schwung nach hinten. Ich knalle gegen die Tischkante, und der Schmerz fährt mir die Wirbelsäule rauf und runter.

Er springt mich erneut an, schiebt mir eine Hand unters Kinn, umklammert mit der anderen meinen Hals und drückt zu. Ich versuche, sie wegzuziehen, aber er lässt nicht locker.

Ich taste auf dem Tisch herum, um irgendetwas zu fassen zu kriegen, das ich als Waffe benutzen kann. Meine Finger umklammern eine Tischlampe, die ich ihm an den Kopf knalle.

Kincaid stöhnt auf, und sein Griff lockert sich ein wenig. Ich ziehe die Beine an, stoße ihn von mir und greife ihn an.

Er ist immer noch auf den Beinen. Ich hol aus und knall ihm die Faust gegen den Kiefer, aber das ist der einzige Treffer, den ich landen kann, bevor er seine Arme zur Deckung hochnimmt.

Er wehrt sich, ich blocke die Schläge ab, aber dann platziert er einen blitzschnellen Uppercut, den ich nicht mal hab kommen sehen. Seine Faust kracht gegen mein Kinn. Mein Mund klappt zu, und

Blut schießt mir in den Mund, weil ich mir auf die Zunge gebissen habe.

Schnelle Körpertreffer folgen, auf die Rippen, auf die Nieren. Ich versuche, so gut es geht, die Schläge abzuwehren, aber jedes Mal, wenn ich meine Deckung anpasse, findet Kincaid eine ungeschützte Stelle und landet wieder einen Treffer.

Das halt ich nicht durch. Ich lasse meine Deckung fallen und umgreife ihn, sodass seine Arme an seinem Körper anliegen. Ich ramm ihm meine Stirn ins Gesicht, dann das Knie in den Unterleib und stoße ihn von mir. Er stolpert gegen die Wand, das Gesicht schmerzverzerrt.

Mein Arm bringt mich um. Die provisorische Bandage hat sich gelockert, und die Wunden haben wieder angefangen zu bluten.

Plötzlich erbebt das Gebäude, die Wände erzittern, die restlichen Bücher fallen von den Regalen ins Wasser. Ich taumele und halte mich am Tisch fest.

Ein Blick aus dem Fenster, und bei dem Anblick da draußen zieht sich mein Magen vor Angst zusammen. Das Auge ist fast vollständig über uns hinweggezogen, und die Wand der Windhose ist nur noch wenige Hundert Meter entfernt.

Ich tauche dorthin, wo ich glaube, dass dort mein Gewehr liegt. Ich bekomme es zu fassen, reiße es hoch und rolle mich auf die Seite, um auf Kincaid zu feuern. Aber er stürmt schon davon und verschwindet durch die Tür.

Ich feuere die Wand entlang, bis das Magazin leer ist, dann drücke ich mich hoch und stolpere ihm in den Gang nach.

Nichts. Er ist weg.

Ich will ihm eigentlich nach, aber mir fehlt die Zeit. Die Erschütterungen nehmen noch zu, es fühlt sich an wie ein Erdbeben. Das Magazin ist leergeschossen, das Gewehr wertlos. Ich lass es ins Wasser fallen und wate durch den Korridor dorthin, wo Felix und Sawyer entlanggegangen sind.

Der führt in einen Umkleideraum für die Belegschaft. Alle Schließfächer sind aufgestemmt worden, der Inhalt treibt auf und im Wasser: Zivilkleidung, Fachbücher, Romane, Tupperdosen fürs Mittagessen.

Der Ausgang befindet sich am anderen Ende des Raums. Felix und Sawyer haben einen Keil dazwischengeschoben, die Tür steht einen Spalt offen.

Ich atme tief durch, ziehe sie auf und trete nach draußen ins Freie.

Dreiundzwanzig

06:30 Uhr

Sofort tritt mir der Schweiß aus allen Poren. So eine Hitze und stickige, schwere Feuchtigkeit wie hier draußen hab ich noch nie erlebt, die mir in den Hals kriecht und die Atmung erschwert.

Die Wand des Hurrikans umgibt mich. Zu meiner Linken, in Richtung Westen, scheint sie ungefähr zwanzig Kilometer entfernt, eine massive Wand aus sich verwirbelnden grau-schwarzen Wolken, die in den Himmel gezogen werden. Blitze durchzucken sie, es ist ein stetiges flackerndes, pulsierendes Glühen, das die Wolken von innen her beleuchtet.

Ich drehe mich mit einem Gefühl der wachsenden Furcht nach rechts. Die östliche Wand hat mich fast erreicht, sie walzt sich durch die Landschaft, und es sind nur noch ungefähr vierhundert Meter. Es ist, als wären die Wolken lebendig und würden mit windendenden, bohrenden Tentakeln ausholen, kleinen Zyklonen, die tanzend über das Wasser dahinjagen und Wasserhosen in die Wand aus Wolken ziehen.

Loser Schutt und Trümmer werden bereits vom Hurrikan angezogen: Umzäunungen, abgeknickte Telefonmasten, Metallschilder, alles wird in die schwere Masse hineingesogen. Sie lebt, sie ist ein Monster, das alles frisst und verschlingt, was sich ihm in den Weg stellt.

Ich blicke nach oben. Der Himmel über mir ist blau, und rechts von mir sind Sonnenstrahlen hinter der Wand des Hurrikans sichtbar und tauchen die obersten Wolken in glänzendes Gold. Es ist ein seltsam schöner Moment, Beschaulichkeit innerhalb all der Gewalt.

Aber als ich den Blick wieder senke, sehe ich nur Zerstörung. Das ganze Gebiet ist etwa eineinhalb Meter überflutet. Und wenn das Wasser hier oben eineinhalb Meter hoch steht, dann liegt Miami komplett unter Wasser. Wohnungen, Geschäfte, Krankenhäuser ... die Häuser müssen völlig überflutet sein, und bei diesem Wind, dieser unbändigen Wucht, kann kein Stein mehr auf dem anderen stehen. Alles ist einfach weg. Von Florida kann eigentlich nichts mehr übrig sein.

Der Hurrikan hat bereits das halbe Gefängnisgebäude zerstört, und ich habe keinen Zweifel, dass er den Job zu Ende bringen wird.

Ich hatte kurz mit der Vorstellung geliebäugelt zu flüchten, nachdem ich Tully und Wright getötet habe, aber jetzt begreife ich, wie dumm und kindisch der Gedanke war. Sobald das Auge uns passiert hat, werden wieder Windgeschwindigkeiten von über dreihundertfünfzig Stundenkilometern herrschen. Wenn ich dann nicht in den Tunneln bin wie die anderen auch, werde ich zerschmettert, ertränkt, auseinandergerissen oder auf irgendeine andere grässliche Art getötet.

Ich muss weiter. Der Wind schlägt mir warm und klamm ins Gesicht, wie klebrige Finger, die meine Haut streifen. Ich wate durchs Wasser und schiebe Treibgut zur Seite.

Das Glashaus erhebt sich einige Hundert Meter vor mir. Ich kann tatsächlich sehen, wie sich der Hurrikan vorwärtsbewegt. Keine Ahnung, ob ich das alte Militärgefängnis vor ihm erreiche.

Ich kann gerade noch so Felix und Sawyer ausmachen, wie sie zum Glashaus gehen, und zwar auf dem direkten Wege, denn die Zäune und Mauern sind alle eingestürzt. Ich folge ihnen, so schnell ich kann, aber das Wasser steht so hoch, dass ich nur langsam vorankomme. Dauernd verfangen sich meine Füße in irgendwelchem Unrat: Kabel, Drähte, Lappen, Äste und Wurzeln. Und wenn ich nicht darüber stolpere, dann trete ich in Beton, Schutt, unsichtbares Geröll, das der Hurrikan aufgewirbelt hat und mir nun im Weg liegt.

Felix und Sawyer verschwinden aus meinem Sichtfeld, als sie die Eingangstüren vom Glashaus erreichen, doch dann tauchen sie wieder auf, als sie um das Gebäude herumgehen, auf die Verladebucht, wo uns der Bus heute Morgen eingesammelt hat. Bevor ich sie ganz aus den Augen verliere, sehe ich noch, wie sie stehen bleiben und zurückblicken. Ich werfe meine Hände in die Luft, um ihnen zu zeigen, dass ich auf dem Weg bin. Sie winken und gehen dann weiter, hinein in die relative Sicherheit, die das Gebäude bietet.

Der Wind wird stärker, ich kann es hören, ein pfeifendes, heulendes Echo, sehr nah und doch so, als würde es von ganz weit weg kommen. Eine Wasserhose erhebt sich direkt vor den Türen des Glashauses und wird vom Hurrikan angezogen, während die Wand einen Zyklon gebiert. Als die beiden sich berühren, explodiert die Wasserhose, teilt sich auf und wirbelt dabei triumphal Schutt durch die Luft, bevor sie von der Wand geschluckt wird.

Sie ist zu nah. Ich werde es nicht schaffen.

Ich werde Amy erneut im Stich lassen.

Ich zwinge meine schmerzenden, brennenden Beine weiter, springe und wate, so schnell ich kann.

Ich schaffe es bis dorthin, wo die Außenumzäunung gestanden hat. Das Glashaus ist jetzt direkt vor mir, noch ungefähr fünfunddreißig Meter entfernt. Aber der Sturm kommt schnell näher, und ich kann die pure Kraft des Windes spüren. Das Wasser strömt um mich, Schaumkronen wirbeln auf, und Wellen brechen sich an mir.

Ich werde von meinem Weg abgedrängt und muss mich gegen den Wind stemmen, um meinen Kurs halten zu können, und das nimmt mir Zeit. Das Haar peitscht mir um den Kopf, und die feuchte Gefängniskluft klebt mir am Körper. Trümmerteile fliegen durch die Luft, abgebrochenes Holz, Steine, ja sogar Backsteine werden raketengleich aus der Wand geschleudert.

Die unheimliche Stille, die das Auge des Hurrikans begleitet, ist verschwunden. Der Wind heult und kreischt, klingelt mir in den Ohren und brüllt wie ein Dämon.

Plötzlich wird es dunkel, als hätte jemand den Lichtschalter betätigt. Ich lege die Hand vor die Augen und blicke nach oben. Der blaue Himmel ist weg, hat sich hin zu meiner Linken verschoben. Graue Wolken wirbeln und krümmen sich über mir, und die Wand des Hurrikans verleibt sie sich ein und ist kurz davor, auf mich niederzugehen wie eine brechende Welle.

Ich versuche, noch schneller zu gehen, aber für jeden Schritt nach vorn drückt es mich zwei Schritte nach links.

Fünf Meter vor mir ist ein großer Baum, der umgestürzt halb unter Wasser liegt. Ich erinnere mich an ihn, ein riesiger Bergahorn, der in einem der Freizeitbereiche draußen auf der Wiese Schatten gespendet hat. Nun liegt er im Wasser und zeigt in Richtung Glashaus.

Ich beuge mich tief hinunter und halte darauf zu. Der Wind wird stärker, lauter, heult mir in die Ohren. Das Wasser klatscht mir so hart ins Gesicht, als wären es Glassplitter.

Der Baum scheint nicht näher zu kommen. Ich presse meine Füße fest in den Boden, aber der Wind wird noch stärker. Ich werde nach oben gedrückt und kippe fast hintenüber auf meinen Rücken. Daraufhin lasse ich mich ins Wasser gleiten, denn wenn ich nur wenige Meter zurückgezogen werde, schaffe ich es niemals zum Glashaus.

Nur den Kopf halte ich über Wasser und ziehe mich über den Boden, halte mich an Gesteinsbrocken und Pflanzen fest, alles, was ich zu fassen bekomme.

Die Wand ist noch gut zehn Meter entfernt, und die Tür zum Glashaus ist etwas mehr als fünfzehn Meter zu meiner Linken. Ich möchte vor Frust fast laut aufschreien. Keine Chance, dass ich der Wand entkomme, nicht mit der Geschwindigkeit.

Meine Finger kriegen die Wurzeln des Baumes zu packen. Ich ziehe mich daran nach vorn, immer weiter, bis ich den Stamm fassen kann. Ihn nutze ich als Windfang und bewege mich dahinter weiter, bis hin zum Astwerk. Ich habe knapp dreieinhalb Meter gemacht, und ein Blick hin zur Wand sagt mir, dass sie noch etwa acht Meter entfernt ist.

Der Wasserspiegel sinkt etwas, als ich die letzten Meter des Hügels hin zum Glashaus erklimme. Ich robbe weiter voran, bis das Wasser zunächst unter meinen Oberschenkeln und dann unter meinen Knien ist.

Endlich kann ich laufen, rennen.

Ich lege alles, was ich noch habe, in diesen letzten Sprint. Der Wind hält dagegen, versucht mich zur Seite zu schieben, wie eine riesige Hand, die mich zurück ins Wasser schleudern will.

Ich sehe Felix und Sawyer. Sie warten an den Metalltüren der Verladebucht und sehen mir mit großen Augen entgegen, wie ich näher komme. Ich bemerke aber auch die Blicke, die sie hinter mich werfen, und ich weiß, dass die Wand des Hurrikans jetzt ganz nah ist. Es gibt ein angsteinflößendes Geräusch, und eine Sekunde später klatscht ein riesiger Ast vor mir ins Wasser, der mir fast den Schädel zerschmettert hätte.

Ich kraxle darüber und lege alles, was ich habe, alles, was ich *jemals* in mir hatte, in meine letzten Schritte.

Ich schaffe es, aber ich hätte keine Sekunde länger brauchen dürfen.

Ich springe nach vorn und klatsche zu Boden. Während Sawyer und Felix die Hallentüren zuziehen, rolle ich mich auf den Rücken, um wieder zu Atem zu kommen, und starre auf das gewellte Dach, das sich aufbauscht und wabert wie Wellen auf dem Ozean.

Ich spüre, wie mich Hände nach oben ziehen, und höre, wie mir Felix etwas zuschreit. Ich komme halbwegs auf die Beine und folge ihnen durch den Eingang und endlich – *endlich* – in das eigentliche Glashaus.

Ich knalle die Tür hinter mir zu und lasse mich dagegen fallen.

Wir haben es geschafft.

Wir haben es verdammt noch mal geschafft!

»Jesus Christus!«, schreit Felix. »Ich meine … habt ihr das gesehen? Ich kann nicht glauben, was wir gerade getan haben!«

Ich zittere und spüre, wie die Erregung meinen Körper durchfließt. Sie ist spürbar, ansteckend, wie eine Adrenalinspritze mitten ins Herz. Das ist es. Das ist der Moment, auf den ich gewartet habe, seit ich diese Treppenstufen in unserem Haus herunterkam und Amy im Wohnzimmer fand.

Ich stehe auf und marschiere los.

»Constantine?«, fragt Felix. »Wohin gehst du?«

Ich drehe mich um. »Was glaubst du, wohin? Wright und Tully suchen.«

Sawyer sieht mich enttäuscht an. Ich habe ihre Befürchtungen bestätigt.

»Und die Tür?«, fragt Felix.

»Das schafft ihr auch, ich komme später dazu.« Erneut setze ich mich in Bewegung.

»Jack!«, schreit Sawyer.

»Ich werde es tun, Sawyer. Du hast immer gewusst, dass ich es durchziehe.«

»Das kann ich nicht zulassen, Jack!«

Ich registriere, dass sich ihre Stimme verändert hat. Da ist etwas, das ich zuvor nicht herausgehört habe.

Ich drehe mich um.

Scheiße, sie hat ihre Pistole auf mich gerichtet!

»Ich brauche dich lebend, Jack. Ich darf dich nicht verlieren.«

Vierundzwanzig

06:40 Uhr

Ich starre sie verwirrt an. »Wovon redest du? Wieso lebend? Für was? Welchen Unterschied macht es? Ich nehme mir Wright und Tully vor. Ich hab dir geholfen, den guten Samariter zu spielen und die Häftlinge nach unten in die Tunnel zu bringen, also …«

»Nein«, fällt sie mir ins Wort, »ich muss ein Auge auf dich haben.«

Felix spannt sich an und macht ganz den Eindruck, als würde er Sawyer im nächsten Moment angreifen, um ihr die Waffe zu entwinden, aber ich heb eine Hand, um ihn davon abzuhalten.

»Lass sie reden.« Dann wende ich mich wieder an Sawyer. »Warum? Warum musst du mich im Auge behalten?«

»Kincaid.«

»Was ist mit ihm?«

»Du hast die Beweise gegen ihn gefälscht.«

Sie weiß davon? Hab ich es ihr erzählt? Ich glaube

nicht. Hat Felix es ihr erzählt? Ich werfe ihm einen Blick zu, aber er schüttelt kaum merklich den Kopf.

»Er hat es verdient.«

»Ich sage nicht, dass er das nicht hat.« Sawyer atmet einmal tief durch. »Mein kleiner Bruder hat damals in seiner Gang mitgemacht. Er war noch ein halbes Kind, erst zweiundzwanzig, und wurde von Kincaids Kapos angeworben. Ich habe versucht, ihn da rauszuholen, und endlich war er dazu bereit, mit mir zu reden. Er war bereit dafür, mit mir zu gehen, bereit dafür, sauber zu werden. Dann bist *du* aufgetaucht. Meinen Bruder hat es zusammen mit Kincaid erwischt. Er sitzt zehn Jahre ab, nur wegen dir!«

Felix stößt einen Pfiff aus.

In Gedanken kehre ich zu jener Nacht zurück. Der Bengel im Esszimmer. Hat ein bisschen wie Sawyer ausgesehen. Er wollte abhauen, wollte da raus.

Und ich hab ihn daran gehindert.

»Sawyer, es tut mir leid … Ich wusste nicht …«

»Ich brauch deine Entschuldigungen nicht. Ich will, dass du mir hilfst, es wieder in Ordnung zu bringen.«

»Und wie soll ich das tun?«

»Ich will, dass du gestehst. Auf Band. Dass du Kincaid gelinkt hast.«

Ich starre sie an, und mit einem Mal wird mir alles klar. »Hattest du das von Anfang an im Sinn? Wolltest du deshalb hier arbeiten? Um an mich ranzukommen? Bist du deshalb hier aufgekreuzt, während eines verdammten Hurrikans?«

»Ich habe gedacht, es könnte meine letzte Chance sein.«

»Und wie stellst du dir das vor, wie soll ich gestehen? Hast du was dabei, womit du meine Stimme aufzeichnen kannst? Nein? Wie wär's mit Stift und Papier?« Ich klopfe meine Gefängniskluft ab. »Shit, ich muss mein Notizbuch in der Zelle gelassen haben.«

»Jack«, sagt Felix sanft, »mach dich mal locker.«

»Nein, ich will's wissen.« Ich mache einen Schritt auf Sawyer zu. »Was zum Teufel hast du vor?«

»Ich weiß es nicht«, schreit sie. »Jesus! Seit einem Jahr plane ich nichts anderes. Das Training, der Umzug hierher, meine Bewerbung. Ich hab gedacht, es könnte funktionieren, aber dann kam dieser verfluchte Hurrikan ... Ich hab Panik bekommen, okay? Ich *musste* zur Arbeit erscheinen, es hätte meine letzte Chance sein können. Ich hab nicht vorgehabt hierzubleiben, glaub mir, ich bin nicht verrückt. Aber als sie mich zurückgelassen haben, dachte ich mir ... warum soll ich den Plan nicht weiterverfolgen? Ich hab im Hauptrechner des Gefängnisses nachgeschaut und eine Notiz gefunden, dass du in der Krankenstation bist. Ich dachte ... ich weiß nicht. Ich dachte, ich hole dich da raus, bevor der Hurrikan eintrifft. Zerre dich vor einen Richter oder so und lass ihn dein Geständnis hören.«

Felix schüttelt den Kopf. »Du weißt, wie bekloppt sich das anhört, oder?«

»Ja, weiß ich, Felix. Aber was hätte ich tun sollen? Einfach hier rumsitzen und sterben?«

»Und weshalb hast du geglaubt, dass ich getan hätte, was du von mir verlangt hättest?«, frage ich.

Sawyer zögert, und sie lässt die Pistole etwas sinken. »Ich … ich weiß es nicht. Wie gesagt, ich konnte nicht mehr klar denken …«

Ich warte darauf, dass sie kurz wegsieht, dann handle ich. Ich reiß ihr die Waffe aus der Hand und ziele auf ihr Gesicht. Dann mach ich zwei Schritte nach hinten, die Waffe aber immer noch auf sie gerichtet. »Wegen deinem Bruder tut es mir leid, okay? Wirklich. Ich wollte nicht, dass das passiert.«

Tränen laufen ihr übers Gesicht. »Glaubst du, deshalb fühle ich mich irgendwie besser?«

»Nein, ich schätz mal, das tust du nicht. Dennoch, es tut mir *wirklich* leid.«

Sie lässt die Schultern sacken. »Und jetzt wirst du sie töten?«

»Das hab ich immer gesagt.«

Felix mischt sich ein. »Jack, wir müssen die Tür öffnen und die Leute in die Tunnel kriegen.«

»Was zum Teufel schert es dich, Felix? Du hasst doch alle anderen.«

»Es ist … jetzt anders«, sagt er und sieht fast peinlich berührt aus dabei.

»Warum?«

»Weil wir alle zu überleben versuchen. Überleg mal, was wir heute Nacht alles durchgemacht haben. Zählt das etwa gar nicht?«

Ich zögere. Felix hat mich fast, aber hauptsächlich deshalb, weil er dieselben Gedanken wiedergibt, die mir in den letzten zwei Stunden durch den Kopf gegangen sind.

Aber dann blitzt ein Bild von Amy in mir auf, wie sie auf dem Teppich des Wohnzimmers liegt, ihr Schädel eingedrückt. Und zwei der Verantwortlichen sind nur noch einige Hundert Meter entfernt von mir und meiner Rache.

Ich hab zu lange darauf gewartet. Amy hat zu lange darauf gewartet.

Ich umklammere die Pistole fester. »Ich muss es tun, tut mir leid. Ihr zwei könnt die Tür öffnen, ihr braucht mich nicht dafür.«

Ich drehe mich um und gehe los, lasse sie zurück und marschier tiefer ins Glashaus.

Ich gehe exakt den gleichen Weg, den ich heute Morgen gegangen bin. Die verfaulten Zeitschriften, die in den Räumen gestapelt lagen, treiben auf der Wasseroberfläche. Alte Fernsehmagazine aus den Achtzigern, einige Playboy-Magazine aus den Siebzigern. Klatschnachrichten über Stars längst vergangener Epochen, die mit verfaulten Gesichtern und mit von Schimmel überzogenen Augen an die Decke starren.

Die Lampen, die heute Morgen noch funktioniert haben, funktionieren noch. Was auch immer für ein Generator diesen Ort mit Strom versorgt, der ist kriegstauglich.

Ich betrete die Wäscherei, in der die Waschmaschinen nun zur Hälfte unter Wasser stehen. Die Laken, schwarz vor Schimmel, treiben auf dem Wasser wie ein alter Ölfilm. Ich trete in den Korridor, der mit den alten weißen Fliesen ausgekachelt ist. Ich weiß noch, dass die am Boden orange-braun sind, als befänden wir uns hier in einer Finca.

Das Metalltor, das Evans aufgeschlossen hat, steht immer noch offen. Ich gehe hindurch und folge den sich windenden Gängen mit ihren Lampen unter der Decke, die das Wasser und alles in ein Licht tauchen, als leide das Gefängnis an Gelbsucht.

Mittlerweile kommt mir der Bau wie ein Leichenschauhaus vor. Was irgendwie auch passt, werden wir doch wahrscheinlich alle hier heute draufgehen.

Außer ich würde die Gefangenen rauslassen und mit ihnen zurück zu Sawyer und Felix gehen, um ihnen mit der Tür zu helfen.

Nein, es geht nicht. Ich muss das hier tun. Ich hab Amy nicht geschützt, unser Kind nicht retten können …

Ich schulde es ihnen.

Ein sehr hohes Heulen ertönt irgendwo vor mir. Es wird lauter, als ich den Empfangsbereich des Gefängnisses erreiche, jener, der so aussieht, als wäre er der von einem alten Hotel.

Die Wände sind eingestürzt, und das Geräusch erzeugt der Wind, der durch die Löcher im Backstein pfeift. Der Regen strömt durch die Öffnungen wie Wasser durch einen Schlauch und drängt in windgepeitschten Bögen in den Raum.

Plötzlich wackelt das ganze Gebäude so stark, dass es mich fast von den Füßen reißt. Ich laufe los. Hier wird alles einstürzen, und wenn es so weit ist, okay, aber vorher will ich mir Wright und Tully vornehmen. Ich muss sie mit eigenen Händen töten.

Ich renne durch die Korridore und kann mich kaum noch erinnern, wo ich eigentlich bin. Ich weiß nur, dass ich die richtige Richtung eingeschlagen habe, denn ich kann Häftlinge um Hilfe schreien hören, eine Kakofonie an panischen und verängstigten Stimmen.

Schließlich platze ich durch die Tür, die in die Rotunde führt. Ich weiß noch, wie beeindruckt ich heute Morgen war, von dem kolossalen kreisrunden Zylinder, der eine Ebene nach der anderen mit Zellen beherbergt.

Aber jetzt, als ich durch das Flutwasser wate und auf das zerrupfte Dach weit über mir blicke, durch das der Regen in den Zylinder prasselt, kommt es mir eher vor wie ein Zoo.

Die Häftlinge hängen alle an den Zellentüren. Sie reißen, ziehen, schlagen gegen das Metall in dem verzweifelten Versuch, sich zu befreien. Als sie mich sehen, wird das Geschrei noch lauter, bis sie alle mich anflehen, sie rauszulassen.

Der Lärm ist überwältigend. Ich versuche, das Gebrüll zu filtern, und halte nach Wright und Tully Ausschau, aber ich entdecke sie nicht.

Als ich so dastehe und mich frage, was ich tun soll, stürzt etwa zwanzig Meter über mir ein Teil der

Wand ein. Putz, Beton und Metallstreben krachen den zentralen Schacht der Rotunde hinab.

Ich springe in Deckung und lande mit einem Klatschen im Wasser, während die Trümmerteile den Turm mit der Wachkabine knapp verfehlen.

Zitternd komme ich wieder auf die Beine. Mir läuft die Zeit davon. »Wo sind Wright und Tully?«, schreie ich.

Niemand versteht mich. Die Häftlinge sind in Panik, schreien und verfluchen mich. Sie flehen und betteln mich an und bedrohen mich mit dem nächsten Atemzug.

Ich bilde mit den Händen einen Trichter vor meinem Mund. »Wright und Tully!«, schreie ich.

Doch wieder versteht mich niemand. Ich ziehe die Beretta, die ich Sawyer abgenommen habe, und schieße in die Luft. Der Knall hallt mehrfach von den Wänden wider.

Es wird ruhig im Glashaus, jetzt gehört mir ihre Aufmerksamkeit.

»Wright und Tully!«, schreie ich. »Ich will die beiden haben! Zeigt mir, wo sie sind, und ich lasse euch alle frei! Wir haben einen Weg in Sicherheit gefunden. Unter der Erde. Wenn ihr leben wollt, zeigt mir, wo die beiden sind!«

Alle Häftlinge fangen wie wild an zu schreien. Sie zeigen auf zwei Zellen, die sich auf der dritten Ebene befinden. Ich blicke nach oben und entdecke Tully und Wright durch die Gitterstäbe, wie sie auf mich hinunterstarren.

Ich spüre, wie mich eine Woge der Erregung durchdringt.

Endlich …

Ein weiteres Beben aus der Tiefe des Gebäudes. Der Boden wackelt. Ich renn durchs Wasser auf den Fahrstuhl zu, aber die Kabine ist nicht da, sondern steckt ganz oben fest. Also nehme ich die Metallstufen.

Meine Schritte hallen von dem Metallrost wider, und die Häftlinge schreien mich an. Als ich an ihnen vorbeilaufe, strecken sie die Hände zwischen den Gitterstäben aus und versuchen, mich zu packen.

Ich ignoriere sie alle, meine ganze Aufmerksamkeit gilt Wright und Tully. Die sehen mich kommen, die Angst steht ihnen ins Gesicht geschrieben. Mit jedem weiteren Schritt auf sie zu taucht immer wieder dasselbe Bild in meinem Kopf auf: der Moment, als ich das Wohnzimmer betrete, Amy auf dem Boden liegend, ihr Blut, das auf den Teppich sickert.

Ich bin so nah dran. Ich kann es fast spüren. Gerechtigkeit. Rache.

Ich bin noch etwa drei Meter entfernt, als die Wand zu meiner Rechten einstürzt.

In dem einen Moment renne ich, im nächsten bricht ein großer Teil der Wand einfach weg. Wind und Regen explodieren ins Innere, der Rundgang knickt ein und wirft mich in die Luft.

Ich verliere die Waffe und lande ziemlich hart auf

dem Metallgitter, während die Schrauben, an denen der Rundgang befestigt ist, zum Teil aus der Wand gerissen werden. Ein Teil der Brüstung mitsamt Metallgitter schwingt nach innen zum Zylinder, und ich muss mich festklammern.

Auf einmal hänge ich an beiden Armen ungefähr zehn Meter über dem Boden.

Der Wind peitscht mich und wirft mich vor und zurück. Ich blinzele, und mein Blick sucht wieder Wright und Tully. Ihre Zellen sind heil geblieben, noch kann ich zu ihnen.

Ich höre das Kreischen von Metall und linse über meine Schulter. Die letzten Streben, die den Rundgang noch halten, sind kurz davor nachzugeben. Die Gitterroste sacken plötzlich ab, werden dann von irgendwas aufgefangen.

Ich warte ab und halte den Atem an.

Der Rundgang rutscht noch ein Stück tiefer. Ich blicke nach unten, ich hänge direkt über den Trümmerteilen, die vom Dach runtergekommen sind. Gezackter Beton, Metallstreben, Eisenstangen …

Ich lange noch oben, greife mit den Fingern durch die viereckigen Gitteröffnungen vom Rundgang und ziehe mich langsam hoch. Die Roste sinken noch ein wenig ab, aber dann verharren sie in Position.

Ich bin etwa eineinhalb Meter entfernt von dem Bereich, der noch intakt ist. Ich zögere, dann greife ich wieder nach oben, um mich weiter hochzuziehen.

Der Rundgang bewegt sich erneut. Ich erstarre.

»Jack!«

Ich schaue nach oben. Sawyer lehnt sich hinab und hält mir die Hand hin.

Ich strecke mich und greife ihre Hand, aber ich bin viel zu schwer. Sie schlittert teilweise durch die Öffnung in der Brüstung und kann sich selbst nur vor dem Absturz bewahren, indem sie ihren anderen Arm im Geländer verhakt. Für einen kurzen, furchteinflößenden Moment schwinge ich frei, dann nutze ich den Schwung und packe mit der freien Hand die seitliche Begrenzung am Fuß des Rundgangs. Sawyer hält mich so gut wie möglich, und ich ziehe mich langsam hoch, schiebe meine Ellbogen über die Kante und schiebe mich auf das Metallgitter.

Ich stehe auf und betrachte das Loch im Rundgang. Es ist etwa vier Meter breit. Ich bin mir sicher, dass ich es schaffen kann. Ich kann immer noch zu Wright und Tully gelangen.

Ich mach mich bereit zum Springen und …

Sawyer packt mich am Arm. »Jack!«, schreit sie. »Sei nicht dumm!«

Ich will mich aus ihrem Griff befreien, doch sie gräbt ihre Finger in meinen Arm.

»Lass los!«, brülle ich sie an.

»Nein!« Auch sie schreit, um den Wind zu übertönen. »Der Einzige, den du heute noch umbringst, bist du selbst!«

»Mir egal, lass mich!«

»Ich kann nicht!«

»Sawyer, ich muss es tun. Kapierst du das nicht?«

Sie macht einen Schritt auf mich zu, sodass ihr

Gesicht nur noch Zentimeter von meinem entfernt ist. »Nein, das tu ich *nicht*. Sieh mal, ich check's ja, du denkst, du hast gegenüber deiner Frau und deinem Kind versagt. Aber du hast es *nicht*! Es gibt keinen Mann auf der Welt, der nicht auch Rache nehmen wollte. Aber wenn du die zwei Typen tötest, überschreitest du eine Linie, von der es kein Zurück mehr gibt.«

Ich zögere.

»Was würde Amy in diesem Augenblick zu dir sagen? Würde sie das von dir wollen?«

Was *würde* Amy sagen?

Ich drehe mich um und blicke zu Wright und Tully hinüber. Sie halten die Gitterstäbe umklammert und beobachten mich.

Ich drehe mich wieder um. Fast kann ich Amy neben Sawyer stehen sehen, wie sie mich anstarrt. Die Stirn runzelt, wie nur sie es konnte. Ich weiß genau, was sie tun würde, genau dasselbe, was sie getan hätte, hätte sie gewusst, dass ich mich mit der vierten Kugel, die ich aus ihrem geschmolzenen Ehering gegossen habe, selbst umbringen wollte. Sie würde mir in die Eier treten und mich ein Arschloch schimpfen.

»Das ist es nicht wert, Jack!«, schreit Sawyer, doch mir kommt es vor, als käme es von Amy.

Ich starre sie an, diese Frau, die schon die ganze Nacht an meiner Seite war und mir geholfen hat zu überleben, trotz allem, was ich ihrem Bruder angetan habe.

Sie hat recht. Das ist es nicht wert, war es niemals. Ich öffne den Mund …

… als jener Teil des Rundgangs nachgibt, auf dem wir stehen.

Ich hab kaum Zeit, Sawyer einen Schubs zu geben, damit sie zurücktaumelt und in Sicherheit ist, bevor die ganze Konstruktion mit einem schleifenden Quietschen abbricht und ich in die Tiefe stürze.

Da ist ein Moment der Leere, dann klatsche ich ins Wasser, pralle unten mit dem Kopf gegen den Beton und sehe Sternchen, spüre, wie ich ins Nichts abgleite. Dunkelheit umgibt mich, umarmt mich, zärtlich wie eine Liebhaberin. Tröstlich, beruhigend.

Es wäre so einfach, alles loszulassen.

Abzudriften.

Nein.

Ich reiße die Augen auf.

Dunkelheit umgibt mich. Meine Brust ist wie zugeschnürt, ich brauche Sauerstoff. Ich öffne den Mund, doch statt Luft zu holen, schluck ich Wasser.

Panisch und verängstigt springe ich auf und durchbreche die Wasseroberfläche. Ich muss würgen und erbreche Wasser, als ich wieder auf die Beine komme.

Das Toben des Hurrikans dringt wieder an meine Ohren, unterbrochen nur vom Geschrei und Gekreisch der Häftlinge.

Ich drehe mich verwirrt um, sehe nach oben und erblicke Sawyer, die auf die Treppen zuhält und mich mit großen Augen anstarrt. Hektisch wedelt sie mit den Händen hin zum Wachturm in der Mitte.

Die Zellentüren.

Ich humple zum Turm und steige schmerzerfüllt die Wendeltreppe rauf, bis ich oben das Wachhäuschen erreiche. Die Fensterscheiben sind zersplittert. Wind und Regen beuteln mich, eine unbändige Kraft, die mich wieder die Treppen hinunterzuschieben versucht.

Ich gelange dennoch ins Wachhäuschen, verschaff mir schnell einen Überblick, aber viel ist hier oben nicht zu sehen. Keine elektrischen Apparaturen, hier ist alles veraltet. Eine Reihe schwerer Metallhebel ragt aus einer metallenen Schalttafel hervor. Unter den Hebeln steht auf verblichenen Schildern: *Ebene 1, Ebene 2 …*

Der Reihe nach reiße ich die Hebel nach unten. Durch den Sturm höre ich zwar nichts, aber ich kann sehen, wie die Zellentüren aufgleiten, eine nach der anderen, von Ebene zu Ebene, bis ganz nach oben.

Die Häftlinge stürzen nach draußen, rennen die Rundgänge entlang, hangeln sich an den zerstörten Stellen nach unten und lassen sich dann einfach auf die nächste Ebene fallen.

Ich gehe die Treppe wieder hinunter und stoße auf Sawyer, die unten auf mich gewartet hat.

Die Häftlinge haben sich teils schon um sie geschart, als ich dort ankomme. Wieder forme ich mit den Händen einen Trichter vor meinem Mund und rufe: »Wenn ihr leben wollt, folgt dieser Frau! Wir haben einen Rückzugsort, wo wir den Hurrikan aussitzen können!«

Sawyer geht in Richtung Ausgang, hält dann aber inne, als sie sieht, dass ich ihr nicht folge. »Kommst du?«

»Ich bilde das Schlusslicht. Ich will sichergehen, dass es alle aus den Zellen schaffen.«

Sie zögert.

»Na los, geh! Ich mach schon keine Dummheiten.«

Sie nickt und verschwindet, die Häftlinge im Schlepp.

Ein erneutes Krachen, und weitere Backsteine fallen herab und plumpsen ins Wasser. Ich mach einen Schritt zurück und warte, während die Häftlinge an mir vorbei in einen Korridor gehen.

Ich warte, dann tauchen Wright und Tully auf und zögern, als sie mich erblicken.

Ich starre sie an, rühre mich nicht. Sie schauen sich an und schieben sich dann langsam an mir vorbei.

Ich warte, bis keiner mehr übrig ist, dann drehe ich mich um und folge ihnen.

Fünfundzwanzig

07:20 Uhr

Auf meinem Weg zurück durch das Glashaus fühle ich mich wie durch die Mangel gedreht. Vor allem kann ich nicht glauben, dass ich Wright und Tully am Leben gelassen habe. Nach all den Jahren. Nach dem, was sie getan haben …

Hatte Sawyer wirklich recht? Ich versuche, mir ein Gespräch mit Amy über die Sache vorzustellen. Ich lege ihr meinen Standpunkt dar, aber immer wieder fährt sie mir über den Mund.

Sie würde nicht wollen, dass ich mein Leben gegen die Wand fahre, oder zumindest nicht noch mehr, als ich es schon getan habe. Ich habe mir selbst vorgegaukelt, dass ich es für sie tue, für unsere Tochter, aber in Wirklichkeit habe ich es für mich getan. Ich habe darauf gehofft, dass es den Schmerz lindern würde oder … ich weiß es nicht. Ein wenig Frieden bringt? Einen Abschluss? Aber das war so dumm von mir. Hätte ich es durchgezogen, hätte ich meine Seele verloren, alles, was ich noch bin.

Und Sawyer wusste das, genauso wie Amy es gewusst hätte.

Niemand spricht, als wir durch die Gänge hetzen. Wäre auch völlig sinnlos, da das Brausen des Hurrikans alles überlagert und geradezu ohrenbetäubend ist. Zerstörung und Tod werden nur von ein paar Backsteinen, Kacheln und neunzig Jahre altem Mörtel zurückgehalten.

Hier unten funktionieren nicht mehr sehr viele Lampen. Wir durchwaten lange Passagen, in denen es total finster ist, unterbrochen nur von einer gelegentlichen einsamen Glühbirne wie eine Straßenlampe bei Nacht. Das Wasser steht höher hier, es reicht uns über unsere Hüften, und je tiefer wir gehen, desto mehr steigt es an.

Schließlich hält die Schlange der Häftlinge verwirrt inne, und ich kann die Kraft nicht mehr aufbringen, mich nach vorn durchzuarbeiten, mich durch das Gedränge zu schieben und zu sehen, was für ein Problem es gibt.

Nach ein paar Minuten geht es weiter. Ich drücke mich von der Wand ab und wate durchs Wasser, bis wir in einen großen Raum gelangen. Zur Linken ist eine rostige Tür, die aufgezogen wurde, und die Ravenhill-Häftlinge schieben sich hindurch.

Felix und Sawyer stehen bei der Tür, Leo ebenfalls, der alle in Richtung einer anderen Tür zu unserer Rechten bugsiert.

»Dorthin, immer weitergehen! Kommt schon, Leute, bewegt euch!«

Felix sieht mich und kommt zu mir. »Und, hast du sie erwischt?«

Ich schüttle den Kopf. »Sawyer hat's mir ausgeredet.«

Felix schaut überrascht zu ihr hin. »Ooookay …«, meint er dann. »Hätt ich nicht gedacht, aber … ich bin froh.«

»Ja?«

»Ja. Dieses ›Eiskalt bis ins Herz‹-Killerding, das bist nicht du. Das musst du schon uns überlassen, wir bringen die Erfahrung mit.« Er klopft mir auf die Schulter und kümmert sich dann wieder um seine Mithäftlinge.

Ich fühle eine gewisse Distanz, als ich die anderen dabei beobachte, wie sie sich in Sicherheit begeben. Über zweihundert Häftlinge, vielleicht auch dreihundert, zählt man die aus dem Glashaus mit. Das sind alle, die noch von den achthundert hier einsitzenden Insassen übrig sind.

Ich sollte etwas fühlen … Erleichterung. Stolz. Aber das tue ich nicht, ich fühle nichts. Nur … Leere.

Und dann sind nur noch Sawyer und ich übrig.

Sie starrt mich an, wie ich zusammengesackt an der Wand hocke.

»Bist du okay?«

»Nicht wirklich.«

Sie nickt. »Wartest du hier, bis du ertrinkst, oder kommst du mit?«

Ich antworte nicht, und sie wartet einfach nur ab, den Blick auf mich gerichtet.

Schließlich reicht sie mir die Hand.

Ich schaue darauf, und endlich fließen die Tränen. Was kümmert es sie, wenn ich hier ersaufe? Warum interessiert es sie, nach all dem, was ich ihrem Bruder angetan hab?

Zögernd strecke ich meine Hand aus, und sie packt fest zu. Sie lächelt, dann gehen wir in den dunklen Korridor.

Wasser tropft durch unsichtbare Öffnungen zwischen Tür und dem Rahmen. In Sicherheit sind wir noch nicht, wir müssen es noch bis in die Flutkavernen schaffen.

Von irgendjemandem hat Sawyer eine Taschenlampe bekommen, mit der sie uns beim Gehen den Weg leuchtet. Der Korridor ist mit avocadogrünen Fliesen gekachelt, aber sie sind noch relativ sauber. Seit einem halben Jahrhundert ist niemand mehr hier unten gewesen.

Wir erreichen eine lange Treppe, und die führt nach unten in einen Tunnel, der mehr wie ein Aquädukt aussieht, eine Passage von etwa drei Metern Breite in der Form eines Halbrohrs, mit Laufstegen zu beiden Seiden. Wir haben die Häftlinge eingeholt und folgen ihnen, bis der Tunnel schließlich in einen uralten Kontrollraum mündet.

Sawyer und ich arbeiten uns durch die Menge vor, um hineingehen zu können. Im Raum sieht's aus wie in einem Science-Fiction-Film aus den Sechzigern, mit klobigen Geräten und analogen Schalttafeln.

Hier unten gibt's keinen Strom. Auch ein paar Häftlinge haben von irgendwoher Taschenlampen, und deren Lichtkegel gleiten über veraltete Computer und Aktenschränke hinweg.

Leo steht in der Mitte des Raums und sieht sich begeistert um. Er erblickt mich und nickt in Richtung eines Metallkastens, der an der Wand angebracht ist. »Jack, wenn du so freundlich wärst …«

Ich öffne den Kasten. Darin befindet sich ein riesiger Sicherungsschalter. Ich drücke ihn nach oben, und ein lautes Brummen vibriert durch die Luft.

Gedämpftes Licht flackert auf, aber nicht nur im Kontrollraum. Da ist ein großes Sichtfenster, und dahinter gehen weitere Lampen an und erhellen einen Raum, den man als gewaltiges Gewölbe oder riesige Kaverne bezeichnen kann.

Ich schaue durch die Scheibe. Der Raum unter uns ist riesig, leicht fünfzig Meter hoch und dreißig Meter breit, ein gigantischer Betonbau, der in der Ferne verschwindet. Die gewölbte Decke wird von riesigen Pfeilern gestützt.

»Das ist die letzte Flutkammer«, erklärt mir Leo, als er zu mir tritt.

»Du hast nicht gelogen, als du gesagt hast, sie wär riesig.«

»Es gibt noch fünf weitere, alle in nördlicher Richtung. Sie alle sind durch etwa vierzig Kilometer Tunnelanlagen miteinander verbunden.«

»Wasserdicht?«

»Wasserdicht.«

Wir verlassen den Kontrollraum und steigen die Treppen in die riesige Kaverne hinab. Leo macht den Anfang und geht auf eine Tür zu, die etwa zwanzig Meter vor ihm ist. »Dahinter befindet sich die Verbindung zu den Fluttunneln.«

»Warum warten wir nicht einfach hier?«, fragt Felix und legt den Kopf nach hinten, als würde er versuchen, die Höhe der Decke abzuschätzen.

»Die Kaverne hier ist nicht fertiggestellt worden«, erklärt Leo. »Ich glaube nicht, dass die Wände wirklich gut abschließen. Schaut euch um, hier hat schon mal ziemlich hoch Wasser gestanden.«

Er hat recht. An den Wänden sind deutlich entsprechende Verfärbungen zu sehen, und ich erblicke auch Algenreste.

Er tritt in das knöcheltiefe Wasser, das den Boden der Kaverne bedeckt. »Seht ihr? Läuft bereits voll. Die Fluttunnel allerdings sind wasserdicht, dort können wir warten, bis die Flut zurückgeht.«

»Wie lange wird das dauern?«, fragt Sawyer.

Leo zuckt mit den Schultern. »Ich hab keinen blassen Schimmer. Vielleicht ein paar Tage. Was ist, hast du eine bessere Idee?«

Hat sie nicht.

Abgekämpft trotten die Häftlinge durch die Kaverne. Zwei schieben den schweren Riegel, der die Tür blockiert, zur Seite, dann strömen alle in die dahinterliegenden Fluttunnel.

Trotz einer gewissen Ungewissheit liegt so etwas wie Erleichterung in der Luft. Wir alle haben gedacht, wir würden in dieser Nacht sterben. Nun erhalten wir eine zweite Chance.

Wir vier warten, bis die letzten Häftlinge hindurchgegangen sind. Dann geht auch Leo, und Sawyer folgt ihm. Felix blickt mich an, öffnet den Mund und will etwas sagen …

… als seine Schädeldecke in einem roten Sprühnebel explodiert!

Das Rattern einer automatischen Waffe ertönt, das in der Kaverne zur trommelfellzerstörenden Lautstärke anschwillt. Der Widerhall von den Wänden erweckt den Eindruck, als würden gleichzeitig Hunderte Gewehre abgefeuert.

Ich fühle einen heftigen Schlag von hinten gegen die Rippen, stolpere, blicke verwundert an mir herunter und starre auf das Blut, das durch meine Gefängniskluft sickert.

Felix kippt vornüber. Ich gehe auf die Knie und blicke in Sawyers schockiertes Gesicht, das mich aus dem Innern des Fluttunnels anstiert.

Das Geballer hört auf. Sawyer zögert, dann macht sie einen Schritt nach vorn, um mir zu helfen. Erneut krachen Schüsse, und Beton platzt rund um die Tür ab. Sie schreit auf und duckt sich weg.

Unter Schmerzen drehe ich mich um.

Kincaid schreitet auf mich zu, den Schaft eines Ruger-Gewehrs an der Schulter. Erneut feuert er auf den Tunnel, und Sawyer bleibt nichts anderes übrig, als die Tür zuzuknallen.

Ich lasse mich gegen einen der riesigen Pfeiler fallen, rutsche daran runter ins Wasser und halte mir die Rippen. Ich kann spüren, wie das Blut durch das Einschussloch austritt.

Kincaid hält die Waffe auf mich gerichtet, als er näher kommt, und verriegelt die Tür.

»So ist es besser«, sagt er. »Wir wollen doch nicht gestört werden.« Er macht einen Schritt zurück und lehnt sich ebenfalls gegen einen Pfeiler.

Ich kann meinen Blick nicht von Felix wenden. Sein Gesicht ist von mir weggedreht, die Kopfwunde befindet sich unter Wasser. Vielleicht steht er ja gleich wieder auf. Vielleicht ist er okay …

»Wir wurden zuvor unterbrochen«, sagt Kincaid leichthin. »Vorhin, als wir die Zellen gesäubert haben. Da war etwas, worüber ich mit dir reden wollte, was ich dir erzählen muss.«

Ich zwinge mich, meinen Blick von Felix zu lösen.

Kincaid legt den Kopf schief. »Du hast mir meine Frau genommen.«

»Hast … du mir bereits erzählt«, sage ich und beiße die Zähne zusammen, damit der Schmerz besser zu ertragen ist.

»Ich weiß, aber das war noch nicht alles. Den Rest, das wirklich Wichtige, wollte ich mir aufsparen.« Er zeigt mir ein Lächeln, das an das Zähnefletschen eines wilden Tiers erinnert. »Sieh mal, ich konnte dir das nicht so einfach durchgehen lassen, ich musste den Gefallen erwidern.«

Ich runzle die Stirn. »Wovon redest du, zum Teufel?«

»Hast du gedacht, dass Novak, Wright und Tully einfach so in dieser Nacht in deinem Haus waren?«

Ich starre ihn an, die Worte wollen nicht so recht zu mir vordringen. Er will doch damit nicht sagen …

»Ich sehe, wie es in deinem Kopf arbeitet. Lass mich dir helfen: Das war *ich*! Du hast mir meine Frau genommen, also hab ich dir deine Frau genommen.« Er runzelt die Stirn. »Eigentlich sollte man es anders ausdrücken, das lässt sie wie Eigentum erscheinen, etwas, das wir besitzen, und wir beide wissen, dass das nicht stimmt, nicht wahr?« Er betrachtet mich eine Weile schweigend. »Ich verstehe, wie du dich fühlst. Es ist, als wäre es gerade erst passiert, der Schmerz überkommt dich erneut mit voller Wucht. Aber diesmal weißt du, dass du die Schuld daran trägst. Deine Frau ist tot. Dein Kind ist tot. Alles wegen *dir*, Constantine.«

Ich fühle, wie ich innerlich vereise. Die ganze Welt entfernt sich von mir, als wäre ich über eine Klippe gestürzt. Ich schüttle den Kopf, ich will es nicht glauben.

»Siehst du, genau das. Das ist der Ausdruck, den ich auf deinem Gesicht sehen wollte«, sagt Kincaid zufrieden. »Darauf habe ich gewartet. Darum wollte ich, dass wir allein sind, wenn du es erfährst.«

Ich schreie vor Wut und Schmerz auf und stürze mich auf ihn.

Er versucht, die Waffe hochzureißen, doch ich

packe sie, verpasse ihm einen Kopfstoß und spüre, wie der Nasenknorpel bricht, dann ramme ich ihm das Knie in den Bauch.

Er atmet keuchend aus, und ich entwinde ihm das Gewehr, taumle zurück und drehe es um, sodass die Mündung auf ihn gerichtet ist.

Unsere Blicke begegnen sich. Kincaid strafft sich. Da ist etwas in seinen Augen. Resignation. Akzeptanz.

Hoffnung?

»Nun mach schon«, sagt er.

Ich zögere, bin verwirrt.

»Tu es!«, schreit er.

Ich betätige den Abzug.

Das Klicken hallt förmlich durch die Kaverne.

Enttäuschung macht sich kurz auf Kincaids Gesicht breit. Ich starre die Waffe an, dann stolpere ich weiter zurück, bis mein Rücken einen Pfeiler berührt, an dem ich ins Wasser rutsche.

Kincaid seufzt, greift in seine Tasche und zieht einen Revolver hervor. Ich denke mal, es ist derselbe, mit dem er Sawyer und Felix gezwungen hat, russisches Roulette zu spielen. Er lässt die Trommel herausschnappen, dreht sie langsam und lässt sie dann wieder einrasten.

»Als ich herausgefunden hab, dass meine Frau von mir gegangen war ...« Er schüttelt den Kopf. »Dafür gibt es keine Worte, sie würden sich nur nach Klischee anhören. *Es fühlt sich so unwirklich an. Wie in einem Film.* Ja, und tatsächlich war es so, als müsse sie am nächsten Besuchstag durch die Tür hereinspazieren.« Er seufzt. »Aber sie kam nie. Und als diese Erkenntnis endlich zu mir vordrang, als alles Leugnen zwecklos wurde, wenn ich dasaß und mich fühlte, als hätte man mir meine Eingeweide herausgerissen, wurde mir klar, was Einsamkeit wirklich bedeutet. Diese allumfassende Leere der Seele. Du weißt, wovon ich spreche, nicht wahr? Es gab einen Teil von mir, der war mit ihr verflochten. Unsere Geschichte, unsere Erinnerungen. Unsere Liebe. Und sie hat all das mitgenommen, als sie gestorben ist. Du bist dann kein richtiger Mensch mehr, sondern ein Geist.«

Kincaid sieht sich in der Kaverne um, dann lächelt er mich traurig an. Tränen stehen ihm in den Augen, als er den Revolver hochnimmt. »Eine Kugel ist übrig. Ich glaube nicht, dass ich sie an dir verschwenden werde, Jack. Ich denke, ich lasse dich noch ein bisschen länger leiden mit der kleinen Geschichte, die ich dir gerade erzählt habe.« Er spannt den Hahn. »Aber weißt du, was? Wenn mich die heutige Nacht eines gelehrt hat, dann, dass es mir nichts mehr ausmacht, dass mir alles egal ist.«

Und mit diesen Worten hält er sich den Revolverlauf unters Kinn und drückt ab.

Ich schreie auf, als der Schuss in der Kaverne widerhallt und Kincaid nach hinten ins Wasser klatscht.

Ich sitze für eine Weile da, die sich wie eine Ewigkeit anfühlt, die Augen starr auf seine Leiche gerichtet. Nach einiger Zeit wird mir bewusst, dass das Wasser steigt und mir schon über den Bauch reicht. Es träufelt durch die Decke hinein. Leo hat ja gesagt, die Flutkammern wären nicht fertiggestellt worden. Das alles hier wird volllaufen, genau wie Ravenhill und wie das Glashaus.

Mit Schmerzen komme ich wieder auf die Beine und drehe mich zu der Tür, durch die Sawyer und die anderen Häftlinge geflohen sind. Ich mache einen Schritt, doch dann halte ich inne. Wieso diese Richtung? Will ich den Rest meines Lebens im Gefängnis verbringen?

Will ich überhaupt noch leben? Vielleicht sollte ich Kincaids Beispiel folgen. Das Einzige, was ihn so lange davon abgehalten hat, war, dass er mir erzählen wollte, was er getan hat. Er wollte mich verletzen, mir ein zweites Mal das Herz aus der Brust reißen, und als er das geschafft hatte …

Ich nehme eine Taschenlampe, die jemand hat fallen lassen, und richte den Strahl auf Felix, gehe in die Hocke und lege meine Hand auf seine Brust. »Man sieht sich, Kumpel.«

Ich stehe auf, blicke mich um und entdecke am anderen Ende der Kaverne das, was ich gesucht habe, eine Reihe runder Tunnel. Dem Lauf des Wassers nach muss es sich um die Flutkammern handeln.

Was bedeutet, dass man von dort zum Meer gelangt.

Ich trete in den nächstgelegenen Tunnel und leuchte mit der Taschenlampe. Er ist aus grauem Beton, mit rauer Oberfläche und nicht fertiggestellt.

Ich stapfe los, so lange, bis der Schmerz zu groß wird. Dann lass ich mich gegen die runde Wand sinken, bis ich wieder genug Kraft habe, um weiterzugehen. Meine Klamotten kleben an der Schusswunde und bilden von selbst eine Bandage. Ich weiß nicht, wie viel Blut ich verloren habe. Ziemlich viel, wahrscheinlich so viel, dass ich es nicht mehr schaffen werde.

Aber das ist egal, ich verdiene es nicht zu leben. Für all das bin *ich* verantwortlich. Für alles. *Ich* habe Amy getötet. *Ich* habe unsere Tochter getötet. Alles wegen *mir*.

Wenn ich sterbe, dann sterbe ich. Wenn nicht … nun, ich hab einiges wiedergutzumachen, eine Menge Schuld, die ich begleichen muss.

Ich weiß nicht, wie lange ich so weitergehe. Wie viele Minuten oder Stunden vergehen, während ich durch den Schmerz und einen Nebel wie im Delirium immer weitertaumele.

Schließlich gelange ich an eine Tür. Nein, keine Tür, sondern ein Metalltor beziehungsweise eine Schleuse, die sich in der Tunnelwand versenken lässt.

Ich weiß nicht, wie man das Ding öffnet. Ich taste herum, um irgendeine Art von Schalter oder Hebel zu finden, bis ich schließlich innehalte.

Was mache ich hier eigentlich? Der Hurrikan wütet immer noch. Wozu das alles?

Ich kichere vor mich hin und lass mich ins Wasser plumpsen. Der Tunnel füllt sich, das Wasser steht mir bereits bis zum Oberkörper.

Nicht mehr lange jetzt.

Ich schließe die Augen.

Epilog

Vier Monate sind seit dem Monstersturm vergangen. Keira Sawyer sitzt an einem Tisch im Venice Beach und trinkt ein kaltes Bier. Sie blickt hinaus auf das Meer, schmeckt das Salz in der Luft, beobachtet die Surfer auf den Wellen und die Familien am Sand.

Dreißig Stunden saßen sie in den Fluttunneln gefangen. Das Seltsame war, dass sie keine Angst um ihr Leben hatte, jedenfalls nicht wegen der Häftlinge. In diesen dreißig Stunden waren sie alle menschliche Wesen, nichts weiter. Und sie alle halfen einander.

Das war eine merkwürdig erbauliche Erfahrung. Die Welt mag ein Scheißhaus sein, aber etwas Anstand ist tatsächlich geblieben. Wenn es hart auf hart kommt, zieht die Menschheit doch noch am selben Strang, was Keira ein optimistisches Gefühl für die Zukunft gibt.

Ein Schatten fällt auf ihren Tisch.

»Ist der Platz noch frei?«

Sie nimmt ihre Sonnenbrille ab, blickt auf – und

reißt die Augen weit auf, als sich Constantine zögerlich auf den gegenüberliegenden Stuhl sinken lässt.

Er hat ein Bud in der Hand und nimmt einen Schluck, während sie den Schock verdaut.

»Jack … Ich dachte … wir alle dachten …«

»Dass ich tot bin? Yeah, ich auch. Waren nicht gerade die angenehmsten Momente, das kann ich dir versichern.«

»Aber … *wie*?«

»Ich hab es in einen der Tunnel geschafft, die nach draußen führten, aber an der Schleuse war Schluss. Ich hab nicht kapiert, dass sie sich automatisch öffnet, sobald der Wasserdruck groß genug ist. Das Gewicht des Wassers hat irgendwie dafür gesorgt, dass die Schleuse aufging, und ich wurde ins offene Meer gespült, während die Ausläufer des Hurrikans über mich hinwegfegten.«

»Und du bist nicht ertrunken?«

»Beinahe. Ich wurde am Strand angespült und hab es gerade noch so geschafft, meine Gefängniskluft loszuwerden, bevor ich bewusstlos wurde. Der Katastrophenschutz hat mich aufgegabelt und ins Krankenhaus gebracht.«

»Und wie hast du die Schusswunde erklärt?«

»Plünderer. Sie haben keine große Sache draus gemacht, dafür herrschte einfach zu viel Chaos.«

Sawyer nickt und starrt ihn weiter an, dann nimmt sie einen Schluck Bier. »Warum bist du hier?«

Er legt etwas auf den Tisch. Sie beugt sich nach vorn. Es ist ein Memorystick.

»Was ist das?«

»Mein Geständnis. Wie ich Kincaid aufs Kreuz gelegt hab. Dass dein Bruder nicht im Gefängnis sein sollte. Es ist alles drauf. Wie ich die Drogen von den Dealern gestohlen habe und sie bei Kincaid platziert hab. Alles für eine Razzia vorbereitet hab, als ich wusste, dass er zu Hause ist.«

Sie streckt die Hand aus und nimmt den Memorystick mit zittrigen Fingern.

»Es tut mir leid«, sagt er. »Wirklich.« Er trinkt sein Bier aus und steht auf.

»Warte.« Sawyer sieht zu ihm auf. »Was hast du vor?«

»Bin mir nicht sicher. Ich habe noch einige Kontakte, Leute, die mir einen falschen Ausweis besorgen können. Vielleicht ziehe ich nach Norden, von der Hitze hab ich die Schnauze voll. Ich möchte Schnee sehen.« Er schenkt ihr den Anflug eines Lächelns, aber sie erkennt die Traurigkeit dahinter. »Vielleicht suche ich mir auch ein Hobby. Sturmjäger hört sich interessant an.«

Auch sie bemüht sich um ein Lächeln. »Pass auf dich auf, Jack.«

»Du auch, Sawyer.«

Sie schaut ihm hinterher, wie er in der Menge verschwindet. Dann umklammert sie den Memorystick, lehnt sich zurück und stößt einen zufriedenen Seufzer aus, während die Sonne über den Wellenkronen langsam untergeht.

Danksagung

Meine größte Wertschätzung und Dank gilt meinen fantastischen Agentinnen, Sandra Sawicka und Leah Middleton, sowie meinen Lektoren Toby Jones und Wes Miller. Eure Vorschläge und Kommentare haben das Buch ohne Zweifel gestrafft, und es hat noch mehr Wucht bekommen.

Ich möchte euch darüber hinaus besonders für euer Mitgefühl und eure Rücksicht während einer sehr schweren Zeit danken. Die wusste ich sehr zu schätzen und tue es heute noch.